小說

書林能力開發資料室 엮음

지혜와 책략의 처세론!

삼십육계 2

서림문화사

프롤로그

북경의 아침.
 무겁게 내려앉은 하늘과 흩뿌리는 빗줄기로 한껏 음산한 날씨였다. 스산하게 비바람이 몰아치는 천안문 광장, 일단의 젊은이들이 비를 맞으며 쉰목소리로 구호를 외치고 있었다. 세찬 비바람 소리 때문에 그들이 외쳐 대는 구호가 무엇을 뜻하는 말인지는 잘 알아들을 수 없었지만 금방이라도 찢겨져 나갈듯이 펄럭거리는 플래카드에는 이런 문구가 씌여 있었다.
 「등척 타도(鄧拓 打倒)!」
 「등척 타도(鄧拓 打倒)!」
 그것은 불길한 전조와도 같은 그 날의 사나운 날씨와 그럴싸하게 걸맞는 광경이었다. 바로 1966년 5월 어느날의 일이었다.
 이것이 향후 10년간 10억의 중국인을 공포와 전율의 도가니로 몰아넣으며 중국 대륙을 휩쓴「문화 대혁명」의 효시가 되리라고는 당시 아무도 생각하지 못했다.
 문화 대혁명이라는 허울 속에 진행된 소위「문혁파」와「실권파」간의 권력 투쟁은 수백만이 넘는 희생자를 냈으며 정치, 경제, 문화, 사회, 교육 등 사회의 전반적인 기능을 완전히 정지 또는 마비 상태에 빠트리고 만다. 그로부터 10여 년이 지난 지금까지도 중국 대륙은 아직 그 후유증에서 완전히 벗어나지 못하고 있는 실정이다.
 중국 역사상 그 유례가 없었던 대파란! 이 대파란의 발단이 바로 이「36계」에 있었다는 사실을 아는 사람은 별로 흔하지 않다.
 그렇다면「등척(鄧拓)」과「36계」, 그리고「문화 대혁명」사이에는 어떤 상관 관계가 있는 것일까.
 등척은 세계적으로 알려진 중국 대륙의 대표적인 저널리스트이며 작가였다. 중공 당 기관지《《인민일보(人民日報)》》의 편집장과 북경시 위원회 서기를 역임한 그는 젊은 지성들의 숭앙을 한몸에 받는 엘리트

중의 엘리트였다.
  그가 석간지 《북경만보(北京晚報)》에 「연산야화(燕山夜話)」라는 제하의 칼럼을 게재하기 시작한 것이 1963년 3월, 그리고 1963년에 근 2년간 지상에 연재된 칼럼 153편이 단행본으로 출간되어 일약 베스트 셀러로 부상한다. 젊은 지성의 필독서라 할만큼 특히 젊은층들에게 인기가 대단했다.
  고전에 대한 깊은 조예와 다방면에 걸친 해박한 지식, 명쾌한 그의 필치는 젊은 지성들을 매료시키기에 충분했다.
  여기서 잠깐 「36계」와 「문화 대혁명」, 그리고 「등척」과의 관계를 먼저 살펴 보기로 하자.
  「문화 대혁명」이라는 역사적인 도화선에 맨처음 불을 당긴 사람은 저 악명 높은 「4인방」 가운데 이론가로 알려진 요문원(姚文元)이었다. 모택동의 지지와 사주를 받은 그는 중공의 젊은 지성들 사이에서 우상적인 존재로 숭앙되는 등척을 향해 「반당적, 반인적, 반동적」이라는 비판의 화살을 거침없이 쏘아댄 것이다.
  요(姚)는 특히 등척의 《야화(夜話)》 제5집 「36계」에 가차없이 통렬한 비난을 퍼부었다.
  「…불순하고 반동적인 생각을 가지고 있는 어떤 필자(등척)는 노골적으로 당을 공격하고…그리고는 비열하게도 안전한 도피를 위해 《36계》 가운데 "연환계(連環計)"의 계략을 교묘하게 원용하고 있다. 이 수필에는 은연중 자신을 도피하려는 그의 간접적인 의사 표시가 분명하게 나타나 있다. 그러나 인민을 버리고 어디로 도피할 수 있단 말인가….」(요의 《삼가촌찰기(三家村札記)를 평함》이라는 논문의 한 귀절의 의역)
  모택동의 후광을 등에 업은 지극히 선동적인 이 비판 논문은 맹목적으로 부화 뇌동하는 대중을 부추기면서 「등척 타도!」라는 증오의 열기를 전국적으로 확산시켜 나갔다.
  아뭏든 여러 우여 곡절 끝에 등척은 「퇴영적, 반동적 프티 부르조아」라는 낙인을 찍힌 뒤 마침내 실각, 박해와 좌절과 실의 속에서 세상을 떠나고 만다.

여기서 우리가 짚고 넘어가야 할 문제가 있다. 등척의「연산야화」에 대한 것이다. 그는 왜 신변의 위험을 무릅쓰고(그의 냉철하고도 예리한 판단력은 적어도 자기의 글이 집권자에게 어떻게 비쳐지리라는 것쯤은 충분히 간파할 수 있었을 것인데도) 하필이면「36계」를 자기 글에 소개했던 것일까 하는데 대한 의문이다. 단순히 흥미를 자아내기 위한 글이라고 하기에는 행간에 담겨진 의미가 너무 심장하다. 분명 어떤 내면 의식의 필연성이나 아니면 외적인 어떤 동기가 있었을 것이다. 추정컨대 그 때까지 건국의 아버지로 지식인들에게 숭앙받던 팽덕회(彭德懷)의 심상치 않은 실각, 중소 이념 논쟁의 표면화(이것은 공산주의 사상을 절대적 진리로 신봉하는 공산주의자에게는 치명적이었을 것이다), 어처구니없는 모택동의 카리스마화, 그리고 인간 의식(사상)의 획일성을 강요하는 질식할 것같은 사회 상황, 유형 무형으로 다가오는 이런 모든 암운을 공산주의자이기 이전에 하나의 인간이고저 하는 등척은 진정 떨쳐 버리고 싶었던 것이 아닐까. 그래서「36계」의 하나인「도망가는 것이 상책」이라는 고전의 병법을 빌어 자신의 인간적인 간절한 비원을 간접적으로 토로했던 것이 아니었을까….

인간의 지혜와 사상을 총망라한 철학서인「36계」, 바로 그것이 다름 아닌「36계」의 본고장인 중국 전토를 폭풍 속에 몰아 넣으면서 수백만에 이르는 생명을 희생시킨 발단이 되었다는 이 엄청난 아이러니…. 어쨌든「36계」가 도화선이 되어 중국 대륙의 참담한 비극의 막은 올랐던 것이다.

삼십육계.

우리에겐 결코 생소한 말이 아니다. 생소하기는커녕 우리 생활과 너무나 친근해 있다. 남녀노소를 막론하고「36계 줄행랑」을 모르는 사람이 없고 안 쓰는 사람이 없을 만큼 일상화되어 있을 정도이다.「36계 줄행랑」이 통속적인 그대로의 뜻이 아니라 막연하게나마 중국의 옛 병법의 하나일 것이라는 정도로 짐작은 하고 있었지만 실제로 이 명칭을 가진 병법서가 있으리라고는 솔직히 말해 필자는 생각해 본 일조차 없다. 그도 그럴 것이 36계의 본고장이라는 중국에서도 우리 이상의 상식을 넘지 못할만큼 잘 알려져 있지 않았던 환상의 책이었으니까.

이 환상의 책 《《36계》》가 실제로 세상에 알려진 것은 역시 앞에서 소개한 등척에 의해서이다. 필화의 진원이 된《《연산야화(燕山夜話)》》에 따르면 《《36계》》라는 병법서가 발견된 것은 중일 전쟁이 한창이던 1941년의 일로, 중국의 섬서성(陝西省) 빈주(邠州)의 한 노상에 있는 고서점에서 숙화(叔和) 씨에 의해서였다.

숙화 씨가 발견하여 보관해 둔 《《36계》》는 손으로 쓴 사본인데 1941년 중국 성도(成都)에 있는 홍화 인쇄소에서 토지(土紙)를 번각(翻刻) 인쇄하여 연구 자료로서 관심있는 몇몇 학자들에게 배부되었다.

등척이 《《연산야화》》를 쓸 때 자료로 사용한 것도 바로 이 번각본이었다고 한다. 앞에서 잠깐 언급했지만 《《연산야화》》가 「반당적, 반인민적, 반사회주의적」으로 몰려 「금단의 서」라는 낙인이 찍혀 버리자 《《36계》》도 따라서 다시 지하로 묻히게 된다.

그러다가 1976년 「4인방」이 실각한 후 1978년부터 간행되기 시작한 잡지 《《사회 과학 전선》》 제2호에 무곡(無谷) 씨가 상세하게 주석한 《《36계》》가 발표되었고 그것이 1976년 9월 길림인민공사에서 《《비본 병서 36계》》라는 제명으로 출판되어 마침내 세상에 알려지게 되었던 것이다.

중국에는 고래로 2백여 가지가 넘는 병법서가 있었다고 한다. 그 중에서 지금까지 남아 우리들에게 읽히고 있는 대표적인 병서로는 다음과 같은 것들을 들 수 있다.

《《손자(孫子)》》:BC 6세기 경, 손무(孫武)의 설을 편집한 것. 일반적으로「손자병법」이라 불린다.

《《손빈병법(孫臏兵法)》》:BC 4세기 경, 손무의 손자인 병법가 손빈의 설

《《오자(吳子)》》:BC 4~5세기 경, 초(楚)의 재상 오기(吳記)의 서

《《위료자(尉繚子)》》:BC 3세기 경, 진시황제의 고신 위료(尉繚)에 의해 편찬

《《육도삼략(六韜三略)》》:BC 12세기 경, 주(周)의 무장 여상(呂尙)의 병법이라 전해진다.

《《이위공문대(李衛公問對)》》:BC 7세기 경, 당태종(唐太宗)과 명장

이위공과의 문답 형식으로 쓰여져 있다.

 그리고 이 《《36계》》도 대표적인 병서의 하나로 꼽힌다. 현재로서는 《《36계》》의 저작 연대나 저자의 이름이 추정의 범위를 벗어나지 못하고 있는 것이 사실이다. 무곡 씨의 주석에 따르면 36계란 이름이 처음으로 보이는 것은「남제서(南齊書)」권26의 왕경칙전[王敬則傳: 425~498년, 남조(南朝) 제(齊)의 원훈이며 무장]의 기록에서이다.

 즉 왕경칙전에 의하면 남조(南朝) 송(宋)나라의 무제(武帝) 유유(劉裕)의 심복이자 개국 공신인 단도제(檀道濟)가 늘 이 36계를 자랑했다는 말이 있는바 단도제의 병법이거나 그가 종합해서 정리한 것이라는 설이 유력시되고 있다.

 그러나 어떤 연유로 간행까지는 이르지 못하고 비본(祕本)으로만 전해졌는지, 그리고 저술한 역사적 배경과 조건 등에 대해서는 아직 분명히 밝혀지지 않고 있다.

 《《36계》》의 특징은 앞에 열거한 많은 병서의 에센스를 발췌해서 수록하고 있다는 점이다. 대담한 주장, 독창적인 아이디어와 동시에 기존의 병서를 집대성해서 간결 명료하게 정리하고 있어 어느 병법서와도 다르다. 또 하나의 특징은 각 계의 해제(解題)가 반쯤은 역경(易經)의 말로 되어 있다는 것이다. 실은 손무나 손빈, 한신(韓信), 이정(李靖) 등 중국 고대 병법 학자로서 역(易)의 리(理)에 통달하지 않은 사람은 없지만 이 36계에서는 그 비중이 더욱 크다.

 원래 36계라고 하는 것도 역(易)의 이치에 근거하여 태음(太陰:☷)의 기수 6에 6을 곱한 수를 빌어 계략과 음모의 체계를 나타낸 것이다. 그렇다면 병법의 계략은 반드시「36」이라는 숫자에 구애받지 않아도 좋을 것이다.

 그런데 여기서 우리가 특히 유의하지 않으면 안 될 것은 대개의 병법서가 그렇듯이 36계도 음모, 계략, 계책, 사술 등을 망라 집약한 것이다. 때문에 도덕적으로 정당하지 못하다는 이유에서 부정적으로 보는 시각도 없지는 않다. 그같은 내용의 병법서가 사회 생활에 변칙적으로 활용될 때 진(眞)·선(善)·미(美)를 이상으로 추구하며 살아가야 할 인간 사회를 온통 불신과 반목, 갈등과 대립이 난무하는 파멸의 구렁

텅이로 몰아 넣을 수도 있다는 의구심 때문이다. 백 번 당연한 생각이다. 그러나 병법은 어디까지나 병법이다. 적과 전쟁을 수행하는 과정에서의 전략, 즉 방법론에 도덕성을 부여하려는 발상부터가 오류이다.

그것은 현대전에서도 하나도 다를 것이 없다. 인도성을 말하는 수는 있어도 전쟁 수행 과정에서 도덕성을 우선시키는 전쟁은 결코 없다. 전쟁은 자고로 냉혹하고 비정하다. 「승리가 정의」라는 전쟁론은 동서고금을 막론하고 진리이다. 역설적으로 말하면 전쟁에서는 수단과 방법을 가리지 않고 이겨야만 한다는 것이 지론이다.

전쟁의 정의와 개념 규정이 시대와 사람에 따라 다소 다르기는 하지만 근세 군사 이론가의 원조라고 불리는 프로이센의 클라우제비츠(1780~1831)는 그의 필생의 명저 《〈전쟁론(Yom Kriege, 1832)〉》에서 전쟁의 개념을 다음과 같이 규정하고 있다.

「전쟁이란 적을 굴복시켜 자국의 의지를 실현시키기 위해 사용하는 무력 행위이다.」

그러나 고전 병법가의 대표적인 인물이라 할 손자는 전쟁의 정의나 개념 규정에는 관여치 않고 다만 전쟁의 당위성에 대해서만 불멸의 명언을 남기고 있다. 즉「전쟁은 국가의 중대한 일인데, 그 이유는 국민의 사활과 국가의 존망이 결정되기 때문」이라는 것이다. 그리고 계속해서 화공편(火攻篇)에서는「한번 멸망한 국가는 다시 복구할 수 없고 죽은 자는 다시 살아날 수 없기 때문이다」라고 주장한다.

이것은 손자의 경우이기는 하지만 대개의 고전 병법서 저자들의 사상에는 이같은 인간 생존의 본질적인 문제가 공통적으로 밑받침되고 있다.

전쟁의 특성에 대해 전쟁의 가공스러움과 비참한 양상은 새삼스럽게 거론할 필요조차 없다. 앞에서 본 바와 같이 전쟁은 국가 존망의 문제요 국민의 사활에 관한 문제일 뿐만 아니라 패자는 승자의 의지 앞에 굴욕적인 굴복을 당하고 만다는 사실이 중요한 것이다. 우리가 현시점에서 공산주의자와 적극 대결해서 기필코 이겨야 한다는 것도 바로 이 때문이다. 그리고 전쟁은 당초부터 상호의 약속이나 어떤 계약에 의해 발발하는 것이 아니라 전쟁을 시작하고자 하는 자의 일방적인 의지에 따라 언제든지 이루어진다. 또한 지금까지의 전쟁이 인류 생존의 기본 요소가 되어왔음도 부인하지 못한다.

고대의 사상가 디오니소스는 이미 2천여 년 전에 이렇게 말하고 있다.

「완력이나 권력이 센 사람이 그보다 약한 사람을 지배한다는 것은 전 인류의 공통적인 자연의 법칙인데, 이것은 시간이 말할 수도 없고, 또 파괴할 수도 없는 진리이다.」

필자가 이 《《36계》》에 각별한 애착과 흥미를 갖고 이것을 소재로 감히 소설 형식으로 번안한 데는 나름대로의 이유가 있다. 이유는 간단하다. 비록 해묵은 병법서라 해도 피상적으로 볼 때는 단순히 전쟁을 수행하기 위한 궤계나 사술, 음모 같은 것으로 비칠지 모르지만 손자의 병법을 비롯 많은 중국의 병법서에 공통되는 점인바 《《36계》》는 단순한 전쟁 기술의 지도서가 아니라는 것이다. 그 저변을 흐르고 있는 것은 체계있는 인간 사상이며 인간 심리에 대한 날카로운 통찰이다.

《《36계》》의 특징에 대해 무곡(無谷) 씨는 다음과 같이 요약하고 있다.

「첫째 전쟁에는 법칙성이 있으므로 그 흐름에 따라 추구할 것. 둘째 그러나 전쟁의 책략은 종잡을 수 없이 빠르게 변화하며 의외의 사술(詐術)과 측량할 수 없는 음모가 충만해 있어 쉽사리 알아낼 수 없다. 세째 먼저 정황을 살필 것〔일단 의심하여 실(實)을 두드려 보고 살핀 다음에 움직일 필요가 있다〕. 네째 마음을 쳐서 기운을 빼앗고 그 위세를 꺾는다는 방략(方略:방법과 책략)의 운용을 중시할 것. 다섯째 동시에 그 방략의 운용은 사리 인정(事理人情)에 합치되지 않으면 안 된다. 여섯째 열세한 조건 하에서는 단호히 "도망하는 것을 으뜸으로 삼는" 방책을 취할 것.」

이상과 같은 고찰 결과는 《《36계》》가 단순히 전쟁을 위한 군사적 계략에 한하지 않고, 널리 인간 사회의 활동 전반에 그 응용이 가능한 철학이요 심리학임을 말해 준다. 또 그렇게 응용함으로써만이 《《36계》》가 현대적으로 의의를 갖게 된다고도 할 수 있다.

《《36계》》라는 음모와 궤계, 책략으로 이어지는 반도덕적인 고전의 병법서를 대하면서 우리가 처한 현실 상황을 냉철한 이성으로 솔직히 직시할 필요가 있다. 지금도 정치, 경제, 사회, 외교 등 각 분야에서 의도야 어디에 있건 이른바「전략」이란 용어를 많이 사용하고 있다. 직접적인 의미로의 전쟁 전략이 아니더라도 외교 전략, 정치 전략, 선거 전략, 경영 전략, 무역 전략 등이 바로 그것이다. 현대 사회를 흔히「경쟁 사회」라 한다. 즉 싸움인 것이다. 싸움(경쟁)에서 이기려면 전략이라는 우수한 방법이나 수단이 필요한 것은 당연한 귀결이 아니겠는가. 현대적 의미로서의「전략」이 사실이야 어떻든 피상적인 인도성이나 도덕성을 가미한 것만은 분명하지만 상대를 속이고 자신을 위장하는 전략으로서의 본질은 예나 지금이나 조금도 다를 것이 없다. 구태여 다른 점을 든다면 하나는 우직하리만치 솔직하다는 것과 다른 하나는 교활하리만치 거짓으로 위장되어 있다는 것 뿐이다.

저 가공할 핵무기를 전제로 한 전쟁의 양상은 고작 칼이나 활을 들고 싸우던 옛날과는 다르다. 그러나 궁극적으로 싸움은 인간이 하는 것인만큼 상대적인 인간 심리의 통찰과 분석이 필요하다는 점에서는 조금도 다를 바가 없다.

같은 연장선상에서 오늘날 정치, 경제, 외교, 기업 경영, 나아가 인간 처세에 있어서도 마찬가지인 것이다.

따라서 《36계》는 보는 각도에 따라 누구나 귀한 삶의 지혜를 터득할 수 있는 책이다. 정치인은 정치인대로, 군인은 군인대로, 기업인, 상인, 개인의 사생활에 이르기까지…. 그것은 동서고금을 막론하고 인생 백사(百事)에 통하는 지혜와 책략의 책이기 때문이다. 그러나 아무리 승자가 정의라 하더라도 불의한 방법에 의한 승리는 우리 사회에서 용납되어서는 안 된다. 따라서 비록 그것이 현실적인 상황이라 하더라도 현대의 도덕적 가치관에 배치되는 내용은, 필자는 독자의 거부 반응이나 다소의 위험 부담을 무릅쓰고라도 부정적으로 다룰 것이다. 그것을 방어적으로 수용하고 예방한다는 점에서는 권장될지 모르지만.

진부한 이야기인지 모르나 인간의 궁극적인 삶의 목표는 진, 선, 미를 이상으로 그것을 추구하고 실현하는 데 있다. 그것만이 개인이나 사회, 전 인류로 하여금 진정한 평화와 자유를 실현하게 하는 길이기 때문이다. 불의의 승자가 강변하는 정의는 일시적으로는 통할지 모르나 결국에는 비참한 파멸의 종말이 온다는 것을 역사가 말해 주고 있는 것이다. 인간의 참된 삶의 가치는 양에서 찾아지는 것이 아니라 질에서 찾아지는 것이므로.

차 례

프롤로그 ··· 3

제3부
공전의 계(攻戰之計) ·················· 17

제13계 타초경사(打草驚蛇) ····························· 18
　■ 타초경사 ① ·· 20
　■ 타초경사 ② ·· 25
　■ 타초경사 ③ ·· 30

제14계 차시환혼(借屍還魂) ····························· 32
　■ 차시환혼 ① ·· 34
　■ 차시환혼 ② ·· 46

제15계 조호이산(調虎離山) ····························· 56
　■ 조호이산 ① ·· 58
　■ 조호이산 ② ·· 69

제16계 욕금고종(欲擒姑縱) ····························· 75
　■ 욕금고종 ① ·· 77
　■ 욕금고종 ② ·· 109

제17계 포전인옥(抛磚引玉) · 119
　■ 포전인옥 [1] · 121
　■ 포전인옥 [2] · 131

제18계 금적금왕(擒賊擒王) · 135
　■ 금적금왕 [1] · 137
　■ 금적금왕 [2] · 150
　■ 금적금왕 [3] · 153

제4부
혼전의 계(混戰之計) · · · · · · · · · · · · · · · · 155

제19계 부저추신(釜底抽薪) · 156
　■ 부저추신 [1] · 159
　■ 부저추신 [2] · 176

제20계 혼수막어(混水摸魚) · 182
　■ 혼수막어 [1] · 184
　■ 혼수막어 [2] · 206
　■ 혼수막어 [3] · 209

제21계 금선탈각(金蟬脫殼) · 214
　■ 금선탈각 [1] · 216
　■ 금선탈각 [2] · 226

제22계 관문착적(關門捉賊) · 231
　■ 관문착적 [1] · 233
　■ 관문착적 [2] · 242

제23계 원교근공(遠郊近攻) · 245
　■ 원교근공 [1] · 247
　■ 원교근공 [2] · 257

제24계 가도벌괵(假途伐虢) · 262
　■ 가도벌괵 [1] · 264
　■ 가도벌괵 [2] · 273

제3부

공전의 계
攻戰之計

모략전을 가리킨다.
전쟁은 목적이 아니라 수단이다.
모략에 의해 무리없이 승리할 수 있는 방법을 생각하라.

제13계

타초경사
打草警蛇

숨은 적을 발견하라

미심쩍은 정황이 있으면 정찰에 의해 확인하고 정황을 완전히 파악한 다음 행동한다.

정찰의 반복은 숨은 적을 발견하는 중요한 수단이다.

의심스러우면 실제로 가서 두드려서 살펴 본 다음에 움직인다. 정찰을 반복하는 것은 음모를 발견하는 매체이다.

타초경사란 뱀이 숨어 있는 풀숲, 즉 뱀의 보금자리를 두드려 뱀을 그 자리에서 끌어내 그 상태를 확인, 이를 잡거나 죽이거나 하는 것이지만 그 밖에 또 한 가지 의미가 있다. 그것은 뱀을 직접 목표로 하지 않고 뱀을 치는 대신 풀을 쳐 뱀의 상황을 아는 것이다.

적의 병력이 나타나지 않고 있다는 것은 음모를 숨기고 있는 증거이다. 무작정 맹진(盲進)할 것이 아니라 그 선봉을 두루 수색할 필요가 있다.

손자는 그의 병법에서 이렇게 말하고 있다.

「군의 진로에 험한 지형이나 소택, 수초가 우거진 늪, 숲이나 풀로 덮여 있는 땅이 있을 때는 신중히 적을 탐색할 필요가 있다. 적이 비계(秘計)를 짜 두었을 우려가 있기 때문이다.」

註

타초경사(打草驚蛇): 풀을 쳐 뱀을 놀라게 한다는 뜻. 어떤 것에 간접적으로 타격을 가해 본래의 목적을 달성하는 책략을 말한다. 당나라 때 사람 단성식(段成式)이 쓴 《유양잡조(酉陽雜俎)》에 타초경사에 관한 이야기가 나온다.

■ 타초경사 1

　양귀비로 인해 일어난 안사의 난으로 기울기 시작한 당나라는 그 후 계속되는 황소의 난 등으로 끝내는 907년에 멸망하고 만다.
　그렇듯 당나라가 멸망한 후 송(宋) 나라가 천하를 통일하기까지의 약 반세기 동안은 분열과 혼란의 시대였다.
　923년 개봉을 함락시킨 이존욱(李存勗)은 나라 이름을 당(唐)이라 일컫고 장종(莊宗)으로서 황제의 자리에 올랐다[역사상 이 나라를 후당(後唐)이라 부른다].
　그는 무술에만 능할 뿐 정치에는 백지였다. 그는 제위에 오르자 피폐한 나라의 재정을 확보하기 위해 공겸(孔謙)이란 사람을 재무 장관에 임명하였다. 그 공겸은 후일 백성의 고혈을 짜내는 명수로 이름을 떨치게 된다.
　재무 장관에 취임한 그는 이미 세월이 지나 장부에서 말소된 세금까지 전액 거둬들이는 한편 전국의 교통 중심지에 관소를 설치하고 그곳을 통과하는 사람들에게 통행세를 받도록 각 주·현에 시달하였다.
　공겸이 실시한 세제의 특징은 갖가지 이름을 붙인 부가세가 많다는 점이었다. 이를테면 농가의 식염에도 식염세를 부과하는가 하면 농가에서 농주로 술을 빚는 누룩에는 누룩세, 양잠에는 양잠세를 부과하는 등 여하튼 이름이 있는 모든 물건이 과세 대상이 되었다. 심지어는 농민들이 사용하는 농기구에까지 세금을 부과했을 정도였다.
　공겸의 이러한 가렴 주구로 백성들은 도탄에 빠져 도시와 농촌 할 것 없이 굶주린 백성들의 원성이 높았으니 후당 건국에 공을 세운 군사들까지도 살 길이 없어 처자를 파는 자가 수두룩했다.
　공겸의 이러한 「짜내기 작전」으로 기아에 허덕이는 백성들이 날로 늘어나면 늘어날수록 장종의 개인 창고에는 금은 보화가 넘쳐 흘렀다. 장종은 이에 더없이 만족해서 공겸에게 「국가 재정을 튼튼히 한 공신」이란 칭호까지 내렸다.
　당시 공겸에 의해 만들어진 기상 천외의 세제와 그로 인해 빚어진 몇 가지 재미있는 일화를 소개해 보자.
　공겸이 만들어 놓은 부가세 가운데는 이른바 「작서모(雀鼠耗)」라 불리는 부가세가 있었다. 즉 백성들로부터 세금으로 거둬들인 피륙이나 곡물이 새나 쥐에게 먹혀 소모되는 양을 계산하여 그에 상당하는 분량을 추가 징수하는 어이없는 부과세가 바로 그것이었다.

예를 들면 피륙은 환산하여 10냥에 반냥, 곡물류는 1섬에 두 말을「작서모」라는 명목으로 징수하였던 것이다.

이것은 그래도 조정에서 법령으로 제정한 정당한(?) 세금이었지만 이와는 별도로 지방에는 지방 장관의 자의로 그때 그때 편의에 따라 만들어진 갖가지 세금이 또 있었다. 그 세금 중에는 심지어「못뽑이 세」,「쌍놈 세」,「수염 문지름 세」등 웃지 못할 이름의 세금도 있었다.

그같이 이상야릇한 이름의 세금이 생기게 된 사연은 이렇다.

이른바「못뽑이 세」는 송주(하남성 상구)에서 생겨난 세금이다. 지방 장관의 경우, 명목이야 어떻든 수단과 방법을 가릴 것 없이 백성들로부터 많은 세금을 거둬들여 중앙에 상납을 해야만 승진과 영전이 되는 것이 곧 당시의 관료 풍토였다. 때문에 지방 장관들의 백성들에 대한 핍박과 횡포는 이루 형용할 수 없었다.

송주의 지방 장관 조재례(趙在禮)는 백성들로부터 세금을 짜내는데 피도 눈물도 없는 인물로 유명하였다. 이 조재례가 세금을 많이 상납한 공로로 중앙으로 영전을 하게 되었다. 이 소문은 순식간에 온 고을에 퍼졌다. 소식을 전해 들은 백성들은

「에이 그놈 잘 됐다. 눈 속에 박혔던 못이 뽑혀나간 듯 후련하다.」

며 환성을 질렀다.

이같은 백성들의 환성은 아첨배들에 의해 즉각 조재례에게 전해졌다.

「지사님, 현(縣)의 주민들이 배은 망덕하게도 지사님이 중앙으로 영전되어가신다는 소식을 듣고 "눈에 박혔던 못이 뽑혀나간 듯 후련하다"고 한다 하옵니다.」

「무엇이? 이런 발칙한 것들이 있나!」

격노한 조재례는 자기를 증오하는 백성들에게 보복을 하겠다 하여 중앙으로의 영전을 1년 간 보류하고 송주에의 유임을 청원했다.

청원서를 받아든 장종은 영전까지를 마다하며 충성을 보이는 조재례의 충성심을 가상히 여겨 1년 후의 승진과 더불어 영전을 약속하고 유임을 허락했다

그가 떠난다고 좋아했던 백성들에게는 그야말로 청천 벽력이었다.
조재례는 보란듯이 1년 동안 눌러 앉아서 백성 1인당 1백냥이라는 엄청난 액수의「못뽑이 세」를 거둬들였다.
그리고「쌍놈 세」는 여강(안휘성)에서 있었던 이야기로 앞의「못뽑이 세」와 비슷한 사연을 가지고 있다.
여강의 지방 장관 장숭(張崇)도 백성들의 고혈을 짜내는데 둘째 가라면 서운해 할 인물로 백성들의 원성이 높았다. 때문에 백성들은 관리가 없는 데서는 그를「쌍놈!」이라고 욕을 하며 울분을 터트렸다. 그도 조재례와 같은 공로로 중앙으로 영전되어 갔는데, 그가 떠나자 백성들은 대놓고 말했다.
「그 쌍놈이 떠나가니 십년 묵은 체증이 뚫린 듯 시원하다!」
그런데 어찌된 연유인지 얼마 후 장숭은 다시 돌아왔다. 돌아온 그는 백성들이 자기가 떠나간 사이 자신을「쌍놈」이라고 부르며 좋아했다는 사실을 알고 분개하여「쌍놈 세」라는 명목의 세금을 징수했다.
1년 후 장숭은 또 중앙으로 영전되어 갔다.「쌍놈 세」로 시달림을 받던 백성들은 쾌재를 불렀다.
「그 쌍놈 이번에야 설마 다시 돌아오지 않겠지!」
그런데 이게 웬일인가. 장숭은 몇달 후에 또 다시 돌아왔던 것이다. 돌아온 장숭은 백성들이 쌍놈이라고 욕을 한 것은 말할 것도 없고 수염을 쓰다듬으며 기뻐했다는 말을 듣고 쌍놈 세에다「수염 문지름 세」를 가산하여 세금을 징수하였다 한다.
다소 이야기가 과장되어 전해지긴 했겠지만 아뭏든 후당 시대의 세금이 상상할 수 없을 정도로 가혹했던 것만은 틀림없는 모양이다.
36계 본문에는 전기한 단성식의《유양잡조》를 타초경사의 한 사례로 기록하고 있다.
당시 당도현(堂塗縣)에는 왕노(王魯)라는 사람이 지방 장관으로 있었다. 그는 장숭처럼 그렇게 가혹하지는 않았지만 다른 지방 장관들과 같이 그도 백성들을 수탈해 많은 원성을 사고 있었다. 수탈이 가혹하면 할수록 백성들에 대한 탄압 또한 그만큼 심해지는 법이다. 철저하게 억압하지 않으면 막다른 골목으로 몰린 백성들이 이판 사판 저항을 하거나 심하면 반란까지를 일으킬 우려가 있기 때문이다.

왕노는 현의 백성들을 일벌 백계주의로 다스렸다. 누가 조그마한 불만을 표해도 즉시 잡아다가 옥에 처넣었다. 그렇게 함으로써 왕노는 일석 이조의 득을 볼 수 있다고 생각한 것이다. 불평 분자를 엄하게 다스림으로써 백성들의 저항을 사전에 방지할 수 있다는 것이 그 하나의 이유이고 또 하나는 가장을 옥에 가두면 가만히 있어도 죄야 있든 없든 가족들은 그 가장을 옥에서 구해 내기 위해 적지 않은 뇌물을 갖다 바친다는 것이 다른 이유였다.
 이런 공포 분위기 속에서는 어쩔 수 없이 귀와 눈 그리고 입을 막고 불평 불만을 안으로 삭일 수밖에 없다. 그러나 입을 다물고 참는 것도 한도가 있다. 한도를 넘어서면 어떤 방법으로든 폭발하기 마련이다.
 왕노의 혹독한 가렴주구에 시달리다 못한 고을 주민들은 마침내 머리를 맞대고 이의 타개책을 의논했다. 이렇게 가만히 앉아 당하기만 하다가는 누구나 한 번은 감옥에 가야 하고 그렇게 되면 또 모든 가산을 털리고 결국에는 거지가 될 수밖에 없다는 것이 주민들의 중론이었다.
「어차피 굶어 죽을 바엔 관청으로 쳐들어가 왕노란 놈을 잡아죽이고 쌀 창고를 텁시다!」
 혈기 왕성한 젊은이가 주먹을 휘두르며 말하자 그 옆에 있던 중년 사나이가 반대했다.
「그건 섶을 지고 불로 들어가는 격이야. 그러다간 고을 백성들이 다 죽네.」
「이러나 저러나 죽기는 마찬가지가 아닙니까? 죽기를 각오하고 하면 안될 일이 어디 있겠읍니까?」
「팽서방 말이 맞네. 그건 무모한 짓이야…」
 이번에는 앞니가 모두 빠진 표노인이 헛바람이 새는 말투로 천천히 말했다.
「그렇게 힘으로 할 것이 아니라 우리 고을 사람들이 중앙에다가 직접 실정을 알리고 시정을 촉구하는 탄원서를 내는게 어떻겠오?」
「그게 정말 현명한 방법인 것 같읍니다.」
 많은 사람들이 표노인의 의견에 찬동하고 나섰다.
「결과적으로 위험하기는 그것도 마찬가지요.」

마침내 마을 촌장이 앞으로 나서며 말했다.
「우리가 탄원서를 직접 중앙에 낸다 해도 결국엔 해당 책임자인 왕노에게 알려지게 마련인데 그렇게 되면 더 큰 화를 불러들이는 거나 다름이 없네.」
실은 그랬다. 현의 주민들이 지사(知事) 몰래 중앙 관서에 자기를 지탄하는 탄원서를 냈다는 사실을 알게 되는 날에는 격노한 왕노가 주민들에게 어떤 무서운 보복을 가할지 모를 일이었다. 그렇다면 어떻게 해야 한단 말인가.
「그걸 내게 맡겨 주시오. 내가 직접 주민 일동의 이름으로 왕노에게 탄원서를 써서 내겠오.」
갑론 을박, 숙의 끝에 고육지책으로 촌장의 의견에 따라 위험을 무릅쓰고 왕노에게 직접 탄원서를 내기로 결말은 보았다.
며칠 후 당도현의 지사 왕노는 현의 수민들이 연명으로 써낸 다음과 같은 탄원서를 받았다.
「존경하옵는 지사 각하.
저희 현민 일동은 불철 주야 현민을 위해 애쓰시는 지사 각하께 충심으로 감사드리며 삼가 탄원의 글을 올리는 바입니다. 저희 현민들은 지사 각하의 선정의 은덕으로 다른 현의 주민들은 생각지도 못하는 부유와 평화 속에 행복하게 살고 있음을 거듭 감사드립니다. 그러나 유감스럽게도 현명하신 지사 각하의 부하 중에는 각하의 선정의 뜻을 어기고 현민들에게 사사건건 뇌물을 요구하고 현민들을 부당하게 핍박하는 사람이 있어 원성이 자자합니다. 이것은 현명하신 지사 각하를 위해서나 저희 현민들을 위해 심히 불행한 일이 아닐 수 없읍니다. 이런 한 사람의 불성실한 오직 관리가 있음으로써 해서 지사 각하의 훌륭한 치적에 행여 오점이 남겨진다면 이 어찌 가슴 아픈 일이 아닐 수 있겠읍니까.
원하옵건대 지사 각하의 현명하신 영단으로 이 악덕 오직 관리를 적발, 엄중 처단함으로써 현민들의 지사 각하에 대한 숭앙과 감사의 념을 잃지 않게 하여 주시옵기를 간절히 탄원하는 바입니다.」
왕노는 비록 시의에 따른 오직 관리이긴 했지만 비교적 판단력이 예리한, 그리고 한가닥 양심이 있는 인간이었다. 탄원서를 읽은 왕노는 현민들이 무엇을 말하고자 하는가를 즉석에서 간파했던 것이다. 그는 무심결에 탄원서 끝머리에 이렇게 덧붙여 썼다.
「너는 풀을 쳤지만 나는 이미 뱀처럼 놀랐노라.」
즉 네가 친 것은 풀 뿐이지만 내쪽에 숨어 있는 뱀은 이미 깜짝 놀랐다는 의미이다.
이후 왕노는 크게 뉘우치고 정말 현민을 위해 훌륭한 선정을 베풀었다고 한다.
지혜롭게도 촌장은 오직을 일삼고 현민을 핍박하는 왕노라는 뱀을 쫓아 내기 위해 간접적으로 부하 관리라는 주위의 풀을 쳤던 것이다.

■ 타초경사 2

1956년 7월 26일 이집트의 낫세르 대통령은 수에즈 운하의 국유화를 선언했다. 이는 열강들 특히 영국을 경악케 했다. 2차 대전 후 그렇지 않아도 쇠퇴 일로를 걷고 있던 영국이 중동에서의 마지막 발판인 수에즈 운하를 잃는다는 것은 이권면에서도 그렇지만 열강으로서의 영국의 국위에도 치명적인 손상을 입히는 일이었다.
그러면 여기서 사건의 이해를 돕기 위해 이야기를 조금 소급해 영국과 이집트와의 관계(특히 수에즈 운하를 둘러싼)를 간략하게 살펴 보기로 하자.
영국이 이집트를 점령한 때는 지금으로부터 약 백년 전인 1881년이었다. 그 점령 동기는 인도로 가는 길을 확보하기 위해 수에즈 운하를 장악하는 데 있었다.
영국은 당초 중동 전체를 지배하려는 야망을 가졌던 것은 아니었고 더구나 이 지역에 풍부한 경제 자원이 숨겨져 있으리라고는 그 당시 상상조차 못했었다. 따라서 영국은 수에즈 운하에만 치중해 1919년 이래 이집트의 신흥 계급을 대표하는 자글룰 파샤(1857~1927)가 이끄는 와프드당의 민족적 요구에 그 때마다 양보했다. 그리고 1923년에는 이집트에 대한 보호를 중지하고 동맹 관계를 맺는 등 이집트는 실로 영국의 식민지 통치를 받는 나라치고는 파격적인 특혜를 받았다.

1936년 영국·이집트 조약에서 영국은 이집트에 대해 운하 지대에서의 군사 주둔권만 요구했다. 더구나 영국군의 수에즈 운하 주둔은 결코 점령이 아니며 운하는 어디까지나 이집트의 주권 하에 있다고까지 조약에 명기하는 등 영국으로서는 운하를 확보하기 위해 최대한의 양보를 했었다.

그러나 이집트인으로서는 여하한 경우를 막론하고 영국군의 병사를 단 한 명이라도 이집트에 주둔하게 할 수는 없다고 주장했다. 수에즈 운하 관리라는 명분으로 영국군이 이집트 땅에 주둔하는 한 그들의 주권은 침해당한다고 생각했던 것이다.

제2차 대전이 끝나자 국제 정치 분위기는 일변했고 이에 따라 이집트는 다시 조약의 개정을 강력히 요구하기 시작했다. 당시 영국은 인도로부터 철수한 직후였기 때문에 마지막으로 이집트와의 협력을 확보하여 중동에서의 거점을 마련해야 할 절박한 처지에 놓여 있었던 것이다. 이런 형편이었으므로 영국으로서는 울며 겨자 먹기 식으로 이집트의 이같은 요구에 또 다시 양보하지 않을 수 없었다.

그리하여 영국 정부는 단계적으로 영국 군대를 운하 지대에서 철수하되 단 비상시에는 영국군의 복귀를 허용할 것, 복귀할 경우 5억 파운드에 달하는 저장 탄약이나 시설 등을 원래대로 영국이 사용한다는 조건을 내걸고 이집트와 협상을 벌였다. 그러나 이집트측은 이를 한마디로 일축해 버렸다.

1951년 영국은 고육지책으로 미국과 프랑스를 끌어들여 공동 방위 체제인 중동 방위 기구(CENTO)라는 군사 동맹을 결성한다며 이에 이집트의 참가를 제안했다. 이제 영국의 독자적인 힘으로는 이집트를 요리하기가 힘에 겨웠으므로 미·프를 등에 업고 이집트를 군사 동맹의 틀 안에 집어 넣은 다음 최대한의 양보를 얻어 내려는 정략이었던 것으로 풀이된다.

그러나 이집트는 이에 반대함은 물론 한 걸음 더 나아가 운하 지대의 영국군에 대해 사보타지를 벌이기 시작했다. 심지어는 치안 유지에 책임이 있는 경찰관까지 참가할 정도로 민심은 배영 감정으로 들끓었다. 급기야 1952년 1월에는 수도 카이로에서 반영 폭동이 일어나 영국인의 건물, 주택을 습격하여 파괴하는 등 사태가 자못 심각해졌다.
 이 때 흥분한 폭도들이 혹시 왕궁까지도 습격하지 않을까 염려한 파루크 국왕은 성급하게 육군을 출동시켜 폭동을 진압시키고 이어서 와프트 정부를 전격 해산시켰다. 이를 계기로 이집트 육군은 강력한 정치 세력으로 부상하게 된다.
 1948년 이래 이집트군 내에는「자유 장교단」이란 청년 장교의 모임이 있었다. 그들은 정치나 권력에 때묻지 않은 참신한 젊은 장교들로서 단결하여 조국을 부패에서 지키고 외세의 통치에서 완전히 벗어나는 길을 찾으려 했다.
 이들 청년 장교는 소령, 중령급들로 대다수가 중산층 중에서도 하층 출신이었다. 그들은 자신들의 체험으로 누구보다도 빈곤의 쓰라림과 그 빈곤을 조장하는 외세의 야심을 알고 있었다.
 그들 가운데서 가장 지도적인 인물이 바로 가말 압달 낫세르(1918~1970)였다. 그리고 그 자유 장교단의 인기의 중심 인물은 통솔자로 들어온 모하메드 나기브 장군이었다.
 그들은 철저히 비밀을 유지하면서 혁명 계획을 추진시켰다. 1952년 7월 그들은 마침내 육군을 중심으로 혁명을 일으켜 파루크왕을 축출하는데 성공했다. 앞에서도 언급했듯이 그들은 결코 권력에 야심이 있어 혁명을 일으킨 것이 아니었다. 오로지 부패하고 무능한 정권을 바로잡고 침투해 오는 외세를 저지하기 위한, 그야말로 순수한 우국 충정의 발로에서였다.
 낫세르 중령을 비롯한 자유 장교단의 멤버들은 모두 직업 군인이었으니 정치에는 모두 백지였다. 그래서 그들은 처음에는 민간인 정치가를 등용해서 정치를 맡기려 했다. 그러나 얼마 동안 그들에게 정치를 맡기고 지켜본 결과 민간인 정치가들도 별 것이 아님을 알게 되자 실망한 나머지 자기들의 힘으로 직접 정치를 해 보기로 결심했다.
 그들 젊은 장교 출신의 풋나기 정치가들은 비록 시행 착오를 거듭했지만 의욕적으로 개혁을 단행, 얼마 후 실시한 총선에서 91%라는 국민의 압도적 지지를 얻는다.
 총선 직후 영국은 또 다시 새로운 혁명 정부와 조약 개정에 관한 협상을 재개했다. 이 자리에서 이집트의 젊은 장교들은 비록 정치·외교에 경험이 없어 협상 방식이 서툴긴 했지만 민족 자주라는 대의에 입각해 이집트의 민족적 요구를 성실히 대변하고 당당히 주장하여 요구 조건의 태반을 관철시켰던 것이다.

새 조약은 1954년 7월에 맺어졌는데 이 조약에 따라 영국군은 20개월 이내 즉 1956년 3월까지 모두 철수하게 되어 있었다. 이 조약은 그야말로 중동에 있어서의 영국의 조종(吊鍾)을 뜻하는 것이기도 했다.

이같은 굴욕적인 조약이 체결되자 영국의 보수당 내에서는 무력으로 이집트를 응징해야 한다는 강경론도 대두되었지만 미국의 종용 등 여러 가지 사정으로 무력 충돌로까지는 이르지 않고 결국 흐지부지되어 버리고 말았다.

1952년 7월, 혁명이 성공한 이래 미국도 낫세르 노선에 대해 불안과 불만을 느끼고 있었던 것은 사실이었다. 그 이유는 낫세르가 아랍 민족주의 지도자로 자처하며 반둥회의 이후 네루의 중립주의에 동조하기 시작했기 때문이다. 그러는 한편 미·영이 중동에 반소 군사 동맹인 바그다드 조약을 만들려는데 대해서는 반대를 했다. 뿐만 아니라 1955년 7월에는 공산 체코슬로바키아에서 무기를 구입하는가 하면 소련에 접근하여 군사 원조를 받으려 하는 등 다분히 좌경으로 기울고 있었기 때문이었다.

이같은 미국의 입장을 알고 있는 영국은 미국의 협조를 얻어 무력 수단이 아닌 다른 어떤 방법으로라도 이집트를 응징해야 한다고 생각했다. 응징의 목적이 1954년 수에즈 운하 문제에 따른 굴욕적인 조약을 철회 또는 만회하려는데 있음은 말할 나위도 없다.

1956년 미·영 양국 정부는 마침내 낫세르에 대한 응징책의 일환으로 이집트 정부가 국운을 걸고 추진하고 있는 애스원 댐 건설에 대한 세계 은행의 20억 달러 차관 증여를 취소할 것을 결정, 이집트에 통고했다.

36계에서 볼 때 이는 분명한 타초경사였다. 수에즈 운하라는 뱀을 놀라게 하기 위해 엉뚱하게도 애스원 댐이라는 풀을 쳤던 것이다. 이러한 미·영의 응징 조치에 낫세르는 한 술 더 떠서 서두에서 말한「수에즈 운하의 국유화 선언」이란 대담한 회답을 보냈던 것이다. 미·영은 솔직히 낭패스러웠을 것이다. 풀(20억 달러)을 치면 뱀(수에즈 운하)

이 놀라 기어나오리라 생각했는데 오히려 그 뱀에게 물리고 만 격이 되어 버렸으니 말이다. 타초경사의 계가 실패한 사례였다.

영국을 깡그리 무시해 버리는 낫세르의 이같은 조치는 영국 정부를 분노케 했다. 영국의 이든 수상은 평소부터 낫세르를 마땅치 않게 여기고 있는 프랑스의 기 몰레 수상과 함께 약 2개월에 걸쳐 수에즈 운하를 탈환하기 위해 여러 가지 압력을 가하며 협상을 시도했으나 끝내 실패하고 말았다. 그렇다고 해서 수에즈 운하를 쉽게 포기하고 말 영국이 아니었다. 그리하여 영·프 두 나라는 마침내 최종적인 수단으로 무력 사용을 획책하기에 이른다.

1956년 10월 29일, 영·프의 책동을 받은 이스라엘군이 돌연 이집트를 침공, 수에즈 운하를 향해 시나이 사막으로 진격하기 시작하였다. 그러자 다음 날(30일) 영국과 프랑스는 이집트와 이스라엘 양국에 최후 통첩을 보내 양국의 군대가 수에즈 운하에서 각각 10마일씩 후퇴할 것을 요구하고 만약 이에 불응힐 경우 무력 사용도 불사하겠나고 경고했다. 이것은 물론 미리 짜놓은 각본에 의한 것이었다. 그러나 이미 저들의 저의를 알고 있는 낫세르가 이 통첩에 응할 리가 있겠는가.

그러자 10월 31일 키프로스 섬에 이미 집결, 대기중이던 영·프 공군은 대거 이집트에 폭격을 감행했다. 당시 영·프군의 진격 목표는 수에즈 운하 하구인 포트사이드에 상륙하여 수에즈 운하를 장악하는 것이었다.

그런데 군의 상륙 작전을 위해서는 우선 상륙 지점 주변의 화력이나 병력 배치 상황을 정확히 파악해야 했다. 그러나 영·프 공군의 공중 절찰로는 그것은 탐지해 낼 수가 없었다. 여기서 착안한 것이 두번째의 타초경사였다.

앞서 애스원 댐 사건이 정치적인 타초경사라면 이번에는 군사적인 그것이라 하겠다.

11월 2일 영·프 공군은 포트사이드 상공에서 고무와 나무로 만든 인형 공정대를 투하했다. 그것이 가짜 인형 공정대인 줄도 모르고 이집트군은 여기에 맹렬한 공격을 가했다. 이 때 공중 정찰로 적정을 면밀히 파악한 영·프 공군은 다음 날 이집트군의 포진지와 병력 집결지를 맹타하고 무난히 포트사이드에 상륙할 수 있었던 것이다.

그러나 당시「의회주의의 어머니」라고 불리는 영국 의회에서는 불꽃 튀기는 찬반 논쟁이 벌어졌다. 따라서 런던 시내에서는 3만여 명의 시민이 거리로 뛰쳐나와 불법 침략에 대한 항의 데모를 벌이기도 했다. 또 영연방 가맹국의 태반이 이든의 수에즈 침공을 반대하고 나섰다. 뿐만 아니라 11월 1일 이집트의 요구로 긴급 소집된 유엔총회에서는 영·프의 침략을 비난하는 결의문이 채택됨과 동시에 유엔 경찰군의 파견을 결의했다. 한편 소련은 영·프 양국에 대해 로키트 공격을 암시하는 강력한 경고를 하는 등 영·프는 사면 초가에 빠지게 됐다.

사태가 의외로 심각하게 확대되자 11월 6일 이든 수상은 불가불 정전을 발표, 영국군 전 부대에 전투 중지를 명했다.

이리하여 이른바 수에즈 전쟁은 불과 1주일 만에 어이없이 끝나고 말았다. 어쨌든 이것은 영·프의 완전한 패배라고 할 수밖에 없는 전쟁이었다.

국내외로부터 들끓는 비난에 부딪친 이든 수상은 마침내 무릎을 꿇었던 것이다. 이로써 수에즈 전쟁 후의 영국과 프랑스는 세계 대세를 움직이는 대국으로서의「신통력」을 잃어버렸다고 할 수 있다.

■ 타초경사 ③

타초경사의 계략은, 정치는 물론 현대 경영 전략에도 많이 이용된다. 일본의《경영 전략》이라는 책에 다음과 같은 내용의 글이 있다.
「반응을 보라.

반응은 그물을 치고 기다렸다가 돌 한 개를 던져 상대를 끌어 내어 잡는 술책이다.

상대와 교섭을 할 경우, 이쪽이 너무 웅변으로 강하게 나가면 결국은 실속없이 끝나고 만다. 상대의 생각을 알 수 없기 때문이다. 충격적인, 그리고 짤막한 말로서 급소를 찌르며 힘차게 내던진 다음 묵묵히 상대가 하는 말에 다만 귀를 기울여라.

만약 상대편이 먼저 발언할 경우에는 상대가 벌컥 화를 낼 만한 반대 의견을 내놓는 것이 좋다. 이쪽이 먼저 발언하는 경우든 상대의 발언에 반대를 하는 경우든 말은 절대 길어서는 안 된다. 말이 길면 그 사이에 상대는 냉정을 되찾고 본심을 감추어 버린다.

이쪽이 던진 돌 한 개에 대해서 대부분의 경우 상대는 맹렬히 반론해 오겠지만 그것이 바로 이쪽이 바라는 바인 것이다. 이쪽은 다만 그물을 치고 기다리며 상대로 하여금 충분히 발언을 하도록 한다. 그런 뒤 상대의 말을 분석, 검토하면 상대의 진의를 파악하게 된다. 따라서 반대론 속에서도 틀림없이 설득이나 타협을 위한 해결점을 찾아 낼 수가 있는 것이다.

웅변에 의해 상대를 침묵시키는 것은 설득이 아니다.」

제14계

차시환혼
借屍還魂

이용할 것은 이용한다

쓸모있는 사람은 이용할 수 없으나 쓸모없는 사람은 실은 이쪽의 원조를 구하고 있는 것이니, 쓸모없는 사람을 이용하라. 이는 곧 이쪽이 상대를 이용하는 것이 아니라 저쪽이 절실하게 이쪽에 의존하고 있는 것이다.

왕조(王朝)가 교체될 때는 거의가 다 망국(亡國) 군주의 자손을 내세운다. 이는 물론「시체를 빌고 혼을 돌려주는」계략에 속한다. 또 무력으로 남을 지지하고 더구나 공격이나 방어를 대신 떠맡아 주는 것 또한 기회를 타서 남을 지배하려는 계산이니 같은 발상에서 나온 계략을 운용하고 있는 것일 뿐이다.

註

차시환혼(借屍還魂): 시체를 빌고 혼을 돌려준다는 뜻. 이용할 수 있는 모든 것을 이용해서 이쪽의 의도를 실현하는 것.

■ 차시환혼 ①

　서기전 208년 진시황제가 죽자 그의 둘째 아들 호해(胡亥)가 황제로 즉위하였다. 호해는 나라를 다스릴 만한 능력이나 원대한 포부가 없는 평범한 위인이었다. 시기든 떫지나 말 것이지, 그렇듯 무능한 호해는 잔인한 자신의 성격에 맞춰 그 아버지보다 더한 폭정을 일삼았다. 자신의 뜻에 조금이라도 반하는 자가 있으면 누구를 막론하고 참형에 처했다. 심지어는 그가 제위에 오르는데 결정적인 역할을 한 승상 이사(李斯)까지도 요참형(腰斬刑: 허리를 베어 죽이는 형벌)에 처해 죽이는가 하면 22명의 형제자매를 모조리 죽여 버린 희대의 인물이었다.
　이제 겨우 2대 째이건만 진왕조(秦王朝)의 내부 모순은 갈수록 심해지니 이미 뿌리채 흔들리고 있었다. 누구든 불씨만 던지면 반란의 불길은 순식간에 걷잡을 수 없이 타오를 그런 험악한 세상이 되어 버렸던 것이다.
　서기전 209년.
　하남성 북쪽 변방땅 어양(漁陽)을 향해 걸어가는 9백여 명의 무리가 있었다. 어양은 지금의 북경 근방으로 그들은 어양에 성을 쌓기 위해 징용된 사람들이었다.
　이들 가운데는 통솔하는 관리 외에 징용자 중에서 선발한 두 사람의 둔장(屯長: 관리 보조역)이 있었는데 한 사람은 하남성 출신의 진승(陣勝)이고 또 한 사람은 양하 출신의 오광(吳廣)이었다.
　이들 일행은 대택향(大澤鄕: 현 안휘성 동남)에 이르러 공교롭게 큰 장마를 만나 부득불 며칠을 지체하지 않으면 안되었다. 그들은 모월 모일까지 목적지에 도착하라는 명을 받고 있었다. 그러나 장마로 막힌 길을 뚫고 정해진 날짜에 맞춰 목적지까지 도착한다는 것은 도저히 불가능한 일이었다. 당시에 정해진 법은 징용자가 정해진 기일 내에 도착하지 못하면 이유 여하를 불문하고 참형에 처하도록 되어 있었다. 그러므로 이들 9백여 명 모두가 참형을 당해야 할 공동 운명에 처하게 된 것이다. 그들이 늦게나마 어양에 도착한다 해도, 또는 도망을 친다 해도 그들을 기다리고 있는 것은 어차피 죽음 뿐이었다. 까닭없이 당해야 하는 개죽음 앞에 순순히 승복하려 할 사람이 어디 있겠는가. 서로 말은 하지 않았지만 하나같이 자신들의 억울한 운명에 대해 통분하고 있었으리라.
　비가 억수같이 쏟아지는 칠흑같은 밤, 둔장 진승이 오광을 조용히 밖으로 불러냈다.
「온 백성들이 포악한 황제의 학정에 말할 수 없는 고통을 당하고 있오. 이 때 우리가 반란의 기를 들면 모든 백성들이 호응할 것이 틀림없오.」
　오광도 또한 진승과 같은 생각을 하고 있던 중이었다. 긴 말이 필요없었다. 두 사람은 서로의 손을 꽉 부여잡았다. 그로써 이들의 뜻은 이미 정해진 것이나 다름없었다.
　그들의 뜻을 이루기 위해 제일 먼저 해야 할 일은 일행을 통솔하는 두 사람의 관리를 처치하는 것. 이미 뜻을 결정한 이상 한시도 주저할 필요가 없었다. 오광과 진승은 그길로 두 사람의 관리가 곤히 자는 방으로 쳐들어가 목을 쳤다.
　다음 날 아침 진승은 일행을 모아 놓고 큰 소리로 외쳤다.
「기한을 어긴 우리들에게 이제 남은 것은 참형 뿐이오. 요행히 참수를 면하다 해도 변방의 부역에 종사하는 것이 고작이오. 그러나 부역에 종사했다가 무사히 고향에 돌아간 사람이 지금까지 단 하나도 없다는 사실을 여러분들도 잘 알고 있을 것이오. 어차피 죽을 목숨 우리 한 번 사나이답게 일어나 싸우다 죽읍시다. 제왕이나 제후의 씨가 어디 따로 있겠소. 우리들도 누구나 할 수 있는 일이오. 힘이 제왕을 만든 것이지 제놈들이 어디 하늘에서 떨어졌답니까. 우리 다같이 힘을 모아 죽기를 각오하고 싸웁시다!」
　진승의 이같은 외침에 그들은 모두 만세로써 호응을 했다. 그들은 나무를 꺾어 무기를 만들고 장대를 세워 깃대를 삼았다. 마침내 불씨는 던져졌다.
　이것이 중국 역사상 최초의 농민 봉기였던 것이다. 이 봉기는 순식간에 전국적인 규모로 확산되었다.
　진승은 스스로를 항연(項燕)이란 이름으로 사칭하고 일어섰다. 그러면 그가 의도적으로 본명을 감추고 사칭한 항연이란 도대체 어떤 인물인가.

2백여 년이나 계속되는 전쟁으로 국력이 쇠퇴할 대로 쇠퇴해진 여섯 나라가 차례로 그 명을 다하고 있을 당시 진나라 만은 여전히 강대국으로 남아 천하 통일을 눈앞에 두고 있었다.

이제 진시황이 중국 천하를 통일하느냐 못하느냐는 마지막 남은 초나라와의 싸움에 달려 있었다.

이 때 초나라의 운명을 걸고 출전한 장수가 바로 항연이었다. 항연은 진나라 장수 이신(李信)이 거느린 20만 대군과 싸워 이겼으나 후속군으로 정예 60만 대군을 거느리고 나타난 왕전(王翦)의 작전에 휘말려 대패하고 말았다.

이 근수(蘄水) 싸움에서 항연이 죽었는데 그의 죽음에 대해서 두 가지 기록이 전해진다. 《《사기》》의 「왕전열전」에는 「항연을 죽이다」로 되어 있고 「본기」에는 「항연 자살하다」로 기록되어 있다.

그는 초나라에서 대대로 장군을 지낸 명문 항씨의 일족으로 앞으로 등장할 항우의 할아버지 뻘이 되는 사람이다. 항연의 죽음과 함께 초나라는 멸망하고 진의 천하 통일은 마침내 이루어졌던 것이다. 그러나 초나라 유민들은 어찌된 연유에서인지 이 항연의 죽음을 믿으려 하지 않았다. 초나라 사람들의 가슴 깊은 곳에 그는 영원히 살아 있는 인물이었다.

진승은 지금 엉뚱하게도 그 불사의 영웅을 사칭하고 나선 것이다.

진승은 스스로 장군이 되고 오광은 도위가 되어 서쪽 진(陳: 지금의 하남성 회양현)으로 진출하였다. 그들이 대택향에서 일어나 진까지 진출하는 동안 수많은 반진(反秦) 군사들이 이들에 가담하여 진승·오광은 그 막강한 병력으로 손쉽게 진성(陳城)을 점령하였다.

진성을 점령한 그들은 그곳에서 명사로 이름난 무신(武臣)과 장이(張耳), 진여(陳餘)를 참모로 삼고 한때 진짜 항연의 부하였던 주문(周文)도 반군에 가담시켰다.

한편 나라를 잃은 진성의 원로와 백성들은 나라를 찾고자 하는 성급한 마음에서 진승을 초왕으로 추대하려 했다.

말 타면 경마 잡히고 싶다고, 막강한 세력을 손에 쥔 지금 왕 자리를 마다할 진승이 아니었다. 그러나 진승은 일단 이 왕위 문제를 놓고 장이와 진여의 의견을 물었다.

「진(秦)은 남의 나라를 빼앗고 남의 사직을 전멸시켰을 뿐만 아니라 백성을 피폐하게 만든 무도한 나라입니다. 그토록 포악한 진을 제거하고 초나라 유민의 한 맺힌 원한을 풀기 위해 봉기하신 장군께서 지금 진(陳)에 와서 왕이 되신다면 만천하에 장군의 사심을 드러내는 결과밖에 안 됩니다. 원컨대 장군께서는 왕위를 사양하시고 6국의 후손으로 하여금 왕이 되어 후사를 잇게 하십시오. 그렇게 함으로써 장군을 따르는 당이 더 많이 형성되고 따라서 진(陳) 나라로서는 많은 적을 갖게 되는 것입니다. 적이 많아지면 자연히 힘은 분산되게 마련이고 당이 많아지면 반대로 병력이 증강됩니다. 이렇게 하여 포악한 진나라를 토멸하고 함양에 웅거하여 제후들을 명령하면 장차 제업(帝業)은 반드시 이루어질 것입니다.」

그러나 견물 생심이라 했던가. 왕위에 욕심이 난 진승은 이들의 말을 듣지 않고 원로들의 권유에 따라 초왕의 위에 오르고 나라 이름을 장초(張楚)라 했다. 역사에는 진승이 스스로 왕이라 칭한 곳의 이름을 따서 그를 진왕(陳王)이라 기록하기도 한다.

진승의 인물됨이야 어떻든 중원 땅에 토진(討秦)의 기치를 든 나라가 세워졌다는 소문이 퍼지자 수많은 군사와 백성들이 이에 호응하여 그의 휘하로 몰려들었으니 병력은 삽시간에 수십만으로 늘어났다. 이 같은 현상을 보더라도 당시 진나라가 얼마나 백성들에게서 이반되어 있었는가를 알 수 있다.

장초의 왕이 된 진승은 무신, 장이, 진여에게 명하여 우선 북쪽 조나라를 평정하도록 했다. 진승의 계획은 먼저 조나라를 평정한 뒤에 그 군대를 서쪽으로 돌려 진나라를 공격하려는 것이었다.

그러나 조나라를 평정한 무신은 나름대로 야심을 가지고 있었다. 진승 같은 한낱 촌부도 왕이 되는데 자기라고 못하랴 싶어 그도 그곳에서 스스로 조왕이라 칭하고 진여를 대장군, 장이는 승상으로 임명하였다.

무신은 모든 면에서 진승보다는 유능하고 두뇌가 명석한 인물이었다. 진승이 대업을 버리고 왕이 되는 것을 보고 무신은 크게 실망했던 것이다. 그가 스스로 조왕이 된 데는 그러한 진승에 대해 반기를 든다고 하는 의미가 더 컸다.

진승은 그것도 모르고 조나라를 점령한 무신에게 군사를 서쪽으로 진격시켜 진나라를 공격하라고 독촉하였지만 그도 지금은 엄연히 한 나라의 왕, 진승의 명을 따를 리 있겠는가.
　무신은 나름대로 계획을 가지고 있었다. 그가 진승의 명에 따라 서쪽으로 진격하여 아직도 그 세력이 막강한 진나라와 싸운다면 승산도 없을 뿐만 아니라 설사 자신이 이긴다 해도 필시 많은 병력의 손실이 따를 것이었다. 그건 장차 자기의 포부를 실현하는데 득이 되지 못한다. 그가 현 단계에서 공격해야 할 곳은 진나라가 아니라 동쪽의 연나라라고 생각했다. 그 까닭은 진나라는 병력의 수도 그렇거니와 자기들의 본거지를 침공해 오는 군대를 막기 위해 필사적으로 싸우려 할 것이지만 진에 멸망당한 연나라는 이미 그들의 나라가 없는 지금 필사적으로 대항해 싸워야 할 까닭이 없는 것이다. 어쩌면 조나라에서 오는 군대를 그들의 해방군으로 맞을지도 모른다. 이렇게 하여 조나라와 연나라가 합세하면 그 세력이 막강해져 진승의 초나라에 뒤질 것이 없는 것이다. 그리고 대세의 추이를 관망하는 것이다. 진승의 초나라(장초)와 진나라가 서로 끝까지 겨루다가 함께 그 힘이 피폐해지면 천하는 조·연의 세력이 장악할 가능성도 없지 않은 것이다.
　무신의 예상대로 진나라의 핍박을 받고 있던 연나라는 무신이 파견한 장군 한광(韓廣)을 아무 저항없이 맞아들였다. 무신의 원대한 계획은 그러나 며칠이 못가 무산되고 만다. 무신 스스로 진승을 배반하고 조왕으로 독립했듯이 한광 또한 연나라의 유력한 세도가들에게 추대되어 그곳에서 연왕으로 독립을 했던 것이다.
　그들 반란 세력은 이렇게 자신들의 목전의 욕망에 따라 지리 멸렬되어 갔다. 진승을 배반하고 스스로 조왕이 되었던 무신은 사소한 일로 부하에게 죽임을 당했고, 장이와 진여 사이에도 불화가 일기 시작했다. 그리고 더구나 일심 동체와 같던 진승과 오광 사이에도 어느 덧 암투가 싹터 어느 날 오광은 진승 일파의 장군에게 어이없게 목이 달아나고 말았다.
　도탄에 빠진 백성을 구하기 위해 일치 단결하여 폭정을 일삼는 진을 토벌하자고 봉기했던 그들은 이처럼 서로 배반하고 배반당하는 내부 분열의 난맥상을 이루며 엎치락 뒤치락했다.

진의 장군 장한(章邯)은 진승이 보낸 주문(周文)의 군대를 격파하고 그 여세를 몰아 진성을 공격하였다. 장한의 대군을 맞아 진승은 끝까지 고군 분투하였으나 중과 부적이었다. 그는 진성에서 퇴각하여 하성부(下城父: 현 안휘성 와양현)에서 분전하다가 그가 가장 신임하던 어자(御者), 장가(莊賈)에게 목이 잘리는 비참한 말로를 장식했다.

진승이 진나라 타도의 깃발을 높이 들고 진성을 점령, 스스로 왕이라 칭한 지 겨우 6개월 남짓 만의 일이었다. 이렇듯 그의 봉기가 비록 실패로 끝나긴 했지만 그러나 역사적으로 부여하는 의미는 크다.

진승의 봉기는 진조 타도를 위한 투쟁의 서막이 되었고 그의 죽음은 또한 요원의 불길처럼 타오르던 반진 투쟁에 일시적인 좌절을 불러오는 듯했다.

각지에서 일어난 봉기군이 일시에 구심점을 잃고 우왕 좌왕 했던 것도 사실이었다. 그러나 그로부터 반년 후 꺼질 듯하던 반진의 불길은 다시 거세게 타오르기 시작했다. 그러나 이 투쟁의 주도권은 이미 농민 지도자들로부터 지주 계급 및 6국의 옛 귀족 세력에게로 넘어갔고, 그 중의 한 인물이 바로 저 유명한 항우였다. 항우는 앞에서 말한 초나라 불사의 영웅 항연의 손자 뻘이 되는 사람이다.

이무렵 절강성의 회계(會稽) 땅에서는 항연의 아들 항량(項梁)이 그 아버지를 죽인 진나라에 대한 사무친 원한을 씻기 위해 군사를 일으킬 준비를 하고 있었다. 그는 조카 항우와 함께 이를 테면 망명지에서 비수를 갈고 있었던 것이다.

한편 회계 군수 은통(殷通)은 강서 지방에서 큰 반란이 일어났다는 소문을 듣고 자신의 신변에 위험을 느낀 나머지 항량을 찾아갔다. 항량으로선 하늘이 내린 기회가 아닐 수 없었다. 그는 마침 회계 군수를 죽이고 그곳을 기반으로 하여 군사를 일으킬 궁리를 하고 있었던 것이다.

초나라의 모든 유민들 가슴 속에 아직도 살아 있는 항연이 아닌가. 바로 그 아들이 나선다면 초의 군사들은 다투어 그의 수하로 몰려들 것이 분명했다. 한낱 농민으로 태어나 항연을 사칭하며 봉기했던 진승과는 본질부터가 다르다. 그는 분명 명문가인 항연의 아들인 것이다.

진승의 죽음으로 말미암아 그대로 막을 내릴 것 같던 반진 투쟁의 세력은 이제 항량을 새로운 구심점으로 하여 다시 불씨를 일으키기 시작한 것이다.
 항량은 조카 항우를 불러 은통이 찾아온 사정을 이야기하고 이후의 대책을 의논하였다.
「숙부님, 이 일이야말로 천우의 신조올시다. 하늘이 내리는 복을 받지 않으면 그 복이 오히려 재앙이 된다 했읍니다. 지금 곧 은통의 목을 베고 강동의 젊은이들을 규합하여 군사를 일으키도록 하십시다.」
「구해 달라고 찾아온 은통의 목을 베다니…?」
「그런 인물은 장차 꼭 말썽을 부립니다. 초기에 없애 버리는 것이 상책입니다.」
 항량은 그 길로 은통의 목을 베고 회계령 인근 백성들에게 거사의 목적을 호소하자 며칠 사이에 8천여 명의 젊은이가 모여들었다. 계속해서 항량의 거병 소식이 전해지자 항씨 가문의 명성에 힘입어 수많은 군사가 구름떼처럼 모여들었고 심지어는 경포(黥布)라는 자가 거느렸던 군도(群盜)까지 그의 휘하로 들어왔다. 이리하여 8천여 명으로 발족했던 항량의 군사는 불과 몇 달만에 6~7만이라는 대군단을 형성했다.
 한편 담(郯)에서 군사를 일으킨 진가(陳嘉)는 회계 땅에서 일어난 항량의 거병 소식을 듣고, 마침 진승의 군대가 장한에게 대패한 사실을 알고 있던 터라 서둘러 경구(景駒)라는 사람을 초왕으로 추대하고 유(留) 땅에 자리를 잡았다. 그가 이렇게 서두른 것은 만약 진승이 싸움에서 패해 전사했다는 소식이 퍼질 경우 그 주도권이 항량에게로 돌아갈 것을 염려했기 때문이다.
 즉 진가가 경구를 왕으로 추대한 이유는 그 주도권을 손에 쥐어 봉기군의 주류는 항량이 아니라 자신이라고 공공연히 선언을 한 것이나 다를 바가 없는 것이다.
 이런 의도로 진가가 유 땅에서 왕을 추대했다는 소식을 전해 들은 항량은 봉기군의 세력 규합의 필요성을 느껴 우선 진가를 공격하기로 했다. 진가를 공략하는 출병에 앞서 항량은 군사들을 앞에 놓고 외쳤다.
「진승이 포악한 진나라를 타도하기 위해 혈전을 벌이고 있는 이 때

에 진가라고 하는 자가 외람되게 뿌리도 없는 경구를 초왕으로 추대
하였다. 이는 진승에 대한 배반이며 우리 봉기군을 분열시키려는 책
동임이 분명하다. 이러한 자를 토멸하지 않으면 하늘이라도 용납치
않으리라!」
　항량군의 기세는 하늘을 찌를 듯했다. 항량은 군사를 유 땅이 있는
서쪽으로 진격시켰다.
　항량의 대군이 쳐들어온다는 소식에 접한 진가는 호능(胡陵)에서 항
량군을 맞아 싸웠으나 상대가 되지 않았다. 초전에 진가는 항량군의
칼에 맞아 죽고 경구도 패퇴하는 군을 따라 도망치다가 얼마 못가 항
량군에게 잡혀 참수를 당하고 말았다. 그러나 진가와 경구가 거느렸던
군사들은 모두 투항, 항량의 군사는 이제 10만을 훨씬 넘게 되었다.
　이후 여러 싸움에서 승전해 주도권을 잡은 항량은 이듬해 가을 각지
에서 일어난 봉기군의 여러 장수들을 설(薛)로 소집하기에 이르렀다.
봉기군의 주체로서 진승의 죽음을 확인하고 차후의 전략을 논의하기
위해서였다. 그러나 그가 장수들을 소집한 또 하나의 중요한 목적은
자신이 소집의 주체가 되고자 하는 것이었다. 그것은 그대로 실력의
과시이기도 했다. 춘추 시대부터 제후를 소집하는 자가 패자로서 인정
받았던 선례에 따른 것이라고 할 수 있다.
　거소(居鄛)에 사는 범증(范增)이라고 하는 사람이 항량을 찾아온 것
이 바로 그 때였다. 그는 이미 인생의 풍상을 다 겪은 70세의 노인이었
다. 그는 항량에게 이렇게 진언하였다.
「백성들이 그렇게 호응했음에도 불구하고 진승의 봉기가 실패로 돌
아간 이유는 멸망한 6국의 유족을 옹립하여 왕으로 삼지 않고 스스
로 일어나 왕이라 일컬었기 때문입니다. 봉기했던 당초의 목적을 저
버리고 사욕을 앞세운 결과라고 하겠읍니다. 진시황에 의해 멸망된
6국은 모두 진나라에 대한 사무친 원한 때문에 언제고 설원할 것을
고대하고 있읍니다. 그 중에서도 특히 복수심에 불타고 있는 것이
초나라 사람들입니다. 초나라 사람들은 지금까지도 자기들의 통치자
였던 회왕이 귀국하지 못한 채 진나라에서 객사한 일을 애석하게 생
각하며 가슴 아파하고 있읍니다. 그래서 "세 집만 남아도 진을 멸망
시킬 나라는 초나라밖에 없다"는 말까지도 생겨난 것이 아니겠읍니

까? 그러므로 진조 타도의 깃발을 든 봉기군은 반드시 초왕의 피를
이어받은 초왕의 후예를 왕으로 세워야 합니다. 회왕에 대한 추모의
정과 진조에 대한 강한 적개심 때문에 새 왕조는 단단히 결속할 것
이고 그렇게 되면 진나라를 토벌하는 일도 별 어려움 없이 성사될
것입니다. 지금 봉기한 여러 장수들이 당신의 휘하에 들어오는 것은
당신이 대대로 초나라 장군을 지낸 가문의 혈통이기 때문입니다. 그
래서 초나라 왕족의 후예를 왕으로 세울 것을 믿어 의심치 않기 때
문입니다. 당신이 만약 저들의 이러한 기대와 신뢰를 저버리고 지난
날의 진승처럼 스스로 초왕을 일컫는다면 진승의 전철을 밟게 될 것
입니다.」

범증의 간언은 간곡하고도 확신에 찬 것이었다. 그렇지 않아도 초나
라의 왕위 문제로 꿈틀거리던 내심의 갈등이 범증의 이같은 간언을 듣
는 순간에 깨끗이 사라지자 항량의 방침은 확고해졌다.

그러면 여기서 잠시 초나라의 유민들이 그토록 애틋하게 추모의 정
을 품고 있는 회왕을 돌이켜 보자.

회왕(懷王)은 단순한 성격의 소유자로 남의 말에 귀를 잘 기울이는
편이였다. 그가 진나라 정승 장의(張儀)의 꾐에 빠져 제나라와의 종약
을 깨뜨리고 외교적으로 크게 혼란을 겪었던 일은 이미 앞의 제10계에
서 말한 바 있다. 초나라는 그 후에도 주체성이 없이 시세에 따른 적당
한 외교 정책을 계속했기 때문에 여타의 동맹국들로부터 불신을 당하
고 있었다.

제나라가 한·위와 연합해서 초를 공격하자, 초에서는 진에 원병을
요청했다. 그러나 초에 대한 불신감을 지우지 못하고 있던 진에서는
초의 태자를 인질로 한 뒤에야 원군을 보냈다.

그 후 회왕 27년(BC 302년)에 진나라에 인질로 가 있던 태자가 사
사로운 일로 진나라 대신과 싸우다가 그를 살해하고 본국으로 도망을
친 사건이 발생하였다. 이로써 진·초의 국교는 단절되고 이 때를 기화
로 제·한·위 3국의 연합군이 다시 초나라를 공격하였다. 완전히 고립
무원의 상태에 빠진 초나라로선 이제 구원을 요청할 나라조차 없었다.
그리하여 초에서는 할 수 없이 태자를 제나라에 볼모로 보내고 제와
다시 친교를 맺었다.

다음 해 진은 초나라를 공격, 여덟 성을 빼앗은 뒤 회왕과 무관(武關)에서의 회담을 강요했다. 회왕이 무관에 이르자 진에서는 미리 군사를 숨겨 두었다가 그의 배후를 끊고 회왕을 억류, 금중(黔中)과 무(巫)를 진에 할양하라고 협박했다. 금중과 무는 초나라의 운명이 걸려 있는 요충지였다.

이같은 진의 부당한 강요에 끝내 굴복치 않은 회왕은 진나라에 억류되는 몸이 되었다. 태자조차 제나라에 볼모로 가 있었으니 초로서는 왕이 없는 나라로 일찌기 없었던 국난을 맞게 되었던 것이다. 따라서 진에 억류되어 있는 회왕을 귀국시키기 위해 백방으로 노력을 했으나 종내 불가능했고, 초나라에서는 차선책으로 제나라에 사신을 보내 거짓으로 회왕이 죽었으니 태자를 돌려달라고 요청했다. 이렇게 하여 볼모에서 풀려난 태자는 귀국하여 경양왕(頃襄王)으로 즉위했다.

한편 이러한 사실을 진나라 측에서 보면 이제 진나라로서는 왕이 아닌 한낱 허수아비를 억류하고 있는 것과 다름이 없었다. 이에 문매한 진에서는 즉시 초나라를 공격하여 5만여 명을 살해하고 15개 성을 빼앗았다. 이런 혼란의 와중에서 억류되어 있던 회왕은 진나라를 탈출하여 조나라로 갔다. 그러나 한창 강성해 가고 있는 진나라를 그렇지 않아도 두려워하던 조나라에서 회왕을 받아들여 후환을 자초할 까닭이 없었다. 이에 회왕은 다시 위나라로 도망하려 하였으나 그의 뒤를 추격하던 진나라 군사에 잡혀 다시 끌려가는 신세가 되고 말았다. 그 후 회왕은 망향의 한을 안은 채 3년 동안 온갖 고초를 겪다가 끝내 그곳에서 죽어 유해로서 그리던 고국으로 돌아왔던 것이다.

회왕의 유해가 돌아오던 날 초나라 백성들은 사흘 밤 사흘 낮을 통곡으로 지새며 애통해 하였다. 이런 초나라의 백성이고 보면 그들의 진나라에 대한 적개심이 오죽하겠는가. 그러나 초나라의 쇠퇴해진 국력으로는 한창 위세를 떨치고 있는 진의만행에 속수 무책일 수밖에 없었다.

지금 범증이 굳이 초왕의 후예로써 왕을 세울 것을 진언하는 까닭도 회왕에 얽힌 이같이 통분한 일을 잊지 못하는 초나라 유민들의 결속을 더욱 강화하여 진을 토멸하고 다시 회복된 옛 왕조에 충성토록 하려는 데 있는 것이었다.

범증의 말대로 항량은 자기의 원래 뜻을 펴기 위해서는 싫든 좋든 초왕의 후예를 찾아 왕으로 추대하는 길이 가장 상책이라고 생각하였다. 36계에서 말하는「차시환혼」의 책략인 것이다.
　진나라에서 객사한 회왕에게는 심(心)이라는 손자가 있었다. 초가 멸망하자 왕족의 씨를 말리기 위해 사냥개처럼 왕족을 추적하는 진나라 관리들의 눈을 피해 그는 몇 번인가 죽을 고비를 넘기며 가까스로 산록으로 숨어들어 정체를 숨긴 채 남의 양떼를 돌보며 구차한 삶을 이어가고 있었다. 한때는 왕손으로서 모든 영화를 누렸고 장차 왕위를 이어받을 귀한 신분이 아니었던가. 그러던 그가 지금은 한낱 천한 목자가 되어 그의 다스림을 받아야 했던 일개 백성을 받들며 살아가는 신세가 되었던 것이다. 그는 백성을 돌보는 대신 양떼를 돌보며 망국의 한을 달래고 있었다.
　왕손 심이 목장에 숨어 살고 있음을 아는 사람은 범증 뿐이었다.
「그러나 어디에서 초나라 왕의 후손을 찾을 수 있겠읍니까? 초나라의 왕손은 거의가 진나라에 의해 멸족을 당하지 않았읍니까?」
　항량이 답답하다는 듯 말했다.
「그 일이라면 염려하실 것이 없읍니다.」
　이리하여 항량, 범증 두 사람은 그날로 산록에 은거하고 있는 심을 찾아나섰다.
　뜻밖에 찾아온 두 사람을 본 심은 처음에는 이들이 혹시 진의 앞잡이가 아닌가 하여 심히 당황하고 경계했다.
「잘못 찾아 오셨읍니다. 소인은 한낱 양치기에 불과합니다.」
　심은 자신이 왕손임을 극구 부인했다.
「소인이 알기로도 초나라의 왕족은 완전히 멸족된 걸로 알고 있읍니다. 어서 돌아가 주십시오. 소인은 바쁜 몸입니다. 소인이 돌보지 않으면 양떼들이 굶어 죽게 됩니다.」
　심은 겸허하게 허리를 굽히며 범증 일행에게 돌아가 줄 것을 청했다.
「어찌 양떼들은 그렇게 지성으로 보살피려 하시면서 초나라 백성은 돌보려 하지 않으십니까, 세손께서는 조부 회왕께서 어떠한 한을 품고 돌아가셨는지를 잊으셨읍니까? 지금 모든 초나라 유민들이 회왕의 억울한 죽음을 통분해 하여 진조에 대해 복수의 칼을 갈고 있는

데 그 피를 이어받으신 세손께서 어찌 이토록 한가한 삶을 살려 하십니까. 세손께서 왕위에 오르시면 모든 초나라 유민은 회왕께서 다시 살아오신듯 기뻐하며 충성할 것입니다. 선왕의 뜻을 받들어 초나라는 다시 일어서야 합니다. 그리고 선왕의 원수를 갚아야 합니다. 부디 모든 초나라 유민들의 비원을 저버리지 말아 주십시오.」
 항량의 입에서 회왕이라는 호칭이 불리워지자 마침내 심의 두 눈에는 눈물이 맺혔다. 이제 그들 사이에 더 이상의 말은 필요 없었다. 두 사람은 자리에서 일어나 정식으로 군신의 예를 올렸다.
「소인의 목을 베어 주십시오. 죽을 죄를 지었읍니다. 워낙 무지 몽매한 촌부인지라 미처 왕손이심을 알아 뵙지 못하였읍니다.」
 옆에서 이 광경을 지켜보던 목장 주인은 의외의 사태에 어찌할 바를 모르며 땅바닥에 무릎을 꿇고 백배 사죄하였다.
「어찌 죄인임을 자처하시오. 그대가 없었다면 세손께서 어찌 되셨을지 누가 알겠오. 초나라의 모든 유민들은 같은 아픔을 앓고 있는 것이오. 우리 이제부터 힘을 모아 진나라 토멸을 위해 함께 싸웁시다.」
 항량은 목장 주인의 손을 잡고 위로했다.
 왕손이 살아 있다는 소식은 초나라 유민들에겐 크나 큰 복음이었다. 항량은 심을 옹립하여 초의 회왕이라 칭했다. 선왕과 똑같이「회왕」이라 칭한 데는 항량의 깊은 책략이 숨어 있었다. 초나라 유민들로 하여금 객사한 회왕의 비극을 상기케 함으로써 진나라에 대한 적개심을 불러일으키도록, 즉 반진 운동의 상징으로서 이 이름을 택한 것이었다. 항량 스스로는 무신군(武臣君)이라 일컬었다.
 새 회왕을 맞은 초나라 유민들은 새롭게 결속을 다짐했고 나라에 대한 충성심이 새롭게 끓어올랐다. 범증이 예견한 그대로였다. 이제 그들은 단합된 무서운 힘으로 진조 토멸의 칼을 높이 치켜들 것이었다.
 한편 천하 통일의 위업을 완성했던 진나라는 2세 황제 호해의 거듭되는 학정과 조정 중신들간의 세력 다툼으로 걷잡을 수 없는 혼란에 빠져 있었다. 앞에서 보았듯이 곳곳에서 징용과 폭정에 반대하는 백성들의 반란이 일어나고 있었고, 반진을 외치며 일어난 봉기군의 세력도 무섭게 확대되고 있었다. 이에 대처해야 할 중신들은 그 일은 아랑곳없이 자신들의 세력 구축에만 혈안이 되어 서로 중상하고 모략하는 일로 영일이 없었다.

중국 천하를 통일했던 진나라 말기의 조짐들이 통일 왕국의 영광을 누릴 사이도 없이 너무나 빨리 다가오고 있었던 것이다.

　차시환혼의 계략으로 초의 회왕을 등에 업은 항량의 군사는 일약 4십만 대군으로 불어났다. 그러나 정도(定陶) 싸움에서 항량은 죽고, 항우가 그 뒤를 이어 막강한 군사력으로 관중 땅을 휩쓸며 진나라 토멸 작전에 나서게 된다.

■ 차시환혼 2

「각하, 문제가 좀 복잡해지는 것 같읍니다.」
　참모부의 사꾸라(佐倉淸夫, 가명) 대좌가 어제 외무성에서 보내온 한아름의 서류들을 사령관의 책상 위에 놓으며 조심스럽게 말했다.
「무엇이 그리 복잡하단 말인가?」
「국제 연맹에서 일본의 만주 진출에 대해 반론이 많아 외무성이 곤경에 처해있는 것 같읍니다.」
　수북히 쌓인 서류를 아무렇게나 뒤적이던 사령관은 눈살을 찌푸리며 짜증스럽게 말했다.
「외무성의 무골충이들, 내버려둬, 그럼 일본의 만주 진출을 다른 놈들이 환영할 줄 알았던가. 묵살해 버려!」
　지금 사령관이 호기있게 말하고 있는 것처럼 그렇게 묵살해 버릴만치 국제 정세는 만만치 않았다.
　제8계에서도 언급했다시피 장개석군이 서금(瑞金)의 모택동군 섬멸 작전에 병력의 반 이상을 투입하고 있을 때, 즉 1931년 9월 일본군은 군사적으로 공백 지대나 다름없는 만주 지역을 재빨리 점령해 버렸다. 이른바「대륙 진출」은 일본의 오래 전부터의 꿈이고 숙원이었다. 그런 일본이었던 만큼 이런 절호의 기회를 이용하는 것은 백번 당연하다 할 수 있다.
　일본이 불시에 만주를 점령하자 이에 제일 크게 반발한 나라는 유럽의 강대국이 아닌 약소국들이었다.

당시 유고슬라비아와 루마니아의 전폭적인 지지를 받은 체코슬로바키아의 베네시 외상은 국제 연맹에서 일본의 만주 침략을 강력하게 비난하고 나섰다.
「1차 대전의 상처도 채 아물기 전에 세계 도처에서 또 다시 침략의 망령들이 고개를 들고 있다. 이번 일본의 만주 침략은 어떤 이유로도 정당화될 수 없다. 약소국들에 대한 강대국들의 무법하고도 불의한 침략 행위는 이 세상에서 영원히 사라져야 한다. 약소국의 보호와 세계 평화라는 미명 아래 자행되는, 강대국의 일방적 번영을 위해 약소국의 출혈을 강요하는 행위는 더 이상 인류의 양심으로 용납되어서는 안 된다. 일본 침략군은 무조건, 그것도 즉시 만주 지역에서 완전 철수해야 하며 중국의 주권은 회복되어야 한다.」
세계 평화와 정의를 주도하고 실현하는데 미·영·프 등의 열강들은 일본의 침략 행위가 명백함에도 불구하고, 그리고 그로 인해 세계 평화가 위협을 받고 있음에도 베네시의 대일 강경 비난을 외면하거니 미온적인 반응을 보이는데 그쳤다. 그렇듯 이해 관계가 뒤얽혀 열강들은 소극적으로 대응했지만 그러나 국제 연맹에서의 베네시의 발언은 세계 여론을 환기시키기에 충분했다.
세계 여론은 명분없는 일본의 만주 침략에 대해 빗발치는 비난을 퍼부었다. 정치인들과는 달리 미국과 영국에서는 시민들이 거리로 몰려나와 일본을 지탄하는 항의 데모를 벌이기도 했다.
사태가 악화되자 궁지에 몰린 일본 외무성은 이같은 국제 동향을 분석해서 그 자료와 함께 정부의 입장을 알리면서 관동군 사령관에게 사후 대책을 강구할 것을 종용했다.
당초 군부가 만주 침공을 계획할 때부터 외무성은 국제 여론을 감안해 이를 강력히 반대했었다. 그러나 1차 대전 후 독주하기 시작한 군부는 외무성의 반대 이유를 일고의 가치도 없다고 일축하며 침공을 감행했던 것이다.
앞에서도 말했듯이 부존 자원이라고는 아무것도 없는 일본은 오래 전부터 철, 석탄, 아연 등 지하 자원이 무진장한 만주 지역에 눈독을 들이고 있었다. 표면적으로는 그 도화선이 한국인 것처럼 되어 있는 노일 전쟁이나 청일 전쟁은 궁극적으로는 모두 만주를 집어삼키기 위한 서전의 일환이었던 것이다.

 일본은 공공연히 만주가 일본의 사활을 좌우하는 「젖줄」이라고 떠들어 대며 때문에 생존을 위해서는 어떤 일이 있어도 이 젖줄을 포기할 수 없다는 입장을 취했다.

 때문에 일본의 만주 침략을 지탄하는 여론이 비등한데도 오만한 관동군 사령관은 이를 묵살하라고 했던 것이다. 이미 그런 것쯤은 각오하고 있었다는 태도였다.

「묵살해서 될 단계가 아닙니다. 국제 여론이 심각합니다. 소관의 생각으로는 이에 대책을 강구하지 않을 경우 국제적으로 중대한 위기를 맞을 것 같읍니다.」

「알았어. 나가봐!」

 사령관 또한 부하 앞에서는 묵살하라고 호기있게 말했지만 곰곰히 생각하면 문제가 그리 단순한 것만은 아니었다. 개인의 사사로운 행동에도 명분은 있기 마련인데 하물며 일개 국가의 국제적인 행위에 정당한 이유나 명분이 없다는 것은 말이 안 된다. 억지로라도 명분은 만들어야 했다.

 일본의 만주 침략을 지탄하는 세계 여론은 갈수록 높아졌다. 사태가 극히 불리해지자 관동군 참모부는 외무성의 종용도 있고 해서 사태 수습책에 나섰다. 참모부와 외무성 관계자들이 모여 숙의를 거듭한 끝에 수습책으로 다음과 같은 결론을 내렸다.

 청조(淸朝) 멸망과 함께 퇴위해서 현재 북경에서 하릴없이 세월을 보내고 있는 부의(傳儀)를 데려다가 만주 제국이라는 괴뢰 정부를 만든다. 그리고 그 괴뢰 정부로 하여금 일본에게 원병을 요청한 것처럼 만들어 일본의 만주 침략을 정당화한다는 것이다.

 부의(傳義:1905~?)는 청조의 마지막 황제인 선통제(宣統帝)로 1908년 살의 어린 나이로 즉위(그의 부친 순친왕이 섭정)했다가 4년 후인 1912년 12대를 이어온 청조가 손문 등에 의한 민국 혁명(신해 혁명)으로 망하자 폐위되어 북경의 이화원(頤和園)에 은거하고 있었다.

 그는 군황제인 청조가 혁명에 의해 몰락했음에도 끝까지 황제의 지위와 존호를 요구한 위인이다. 아직 나이가 어린 탓도 있었을 것이다. 어쨌든 그는 정부로부터 년 4백만원이란 거액의 세비를 받으며 유서깊은 고궁으로 유명한 이화원에서 부족한 것 없이 호화로운 생활을 하고 있으면서도 못내「황제」의 꿈을 버리지 못했다.
 일본 관동군은 바로 이 점에 착안했던 것이다. 이렇게 보면 36계에서 말하듯 새로운 집권 세력은 차시환혼을 하지 못하도록 전대의 왕의 혈통을 철저히 멸절해야 한다는 것도 일면 타당한 주장인 것 같다. 이런 맥락에서 볼 때 중국의 혁명 정부는 선통제를 폐위만 시키고 그 후의 조치를 강구하지 않았던 데서 비극을 자초했다고 할 수 있다.
 부의가 퇴위한 후의 중국은 군벌의 정권 쟁탈 장소로 변했다. 군벌 간의 주도권 싸움은 그야말로 치열했다.
 1924년 쿠테타로 북경을 점령한 풍옥상(馮玉祥)은 이화원에 난입해 부의에게 즉시 퇴위하고 그곳을 떠날 것을 강요했다. 할 수 없이 부의는 황후의 자리에서 폐위된 부인과 함께 보따리를 하나씩 싸들고 성을 빠져나와 북부(北府)에 있는 부친 순친왕의 집으로 도망쳤다.
 이렇게 해서 근근히 남아 있던 폐왕으로서의 특귄도 이날을 고비로 모두 박탈당하고 부의는 아무 권한도 없는 평민의 신세가 되어 버리고 말았다. 그러면서도 그는 풍옥상군의 엄중한 감시하에 살아야 했다.
 얼마 후 단기서(段祺瑞)와 장작림(張作霖) 군이 북경에 입성하자 풍옥상군이 물러나기는 했으나 이번에는 부의를 처형한다는 소문이 나돌았다. 신변에 위험을 느낀 부의는 밤중에 부친의 집을 빠져나와 정효서(鄭孝胥)의 안내로 일본 공사관으로 피신하였다.
 그 때 일본 공사관에는 공사 요시자와(芳澤謙吉)와 일등 서기관 시게미쓰(重光葵), 그리고 이와무라(岩村成允) 등이 있었다. 허술한 자동차를 타고 공사관에 도착한 부의는 검은 안경에 자주빛 중국옷 차림을 하고 있었다.
 공사관에서 3개월 여를 지낸 부의는 그곳도 위험하다는 공사의 귀띔으로 이듬해 2월 23일 밤 다시 북경 공사관을 탈출하여 천진으로 향한다.
 그날따라 살을 에이는 듯한 한파가 몰아치고 있었다. 남루한 중국 무명옷으로 몸을 감싼 부의는 역시 중국옷으로 변장한 공사관의 이께베(池部) 서기관과 함께 천진행 열차를 탔다. 쿠리들이 떠들고 지껄이는 3등차 한 구석에서 그들과 함께 더러운 모포를 뒤집어 쓰고 부의는 많이도 울었다 한다.
 이렇게 목숨을 걸고 북경을 탈출한 부의는 천진에 있는 일본 총영사의 주선으로 신분을 속이고 일본 조계(日本租界)에 임시로 거처를 정했다.
 관동군에서 부의를 옹립해 만주 제국을 건설한다는 발상을 하게 된 것은 외무성에 의해 그렇듯 부의가 천진의 일본 조계에 있다는 사실을 알고부터였다.
 관동군에서는 일차로 비밀리에 밀사를 보내 부의의 의사를 타진했다. 물론 그는 자기를 황제로 추대하는 일본의 괴뢰 정부가 만주에 들어선다는 소리에 쌍수를 들어 환영했다. 나라의 장래와 백성이야 어찌 되든, 그리고 새로 들어설 만주국의 체제나 정치 제도가 어떻든 또 일본군이 어떤 요구를 하든 그건 그가 상관할 바 아니었다. 오로지「황제」라는 존호만 돌아오면 되는 것이었다.
 관동군 참모부는 쾌재를 불렀다. 청조는 원래 만주 지역을 근거지로 일어난 왕조였으므로 바로 그 왕조의 정통 황제가 그 지역에서 다시 왕조를 계승해 제국을 건설한다는 것은 누가 뭐라고 해도 백번 당연한 일이었다. 이제 남은 문제는 어떻게 일본 조계에서 중국 관헌의 감시를 피해 부의를 만주까지 데려오느냐하는 것.
 1931년 11월의 어느 날, 사복을 입은 두 사람의 건장한 사나이가 부의를 찾아왔다. 물론 관동군이 파견한 공작원이었다.
「폐하! 이제 만주로 모시고 갈 준비가 다 되었읍니다.」
 공작원은 관동군 사령관의 친서를 전하며 서둘러 말했다.
「내가 만주로 가면 분명 황제가 되는 것이 틀림없오?.」
「물론입니다. 그건 대일본 제국 천황 폐하의 약속이십니다. 만주에는 이미 폐하를 모실 만반의 준비가 갖추어져 있읍니다.」
「그럼 어서 서둘러 떠나도록 합시다.」
 부의는 무엇이 그리도 급한지 벌써 자리에서 일어나 옷을 갈아입고 있었다.
「가시는 길에 다소 고생이 되시더라도 참으셔야 합니다. 조계에서 항구까지는 중국 관헌의 경비가 심해 위험하니까요.」
「알겠오. 황제가 되러 가는 길인데 좀 고생이 되면 어떻겠오. 어서 떠나기나 합시다.」
 28세의 부의는 이처럼 황제 자리에 병적으로 연연했다.
 공작원들은 영사관 전용 자동차 트렁크에 부의를 짐짝처럼 싣고 일본 조계를 빠져나와 곧장 항구쪽으로 달렸다. 항구를 조금 벗어난 해변가에는 중국군의 장교로 변장한 네 사람의 일본군 공작원이 기다리고 있었다. 부의는 그들 공작원의 경호를 받으며 상선으로 가장한 공작선을 타고 무사히 천진항을 떠날 수 있었다. 천진항을 빠져나온 공작선은 전속력으로 대련을 향해 항진했다. 당시 대련은 일본군의 점령지역이었다. 이튿날 저녁 늦게 대련에 도착한 부의 일행은 식사를 하기 위해 어느 고급 요정을 찾아들었다.
「각하! 먼 길을 오시느라 고생 많이 하셨읍니다. 이제 마음놓고 많이 드십시오.」
 공작원 한 사람이 이렇게 말하자 입속에 음식을 가득 넣고 우물우물 씹고 있던 부의는 일순 벌레씹은 얼굴이 되며 어눌하게 말했다.
「아니 각하라니?」
 황제 폐하에게 각하가 뭐냐는 뜻이었다.
「아, 아닙니다. 황제 폐하. 용서하십시오. 이 사람이 그만 모르고 실수를 했읍니다.」
 옆에 있던 다른 공작원이 어줍게 변명을 했다. 그러나 알고 보면 그것은 무심코 저지른 실수가 아니었다. 「너는 이제 우리 손에 들어왔으니 우리 마음대로 할 수 있다」는 것을 보여 주기 위한, 다분히 계산된 의도적인 수작이었다. 아무려나 「황제」라는 존호만 보존된다면 그런 사소한 실수쯤은 무방하다고 부의는 생각했겠지만.
 부의가 특별 열차로 심양역에 도착하자 친히 관동군 사령관이 영접을 하는 등 일본군을 위시한 시민(강제로 동원된)들의 환영은 대단했다. 일본 조계에 은거해 있을 때와는 달리 모든 사람들이 그를 「황제 폐하」라 부르는 것 만으로도 마음이 흡족했다.
 성대한 환영연이 있은 다음 날 부의와 단독 대좌한 관동군 사령관은 만주 제국을 건설하고 그를 황제로 추대하는 조건으로 다음 몇 가지 사항을 수락할 것을 요구했다.
 첫째, 만주 제국은 타국의 간섭이나 지원에 의한 것이 아니라 청조의 정통을 이은 자주 독립국임을 내외에 선포할 것. 둘째, 일본군의 만주 주둔은 만주 제국의 요청에 의해 이루어졌음을 내외에 공표할 것. 세째, 만주 제국의 외교, 국방, 재정은 일본인 고문과 사전 상의하여 결정할 것. 네째, 만주 제국의 지하 자원 개발과 산업은 일본인에게 우선권을 부여할 것 등이었다.

「내가 이것을 전부 수락하기만 하면 나는 분명 황제가 되는 거요?」

일본의 괴뢰 정부로서 일본에게 나라를 송두리채 먹히는 이같은 조건을 일본이 제시했음에도 부의의 첫 반응은 고작 이런 것이었다.

「물론입니다. 폐하는 청조의 정통 황제이십니다. 소관이 대일본 천황 폐하의 어의를 받들어 신명을 다해 황제 폐하를 모시겠읍니다.」

어쨌든 관동군의 각본에 따라 이렇게 1932년 3월 부의를 황제로 하는 만주 제국이 수립되었고, 부의는 강덕(康德) 황제가 되었다. 정부의 각료 구성원은 모두 관동군이 천거한 친일 무뢰배들이었음은 말할 것도 없다.

만주 제국 수립이 선포되던 날 신경(新京=長春)에서는 대대적인 관동군 열병식이 있었다.

「폐하, 저 군대는 폐하의 군대나 다름없읍니다. 어떻습니까?」

보무도 당당히 거리를 누비며 지나가는 군인들을 내려다 보며 다까마쓰 사령관이 넌지시 부의에게 말했다.

「아니 저것이 모두 내 군대나 다름없다 그 말이오?」

「그렇읍니다. 폐하의 명령 하에 움직이는 군대들입니다.」

이 말을 듣고 부의는 사열 단상에서 어린애처럼 손뼉을 치며 좋아했다 한다.

이야기가 잠시 샛길로 빠지지만 일설에 의하면 서태후(西太后)의 죽음이 조금만 더 늦어졌더라면 황제의 자리는 부의가 아닌 그의 동생 부걸(溥桀)에게 돌아갔을 것이라고 한다.

덕종(德宗)이 죽은 직후 서태후는 어린 황태자 부의를 불렀다. 어린 부의는 서태후의 얼굴을 보자 무서움을 느꼈던지 그 자리에서 울음을 터뜨렸다. 부의의 우는 얼굴을 본 서태후는 무엇을 느꼈음인지

「부의는 틀렸다. 황위를 이을 사람은 부걸이다.」

라고 말했다 한다. 당시 다시없는 권세를 쥐고 있던 서태후였던 만큼 그

의 죽음이 조금만 늦었더라면 틀림없이 부걸이 황제가 되었을 것이라는 얘기다.
 서태후는 부의를 만나 본 그 다음날 갑자기 죽었는데 일설에는 독살되었다고도 한다. 아뭏든 서태후의 급서로 말미암아 부의는 황제로 즉위할 수 있었던 것이다.
 이야기는 다시 본 줄거리로 돌아와 비록 청왕조의 퇴위 황제가 복위해서 만주 제국을 건국했다 해도 그것을 액면 그대로 믿을 자가 어디 있겠는가. 비등하던 세계 여론은 가라앉기는커녕 세계를 우롱하는 처사라 하여 일본을 더욱 맹렬히 비난했다.
 「일본은 인류의 평화와 자유, 그리고 정의의 실현을 목적으로 구성된 본 국제 연맹을 무시 내지는 우롱하고 있읍니다. 회원국 대표 여러분! 침략군의 점령지 안에서 피침략국의 자주 독립 정부가 수립될 수 있다고 생각하십니까?」
 역시 베네시 외상이 분노에 찬 연설을 했다.
 일본 대표가 여러 가지 궁색한 궤변을 늘어놓으며 변명을 해도 대부분의 회원국 대표들은 외면을 했다. 이리하여 마침내 국제 연맹에서는 만주 제국의 건국 경위와 자주성 여부를 조사 확인하기 위해 소위 리튼 조사 위원회를 구성하여 만주에 파송했다.
 「폐하, 이런 질문에는 이렇게, 저런 질문에는 저렇게 대답하셔야 합니다. 대답을 잘못하시는 날에는 폐하는 끝장이라는 것을 명심하십시오.」
 리튼 조사단이 부의를 방문하기 전날 일본인 담당관은 밤 늦게까지 부의에게 예상 질문에 대한 답변 훈련을 시켰다.
 「폐하는 언제 어떤 경위로 북경을 떠나 이리로 오셨읍니까?」
 다음날 조사단을 이끌고 온 리튼경이 부의에게 정중히 물었다.
 「나는, 나는 말이요, 이 나라의 황제요. 황제의 출행은 보안상 비밀일 뿐더러 언제 어디로나 마음대로 갈 수 있는 것이오.」
 부의는 연신 배석한 통역(일본군 비밀 공작원)의 눈치를 살펴가며 어줍게 대답했다.
 「폐하께서는 벌써 20여 년 전에 폐위되셨는데 어떻게, 무슨 힘으로 만주 제국을 건국하셨읍니까?」
 질문은 점점 정곡을 찌르고 있었다. 어젯밤 담당관은 이 문제에 대해 여러 번 답변 연습을 반복시켰었다.
「폐위가 아니라 반란 세력들에 의해 강제로 퇴위되었던 거요. 그러나 나는 아직 전 중국인들의 절대적인 지지와 존경을 받고 있오. 그러므로 중국 국민들이 자주적으로 만주 제국을 건설하고 정통 황제인 나를 다시 황제로 추대한 것이오.」
 부의는 짜여진 각본대로 기억을 더듬으며 띄엄띄엄 대답해 나갔다. 물론 조사단은 부의 외에도 관계 각료들을 만나 여러 가지를 질문, 조사했다.
 한편 일본 정부는 조사단이 중국에 도착하기 전에 전국 형무소에 수감되어 있는 일곱 소매치기범들을 특별 가석방해서 조사단이 이용할 특별 열차에 요리사, 안내원, 청소원 등으로 가장시켜 승무케 했다.
 이들에게 주어진 임무는 조사단원들이 호텔이나 열차 안에서 작성한 보고서를 훔쳐 내 그 주요 내용을 탐지하는 것이었다. 이같이 비열한 방법으로 리튼 조사 보고서의 내용을 탐지해 낸 일본 정부는 싫든 좋든 만주 문제에 대해 새로운 조치를 취하지 않으면 안 되게 되었다. 이제는 올 때까지 왔다고 생각했던 것이다.
 리튼 보고서는 만주 제국은 일본이 세계에 그들의 침략을 정당화하기 위해 만든 일본의 괴뢰 정부임이 분명하다고 결론을 내리고 있었기 때문이다.
 일본 정부는 만주 문제가 더 이상 국제 연맹에서 확대되기 전에 여의치 않으면 국제 연맹에서 탈퇴까지를 불사한다는 대비책을 사전에 강구해 놓고 있었다.
 어쨌든 국제 연맹에서 만주 제국에 대한 리튼 조사 위원회의 보고서가 발표되자 세계 여론은 또 한차례 들끓었다. 일본 대표가 제아무리 만주 제국의 자주성과 침략의 정당성을 강변해도 누구 하나 귀를 기울이는 사람이 없었다.
 사면 초가에 둘러싸인 일본은 국제 연맹이 부당하게 내정 간섭과 지역 분쟁을 조장한다는 적반 하장의 궤변을 늘어놓으며 미리 짜놓은 각본대로 이윽고 국제 연맹에서의 탈퇴를 선언하고 말았다.
 아뭏든 일본은 역사의 흐름을 거슬러 부의라는 버려진 인물을 다시 역사의 전면으로 끌어내「차시환혼」의 책략을 이용함으로써 제2차 대전이 끝날 때까지 거의 13년 동안 만주 침략을 정당화, 엄청난 자원을 수탈해 갔던 것이다.

  1945년 8월 일본이 패망하자 소련으로 끌려가 억류되어 있던 부의는 1946년 토쿄 극동군 국제 군사 재판에 증인으로 출두했었다. 여기에서도 그는 자기가 「정통 황제」였음을 주장하면서 자기를 황제로 추대해 준 일본 천황에게 오히려 감사한다는 말을 서슴치 않은 위인이었다.

  그 후 그는 중공으로 송환되어 무순(撫順)에서 억류 생활을 한다는 것까지만 전해졌을 뿐 이제 그의 생사는 알 길이 없다.

제15계

조호이산
調虎離山

적을 꾀어 내라

자연 조건을 이용하여 적을 괴롭히고 다시금 인위(人爲)의 의장(擬裝)에 의해 적을 꾀어 낸다.

침공을 하는 데는 위험 부담이 크다.

따라서 적이 침범을 해 준다면 도리어 이쪽은 유리해진다.

손자는 성을 공격하는 것은 하책이라고 말하고 있다. 무턱대고 공격을 일삼는 작전은 실패를 자초하는 짓일 뿐이다. 적이 유리한 지형을 차지하고 있는 이상 빼앗으려 해서는 안 된다. 하물며 적이 준비를 갖추고 있고 병력도 많을 때라면 더더구나 말할 것도 없다. 적은 준비를 갖추고 있으니 이익으로 꾀어 내는 것도 아닌 한 침공해 올 리가 없다. 적은 병력이 많으니 자연과 인위의 조건을 결합시켜 이용하지 않는 한 승리를 거둘 수는 없다.

  후한(後漢) 말엽 우허(虞詡)의 군사들은 진창(陳倉) 땅 효곡(崤谷)에서 강족군(羌族軍)에 의해 앞길을 차단당했다. 어쩔 도리가 없게 되자 우허는 원병을 청하고 그 도착을 기다려 전진하겠다는 거짓 소문을 퍼뜨렸다. 이 소문을 들은 강족은 원병이 오기 전에 일을 분담하여 부근의 현(縣)을 습격, 재물을 약탈해야겠다고 생각했다.

  이리하여 강족이 포위를 풀고 분산하자 우허는 곧장 군을 진격시켜 주야로 하루에 백리 이상이나 전진했다. 그뿐 아니라 휴식 때마다 병사에게 명하여 각자 밥짓는 아궁이를 둘씩 만들게 하고 날이 바뀔 때마다 그 수를 배증시켰다.

  이를 본 강족은 원군이 온 것이라 생각하고 감히 공격을 하지 못했다. 이리하여 우허는 봉쇄를 격파하고 오히려 강족을 대패시켰던 것이다.

  이 때 우허가 원병의 도착을 기다려 전진하겠다는 거짓 소문을 퍼뜨린 것은 강족을「이익으로 꾀어 내고 분산시켜」즉 재물의 약탈이라는 미끼를 던져 그들의 생각을 다른 곳으로 돌리게 하려는 계획에서였다. 그리고 밤낮으로 군을 전진시킨 것은 시간상, 공간상 강족을 수동적으로 만들어 버리려는 계략에서였다. 또 아궁이를 배로 증가시킨 것은 강족을 속여 원병이 온 것으로 착각하게 하려는 계략에서였다.

註

  조호이산(調虎離山): 호랑이를 꾀어 산을 떠나게 한다는 뜻. 호랑이를 산에서 끌어 낸다. 적을 거점에서 꾀어 내어 적에게 불리하고 내게 유리한 곳에서 싸우는 책략.「호랑이를 풀어서 산으로 돌려 보낸다」는 말과 상대어가 된다.

■ 조호이산 １

「이봐 한신, 죽고 싶으면 나를 칼로 찔러 봐라. 그렇지 않고 살고 싶으면 내 바짓가랑이 밑으로 기어 나가거라.」

저자거리의 사람들 틈에서 한신(韓信)은 뭇사람들의 조롱거리가 되고 있었다. 구경꾼들이 주위로 몰려들었다. 한신은 한참 동안 앞에서 다리를 벌리고 있는 사람을 바라보다가 말없이 머리를 숙이고 땅에 엎드리더니 짐승처럼 그의 다리 밑으로 기어나갔다.

「하하하… 못난 놈 같으니라구!」

모여섰던 사람들은 손가락질을 하며 한신을 조롱했다.

「야 이 겁쟁이야! 키만 크고 칼만 차고 다닌다고 다 사내냐? 바지가랑이 밑으로 기어나오는 주제에….」

지금 한신으로 하여금 여러 사람 앞에서 수모를 겪게 만든 젊은이는 회음의 저자거리에 사는 백장이었다. 그는 평소부터 한신을 몹시 업신여기고 있었다. 비단 그만이 그러했던 것은 아니었다. 가난한데다가 별다른 선행이 없어 관리가 되지도 못하는 주제에 칼만 차고 다녔으니 사람들의 조롱거리가 되는 것도 무리는 아니었다.

어찌나 가난했던지 굶기를 밥먹듯 했고 그의 그런 모습이 하도 딱해서 동네 아낙들이 밥을 주어 연명할 때도 한두 번이 아니었다.

한신의 젊은날의 한때는 이처럼 곤궁하고 비참했었다. 아무리 능력이 뛰어나고 훌륭한 사람이라도 때를 만나지 못하면 이렇게 될 수밖에 없는 것인가.

그렇게 남의 멸시와 천대 속에서 무위 도식하던 한신은 마침내 항량이 회계 땅에서 군사를 거느리고 회수(淮水)를 건너오자 칼 한 자루만 가지고 그를 좇아 항량의 군사가 되었다. 그러나 그는 무명의 병졸에 불과했다. 항량이 정도의 싸움에서 죽자 그는 자연스럽게 그 뒤를 이은 항우의 휘하로 들어갔다.

항우는 싸움에 용맹한 장수일 뿐 병법은 모르는 사람이었다.

「물러가라. 듣기 싫다! 너같은 졸병 주제에 뭘 안다고 간섭이냐?」

한신은 여러 번 계책을 올렸으나 그 때마다 항우는 이렇게 핀잔을 주어 내어쫓을 뿐 한 번도 귀담아 들으려 하지 않았다. 실망한 한신은 항우의 진영을 탈출, 한중의 왕이 된 유방을 찾아갔던 것이다.
앞의 제8계에서 유방이 재상 소하의 천거로 한신을 대장으로 등용시켜 그의 암도진창의 책략으로 관중의 옹(雍)을 공격하여 대승한 이야기를 쓴 바 있다.
옹에서 대승한 여세를 몰아 새왕(塞王)과 책왕(翟王)을 공격하자 이들은 싸움 한 번 제대로 못해 보고 항복하고 말았다. 한신의 암도진창의 계책에 의해 한왕 유방은 삽시간에 그 넓은 관중 땅을 장악할 수 있었던 것이다.
이 소식을 듣고 항우가 한창 격분해 있을 때 설상가상으로 제·조가 연합하여 항우의 초나라를 멸망시키려 한다는 소식이 잇달아 들어왔다.
항우는 어느 쪽을 먼저 쳐야 하는가에 대해 망설이지 않을 수 없었다.
「망설일 것 없이 유방을 먼저 쳐서 그 세력이 더 커지기 전에 멸망시켜 버려야 합니다. 이 때를 놓치면 도리어 유방에게 화를 당하게 됩니다.」
범증이 간곡하게 권했지만 항우는 어깃장이라도 놓듯 범증의 말을 무시하고 제나라로 공격해 들어갔다. 한편 항우가 전군을 동원해 제를 공격하느라 팽성(彭城)이 비워졌음을 안 유방의 군대는 손쉽게 팽성을 점령해 버렸고 전지에서 이 소식을 들은 항우는 대노하여 전군을 회군시켜 팽성으로 향했다.
한편 팽성에 입성한 유방의 군대는 모처럼의 대승에 취하여 날마다 미녀들을 끌어안고 술잔을 기울이며 전승 축하연을 벌이느라 군기가 문란해질대로 문란해져 있었다. 이렇게 군의 사기가 해이해진 틈을 타서 항우의 대군은 팽성을 공격했다.
유방은 하룻밤 사이에 십여 만의 군사를 잃고 퇴각하게 되었고, 그의 가족들마저 인질로 잡히게 되었다.
인심이란 원래 그런 것이긴 하지만 유방이 팽성에서 대패하자 그를 따르던 제후들은 하나 둘씩 한왕을 배반하고 초나라와 화친을 맺기 시작했다. 새왕 장사흔과 책왕 동예가 다시 항우에게 항복을 했고 잇달아 제와 조나라도 초나라와 화친을 맺었다.
한왕 유방으로서는 이만저만 낙심스러운 일이 아니었다. 한신은 그러나 한 번의 패전으로 실망하거나 좌절하지 않았다. 그는 다시 나머지 군대를 수습하여 형양(滎陽)으로 가 유방과 합세했다. 한신 뿐 아니라 여기저기 흩어졌던 유방의 군사들도 형양으로 집결, 한군의 군세는 서서히 회복되어 갔다.

그러나 대세가 한 번 항우쪽으로 크게 기울어지자 제·조에 이어 이번에는 유방과 굳게 결속했던 위왕(魏王) 표(豹)가 한나라를 배반하고 초와 화친을 맺었다.

위왕의 배신은 유방에게는 큰 충격이었다. 아무리 세정이 그렇다 해도 위 왕만은 굳게 믿고 있던 유방이었다. 생각다 못한 유방은 사신을 보내어 마음을 돌이키도록 위왕을 간절히 설득했으나 끝내 소용이 없었다. 분개한 유방은 한신으로 하여금 위나라를 공격토록 했다.

한편 위왕 표는 한군의 공격을 예기하고 임진(臨津)에 대군을 배치해 방어 진지를 구축한 뒤 한군이 오기를 기다리고 있었다. 임진은 한군이 위나라로 쳐들어 오려면 반드시 거쳐야 하는 길목이었던 것이다.

한신도 물론 임진에 위군이 집결해 방어 진지를 구축하고 있으리라는 것쯤은 짐작하고 있었다. 한신의 군사는 임진에 이르자 적이 보는 앞에서 급히 여러 척의 배를 잇대어「배다리」를 만들기 시작했다. 이를 본 위군은 역시 작전이 적중했다 생각하고 병력을 배다리 쪽으로 압축시켰다.

그러나 실은 강을 건너기 위한 배다리가 아니었다. 배다리에 적의 주의를 집중시킨 뒤 주력 부대는 하양으로 돌려 거기서 통나무로 가교를 만들어 도강을 했다. 성동격서의 작전이었던 것이다.

위군의 전 병력이 임진에 집결해 배다리를 건너올 한신의 대군을 기다리고 있는 동안 통나무 가교를 건넌 주력군은 위나라의 도성 안읍(安邑)을 기습했다. 당황한 위왕 표는 군대를 이끌고 대항하려 하였으나 전혀 방비가 되어 있지 않았던 터라 크게 패하고 말았다. 이 싸움에서 유방을 배반했던 위왕 표는 포로가 되어 형양에 있는 한왕에게 보내지고 위나라는 한신의 손에 평정되었다.

위를 평정한 한신은 한왕 유방에게 사람을 보내 다음과 같은 작전 계획을 진언하였다.

「원컨데 신에게 3만의 군사를 더 보내 주시기 바랍니다. 그 병력으로 북쪽으로 쳐들어가 연나라와 조나라를 평정한 뒤에 다시 동쪽으로 진군하여 제를 토벌하고자 합니다. 이리하여 우리를 배반하고 초나라와 화친을 맺은 저들 제후국들을 완전히 토벌한 뒤에 다시 남쪽으로 가서 초나라의 보급로를 끊어 놓겠읍니다. 그 뒤에 신은 형양으로 돌아가 대왕과 합류하고자 합니다.」

한왕 유방은 한신의 계책을 받아들여 장량에게 군사 3만을 주어 한신을 돕도록 하였다.

장량의 군사를 맞은 한신은 8만의 대군을 이끌고 동쪽 정경(井陘)으로 향했다. 조나라를 치기 위해서였다.

36계 본문에서는 이 때의 싸움을 「조호이산」의 사례로 들고 있다.

한편 한신의 대군이 쳐들어온다는 소식을 들은 조왕(趙王)과 성안군 진여(陳餘)는 군사를 정경의 요새에 집결시켜 맞아 싸울 태세를 갖추었다. 이미 위나라가 한신에 의해 평정된 사실을 알고 있는 군사들은 긴장하지 않을 수 없었다. 성안군 진여도 내심 두렵기는 군졸들과 하나도 다를 바가 없었다. 그러나 그는 허세를 부리며 큰 소리를 쳤다.

「올 테면 와 봐라. 지금 정경에 집결된 우리의 병력은 2십만에 이르는 대군이다!」

물론 이것은 터무니없이 과장된 숫자였다. 왜 그렇게 터무니없이 과장된 허세를 부렸을까. 첫째는 자신이 거느린 군사들의 사기를 높이기 위함이었고, 둘째는 과장된 병력의 숫자가 그대로 한신에게 전해져 저들에게 위압감을 주려는 의도에서였다.

진여가 이런 허장 성세로 한신의 대군과 대치하고 있을 때 광무군 이좌거(李佐車)가 이 작전의 무모함을 지적하고 새로운 계략을 말했다.

「지금 한군은 위나라를 평정한 승세를 몰아 이곳까지 왔으니 허장 성세 따위로는 저들의 사기를 당할 수 없읍니다. 그러나 예로부터 머나먼 원정길에 오르면 군량의 공급이 힘들고 따라서 군사들이 굶주리기 쉽다 했읍니다. 지금 정경의 도로는 수레가 일방 통행밖에 할 수 없고 기마도 대열을 이룰 수 없을 만큼 협착합니다. 이런 점으로 볼 때 지금 한군의 군량은 아직 그 후방에 있을 것이 분명합니다. 원컨대 신에게 3만의 군사를 내어 주시면 그들의 군량 보급로를 끊어 놓겠읍니다. 그동안 성안군께서는 도랑을 깊게 파고 본진만을 굳게 지키십시오. 절대 그들에게 대항하여 싸우려 하지 마십시오. 그렇게 하면 저들이 설사 앞으로 나와 싸우려 해도 불가능할 뿐 아니라 후퇴하려 해도 이미 돌아갈 길이 없게 되는 것입니다. 그럴 때 우리 복병이 그 후방을 끊어 약탈할 식량조차 없도록 일대를 초토화시켜 버리면 신은 10일 이내에 장·한 두 장수의 머리를 바칠 수 있게 됩니다.」

광무군의 이러한 계책은 첩자를 통해 한신에게도 전해졌다. 한신으로선 당황하지 않을 수 없었다. 만일 광무군의 계책에 따라 한군측의 후방 보급로가 차단된다면 조를 평정하기는커녕 독안에 든 쥐꼴이 되어 8만 대군이 궤멸될 것이 틀림없기 때문이었다.

큰일이었다.

한신은 고민 끝에 장량을 불러 의견을 물었다. 그러나 그에게도 달리 뾰족한 묘안이 없는 모양이었다. 한참만에 장량이 입을 열었다.

「구슬이 서말이라도 꿰어야 보배라 하지 않읍니까. 광무군의 계책이 아무리 훌륭한 것이라도 성안군이 그 계책을 채용하지 않으면 무용 지물이 되는 것입니다. 요는 성안군이 광무군의 인물됨을 어떻게 보고 있는가에 있읍니다. 그리고 성안군은 남의 말을 잘 듣지 않는 고집장이라는 소문도 있읍니다. 그러니 다시 첩자를 조군측에 보내 광무군의 계책이 채택되었는지의 여부를 염탐한 뒤에 적절한 사후책을 모색하도록 합시다.」

그리하여 한신은 다시 조군측에 첩자를 파견했다. 다음날, 두 장수가 조바심을 하고 있을 때, 이윽고 돌아온 첩자는 그들에게 희소식을 전해 주었다.

그들이 바라던대로 성안군은 광무군의 계책을 채용하지 않기로 했다는 것이다. 한신은 무릎을 쳤다.

「백리해(百里奚)가 우(虞)에 있을 때는 우가 망했지만 진(秦)에 있을 때는 진나라가 승자가 되었듯이 우리 한나라에 있었으면 그 이름을 천하에 떨치겠건만 저 어리석은 자들과 함께 있어 스스로 어리석음을 면하지 못하는 구나. 내 이번에 조를 평정하게 되면 광무군을 사로잡아 내 모사로 삼으리라.」

한신은 대군을 이끌고 주저없이 정경으로 내려갔다. 정경 어귀에서 20리가량 떨어진 곳에 야영을 하면서 한신은 행동이 민첩한 기병 2천을 뽑았다. 그들 2천명에게 각각 한나라의 붉은 기 1개씩을 주어 사잇길을 통해 산속으로 숨어들어가 조나라 군진의 동태를 살피게 했다.
 그러면서 이렇게 말했다.
「날이 밝으면 우리는 조나라 군사와 싸우다가 짐짓 패하여 도망하는 체 하며 달아날 것이다. 우리가 달아나는 것을 보면 조군은 분명 저들의 진지를 비워 놓은 채 우리를 추격할 것이다. 그 때가 바로 너희들이 큰 몫을 할 때이다. 조군의 진지가 비는 틈을 이용해 너희들은 진지로 쳐 들어가 그곳에 있는 조나라의 기를 모조리 뽑아 버리고 우리의 기를 그 자리에 세워라. 그것만으로 조나라는 이미 평정이 되는 것이나 다름이 없다.」
 기병들에게 이렇게 말한 한신은 나머지 군사들 중에서 만명을 선발대로 보내 강을 건너 진을 치게 했다.
「강을 등지고 진을 치라니?」
 강을 등지고 진을 치라는 한신의 명령에는 병법에 밝지 못한 군졸들조차도 어처구니 없는 얼굴로 서로 마주보았다.
「산을 오른편으로 배후로 삼고, 물은 앞으로 왼편에 두라」는 것은 너무나도 알려진 병법의 기본이 아닌가.
「만약 전황이 여의치 않아 후퇴해야 할 경우가 생기면 뒤로 물이 막혔으니 어디로 후퇴하라는 건가?」
「아아, 한신 장군은 우리를 이곳까지 끌고 와서 결국은 물귀신을 만들려나 보다!」
 장군의 명에 따라 어쩔 수 없이 강 건너에 배수진을 치면서도 여기저기서 불평의 소리가 튀어나왔다. 그들 모두는 자신들의 무덤을 스스로 파는 심정으로 진을 치고 있었다.
 한신의 어리석은(?) 작전에 따라 한나라의 군사들이 이렇게 참담한 심경으로 진을 치고 있을 때, 척후병으로부터 이같은 적정을 보고받은 성안군은 무릎을 치며 좋아했다.
「한나라의 우리의 병졸 만큼도 병법을 모르고 있다니… 저들은 스스로 자신들의 무덤을 파고 있다. 하하하… 어떻소 광무군! 그렇지요?」
 광무군은 그러나 묵묵 부답이었다.

조나라 군사들에게 있어서 이제 한신의 대군은 결코 두려운 상대가 아니었다. 그들이 이미 승리를 거두기라도 한듯 기쁨에 들떠 있을 때 유독 광무군 만은 수심에 잠긴 채 말이 없었다. 그날 밤 조나라 군사들은 모처럼 한신의 공격이라는 두려움에서 벗어나 긴장을 풀고 편한 잠을 이룰 수 있었다.
　다음날 아침, 한신은 군사를 이끌고 정경 어귀로 진격해 나아갔다. 별로 두려울 것이 없는 조나라 군사들도 진문을 열고 적군을 맞아 싸웠다. 싸움은 오랫동안 계속되었다. 그러나 이미 짜여진 각본, 한신은 열세에 몰리는 척하며 북과 기를 버려 두고 수상(水上)의 군진 쪽으로 후퇴하기 시작했다.
「 한 놈도 남김없이 수장해라!」
　한군이 달아나는 것을 보자 조나라 군사들은 함성을 지르며 그 뒤를 추격해 왔다. 그들의 사기는 하늘을 찌를 듯했다.
　한신과 장량이 수상의 군진으로 들어가자 한의 군사들은 결사적으로 추격해 오는 조군을 맞아 싸웠다. 조나라의 모든 군사가 장·한 두 장군을 추격하여 한의 군진에서 싸우는 데 투입되자 조나라의 진지는 예상했던 대로 텅 비어 있었다. 모든 전황은 한신의 계책대로 되어가고 있는 것이다.
　한편 산속에 숨어서 조군의 이같은 동향을 기다리고 있던 한군의 기병 2천명은 이틈에 일제히 조군의 진지로 내달렸다. 그들은 한신이 명한대로 조나라의 기를 모조리 뽑아 버리고 한나라의 붉은 기 2천 개를 그 자리에 세워 놓았다. 한나라 진영에서의 싸움에만 몰두해 있던 조나라의 장졸들은 자신들이 비워 놓고 온 진지에서 이같이 엄청난 일이 벌어지고 있으리라고는 짐작조차 못하고 있었다.
　조군을 맞은 한나라 군사들의 항전은 그야말로 필사적이었다. 병법의 기본도 모르는 장수의 병졸들이라 하여 깔보고 덤볐던 조군들은 그들의 계산이 엄청난 착오였다는 것을 뒤늦게 알게 되었던 것이다.
　한·장 두 장수를 사로잡는다는 것은 생각도 못할 일일 뿐더러 싸움조차 포기하고 달아나야 할 판국이었다. 급기야 싸움을 포기하고 그들의 진지를 향해 후퇴하던 조나라 군사들은 그러나 그들 진지에서 일어난 기막힌 사태에 그만 경악하고 말았다. 이미 조나라의 기는 자취도 없이 사라지고 온통 한나라의 붉은 기가 바람에 나부끼고 있는 것이 아닌가! 진지가 한나라 깃발로 뒤덮여 있는 것으로 보아 이미 조군의 모든 장수들은 한군에 죽거나 사로잡힌 것이 분명했다. 생각이 여기에 미치자 걷잡을 수 없는 대혼란이 일어났다. 이제 군사들은 앞을 다투어 도망치기에 바빴다.
「도망가는 놈은 한 놈도 살아남지 못할 것이다. 끝까지 싸워라!」
조나라의 장수들은 도망치는 군사들의 목을 치면서까지 위협을 가했으나 이미 기울어진 대세는 어찌할 수 없었다. 이들이 이렇게 대혼란에 빠져 벌집을 쑤신듯 아우성을 치고 있을 때 한군은 이들을 앞뒤에서 무찔러 들어갔다. 이미 진지를 빼앗겨 되돌아갈 곳조차 없어진 조군은 어찌할 바를 모르고 갈팡질팡, 결국 앞뒤에서 공격하는 한나라 군사에게 참패하고 말았다.
성안군은 참살을 당하고 조왕 헐(歇)은 포로가 되었다. 한군측에선 승리의 함성이 터졌다. 한신과 함께 한 여러 장수들은 다시 한 번 한신을 우러러 보지 않을 수 없었다. 그들은 기뻐하며 한신에게 물었다.
「병법에도 "산은 오른편으로 배후를 삼고 물은 앞으로 왼편에 두라"고 하였는데 장군께서는 이와 반대로 물을 등지고 진을 쳐서 승리를 거두셨읍니다. 이것이 무슨 전법입니까?」
「이것 또한 병법에 있는 것이다. "죽을 땅에 빠진 뒤라야 살 수 있고, 망하는 땅을 본 뒤에야 존재할 수 있다"고 말하지 않았던가. 내가 이번에 거느린 군대는 훈련된 정예군이 아니다. 정예군이라면야 그럴리 없겠지만 저들에게 만약 물을 앞으로 하여 퇴로를 터 놓았다면, 싸움이 조금만 불리해져도 먼저 도망치기에 바쁠 것이다. 그렇게 되면 내가 무슨 수로 저들을 수습하여 통솔할 수 있겠는가. 그래서 그들의 도망칠 길을 아예 처음부터 없애기 위해 강을 등지고 진을 치게 했던 것이다. 뒤로 물러섰다가는 물에 빠져 죽을 수밖에 없으니까 결사적으로 싸울 수밖에 없다. 그래서 이번 싸움에 승리를 거두게 된 것이다.」
모든 장수들은 한신의 이같이 빈틈없는 계략에 다시 한 번 탄복하지 않을 수 없었다.
한편 한신의 특명에 따라 목이 베이지 않고 사로잡혀온 광무군에게 한신은 친히 포박을 풀어 주고 스승의 예로 대접하였다.
나라를 망친 대부는 나라를 보존하는 일을 도모할 수 없으며 패군의 장은 무용을 말할 자격이 없다 하여 스스로 대사를 논할 만한 상대가 못되는 인물임을 자처하며 굳이 사양하는 광무군을 한신은 간신히 설득하여 그의 모사로 삼았다.

광무군은 백리해 못지 않게 뛰어난 모사였다. 그의 통찰력은 예리했으며 계책은 치밀하고 정확했다. 그리고 성품이 온화하고 겸허해서 적을 만들지 않았다. 한마디로 신뢰와 존경을 받기에 부족함이 없는 훌륭한 인물이었다.

그 후 한신은 광무군의 진언에 따라 연나라를 공격하려던 계획을 취소하고 계책을 씀으로써 싸움 없이 연나라를 항복시켰다. 또「범으로 하여금 그의 거처를 떠나게 함으로써 행동하기에 불편한 곳으로 끌어 내어 그 곳에서 물리치게」하는 전법으로 초나라 장군 용저(龍沮)와의 싸움에서도 승리를 거두었다.

한신이 제나라를 공격하였을 때 초의 용저는 구원병을 이끌고 그 사령관이 되어 출병하였다. 용저는 평소 한신의 보잘것 없던 젊은 시절을 알고 있어 그를 깔보아 오던 터였다. 한신과의 싸움에 승산이 없다며 만류하는 사람에게 용저는 이런말까지 서슴치 않았다.

「나는 전부터 한신의 사람됨을 잘 알고 있다. 제 스스로 생계를 꾸려나갈 능력조차 없어 빨래하는 동네 아낙에게 빌붙어 밥을 얻어먹고 백장의 바짓가랑이 밑을 기어나오던 겁장이였다. 그런 못난 한신을 내가 두려워할 것 같은가?」

유수(濰水)를 사이에 두고 용저와 대치하여 진을 친 한신은 밤중에 군사를 동원, 일만여 개의 모랫자루를 만들어 유수의 상류를 막았다. 그리고는 날이 밝자 군대를 이끌고 수량(水量)이 반이나 줄어든 유수를 건너 용저를 공격하는 척하다가 짐짓 패하여 돌아서서 달아나기 시작했다. 한신이 싱겁게 패하여 달아나는 것을 본 용저는 기가 하늘에라도 닿을 듯했다.

「하하하…, 과연 겁장이 한신이로군!」

그는 도망가는 한군을 추격하여 물을 건너기 시작하였다. 용저의 군사가 떼를 지어 강을 반쯤 건너 오자 한신은 물을 막아 놓았던 모랫자루를 한꺼번에 터버렸다. 유수에서 어떠한 사태가 벌어졌겠는가는 상상하기 어렵지 않겠다. 갑자기 큰물이 밀어닥치니 용저의 군대는 급류에 휩쓸려 떠내려 가며 아우성을 쳤다. 그대로 아비 규환의 한 장면이었다. 급류에 떠내려 가다가 겨우 뭍으로 올라온 용저는 한군의 칼에 목이 떨어졌고, 그나마 살아남은 용저의 군대는 흩어져 달아나기 시작했다. 제왕 전광(田廣)도 용저의 머리가 떨어지는 것을 보자 혼비 백산해 달아났다. 한신군은 달아나는 이들을 추격하여 제왕과 초나라 군사들을 모두 사로잡았다.
 이리하여 한신은 계획했던 대로 북쪽으로는 연나라와 조나라를 평정하고 동쪽으로는 제나라를 토벌, 한왕 유방에 의해 제왕으로 봉해진다.
 처음 한신이 항량군에 속해 있다가 그가 죽은 뒤 항우의 휘하에 있었다는 것은 이미 앞에서 말한 바 있다. 항우의 휘하에서 일개 집극(執戟: 창잡이)에 불과했던 그가 한나라의 상장이 되어 초의 명장 용저를 죽이고 그의 군사를 괴멸시켰다는 말을 듣자 항우는 변설이 뛰어난 무섭(武涉)을 보내 자기 편이 되어 주도록 한신을 설득했다.
 「초군에서 한낱 집극에 지나지 않았던 나를 한왕은 상장군으로 임명하여 수만의 군대를 주었고, 스스로 옷을 벗어서 나에게 입혔고, 음식을 내려서 먹였읍니다. 뿐만 아니라 나의 진언과 계책은 한왕에 의해 모두 채용되었읍니다. 그런 한왕이 있었기에 나 역시 지금에 이르게 되었읍니다. 한왕이 나를 깊이 신임하고 또 나를 극진히 대우하고 있는데 내 어찌 일신상의 이를 탐하여 의를 저버릴 수 있겠읍니까. 항왕에게 잘 말씀하여 주십시오.」
하며 한신은 이를 거절을 했다.
 항우는 무섭을 통해 한신에게 굉장한 봉작과 화려한 조건들을 제시했었다. 비록 한때는 남의 멸시와 천대 속에서 가난한 젊은 시절을 보낸 그였지만 한신의 이같은 태도에서 우리는 사욕보다 의리를 중시하는 그의 인간됨을 엿보게 된다. 그리고 이것은 훗날의 얘기지만 제왕에서 다시 초왕이 되어 봉국인 초나라에 도착했을 때도 한신이 제일 먼저 찾은 사람은 지난날 굶주리던 그에게 밥을 주었던 아낙이었다. 그녀에게 후한 사례를 했음은 물론이요, 또 저자거리에서 자신을 욕보이던 젊은이들 중에 바짓가랑이 밑으로 나가라고 시키던 백장을 불러서는 손수 술을 따르며 여러 장상들에게 이렇게 말하였다 한다.
 「이 사람은 장사다. 나를 저자거리에서 욕보였을 때 그를 죽일 수도 있었다. 그러나 그를 죽인다고 해서 무슨 득이 있었겠는가. 그 수모를 참고 오늘의 공을 성취할 수 있었으니 이 또한 나의 은인이 아니겠는가.」

여기서 우리는 지략과 용맹이 뛰어난 장수 한신의 또 다른 면, 즉 따뜻한 인간성을 느끼게 된다. 뿐만 아니라 이제 미구에 벌어지게 될 역발산기개세(力拔山氣蓋世)의 장수 항우의 마지막 싸움이 된 해하(垓下: 안휘성 영벽현) 전투에서 한신이 보여준 기지는 싸움을 위한 계책이라기보다 후세 사람들에게 오히려 깊은 시심(詩心)을 불러일으키는 일화가 되고 있다.

항우는 10만 대군으로 해하에서 한군과 대치했다. 이 때 한신은 자기의 전 병력과 제후들의 군사를 합쳐 30만 대군을 진두 지휘했다. 좌익은 그의 부하 공장군, 우익은 비장군이 지휘했고 유방의 본진 후방에는 강호와 시장군이 따랐다.

한군은 항우의 진지를 겹겹으로 포위하고 있었다. 열흘이 못미쳐 성내의 군량은 바닥이 나기 시작했고 군의 사기는 떨어져 탈주병이 속출하고 있었다.

한신은 해하에 집결한 여러 군사들 중에서 초나라 출신의 군사들은 가려내어 다른 군사들에게 초나라의 노래(楚歌)를 가르치게 했다. 그리고 밤이 되면 전군으로 하여금 구성지게 초가를 부르게 하였다.

호기와 용맹으로 이름난 천하 장사 항우였지만 깊은 밤 어디선가 들려오는 고향의 노래를 듣자 점점 마음이 약해져 갔다. 마지막 때가 다가왔다는 착잡한 절박감이 그의 가슴을 압박했다. 밤바람을 타고 사면에서 들려오는 초가에 귀를 기울이고 있던 항우는 한순간 깜짝 놀라며 뇌까렸다.

「아! 한나라 군사가 초의 땅을 이미 다 차지하였는가? 웬 초나라 사람들이(노래하는) 저렇게도 많단 말이냐….」

항우는 자기를 힘써 도와야 할 고향 군사들이 모두 한군에 가담했으니 이제 고립 무원의 상태에 빠진 것이라고 생각, 비감하기 이를데 없었다 [사면 초가(四面楚歌)란 여기서 유래된 말이다].

항우는 애첩 우희의 술잔을 받으며 그 감회와 비분의 감정을 한편의 노래에 담아 읊었다.

    힘은 능히 산을 뽑고도 남음이 있고
    기백은 능히 천하를 덮었었노라.
    때가 이롭지 못하니 오추마야 너마저 달리지 않는구나!

오추마야 너마저 달리지 않으니 어쩔 수 없구나!
우희야 우희야 이를 어쩐단 말이냐!

力拔山兮氣蓋世
時不利兮騅不逝
騅不逝兮可奈何
虞兮虞兮奈苦何

항우가 이 노래를 푸념처럼 읊조리며 눈물을 흘리니 좌우에 있던 사람들도 모두 통곡하여 울었다고 한다.
한신의 사면 초가는 항우와 우희로 하여금 깊은 절망과 비애에 빠지게 했고 그들이 예견했던 것처럼 해하의 결전은 항우의 마지막 싸움이 되었던 것이다.

■ 조호이산 2

1964년 8월, 세계는 텔레비젼을 통해 존슨 미대통령의 다음과 같은 발표를 들었다.
「북베트남의 통킹만 밖 공해상을 순찰 중이던 미국 구축함 매독스호는 북베트남 어뢰정 3척의 공격을 받았다.
 매독스호는 항공모함 타이콘테로가호에 지원을 요청, 함재 전투기의 긴급 지원을 얻어 이에 반격을 가했다.
 8월 4일, 같은 통킹만에서 미국 구축함 매독스호와 터너, 조이 두 함정은 다시 북베트남 어뢰함의 공격을 받고 이에 응수 어뢰정 3척을 격침시켰다.
 8월 9일, 미국 공군은 연 64회 출격, 북베트남 어뢰정 기지, 석유 저장소 등 4개소를 공격하고 어뢰정 및 그 밖의 함정 25척을 격침 또는 격파했다.」
이같은 사실을 밝힌 존슨 대통령은 「이것은 한정된 그리고 적절한 보복 공격」이며「아직도 우리는 전쟁 확대를 바라지 않고 있다」는 말로 끝을 맺었다.

이 통킹만 사건을 시발로 남베트남 사태는 이제「남」자를 빼고 베트남 전쟁으로 확대되었으며 미군이 정면으로 나서는 계기가 됐다.

36계에 비추어 통킹만 사건을 본다면 한마디로 이는 미국이 월남전을 조기 해결하기 위해「조호이산」의 계략을 쓴 것이라고 할 수 있다. 여기서 통킹만 사건을「조호이산」의 계략이었다고 말하는 것은 그 후 세계 여론을 들끓게 한 《뉴욕 타임스》의 폭로 기사 즉「월남 전쟁에 관한 국방성 비밀 문서」에 근거한 것이다.

1967년 국방성 비밀 문서를 분석한 《뉴욕 타임스》의 닐 시한 기자는 「30년에 걸친 개입의 역사」에서 이렇게 말하고 있다.

「북베트남에 대한 폭격과 공공연한 육·해·공 삼면에서의 공격은 통킹만 사건 발생으로 인한 흥분의 결과로서 부랴부랴 취해진 대응 조치가 아니다. 국방성은 이미 그보다 앞서 수개월 전부터 북베트남에 대해서 은밀히 군사 공격을 지속적으로 펼쳐 왔다. 더우기 중대한 사실은 대통령의 전쟁권 확대를 위한 선전 포고나 다름없는 의회의 결의를 받아 내기 위해 오랫동안 치밀한 계획을 세워 그에 따라 행동한 결과가 통킹만 사건이라는 것이 비로소 밝혀진 것이다.」

이것은 어디까지나 정치적 측면에서 분석한 것이겠는데, 우리는 지금 병법을 이야기하고 있는 만큼 이를 다만 군사 전략적 측면에서만 가볍게 다루어 보기로 하자.

아뭏든 미 국방성의 입장에서는 많은 군비와 인명을 희생시키면서 몇 년씩 전선 없는 전쟁을 치뤄야 했으므로 전략상 어떤 수단을 써서라도 새로운 전기를 마련해 하루 빨리 월남전을 종식시킬 필요가 있었다.

이와 함께 베트남 사태를 북베트남의 폭격에 의해 조기에 해결하려 했던 데는 선거의 영향도 많이 가세했다고 볼 수 있다. 선거 때마다 이른바 도미노 이론은 미국의 베트남 정책에 대한 지도 이념으로 등장했다.

중국 본토에서의 장개석의 패망으로 공화당에 정권을 빼앗긴 민주당은 선거 때마다 강경론적 우파와 군부 및 경제계의 지지를 얻기 위해

도미노 이론을 원용했다.
 존슨 대통령이 1965년 북폭을 단행한 것은 물론 군사 전략적인 이유에서였다. 그러나 한편 당시 공화당 입후보자였던 골드 워터의 북폭 주장에 동조하는 유권자를 노린 일면도 없지 않았다. 따라서 당시의 세계 여론은 월남전 개입에 대한 미국의 입장을 좋게 보지 않았고 국내에서도 반전 분위기가 고조되고 있었다.
 어쨌든 미국은 여러 가지 대내외적 여건으로 보아 월남전을 조기에 종식시켜야 했고 그러기 위해서는 전략상 북폭이 불가피했던 것이다. 그러나 북폭을 감행하기 위해서는 합법적이고도 타당한 이유가 있어야 했다. 이같은 전략선상에서 이루어진 것이 이른바 통킹만 사건이었던 것이다.
 통킹만 사건이 있은 지 5시간 후인 5일 오전 5시에 존슨 대통령은 북폭 명령을 내렸다. 그러나 미 국방성이 이미 7개월 전인 1964년 2월에 북폭을 정당화시킬 수 있는 모든 세밀한 상황 조작을 수신하였고, 또 같은 해 5월 23일에 작성해 놓은 다음과 같은 치밀한 사전 계획에 의해 수행된 작전이라는 사실이 미 국방성 비밀 문서로 후에 밝혀진다.

1. 남베트남 내란의 해결을 모색하는 여하한 국제 회의나 접촉, 교섭도 북폭 작전 개시까지는 반대하거나 적어도 지연시킨다.
2. 중개자를 통해서 미국은 북베트남에 대해 남베트남 정부를 절대로 보호할 결심임을 통고한다.
3. (북폭 개시 마이너스 30일, 즉 북폭 개시 30일 전) 대통령이 상·하 양원의 전쟁 수행 백지 위임 합동 결의안을 요구하는 취지의 일반적 연설을 한다.
4. (마이너스 20일) 남베트남에서의 모든 과거의 행동을 승인하고 또 필요한 모든 수단을 취할 수 있는 권한을 의회가 부여하는 합동 결의안을 받아 낸다.
5. (마이너스 16일) 태평양 지역 통합군 사령관에 대해 작전 개시일에 대비하여 군사적 병력의 배치와 보급 활동에 필요한 모든 조치를 진행하라는 명령을 하달한다.
6. (마이너스 15일) 남베트남 공군을 공개적으로 사용하여 북폭을 하는

문제에 관해 칸 장군(남베트남 군사의장)의 동의를 얻는다. 북베트남 또는 중공의 보복 공격의 가능성에 대해서는 미국이 이에 대한 대응 조치를 취한다는 것을 칸 장군에게 보장한다.
7. (마이너스 14일) 아시아 동맹국들의 미군 배치 허가를 얻고 기타 관계국 정부들의 협의를 통해 북폭에 대한 공식적, 정치적 지지를 발표케 한다.
8. (마이너스 13일) 북베트남의 베트콩 보급 지원 등에 관한 자료와 사진 등을 포함, 사전 준비된「조든 보고서」를 공개한다.
9. (마이너스 12일) 태평양 지역 통합 사령관에 대해 북폭을 예정일에 단행한다는 전제하에 필요한 모든 구체적 계획을 세우도록 명령한다.
10. (마이너스 10일) 사이공 정부의 칸 장군으로 하여금 북베트남의 침략 중지를 즉각 요구하는 연설을 시킨다. 이에 북베트남이 불응할 경우 군사적 조치가 취해질 것이라는 연설을 덧붙이게 한다(단, 그 군사적 조치의 내용에 대해서는 언급치 않도록 한다).
11. (마이너스 3일) 북폭 개시를 동맹 국가 정부들과 협의한다.
12. (마이너스 2일) 대통령이 칸 장군의 대 북베트남 연설에 언급하는 형식으로 남베트남에 대한 미국의 지원을 선언하면서 모종의 군사 행동이 임박했다는 암시를 주는 연설을 한다.
13. (북폭 전일) 칸 장군이 모든 노력이 실패했으므로 북베트남에 대한 군사 공격 개시가 임박했다고 발표한다.
14. (작전 개시일) 1차 공격 개시
15. 전쟁 해결을 위한 국제 회의를 소집하자고 제의한다.

통킹만에서의 미 구축함대에 의한 무력 시위는 위와 같은 비밀 작전 계획 수행의 맥락에서 이루어졌다고 볼 수 있다.

실은 통킹만 사건이 발생하기 3일 전인 7월 30일, 남베트남 해군 기습 부대는 미군의 지원 하에 멀리 통킹만까지 침투하여(미 해군 구축함대에서 출발) 통킹만 내의 북베트남령인 두 개의 섬(홍메와 홍게)에 대해 기습 상륙 작전을 감행했었다. 하노이 정부는 이 기습적인 상륙 작전의 전모를 발표하고 비난하는 성명을 냈다. 그러나 미국과 남베트남측은 모략을 위한 조작이라고 응수했다.

이 사건이 있은 지 3일 후인 8월 2일 밤 북베트남 해군 어뢰정이 미국 구축함을 통킹만에서 공격하게 된 것은 이상과 같은 선상에서 발생한 것이라 볼 수 있다. 이 사건의 배경을 미 태평양 통합 사령부의 샤프 제독은 8월 3일 다음과 같이 보고하고 있다.

「통킹만을 드나든 미국 구축함들은 모두 고성능 전자 장치를 갖춘, 북베트남과 중공 남부의 레이더 탐지 및 교란을 목적으로 하는 전자 간첩선이었다. 통킹만 사건에 앞서 상당한 기간 동안 남베트남 해군과 미국 해군의 합동 작전 "34알파"로 북베트남의 홍메, 홍게 두 섬을 공격했고, 또 남칸, 논데 두 군사 기지에 대한 폭격도 했다. 따라서 8월 2일(즉 2일 후) 미국 구축함대의 통킹만 접근이 북베트남 본토에 대한 대규모의 공격 작전이거나 상륙 작전의 일부라는 판단을 북베트남 사령부로 하여금 내리게 할 만한 충분한 이유가 되었을지도 모른다.」(국방성 비밀 문서)

위와 같은 비밀 작전 계획을 보면 미국이 월남전의 조기 타결을 위해 얼마나 고심했는기를 엿볼 수 있다. 그리고 헌내진에서 「소호이산」의 선략, 즉 적을 불리한 상황으로 끌어 내기가 얼마나 어려운 것인가를 실감하게 된다. 아뭏든 미국으로서는 결전을 시도하기 위해 어떤 전기를 만들어야 했고 그러기 위해서는 월맹군을 전쟁 마당으로 끌어 내야만 했다.

어쨌든 이같이 복잡한 경로를 거쳐 마침내 북폭 명령은 내려졌던 것이다.

통킹만 사건으로 북베트남에 대해 군사 행동을 단행한지 2개월째인 1964년 11월 1일 베트콩은 사이공 북방의 비엔 호아 미 공군 기지를 공격, B57형 폭격기 27대를 파괴하고 다수의 인명 피해를 입혔다. 베트콩이 미군 기지에 대해 직접적인 공격을 가한 것은 이것이 처음이다. 다음 해인 1965년 2월 7·8일 양일 동안 월남 북부 지방 플레이크 미군 기지에 베트콩은 연대 규모의 조직적인 대공격을 가했다. 그리고 10일에는 다시 퀴논의 미군 숙소가 폭파당했다.

이같은 일련의 공격은 미군의 북폭으로 미군과의 직접 투쟁이 불가피해졌기 때문에 취해진 작전 변경으로 해석되며, 남베트남 정부와 전반적인 정세에 강렬한 충격을 가하려는 속셈에서였을 것으로도 풀이된다.

통킹만 사건→ 북폭→ 베트콩에 의한 플레이크 미군 기지의 보복 공격으로 이어지는 일련의 사태 변화는 미국이 오랫동안 기다리고 있던 전면 북폭의 좋은 구실이 되었던 것이다.

베트콩의 플레이크 기지 공격 직후 존슨 대통령의 북폭 확대 명령이 내려져 다음날 전폭기 40대가 보복 북폭을 위해 출격, 동호이를 중심으로 하는 북위 20도 이남의 여러 군사 목표에 대해 폭격을 단행했다. 이것을 출발점으로 하여 통킹만 사건 이후 단속적으로 행해지던 북폭은 상시적 폭격으로 확대되었던 것이다.

지금까지 우리는 통킹만 사건의 배경을 알기 위해 몇 가지 자료와 주변 상황을 살펴 보았는데 여기서 우리의 초점은 어디까지나 「조호이산」의 전략적 차원에 맞추어져야 한다.

36계에서 말하는 조호이산의 측면에서 통킹만 사건을 분석해 보면 결과적으로 처음 그 작전을 시도했던 미군측 보다는 호지명군쪽에서 오히려 그것을 역이용했다고도 볼 수 있다. 왜냐하면 통킹만 사건으로 야기된 북폭을 이유로 북쪽의 호지명군이 공공연히 남하해서 베트공과 합세해 전쟁을 유리하게 전개시킬 수 있었기 때문이다.

제16계

욕금고종
欲擒姑縱
잡으려거든 놓아주라

추격이 도를 지나치면 적의 반격을 받는다.
 일단 적을 도주시키기만 하면 적의 세력은 약해진다.
 바짝 적의 뒤를 추격은 하되 그러나 휘몰아서는 안 된다.
 체력을 소모시키고 그 투지를 와해시켜 적이 산산히 흩어지는 것을 기다려서 붙잡도록 한다.

여기서「푼다(縱)」는 것은 적을 내버려 두라는 것이 아니라 어느 정도 완만한 추격 방법을 쓰라는 것이다. 손자가「궁구(窮寇)는 쫓지 말라」고 한 말도 이와 같은 의미이다. 쫓지 말라는 것은 뒤를 쫓지 말라는 것이 아니고 지나치게 적을 휘몰아서는 안 된다는 의미일 뿐이다.

삼국 시대의 제갈양은「일곱 번 풀어 주고 일곱 번 붙잡는다」는 계략을 사용했는데, 이것은 결국 맹획(孟獲)을 석방하고는 곧장 다시 그의 뒤를 쫓는 방법이었다. 한 번 그럴 때마다 더욱 먼 곳으로 지역을 확대시키는 책략이다.「일곱 번 풀어 준」그의 의도는 어디까지나 영토의 확대에 있었던 것으로 맹획을 예로 삼아 다른 만족(蠻族)을 항복시키는 데 있었다.

이런 방법은 정치 모략에 속하는 것으로서 전쟁의 요구에는 일치하지 않는다. 만약 전쟁의 요구에 비추어 본다면 잡은 적을 다시 석방한다는 따위는 허용될 수 없는 것이다.

註

욕금고종(欲擒姑縱): 잡으려거든 잠시 풀어 주라. 적을 와해, 연화(軟化)시키려면 먼저 잠시 적을 놓아 두지 않으면 안 된다는 책략.

궁구(窮寇)는 쫓지 마라: 절대 절명의 위기에 빠져서 무기를 버릴 것으로 믿어지는 시점에서는 정치상의 와해 공작을 중지함은 물론 과도하게 압력을 가해서는 안 된다는 의미.

손자병법 군쟁(軍爭) 편에 다음과 같은 말이 있다.

「포위하는 군대는 반드시 비우고(도망할 길을 열어 주고) 궁구는 뒤쫓지 마라.」

■ 욕금고종 1

　남만왕(南蠻王) 맹획(孟獲)의 명에 따라 출병했던 삼동(三洞)의 원수 동다나(董茶那), 아회남(阿噲喃), 금환삼결(金環三結)의 군사는 전후 좌우에서 협공을 가한 촉(蜀)의 장수 자룡과 위연, 왕평, 마충 등에 의해 초전에 대패하고 말았다.
　이 싸움에서 금환삼결은 자룡에게 멋모르고 달려들다가 한 칼에 목이 달아나고 동다나와 아회남은 아우성치는 군사들을 버려둔 채 겨우 포위망을 뚫고 도망치다가 장의와 장익 두 장수에 의해 생포되었다.
　「두 적장을 이리로 끌고 오라.」
　공명이 명했다. 공명이 친히 자신들을 참수하리라 생각하고 사색이 되어 끌려 나왔던 아회남과 동다나는 그러나 친히 포박을 풀어 준 뒤 후한 주식(酒食)을 베풀며 위로하는 공명의 태도에 어리둥절해졌다.
　남만국에서 동(洞)이라 하면 부족 지역을 뜻하는 것이고 동의 원수라 하면 그 부족의 족장이 되는 것이다. 그러므로 두 동의 원수를 생포한 것은 촉나라로서는 분명 대어를 낚은 것이었다.
　공명은 주식을 대접하고 나서 두 적장에게 금전포 한 벌씩을 입혀주었다.
　「이것은 성도에서 만든 것으로 촉의 금전포이다. 너희들 몸에도 잘 맞을 것이다. 이 의복을 입고 늘 왕화(王化: 임금이 끼치는 덕화)의 덕을 잊지 말도록 하라.」
　그리고는 밤이 되자 은밀히 두 적장을 놓아 주었다.
　「어렵게 생포한 적장을 다시 놓아 보내는 뜻이 무엇입니까?」
　장수들은 못내 아쉬워 하며 공명의 그같은 처사에 불만 섞인 힐문을 던졌다.
　「너무 조급하게 생각하지 말라. 내일이 되기를 기다려라. 틀림없이 맹획 스스로 싸움터에 나올 것이다. 그러면 우린 만왕(蠻王)을 사로잡게 되는 것이다.」
　그렇게 말하고 공명은 자룡과 위연에게 무엇인가 계책을 일러 주고 각각 군사 5천씩을 영솔케 했다. 왕평과 관악도 함께 떠났다.
　공명의 지시를 받은 장수들은 다음날 아침 일찍 본진을 떠나 어딘지

모를 곳으로 출동하였다.

　한편 남만의 국왕 맹획은 3동의 원수가 모두 공명군에게 패하고 태반의 군사를 잃었다는 보고를 받자 안색이 변하며 치를 떨었다. 맹획의 위세와 지위는 남만의 여러 나라 중에서 가장 강대했고 그의 군대는 중국 군대의 장비에 비해 조금도 손색이 없었다. 그러한 군세에 자신이 만만했던 맹획은 촉과 남만의 국경에서 군사를 일으켜 자주 촉의 변방을 어지럽혔다.

　이번 기회에 그렇듯 않던 이를 빼버리고자 공명은, 변방에서 맹획과 내통하며 익주의 사군을 침공했던 건녕 태수 옹개를 토벌하여 익주를 평정하고 그 여세를 몰아 이곳 남만 원정에 오른 것이다.

　맹획의 군대는 뜨거운 한낮의 햇빛 속에서 촉의 군사와 서로 대진하였다. 먼저 왕평이 말을 달려나오며 외쳤다.

「야만왕 맹획은 나오라!」

「야만? 너희 중국놈들이야말로 천하의 야만인들이다!」

　맹획은 성난 사자처럼 뛰어나오며 이렇게 응수했다. 남만의 족장들이 흔히 그러하듯 맹획의 차림은 요란했다. 머리에는 긴 새털이 꽂힌 보옥관을 썼고 몸에는 영락홍금포(纓絡紅錦布)를 입고 있었다. 허리에는 전옥 사자띠를 매고 발에는 매주둥이 말록화(抹綠靴)를 신었다. 말은 털이 곱슬곱슬한 적토마였고, 소나무 무늬가 박힌 양보검(讓寶劍)을 손에 들고 있었다.

「온 중국놈들이 벌벌 떤다고 하던 공명의 군사가 겨우 저 정도인가? 이제 보니 내 눈에 비친 공명이란 자는 짐승 한 마리와도 비교가 안되는구나. 저 촉군의 진용을 보라. 정기(精氣)는 형편없이 난잡하고 대오가 흐트러져 창검 하나조차 우리 군대에 못미치지 않는가? 공명에 대해 우리가 듣고 있던 소리는 모두 헛소문이었구나. 이런줄 알았더면 좀더 일찍 촉에 반기를 들었을 것이다. 누가 먼저 나가 촉장을 잡아 우리 군의 위세를 떨치겠는가?」

　맹획의 말이 떨어지자마자 망아장이란 자가 누런 표마(驃馬)를 타고 나와 왕평을 대적하였다. 망아장과 불과 몇 합을 겨루지 못하고 왕평은 말머리를 돌려 달아났다. 이를 지켜 보고 있던 맹획은 왕평이 달아나자 일제히 군대를 몰아 뒤를 쫓았다. 뒤에 남아 있던 관삭도 이들과 잠깐 교전하다가 도주하였다. 그러나 그들의 이같은 도주는 모두가 미리 짜여진 계략에 의한 것이었다.
　촉군이 이렇게 만군에게 패하는 체하며 이십여 리를 퇴각하였을 때 추격하는 만군의 좌우에서 갑자기 산이 무너지는 듯한 함성이 일어나며 왼편에서는 장의의 군사가, 오른편에서는 장익의 군사가 만병의 퇴로를 끊고 뒤에서 공격하여 왔다.
　이와 때를 같이 하여 앞에서 달아나던 관삭과 왕평도 갑자기 돌아서서 역공을 하니 만군은 이들의 전·후 협공에 대패하고 말았다.
　유인 작전에 말려 많은 군사를 잃은 맹획은 전황이 불리하다고 판단, 곧 퇴각령을 내렸다. 그러나 몇몇 부장들에 호위되어 서둘러 퇴각하던 맹획은 다시 매복 중이던 조자룡의 군대와 맞닥뜨리게 되었다.
「맹획은 멈추어라! 조자룡이 여기 있다.」
　조자룡의 명성은 맹획도 익히 들어온 터였다. 놀란 맹획은 금대산 숲속 소로로 달아났다. 조자룡의 매복군에게 급습을 당한 만군의 대부분은 괴멸되었고, 생명이 붙어 있는 자는 모두 항복했으니 맹획은 겨우 수십 기만을 이끌고 산골짜기로 도망을 친 것이다. 그러나 그를 추격하는 자룡의 군사는 여유를 주지 않고 그들의 뒤를 바싹 뒤쫓았고, 갈수록 앞길은 협소하고 험난하여 도저히 앞으로 나아갈 수가 없었다. 맹획은 할 수 없이 적토마를 버리고 도보로 산령을 넘기 위해 산마루턱을 향해 기어오르기 시작했다. 그러나 그가 죽을 힘을 다해 간신히 산마루턱에 오르니 또 다시 함성과 함께 일단의 군사가 그의 앞을 가로막았다. 위연의 군대였다.
　위연은 공명의 분부로 군사 오백을 거느리고 먼저 그 산중에 매복해 있었던 것이다. 맹획은 이윽고 위연에게 사로잡히는 몸이 되었고 그와 함께 했던 몇 명의 부장도 순순히 항복하고 말았다. 힘만을 믿고 덤비던 무지한 만군과 병법으로 조련된 촉군 사이의 어쩔 수 없는 우열의 차이로 인한 당연한 결과였다.
　만군의 포로들이 공명의 본진으로 끌려 왔을 때 공명은 그들을 위해 성대한 주연을 마련하고 있었다.
「너희들은 원래 선량한 백성들이었다. 다만 맹획의 세력에 어쩔 수 없이 마음에 없는 출정을 한 것이니 너희들에게는 아무 잘못도 없다.

지금 너희 가족들은 패전 소식을 듣고 안타까와 눈물을 흘리고 있을 것이다. 너희들 모두를 석방하겠으니 안심하고 각자 집으로 돌아가 부모, 형제, 처자를 돌보도록 하라.」

공명은 이렇게 포로들을 위로하며 술과 음식을 마음껏 먹인 뒤 귀향길에 먹을 양식까지 주어 돌려 보냈다.

만족은 글자 그 대로 미개한 오랑캐들인지라 임금의 덕을 모르고 문명을 거부하는, 성품이 거칠고 완강한 종족이었다. 만족의 거리는 가는 곳마다 야만스럽고도 괴이한 만풍으로 즐비했다. 그러한 풍토에 젖어 살아 온 그들인지라 공명의 그같은 인정어린 후의는 꿈같은 일이 아닐 수 없었다. 만병들은 감격해서 눈물을 흘리며 수십 번 절을 하고 귀향 길에 올랐다.

포로들을 모두 놓아 준 뒤 공명은 무사를 시켜 맹획을 끌어오도록 했다. 포박된 채 공명의 앞에 끌려 나온 맹획은 진영 안의 당당하고도 엄숙한 분위기에 완전히 압도당하는 듯했다. 촉군의 본영에는 만군의 포로들을 끌어들이기 전에 촉군의 위세를 보이기 위해 진영 안에 기치와 창검을 삼엄하게 꽂고, 좌우에는 정장을 한 어림군을 도열시키고 군악을 연주하게 했던 것이다.

중앙 장막 가운데 위엄을 갖추고 단좌한 공명은 맹획을 꾸짖었다.

「선제께서 너를 후하게 대우하셨는데 너는 어찌하여 우리를 배반하였는가?」

그러나 맹획도 지지 않고 말했다.

「양천은 모두 타인이 점유했던 땅인데 네 주인은 제 힘만 믿고 그곳을 강탈하여 자칭 천자를 일컬어 왔고, 나는 대대로 이곳에 살아 왔는데 너는 도리어 남의 땅을 침범하면서 어찌 나더러 당치 않게 모반을 했다고 하는 거냐!」

공명은 이번에는 목소리를 부드럽게 하며 물었다.

「너는 지금 사로잡힌바 되어 내 앞에 꿇어앉아 있다. 너는 이후 과거를 청산하고 내게 진심으로 복종할 수 있겠는가?」

「당치도 않은 소리 하지도 마라. 산이 험하고 길이 좁아 부득이 너희 군대에게 잡혔을 뿐인데 어찌 굴복하겠는가!」

맹획은 비록 만족이긴 했어도 역시 장수다운 기개가 있었다.

「끝내 불복하겠다는 뜻이로구나. 내가 이대로 너를 놓아 주면 어찌 하겠는가?」
「당연하지 않은가? 군마를 다시 정비하여 자웅을 겨룰 것이다. 그럴 리도 없겠지만 불행히 내가 또다시 사로잡힌다면 그 때에는 네게 굴복하겠다.」
공명은 더 이상 묻지 않았다. 그는 친히 맹획의 포박을 풀고 주연을 베풀어 대접한 뒤 자신의 말까지 주어 돌려보냈다.
이를 지켜본 촉군의 장수들은 공명의 이같은 처사에 노골적으로 불만을 터뜨렸다.
「도대체 저놈을 놓아 주어서 어쩌자는 것인가? 승상의 생각은 전혀 우리의 마음과 부합되지 않는다.」
장수들이 이같이 불평한다는 소리를 듣고 공명은 웃음을 지으며 생각했다.
「놓아 주어 봤자 맹획은 수머니 속에 든 물건과 같다.」
「어떻게 촉진 가운데서 무사히 돌아오셨읍니까?」
공명의 손에서 겨우 풀려난 맹획은 그의 생환을 반기는 만군들에게 그가 당한 모든 수치를 감추고 자못 허세를 부리며 말했다.
「운수가 나빠 산골짜기에서 빠져나오지 못하고 촉군에게 사로잡히긴 했으나 밤에 본진의 촉군 십여 명을 때려눕히고 도망쳤다. 도망치는 길에 추격하는 한떼의 촉군을 만나 그들을 사방으로 쫓고 그들의 말 한 필을 얻어 타고 왔다. 그통에 촉군의 내부를 자세히 정탐하고 왔지. 뭐 대단치도 않더군….」
맹획의 말을 그대로 믿은 군사들은 그의 용맹에 새삼 감복해 자기들의 왕을 우러러보는 것이었다.
아회남과 동다나 두 원수는 그러나 먼저 공명에게 후대를 받고 석방된 경험이 있는 터라 맹획의 그같은 허세를 내심 비웃고 있었다.
맹획은 다시 촉군을 공격하기 위해 각 동의 원수를 소집하여 십여 만의 군대를 모았다. 각 지방에서 모여든 원수들이라 그 풍속과 복장이 구구각색이어서 기괴하기까지 하였다. 맹획은 그들 앞에 나서서 작전 계획을 설명했다.
「내가 격문에서도 이미 누누이 언급하였거니와 오랜 세월 중국을 휩쓸던 전란의 여파가 이제 우리 남방에까지 밀려 왔다. 공명이 대군을 거느리고 부당하게 우리의 경계를 침범하니 우리가 어찌 이를 묵과할 수 있겠는가. 이 땅은 우리 조상 때부터 우리가 살아 오지 않았는가! 그러므로 우리는 어떻게 해서든 저들을 물리치지 않으면 안 된다. 그러나 공명과의 싸움에 있어서는 정면을 피하는 것이 상책이다. 그는 마술을 쓰는 자인 것이다. 정면으로 싸운다면 틀림없이 그의 마술에 걸리고 만다. 그래서 이번에는 작전을 이렇게 세웠다. 촉군은 천리가 넘는 길을 왔고 게다가 더운 이곳 기후에 적응을 못해 군사들이 심히 지쳐 있다. 그러니 우리는 곧장 노수(瀘水)로 가서 거기 있는 배들을 모두 남안(南岸)으로 옮긴 뒤 남안에 토성을 쌓아 굳게 방어하는 한편 깎아지른 듯한 산에 장성을 쌓아 작전을 연계시키면 제아무리 귀신같은 공명이라도 큰 강물을 앞에 두고야 어찌할 것인가. 그렇게 해서 한 달만 끌면 그 놈들을 모두 도륙할 수 있을 것이다.」

그리하여 맹획은 노수 남안에 견고한 진지를 쌓았다.

노수는 일명 독하(毒河)라고도 하는데 볕이 뜨거울 때는 수면에 독기가 떠서 흐르므로 그 물을 마시면 반드시 죽게 되나 밤이 되어 기온이 내려갈 때는 그 독기가 사라진다는 강이었다. 공명은 그곳 토민을 통해 이러한 사실을 알아 냈다.

공명은 주력군을 일단 노수에서 백리쯤 떨어진 시원한 산록까지 퇴진시켜 그곳에서 잠시 인마를 편히 쉬게 한 후 방금 촉도에서 부하 3천을 이끌고 부상병을 위해 약품과 군량을 수송해 온 장수 마대(馬岱)를 불러들였다.

「그대가 데리고 온 군대를 최전선에 쓰려고 하는데 어떤가? 그대가 지휘하겠는가?」

「명하신다면 기꺼이 가겠읍니다.」

「만왕 맹획이 노수 남안에 견고한 성을 쌓고 방어하고 있으니 정면 공격은 불가능하다. 그래서 후방으로 침투해 적군의 군량 보급로를 끊어 내란을 일으키게 할 작정이다. 그대가 3천군을 이끌고 적의 후방으로 잠입해 그 임무를 수행토록 하라.」

「그러나 어떻게 적의 후방으로 잠입할 수 있겠읍니까? 역시 노수가 가로막혀 있는데….」

「여기서 백 오십리쯤 내려가면 사구(沙口)라는 곳이 있다. 그곳은 수심이 깊지 않아 뗏목으로도 건널 수 있다. 거기서 강물을 건너 만동으로 들어가 보급로를 차단하면 될 것이다.」
 명을 받은 마대는 즉시 군사 3천을 거느리고 사구로 향했다. 사구에 이른 마대는 공명의 지시대로 수많은 뗏목을 만들어 야밤을 틈타 그 무서운 독하를 무사히 건널 수 있었다. 대안은 산지로 전진할수록 험준하였다. 마대군은 노수로 통하는 대로가 있는 산골짜기를 끼고 매복, 그 날 그곳을 통과하던 만군 수송대의 군량을 적재한 마차 백여 대와 물소 4백여 두를 노획하는 전과를 올렸다. 다음날도 수백 대의 군량 수송대를 공격하여 빼앗았다.
 한편 노수 남안에 진을 치고 있던 십만의 만군들은 군량이 끊겨 굶주리게 되자 불평이 터지기 시작했다. 그 때 마대군에게 군량을 빼앗기고 겨우 목숨만 부지하여 도망해 온 수송 대장 하나가 맹획의 앞에 나와 보고했다.
 「평북 장군 마대가 촉군 일대를 이끌고 사구를 건넜읍니다.」
 맹획은 그러나 술을 마시며 태연히 웃었다.
 「강을 건널 때 군대 절반은 죽었을 텐데 무엇이 두려운가?」
 「아닙니다. 노수의 독기가 사라진 밤중에 무난히 건넜다 하옵니다.」
 순간 맹획은 술잔을 내던지며 소리쳤다.
 「누가 적군에게 노수의 비밀을 알려 주었구나. 어느 놈인지 그 자를 색출하여 단칼에 목을 쳐라!」
 「그럴 사이가 없읍니다. 적군은 이미 산골짜기에 진을 치고 이곳으로 오는 군량 수송대를 모조리 습격하여 탈취하고 있읍니다.」
 맹획은 짐승처럼 길길이 뛰었다.
 당초의 계획은 견고한 방어선을 구축하고 시일만 끌면 촉군은 군량이 떨어질 뿐만 아니라 풍토와 기후에 익숙치 못해 사경을 헤매게 될 것이고, 그럴 때 일제히 공격하여 촉군을 도륙하려 했던 것이 아닌가. 그런데 오히려 저들에게 군량을 탈취당해 이쪽이 굶주리는 꼴이 되었으니 맹획은 불같이 노하지 않을 수 없었다.
 그런데다가 마대의 군사를 토벌하라고 보낸 동다나와 아회남은 그렇지 않아도 공명의 인품에 흠모의 정을 품고 있던 터라 그들의 군사를 이끌고 투항을 해버렸다. 공명으로서는 의외의 수확이었다.

공명은 이번에는 투항해 온 그들을 앞세워 맹획을 사로잡기로 했다. 동다나는 맹획에게 지금 공명이 부하 몇몇 만을 이끌고 사구 근처까지 와 있다는 거짓 보고를 했다. 아직 동다나가 공명에게 투항한 사실을 모르고 있는 맹획은 공명을 사로잡을 절호의 기회라 생각하고 동다나가 유인하는대로 산속 깊숙히 따라왔다가 어이없이 두번째로 공명에게 사로잡히게 되었다.

「자, 너는 다시 포로가 되었다. 지금 내 명령 한 마디면 네 머리는 땅에 떨어지고 만다. 우리 촉군은 왕도를 아는 수준 높은 군대이다. 마음으로 항복하는 자를 죽이는 야만의 군대가 아니다. 너는 남만국의 왕이니 중국의 문명도 조금은 알고 글도 읽었을 것이 아니냐. 뿐만 아니라 너는 용병에도 뛰어나다. 죽이기는 아까운 인물이다. 그리고 나는 너를 진정으로 아낀다. 마음으로 너를 아낀다는 말이다. 이제 내가 너에게 어떻게 해주기를 원하는가?」

맹획은 잠시 침묵했다. 그러다가 결연한 어조로 이렇게 말했다.

「승상, 다시 한번 나를 놓아 주지 않으려오?」

「놓아 주면 어쩔 생각인가?」

「본진에 돌아가서 모든 동의 맹장을 소집하여 바른 전법으로 훈련을 시킨 뒤 다시 촉군과 결전을 벌이려 하오.」

「그리고 나서는?」

「남만의 동주들은 모두 내게 충성된 자들이오. 동다나와 아회남 같은 자는 이젠 하나도 없오. 나는 분명 이길 것이오. 그러나 만의 하나 다시 촉군에 패하면 동족 모두를 이끌고 깨끗이 항복하겠오.」

공명은 웃으며 다시 맹획의 포박을 풀어 주었다. 다른 사람에게 시키는 일이 없이 언제나 손수 그의 포박을 풀어 준 것이다. 그날 밤 맹획을 위한 주연의 자리에서 공명은 이렇게 말했다.

「다음에 다시 잡혀서도 불복하면 그 때는 절대 용서하지 않을 것이다. 나는 지금까지 싸움에 임하여 패한 적이 없고, 공을 세우지 못한 적이 없었다. 그런데 너희 남만이 어찌 불복하려 하는 것이냐?」

주연이 파한 뒤 공명은 맹획과 함께 말을 타고 진영 밖을 순시하며 조용히 말했다.

「네가 항복을 안함은 심히 어리석은 짓이다. 보라, 이러한 군대와 장비를 네가 어찌 이기겠느냐. 네가 항복만 하면 내가 특별히 천자께 주청하여 자자손손이 만왕으로서의 영화를 누리게 해 줄 수도 있다.」

맹획은 그러한 공명의 설득을 이번에는 동중인(洞中人)을 핑계삼아 물리쳤다.

「동중인이 마음으로 항복을 안 하니 어찌하겠오. 내가 돌아가서 그들을 달래 보겠오.」

그러나 자기의 본진으로 돌아간 맹획의 허세는 여전했다. 그는 여러 동의 원수들을 모아놓고 우쭐댔다.

「오늘도 나는 공명을 만나고 왔지만 그는 나를 죽이지 못했다. 나는 불사신이다. 때문에 공명도 감히 나를 죽이지 못하는 것이다. 놈들의 칼날을 내가 입으로 물어서 부러뜨리고 촉군 몇 놈쯤 발길로 차버리고 돌아오는 일이야 아무것도 아니다.」

여러 동의 무지한 원수들과 장수들은 맹획의 신기한 신통력에 혀를 내두르며 탄복했다.

「보라! 내가 아니면 그 누가 공명의 본진에서 살아 돌아올 수 있겠느냐. 그런데 동다나와 아회남은 우리를 배반했다. 어떻게 해서든 그 두 놈의 목을 베어 내게로 가져오라.」

맹획은 둘러선 장수들에게 명했다.

이튿날 밤 공명의 사자로 가장한 만군의 꾐에 빠져 그들을 따라나섰던 아회남과 동다나는 노수로 가던 도중 매복해 있던 만군들에 의해 목이 떨어지고 말았다. 이 소식을 듣고 기가 난 맹획은 그밤으로 군사를 출동시켜 마대군이 있는 협산으로 향하였다. 마대군을 토벌하기 위해서였다. 그러나 그들이 협산에 도착했을 때는 이미 촉군의 그림자도 찾을 수가 없었다. 어젯밤 촉군들이 급히 사구물을 건너 북안쪽으로 퇴군하였다는 사실을 토민을 통해 전해들은 맹획은 뒤통수를 얻어맞은 기분이었다. 아닌게 아니라 공명의 마술에 걸린 듯하였다. 그렇듯 헛걸음을 치고 본진으로 돌아가 보니 맹획의 아우 맹우(孟優)가 남방 은갱산(銀坑山)에서 2만의 군사를 거느리고 형을 돕고자 기다리고 있었다.

형제는 밤이 늦도록 술잔을 기울이며 작전 계획을 짰다. 다음날 맹우는 부하 백 명에게 금은, 주옥, 사향 등 진귀한 예물을 들려서 공명의 진영으로 향했다. 그들이 촉군의 진영에 가까이 접근하자 여기 저기 망대에서 고각(鼓角)이 울리며 일단의 군마가 달려 왔다.
「어디로 가는 누구인가?」
대장 마대가 그들의 앞을 가로막으며 물었다.
「예, 남만왕 맹획의 아우 맹우이옵니다. 형을 대신하여 정식으로 항복하러 왔읍니다.」
마대는 일단 맹우 일행을 진문 밖에서 기다리게 하고 공명에게 그 사유를 보고하였다. 그 때 공명은 장수들과 회의를 하고 있는 중이었다. 공명은 곁에 있는 마속(馬謖)을 돌아보며
「… 아는가?」
하며 의미심장한 웃음을 웃었다.
「예, 그러나 입으로는 여쭐 수 없읍니다.」
하고 마속은 지필을 들어 무엇인가를 써서 공명에게 보였다. 공명은 그것을 보면서도 연신 빙글빙글 웃고 있었다.
「그렇다. 그대의 생각도 내 뜻과 꼭 부합되는구나. 맹획을 세번째로 사로잡을 계책은 바로 그것이다.」
공명은 자룡을 가까이 불러 하나의 계책을 일러 주고 위연, 왕평, 마충, 관삭 등에게도 각각의 행동 방침을 지시하였다. 공명의 지시에 따라 그들은 곧 자기 위치로 달려갔다. 그런 뒤에야 공명은 맹우를 불러들였다.
「어찌 이리 갑자기 항복하러 왔는가?」
공명은 짐짓 의아한 표정을 지었다. 맹우는 땅에 엎드려 그 특유의 능란한 언변을 토해 내기 시작했다. 그는 남만에서는 이름난 능변가였던 것이다.
「형 맹획은 남만 제일의 고집장이입니다. 그래서 두 번씩이나 사로잡혔고, 또 승상의 은덕으로 생명을 보존해 왔는데도 불구하고 아직도 촉나라에 대항하고 있읍니다. 그래서 제가 군대를 영솔하고 오니 모든 동장들이 들고 일어나 형을 설득하여 촉에 복종하라고 권고했읍니다. 그러자 형도 승상의 위력과 온정에 더 이상 항거할 수 없음을 깨닫고 복종할 것을 결심하게 되었읍니다. 그러나 자신이 직접 오기가 면구스러워 먼저 저를 보내 항복을 허락하시도록 승상께 간청하라고 하였읍니다.」

말을 마친 맹우는 부하에게 눈짓을 해 가지고 온 예물을 공명의 앞에 쌓아 놓게 했다. 그리고는 이같이 덧붙여 말했다.
「형 맹획도 은갱산 궁전으로 돌아가 따로 예물을 준비하여 천자께 바치고자 이곳으로 항복하러 올 것입니다.」
 맹획의 항복을 환영하는 주연은 낮부터 시작되어 밤 늦게까지 계속되었다.
 한편 그 시간 맹획이 거느린 만여 명의 군대는 이 때 이미 노수를 건너고 깊은 산을 우회하여 촉군 진영으로 접근, 때만 되면 뒤를 덮칠 태세를 갖추고 있었다. 그들의 손에는 각기 유황 염초와 마른 풀이 들려 있었다.
「저것이 바로 공명의 진영이다. 오늘밤에야말로 꼭 그를 사로잡아야 한다.」
 맹획이 다짐하듯 곁에 있는 장수에게 말하였다. 휘황 찬란한 등불이 대낮같이 밝은 주연석에서 사람들은 모두 술에 취하여 눕거나 혹은 엎드려 있었다, 맹획의 군대가 바로 등 뒤에까지 육박하두록 한 사람도 깨어 일어나는 사람이 없었다. 주연이 베풀어진 막사로 접근하던 맹획은 순간 걸음을 멈추고 그 자리에 주춤하고 섰다. 아무래도 분위기가 심상치 않았던 것이다. 주연장에 엎드려 있는 사람들에게로 가까이 다가선 맹획은 너무나 충격적인 사태에 몸이 그 자리에 얼어붙는 듯했다. 취하여 꼬부라져 있는 사람들은 맹우를 비롯해 하나같이 만군이 아닌가! 맹우 자신도 주석의 중앙에 엎드려 신음하고 있었다. 촉의 군사는 그 자리에는 하나도 없었다. 맹우를 비롯한 만군들은 모두 독주를 마신 것이다.
 맹획의 군사들은 화약 염초를 던져 공명의 진영에 불을 붙였다. 맹획이 인사 불성이 된 동생 맹우를 안고 밖으로 나가려는데 화염 아래서 불쑥 위연이 뛰어나왔다. 맹획은 위연이 있는 반대 방향으로 뛰었다. 그러자 이번에는 자룡이 뛰어나와 다시 그의 앞을 가로막았다. 다급해진 맹획은 안고 있던 맹우를 내던지고 홀로 노수 상류쪽으로 도망하였다. 맹획이 가까스로 노수 강변에 이르니 마침 사람을 태운 배 한 척이 물에 떠 있었다.
「어서 강을 건너라!」
 맹획은 배 위로 뛰어오르며 외쳤다. 맹획이 배에 오름과 동시에 배에 타고 있던 사람들이 일제히 달려들어 맹획을 포박하였다.
「나다! 너희들의 왕, 남만왕 맹획을 모르느냐?」

「오냐, 맹획인줄 알고 있다. 우리는 마대 장군의 부하다.」
 이리하여 맹획은 또 다시 공명 앞으로 끌려 나왔다.
「또 왔는가?」
 공명은 조롱하듯 말했다. 맹획은 두 번이나 공명을 대면한 경험이 있어 마치 할말을 미리 준비하고나 있었던 듯이 서슴없이 대꾸하였다.
「오늘밤의 실패는 못난 아우 때문이오. 주식을 탐하여 나의 계책까지 망쳐 놓은 것이오. 행여 내가 잘못하여 싸움에 졌다고는 생각지 마시오.」
「싸움에는 패하지 않았다 해도 계책에는 분명 패한 게 아닌가? 스스로 배에 오른 일은 어찌 생각하는가?」
「그건 분명 내 실책이오. 그러나 신이 아닌 이상 어두운 곳에서는 돌에 걸려서도 넘어지는 게 인간이 아니겠오?」
「자 이제 세번째 사로잡혔다. 이제 약속대로 네 머리를 베고자 한다. 마지막으로 할 말은 없는가?」
「잠깐!」
「뭐냐?」
「한 번만 더 놓아 주시오.」
「인정을 베푸는데도 정도가 있다. 세번째 포로된 자를 어찌 다시 놓아 보내라는 거냐?」
「마지막 부탁이오..」
「이번에 풀려 나면 또 뭘 하려는 건가?」
「마지막 일전을 멋지게 하고 싶소.」
「그때 또 사로잡힌다면?」
「최후의 일전임을 각오한 바요. 이번엔 죽어도 후회하지 않을 것이오.」
 공명은 큰 소리로 껄껄 웃었다. 그리고는 자신의 칼로 맹획의 포박을 끊어 주었다.
「다음에는 병법을 좀 배우고 뉘우침이 없도록 진용을 고쳐 오너라. 네 아우 맹우는 어찌 되었는가?」
「아우?」
「그새 골육을 잊었는가? 그러면서도 왕으로서 백성을 감복시킬 수 있겠는가?」
「화염 중에서 구출해 나오다가 중도에서 서로 떨어져 그후 생사를 모릅니다.」
「누가 가서 맹우를 데려 오너라.」
 공명의 지시에 군사 하나가 장막으로 들어가 맹우를 데리고 나왔다.
「술이라면 사족을 못쓰더니 적군의 독약까지 마시고 일을 이지경으로 망쳐놓다니, 이 못난 놈아!」
 맹획은 적진임에도 얼굴이 벌개지도록 성을 내며 아우를 꾸짖었다.
「형제 싸움까지는 병법에 없다. 형제의 우애로 한데 뭉쳐 다시 오너라.」
 공명은 그들을 돌려보냈다.
 공명의 손에서 풀려난 그들은 멀리 남방 땅으로 도망을 쳤다. 위연과 마대가 맹획의 본성을 점령한 후 공명은 노수를 건너 진을 치고 장수들을 집합시켰다.
「맹획이 두번째 포로가 되었을 때 나는 일부러 그에게 우리 진영 안팎을 고루 보여 주었다. 우리 진영을 상세히 살피고 나면 그가 분명 우리 진을 야습하러 오리라는 예측에서였다. 맹획은 그 때 우리 진영에 군량과 마초가 산적되어 있음을 보고 불을 지르는 방법을 꾀했을 것이다. 그 아우로 하여금 거짓 항복을 하게 해서 내응을 하려 했던 것이다. 이번에 세번째 그를 놓아준 것은 그 마음을 항복 받으려는 것이지 결코 죽이기 위해서가 아니다. 맹획 한 사람을 죽인다 해도 분명 또 다른 맹획이 일어나게 되어 있는 것이니 그대들은 내 뜻을 이해하고 괴로움을 참도록 하라.」
 공명의 이같은 말에 장수들은 비로소 그의 참뜻을 깨닫고 지와, 인과, 용(智, 仁, 勇)이 겸비된 그의 인품에 새삼 감복해마지 않았다.
 한편 남만 땅 깊숙이 도망간 맹획은 또 다시 일어날 준비를 하고 있었다. 그는 심복을 시켜 금은 보배 등 예물과 함께 각 동장에게 격문을 돌렸다.
「촉군은 지금 이 나라를 빼앗고 우리 토착민을 모두 도륙하려 한다. 놈들이 비록 지혜가 있고 문명의 이기를 가졌다 하나 몇천 리의 원정에 지쳐 있고 기후와 풍토에 익숙치 않아 태반이 쓰러졌으니 이 때를 놓치지 말고 촉군을 괴멸시켜 두 번 다시 만국을 넘보지 못하게 하자.」
 그러한 요지의 격문은 다시 동장들의 마음을 움직였다. 맹획은 그만큼 남만 땅에서는 절대적인 존재였던 것이다. 여러 곳의 동장들이 많은 군사를 이끌고 맹획의 휘하로 들어왔다. 맹획 휘하의 군사는 단시일에 다시 수십만에 이르렀다.

병력이 확보되자 맹획은 우선 공명의 군사가 어디까지 왔는가를 알아보기 위해 정찰대를 내보냈다.

한편 공명은 이 때 서이하(西洱河)라는 강에 이르러 그곳에 자생하는 죽림을 벌채하여 죽교를 만들고 군마를 건네게 하였다. 서이하를 건넌 공명군은 강 북안에 대진영을 치고 남안에서도 3개의 진을 쳤다. 그리고 흙으로 성을 쌓아 만군의 공격에 대비하였다.

「서이하에 죽교를 건설하고 북안과 남안에 각각 진을 쳤으며 특히 북안에는 하수를 참호로 만들고 성벽까지 쌓아 놓고 있읍니다.」

공명의 진을 정찰하고 돌아온 정찰대로부터 이같은 보고를 받은 맹획은 크게 웃었다.

「우리가 노수에서 포진했던 것을 그대로 흉내냈구나.」

그는 지난날의 패전을 잊고 또 다시 자만에 빠져 있었다.

맹획은 새로 편성된 수십만의 군사를 이끌고 공명의 진영을 향해 출동하였다.

맹획은 붉은 털의 남만 소를 타고 몸에는 서피갑(犀皮甲)을 입었으며 왼손에는 방패, 오른손에는 장검을 들고 있었다. 공명의 진영 앞에 이른 맹획은 공명군을 유인해 내기 위해 만여 명의 도패수(刀牌手)를 모아 모두 옷을 벗겨 벌거숭이가 되게 한 뒤 그렇듯 망칙한 차림으로 도끼를 들고 춤을 추게 했다. 그래도 공명은 진문을 굳게 닫고 출전을 허락치 않았다.

「촉군은 과연 보잘 것 없는 오합 지졸이로구나. 겁이 나서 꼼짝도 못하는 것을 보니!」

만군은 자신에 넘쳐 떠들었다. 망칙스럽게 벌거숭이 차림을 한 도패수들은 날마다 촉군의 진영 앞으로 와서 욕설과 야유를 퍼부었다.

「저 원숭이들을 즉시 나가서 도륙하도록 허락해 주십시오.」

만군들의 욕설과 야유에 분개한 촉장들은 이렇게 탄원하였다.

「왕화(王化)에 복종하고 나면 저 야만스런 춤도 오히려 사랑스럽게 보일 것이다. 조금만 더 참으라.」

하며 공명은 일체 출전을 허락치 않았다. 어느 날 산에 올라가 만군들의 동태를 살핀 뒤 공명은 장수들을 집합시켰다. 공명의 계책은 이미 오래 전에 서 있었던 것이다. 공명은 위연, 왕평, 마충 등에게 무엇인가를 분부하고 마대와 장익에게도 따로 무엇인가를 일일이 지시하였다. 그리고 공명 자신은 관삭의 호위를 받으며 급히 죽교를 건너 북안 진영으로 옮겨 갔다.

남만군은 뿔피리를 불고 북을 치며 매일같이 공명의 진 앞으로 와서 도전을 시도했지만 웬일인지 깃발 만이 나부낄 뿐 사람의 소리 하나 들려오지 않았다. 매일이 하루처럼 변화가 없고 며칠이 되어도 밥 짓는 연기조차 오르지 않는 것이 이상하여 그들은 어느날 단단히 태세를 갖추고 진지의 한 곳을 돌파하였다. 그런데 이게 웬일인가? 진중에는 수백량의 마차에 군량이 적재된 채 버려져 있고 무기와 마구(馬具)가 사방에 어지럽게 흩어져 있었다. 그리고 군사들의 잠자던 자리, 밥 먹던 자리가 그대로 있고 말 한 필, 사람 하나도 보이지 않았다.

「퇴각했구나!」

맹획은 호탕하게 웃었다.

「이렇게 밥을 먹다 말고 퇴각한 것을 보니 어지간히 황급했던 게로군. 이런 견고한 진지를 버리고 하룻밤 새에 철수한 것을 보니 필경 본국에 무슨 급변이 생긴 게 분명하다. 오나라나 위나라가 촉을 침범한 모양이다. 퇴각하는 저들의 뒤를 쫓아 한 놈도 살려 보내지 말라!」

맹획은 물소의 등에 높이 올라 앉아 호령했다.

만군들이 강 건너 북안을 보니 거기에는 장성과 같은 성벽이 세워져 있고 수십 개의 망대에 기치와 창검이 삼엄하게 꽂혀 있었다. 그 성벽의 위엄에 압도되어 주춤거리는 만군들에게 맹획은 다시 소리를 쳤다.

「두려워 할 것 없다. 저것도 공명이 조작한 가짜 진세(陣勢)다. 공명은 저렇게 허장 성세를 보이며 북으로 퇴각하려는 것이다. 두고 보라. 이곳도 2~3일 후면 깃발만 날리고 촉군은 한 놈도 없게 될 것이다.」

남만의 군사들은 맹획의 지시에 따라 죽림을 벌채하여 대나무로 뗏목을 만들었다. 그동안 촉의 진영에서는 과연 날이 갈수록 군사의 수가 줄어들고 있었다. 나흘째 되는 날에는 성 위로 한 사람도 움직이는 자가 보이지 않았다.

「보라, 내가 뭐라 하던가!」

자신의 선견 지명이 자랑스러워 맹획은 좌우의 장수들을 둘러보며 우쭐댔다.
 촉군이 저곳에서도 모두 퇴각했구나 싶어 만군들이 대나무 뗏목으로 서이하를 건너려 할 때, 때아닌 광풍이 모래 바람을 일으키며 휘몰아쳐 그들의 앞을 막았다. 게다가 강물이 거칠게 요동쳐 뗏목으로는 도저히 강을 건널 수가 없었다.
「할 수 없다. 촉군이 버리고 간 진영으로 들어가 밤이 새기를 기다리자.」
 도강하려던 맹획의 군사들은 광풍을 피해 촉군의 빈 진영으로 들어갔다. 밤이 되자 광풍은 더욱 심해지고 모래비가 진영 위로 소나기처럼 쏟아져 내렸다. 인마는 모두 눈을 뜰 수가 없었다. 그들이 간신히 각 진영으로 더듬어 들어가 피로한 몸을 잠자리에 눕히려던 찰나 갑자기 사방에서 북소리가 요란하게 들려왔다. 동시에 여기 저기 불이 붙기 시작했다. 진영은 삽시간에 불길에 휩싸이고 군사들의 비명과 아우성으로 일대 아수라장을 이루었다. 진영 안에서 타 죽지 않고 요행히 불길을 피해 밖으로 빠져 나온 만병은 이번에는 사방에 매복해 있던 촉군에 의해 모조리 도륙을 당하고 말았다. 처절한 괴멸이었다.
 맹획은 겨우 살아 남은 수십명의 부하를 이끌고 불길에 휩싸인 진영을 빠져 나와 도망갈 길을 찾아 사방을 둘러보았다. 모두 불바다를 이루어 달아날 곳은 동편밖에는 없었다. 그렇듯 그가 동편을 향해 산 어귀를 돌아섰을 때는 이미 날이 밝고 있었다.
 겨우 정신을 가다듬고 눈을 들어 앞을 보니 숲을 등지고 사륜차 하나가 수십 기의 호위를 받으며 이쪽으로 오고 있었다. 가까이 다가오는 사륜차 안에는 머리에 윤건을 쓰고 학창의를 입은 공명이 우선을 들고 위엄있게 앉아 있었다. 당황하는 맹획을 보고 공명은 큰 소리로 웃었다.
「여러 시간 전부터 맹획이 불길을 피해서 이리로 올 것을 기다리고 있었다.」
 맹획은 쫓기다 쫓겨 막다른 골목에 이르른 개처럼 발악하며 뒤에 따르는 부장들에게 소리쳤다.
「내 저 사람의 궤계에 빠져 벌써 세번씩이나 수모를 당했다. 여기서 만나게 되니 다행이다. 너희들은 사력을 다해 저들을 쳐부셔라!」
 맹획 자신도 선두에 서서 필사적으로 덤벼들었다. 그러자 공명의 사륜차는 급히 말머리를 돌려 허둥지둥 도망치기 시작했다.
「공명을 놓치지 말라!」
 공명이 도망하는 것을 본 맹획은 큰소리로 외치며 추격하기 시작했다. 그런데 그들이 거의 큰숲에 이르자 강한 지진이 일어나는 것처럼 땅바닥이 흔들리면서 맹획 일행은 한꺼번에 세 길 함정으로 떨어졌다. 그야말로 공명이 파놓은 함정에 빠졌던 것이다. 부하들과 함께 흙먼지에 파묻힌 맹획은 어처구니가 없었던지 차라리 껄껄 웃어버렸다.
 잠시 후 숲속에서 위연이 수백 기를 몰고 나와 함정에 빠진 그들을 하나씩 묶어 올렸다.
 이들을 본진으로 데려온 공명은 맹획을 제외한 만군들에게 다시 주식을 베풀어 위로한 뒤 돌려보냈다. 그들은 공명의 은덕에 백배 사례하며 초군 진영을 떠났다. 그들이 떠난 뒤 맹우가 먼저 장익에 의해 끌려 들어왔다.
「너는 어찌 네 형의 어리석음을 간하지 않느냐? 지금 네번째 내게 사로 잡힌바 되었는데 무슨 면목으로 사람을 대할 수 있겠느냐?」
 그렇듯 능변가인 맹우도 이번에는 묵묵 부답이었다. 공명도 그에게 어떤 대답을 기대하고 말을 한 것은 아니었다. 공명은 그에게도 주식을 베푼 뒤 그의 부하와 함께 돌려보냈다. 그리고 마지막으로 위연에게 끌려 들어온 맹획을 보고 공명은 노기띤 음성으로 꾸짖었다.
「이번에도 또 구실을 붙이겠느냐?」
 맹획은 그러나 조금도 두려워하지 않았다. 그의 태도는 오히려 의연하기까지 했다.
「내가 궤계에 빠져 이렇게 되었으니 죽어도 눈을 감지 못할 것이오.」
「저놈을 당장 끌어다가 목을 베어라!」
 공명은 큰소리로 의연하게 명했다.
 참수를 당하기 위해 의연에게 끌려나가면서 맹획은 공명을 돌아보며 말했다.
「만일 이번에 다시 나를 놓아 준다면 기필코 다섯번째는 한을 갚을 것이오.」
 공명은 차라리 어처구니가 없어 실소하고 말았다.
「내가 네 번이나 너를 예로써 상대했는데도 너는 어찌된 일인지 오히려 항복을 하지 않는구나. 도대체 무슨 까닭이냐?」
「나는 비록 왕화 밖에 사는 자이지만 승상처럼 치사하게 궤계는 쓰지 아니하오. 그러니 어찌 내가 굴복할 수 있겠오…. 만약 다시 승상과 싸울 기회가 나에게 주어져 그 싸움에서 또 붙들리게 되면 그 때는 마음으로 항복하고 두 번 다시 반란을 일으키지 않기로 맹세하겠오.」
공명은 아무 말도 하지 않고 그를 다시 놓아 보냈다.

공명에게서 네번째로 풀려난 맹획은 얼마 안 되는 패잔병을 거느리고 정처없이 남방을 향해 떠났다. 이젠 타고 갈 물소도 없었다. 그들이 여정에 오른 지도 여러 날이 지났다. 저 멀리 들판에서 먼지 구름이 일고 있는 것이 보였다. 일단의 군사가 행군해 오고 있는 것이었다. 가까이 오는 것을 자세히 보니 물소를 탄 장수는 동생 맹우였다. 먼저 풀려난 맹우는 패잔병을 수습하여 형의 복수를 하고자 출전하는 길이었던 것이다. 중국인들과는 달리 감정이 풍부하고 그것을 직선적으로 표현하는 남만족의 이 형제는 서로 부둥켜안고 울었다. 그곳에서 일단 군사들을 야영케 하고 형제는 또 밤 늦게까지 앞으로의 계획과 진로 문제에 대해 숙의하였다.

동생 맹우의 의견은 이러했다. 즉 이제 만군은 촉병과의 싸움에서는 도저히 당 할 수 없으니 남방 변두리에 있는 깊은 동중(洞中)으로 퇴피해 머물러 있으면 촉병은 더위를 견디지 못해 결국 물러가리라는 것이었다. 그리고 맹우는 끝으로 이렇게 말했다.

「여기서 서남쪽으로 백리쯤 가면 독룡동(禿龍洞)이 나옵니다. 그곳 동주 타사왕(朶思王)이 저와는 아주 절친한 사이입니다. 우리가 가면 반가이 맞아 줄 것입니다.」

이리하여 그들 형제는 얼마 안 되는 군사를 이끌고 독룡동의 동주 타사왕을 방문했다. 타사왕은 정말 두 형제를 반가이 맞아 주었다. 맹획으로부터 그동안 촉군과의 대전한 전말을 자세히 들은 타사왕은

「대왕은 이제 아무 염려 마십시오. 만일 촉병이 여기까지 온다면 한 사람도 살아 돌아가지 못하고 불귀의 객이 될 것입니다.」

하고 호기롭게 말했다. 타사왕이 그토록 호기롭게 말하는 까닭은 이러했다. 즉 동중에는 외부로 통하는 길이 둘밖에 없는데 아까 맹우의 안내로 온 동쪽 길은 평탄하나 다른 서쪽 길은 매우 험하며 독사, 독충이 많아 하루 중 미(未), 신(申), 유(酉)의 3시간만 왕래가 가능할 뿐더러 물도 먹을

수 없어 인마가 다니기 어려운 곳이었다. 그리고 그곳에는 네 개의 독약 샘물이 있는데 첫째 것은 벙어리 샘물이었다. 사람이 이 샘물을 마시면 말을 못하다가 수일 내에 죽게'되고, 둘째 것은 온천(溫泉)으로 이 물에 목욕을 하면 피부가 썩어들어가다가 뼈가 들어나면 죽게 된다. 그리고 세째 것은 독천(毒泉)으로 수족에 조금만 물이 묻어도 즉시 살빛이 검어져 죽으며, 네째 것은 냉천(冷泉)으로 이 물을 마시면 몸이 솜처럼 연약해져서 죽는다는 것이었다. 그는 말을 이었다.

「그래서 이곳에는 샘물이라곤 없읍니다. 때문에 옛날 한나라 복파 장군 마원(伏波將軍 馬援)이 일찌기 한 번 왔던 일이 있을 뿐 그 후에는 중국의 군사라곤 한 사람도 온 일이 없는 곳입니다.」

그리고 끝으로 타사왕은 맹획에게 다음과 같은 계책을 말하였다. 즉 맹획이 들어온 길인 동북 대로에 토성을 쌓고 맹획이 그곳의 몇 동을 차지하고 있으면 촉병이 올 때 동쪽 길이 차단된 것을 보고 서쪽 길로 돌아올 것이 분명하고 목이 마른 군사들은 네 곳의 독물을 보고 마시지 않을 수 없을 것이다. 그렇게 되면 백만 대군도 무용 지물이 되고 말 것이라는 애기였다.

타사왕으로부터 이같은 계책을 들은 맹획은 마치 백만 대군의 원병이 나 얻은 듯 기세가 나서 벌떡 일어나 북쪽을 향해 외쳤다.

「제갈공명은 이제 개소리 마라. 네 아무리 신출 귀몰한 재주가 있다 해도 네 개의 약수야 어쩔 수 없을 것이다. 네게 말한대로 이번에야 이 맹획의 패병 지한(敗兵之恨)을 풀게 되었다!」

한편 공명의 촉군은 유월 염천의 뜨거운 햇살을 받으며 서이하를 등지고 남으로 남으로 행군하였다.

어느날 공명은 정찰대의 보고에 의해 맹획 일행이「독룡동」이란 산악 지대에 군대를 이끌고 들어가 주둔하고 있다는 사실을 알았다. 공명은 여개(呂凱)가 바친 지장도를 펼쳐 들고 독룡동을 찾아 보았지만 거기에는 비슷한 이름도 기록되어 있지 않았다. 공명은 먼저 왕평에게 2백기를 주어 지장도에 나와 있지 않은 독룡동 근방의 지형을 알아 보도록 하였다.

그러나 수일이 지나도록 왕평 일행이 돌아오지 않자 이번에는 다시 관삭에게 1천기를 주어 보냈다. 이튿날 곧바로 돌아온 관삭은 왕평 일행에게 변고가 생겼음을 보고했다. 왕평의 군대는 약물을 마시고 변고를 당한 것이 틀림없으며, 관삭 자기의 군대도 몇십 명이 약물을 마시고 중독이 되었다는 사실도 아울러 보고했다.

공명은 크게 놀랐다. 그는 즉각 수십기의 호위를 받으며 직접 시찰길에 나섰다. 이윽고 공명은 관삭의 안내로 왕평의 군대를 벙어리로 만든 샘물가에 도착하였다. 샘물을 본즉 바닥은 그리 깊어보이지 않았는데 물빛은 탐이 나도록 맑았다. 산등성에 올라가 주위를 살펴 봐도 새소리 하나 들리지 않았고 나르는 곤충조차 보이지 않았다. 그대로 사지(死地)였다. 이 땅에 이런 곳이 있었다니 공명조차 놀라지 않을 수 없었다. 다시 주위를 살펴보니 저쪽 산 위로 고묘(古廟) 하나가 눈에 들어왔다. 덤불과 나뭇가지를 붙들고 기어올라 가까이 가보자 돌비에 다음과 같은 비문이 새겨져 있었다.

「한 복파 장군 마원지묘(漢伏波將軍 馬援之廟)」

즉 한나라의 복파 장군 마원의 묘였던 것이다. 공명은 마장군의 묘에 재배하며 그의 3군을 호우(護佑)하여 줄 것을 간절히 기원하였다.

그리고 어떻게 해서든 이곳의 자세한 지형과 특히 약물에 대한 비밀을 알아 내기위해 이곳 토민을 찾아야 한다고 생각하며 산을 내려오는데 마침 이상한 차림새의 노인이 지팡이를 짚고 이쪽으로 걸어오는 것이 보였다. 공명은 노인에게로 다가가 정중하게 인사를 했다.

「노인장께서는 어디 사시는 누구시온지요? 저는 촉나라 군사 공명이라 하옵니다.」

공명의 인사를 받은 노인은 잠시 공명을 건너다 보더니 천천히 입을 열었다.

「나는 이곳 독룡동에 사는 촌부이오만 승상의 높은 이름은 익히 들어 알고 있오. 승상께서 우리 남만 사람들을 많이 살려 주었다고 이곳 사람들은 모두 감사하고 있오이다.」

「황공한 말씀입니다. 그런데 지금 우리 군사가 저 아래 있는 샘물을 마시고 사경을 헤매고 있읍니다. 어떤 연유인지 혹시 아시면 가르쳐 주시기 바랍니다.」

노인은 마치 기다리고나 있었던 듯이 네 개의 샘물에 대해 자세히 설명을 하고는 이렇게 덧붙였다.

「이 네 샘의 독기는 약으로 치료할 수가 없오. 그러나 매일 미·신·유시에만 왕래하면 아무 해독이 없는 신비한 독샘이오.」
「그렇다면 남만 땅은 평정할 수가 없구나…」
 공명이 혼자 이렇게 탄식하자 노인은 손을 내저으며 공명을 격려하였다.
「승상은 너무 낙심하지 마시오. 내가 한 곳을 가르쳐 드리겠으니 우선 당면 문제를 해결토록 하시오.」
하며 만안계(萬安溪)라는 시냇물을 가르쳐 주었다. 그 시냇물 뒤에 만안 거사(萬安居士)가 은거하고 있는데 그의 초당 뒤에 안락천(安樂泉)이란 샘이 있어 독물에 중 독된 자가 그 샘물을 마시면 곧 회복이 된다는 것이었다. 뿐만 아니라 옴이나 장기(瘴氣)에 감염된 자는 만안계에서 목욕을 하면 깨끗해지고 또 초당 앞에는 해엽이라고 하는 일등초가 있어 그 잎사귀 하나를 입에 물거나 운향(芸香)의 뿌리를 캐서 씹으면 장기에 감염되는 일이 없다고 하였다.
 공명은 노인의 이같은 가르침에 감격하여 다시 절하며
「존함이 뉘시옵니까?」
하고 물었다. 노인은
「이 산을 지키는 사람으로 복파 장군의 명을 받들어 지시한 것 뿐이오.」
하고는 묘 뒤의 석벽으로 사라지는 것이었다. 공명은 놀라서 묘신에 다시 재배하고 본진으로 돌아왔다.
 다음날 아침 공명은 향료와 예물을 준비해서 왕평과 군사 중 독물로 벙어리된 자들을 이끌고 노인이 가르쳐 준 만안 거사를 찾아갔다. 만안 거사는 이미 공명이 남정(南征) 길에 있음을 알고 있던 터라 공명을 극진히 환대했고 그의 군사들로 하여금 샘물을 마시도록 흔쾌히 허락했다. 노인이 가르쳐 준대로 공명이 해엽과 운향 뿌리를 캐 가기를 원하자 두 말 없이 동자에게 군사를 안내토록 했다. 군사들이 동자의 안내를 받아 약초를 캐러 떠나고 다소 어수선했던 초당이 다시 정적에 묻히자 거사가 말했다.
「이 근처 동중에는 독사와 전갈이 많으니 주의하시고 특히 버들꽃이 떨어진 물은 마시지 말도록 하시오.」
「감사합니다. 그런데 이렇듯 큰 은혜를 입었는데 존함도 모르고 이대로 물러갈 수는 없지 않겠읍니까. 무례가 아니라면 가르쳐 주시기 바랍니다.」

거사는 잠시 망설이더니 이윽고 입을 열었다.
「나는 맹절(孟節)이라는 사람입니다. 만왕 맹획은 다름 아닌 내 아우올시다.」
공명은 경악하지 않을 수 없었다.
「승상은 놀라실 것 없읍니다. 사연을 말씀드리면 우리 부모에게는 소생 3형제가 있읍니다. 장자가 나 맹절, 차자는 맹획, 3자는 맹우로, 부모가 모두 별세하자 성품이 완악한 맹획은 왕화에 돌아가려 하지 않고 있읍니다. 아우를 여러 번 타일렀으나 그래도 말을 듣지 않으므로 하늘 보기가 부끄러워 성명을 고치고 이곳에 은거해 있읍니다. 지금 악한 동생이 승상을 배반하여 이곳 불모지까지 깊이 들어오시게 한 죄는 이 맹절이 백 번 죽어도 마땅합니다.」
공명은 감격하여 그를 천자께 주청하여 남만왕으로 봉할 뜻을 보이자
「세상 일을 부운같이 여기고 이 산중에 은거한 내가 이제 와서 어찌 부귀와 공명을 탐하겠읍니까.」
하며 사양하였다. 뿐만 아니라 공명이 가지고 간 예물도 굳이 사양하고 받지 않았다. 공명은 탄복해 마지 않으며 맹절과 작별하였다.
남만 땅 독룡동엔 식수가 금처럼 귀했다. 군사들의 취사는커녕 마실 물도 없었다. 물이 나올 만한 데를 골라 여기 저기 땅을 파보았으나 모두 메마른 모래땅일 뿐 물기라곤 흔적도 보이지 않았다. 큰 낭패였다. 군졸들이 술렁이기 시작했다. 공명은 당황하는 군졸들을 진정시키고 밤에 홀로 분향하고 하늘을 우러러 간절히 기원하였다. 지성이면 감천이라던가, 공명의 기원이 하늘에 닿았음인지 다음날부터 그들이 파는 우물마다 맑은 물이 펑펑 쏟아져 나왔다.
공명군은 그곳에 진을 쳤다. 그곳은 독룡동 바로 어귀였다.
한편 산 위에서 공명의 군대가 물을 길어다 밥을 짓는 광경을 내려다 본 맹획과 타사는 모골이 송연하지 않을 수 없었다.
「공명의 군사들은 도대체 사람인가 불사신인가!」
맹획은 분연히
「우리 형제는 촉군과 결전하다 죽을 것이오. 앉아서 붙들리지는 않을 것이오.」
하며 이를 악물었다. 타사도 이를 악물며 말했다.

「대왕이 패하면 우리 독룡동도 멸망할 것이니 주연을 베풀어 동네 청년들을 먹이고 결사대를 조직하여 촉군을 치도록 합시다.」
 이리하여 각 동(洞)마다 격문이 나가고 독룡동에서는 몇날 며칠 주연이 베풀어졌다. 여러 고을에서 이 소식을 듣고 청년들이 모여들었다. 이럴 때 마침 은치동(銀治洞)의 동주 양봉(楊鋒)이 3만의 군사를 이끌고 이들을 구원하러 왔다. 양봉은
「내게는 3만 강병이 있고 아들 5형제가 모두 맹장이니 백만 적병도 두려울 것이 없오.」
하며 호기를 부렸다.
 맹획은 크게 기뻐하여 이들을 환영하는 특별 주연을 베풀었다. 술이 몇 순배 돌아가고 주흥이 일자 양봉이
「군중에 무기(舞妓)를 데리고 왔으니 이들로 춤을 추게 하여 흥을 돋구도록 합시다.」
하고 무기 수십인을 들어오게 했다.
 남장(男裝)을 했던 그들이 신발을 벗고 머리를 풀자 만좌는 우뢰같은 박수 갈채로 환호했다. 무기들이 춤을 준비하는 동안에 양봉은 두 아들로 하여금 맹획·맹우에게 술을 따르게 했다. 그들이 술잔을 들어 마악 마시려 할 때였다. 잔을 돌리던 양봉의 두 아들이 갑자기 달려들어 맹획·맹우 형제를 포박하였다. 이상한 기미를 알아차리고 도망치던 타사왕은 양봉이 잡아 묶었다. 무기들은 칼을 빼들고 좌석을 가로막으려 아무도 근접치 못하게 했다. 꼼짝없이 붙들린 맹획은 양봉에게 물었다.
「같은 동주로 이럴 수가 있는가? 우리에게 무슨 원한이 있다고 나를 해하는가?」
「우리 족속은 승상의 은덕에 감복하여 배반한 너를 잡아 바치고자 한다.」
 양봉의 아들 5형제는 실은 모두 변장한 촉군의 장수들이었다.
 다섯번째 포로가 되었어도 공명에 대한 맹획의 반항은 여전했다.
「이번에야말로 약속한 대로 마음으로 항복하겠지?」
「이번엔 내 동중 사람이 배반하여 이렇게 된 것이지 촉군과 싸우다 붙들린 것이 아니오. 죽이려면 죽이시오. 나는 항복하지 않으려오.」
「너는 나를 물이 없고 네 가지 독천이 있는 곳으로 유인하여 우리 군대를 몰살하려 했는데도 네가 보다시피 우리 군대는 모두 무사하지 않은

가. 이것을 하늘의 뜻이라고 생각지 않는가! 그래도 너는 어찌 마음을 돌이켜 항복하려 하지 않는가?」
「내가 조상 때부터 살아 온 은갱산 본궁에 돌아간 뒤 승상이 나를 사로잡는다면 나는 자자 손손 마음으로 복종할 것이오.」
「그 때 잡혀 항복하지 않으면 구족(九族)을 멸한 것이니라!」
공명은 만안 거사로 알려진 맹절을 머리에 떠올리며 맹획 형제와 타사왕의 결박을 손수 풀어 주고 주연을 베풀었다. 그리고 양봉 부자에게는 관직을 봉하고 동병(洞兵)들에게도 후한 상을 내렸다.
공명에게서 다섯번째로 풀려난 맹획 일행은 삼강성(三江城) 즉 그들의 본거지인 은갱으로 돌아갔다. 그곳은 세 줄기의 강물이 교차되는 곳이었다.
천칠백여 년 전의 일이라 지도에조차 그 이름이 남아 있지 않다. 그러나 남방 대륙의 강하를 보면 월남의 메콩강 상류, 태국의 메남강 상류, 그리고 버마의 사루빈강 상류의 근원이 운남과 서장(티베트) 산록에서 발단되는 것으로 보아 공명의 당시 원정 지역이 바로 이 곳이었던 것 같다. 그러므로 소위 남만 왕국은 지금의 버마, 월남, 그리고 중국의 운남성 일대로 보면 틀림없다.
맹획은 은갱동 산중에 궁전과 누대를 건축하고 그곳을 본거지로 삼아 해마다 촉나라 사람과 다른 외향인을 잡아다가 조상에게 제물로 바치곤 했다. 그들은 뱀을 잡아다 국을 끓여 먹고 코끼리를 잡아 주식으로 하는 종족이었다. 맹획은 이러한 자신의 도성을 떠나 중국의 귀주, 광서성 경계까지 공명의 원정군을 저지하러 나갔다가 앞에서 본 것처럼 악전 고투 끝에 다섯 번 포로가 되었다가 다섯 번 놓여나 결국 은갱동 본궁으로 다시 돌아오게 된 것이다.
맹획 일행의 뒤를 이어 촉의 군사도 은갱동 삼강성에 당도하였다. 열대 지방의 장거리 행군은 실로 전쟁 이상의 전쟁이었다.
삼강성은 글자 그대로 삼면이 강으로 에워싸여 있고 일면만이 육지에 연해 있었다. 삼강성에 당도한 공명은 먼저 위연과 조운으로 하여금 성하에 육박케 하였다. 삼강성은 견고했고 군대도 강했다. 성 위에는 무수한 궁노수가 배치되었고 활은 한 번에 열 개를 쏘게 되어 있는데 화살촉에는 독이 묻혀져 맞으면 그대로 살이 썩어 죽어 갔다.

공명은 세 번이나 삼강성 공격을 시도했으나 모두 실패하고 네번째는 십리를 퇴각하여 총사령부를 설치하였다. 퇴각을 잘하고 도망을 신속히 하는 점은 공명 전법의 특징이라 할 것이다.
「보라, 독문은 화살이 겁나서 도망하는 촉군을!」
만군은 퇴각하는 공명의 군사를 비웃으며 좋아했다. 공명은 그러나 날씨의 변화를 기다리고 있는 것이었다. 앞의 노수 진지에서도 그랬듯이 공명은 일기의 변화를 예측하고 그것을 이용하는 데도 뛰어난 사람이었다.
며칠이 지나자 공명이 예측했던대로 삼강성 일대에는 강풍이 불어 연기처럼 모래가 흩날리기 시작했다. 강풍이 다음날도 계속되리라는 것을 공명은 알고 있었다.
공명은 마침내 각 진지에 포고령을 내렸다.
「내일 밤 초경까지 각 부대 장졸 전원은 각각 옷깃 한자락씩을 가지고 대기하라. 점검시에 없는 자는 참수를 당할 것이다.」
공명의 이같은 지시가 무엇을 뜻하는지 알 수 없어 의아해 하면서도 군졸들은 지시에 따랐다. 이윽고 초경이 되자 출진 명령이 내려졌다. 전군이 강변에 대오를 짓자 공명은 장대에 올라서서 세 가지 영을 발표하였다.
첫째, 각자 가지고 있는 옷깃에 발 밑의 모래흙을 싸서 흙주머니를 만들라.
둘째, 모든 군사들은 빠짐없이 그 흙주머니를 들고 행군하라.
셋째, 삼강성벽에 이르면 흙주머니를 내던져 쌓아라. 흙주머니가 성벽 높이만큼 쌓이면 그것을 발판으로 삼아 성을 넘어 들어가라. 빨리 넘는 자는 상금을 후히 줄 것이다.
촉군들은 비로소 공명의 의도를 깨달았다.
한편 만군들은 촉병이 퇴각한 후부터는 편안한 잠을 청하고 망을 보는 일에도, 정탐에도 태만해 있었다.
마침내 공명군에는 진격령이 내려졌다. 2십여 만의 군사들이 성하에 흙주머니를 쌓자 순식간에 여기저기에 성 높이의 흙주머니 산이 쌓여졌다. 군사들은 앞을 다투어 성벽을 넘어 들어갔다. 졸지에 기습을 당한 만군들은 우왕좌왕 은갱산 쪽으로 도망하는 자가 있는가 하면 어떤 자는 엉겁결에 수문을 열고 강으로 뛰어 드는 자도 있었다.
삼강성의 방어 총사령관으로 있던 타사왕이 촉군의 칼에 죽자 만군은 싸움을 포기하고 은갱산 본진으로 패퇴하였다.
　패퇴해 온 군사로부터 타사왕이 죽고 삼강성이 함락되었다는 급보에
접한 맹획은 대경 실색하지 않을 수 없었다. 맹획이 이처럼 실의에 빠져
번민하고 있을 즈음 그의 아내 축융(祝融) 부인이 스스로 출전을 자원했
다. 부인은 대대로 남만에 살아온 축융씨의 후예로서 미모가 뛰어날 뿐
아니라 무예에도 능하여 비도(飛刀)를 잘 썼으니 백발 백중이었다.
　그녀는 등에 일곱 개의 단도를 꽂고 한 길이 넘는 창을 들고 출전하여
삽시간에 많은 촉병들을 죽였다. 그녀가 던진 단도는 장의의 왼팔에도 꽂
혀 장의는 만군에 사로잡히는 몸이 되었다. 장의를 구원하려던 마충도 그
녀가 던진 단도에 말이 쓰러지면서 사로잡혔다. 순식간에 촉군의 명장 두
사람이 만국의 여자에게 사로잡히게 된 것이다. 그들은 맹획의 본진으로
끌려갔다.
　「나도 다섯 번 공명에게 석방되었는데 저들을 죽이면 도량이 좁은 자가
된다. 공명을 사로잡은 뒤에 참하여도 늦지 않으니 우선 감금해 두라.」
　감금된 촉장을 돌아다보며 맹획은 사뭇 만족스러웠다.
　장의와 마충 두 장수가 포로로 잡혔다는 보고를 받은 공명은 즉시 마대,
위연, 자룡을 불러 은밀히 계략을 일러 주고 각각 군대를 이끌고 출전토
록 하였다.
　다음날도 맹렬한 전투는 계속되었다. 이날 역시 축융 부인이 출전을 했
고, 이를 본 위연은 군졸을 시켜 부인을 조롱하게 하였다. 여자는 수모에
는 약한 법이다. 그녀가 아무리 무예에 뛰어나다 해도 역시 여자는 여자
였던 것이다.
　「저것이 타조냐 원숭이냐?」
　「참으로 징그럽게도 못생겼다!」
　여기저기서 놀려 대자 이에 분개한 축융 부인은 이성을 잃고 촉군을 추
격해 왔다. 한참을 추격하다가 위연이 나타나자 단검을 던지고 그대로 돌
아가려고 하는 그녀에게 이번에는 또 조운의 군졸들이 욕설을 퍼부으며
놀려 댔다. 이에 분개한 그녀는 자신도 모르게 촉군이 복병하고 있는 곳
까지 따라 들어갔고 좁은 길목에서 복병이 쳐 놓은 밧줄에 걸려 말과 함
께 땅바닥으로 나동그라졌다.
　만군은 그녀를 구원하기 위해 무서운 기세로 쇄도하였으나 조자룡 앞

에 그들의 머리는 추풍 낙엽처럼 떨어져 나갔다.
　그녀가 본진으로 끌려오자 공명은 손수 포박을 풀고 별실로 안내해 위로하며 예의와 정성을 갖춰 대접하였다. 그리고는 맹획에게 사자를 보냈다.
　「축융 부인과 두 촉장 장의, 마충을 교환하자.」
　공명의 제의에 맹획은 울며 겨자먹기로 두 장수를 석방하였다. 두 장수가 돌아오자 공명도 즉석에서 축융 부인을 보냈다.
　이제 맹획으로선 촉군을 방어할 계책이 막연하였다. 그 때 팔납 동주(八納洞主) 목록왕(木鹿王)이 군대 3만과 천 마리의 맹수를 우리 속에 넣어 맹획을 도우러 왔다(목록왕의 원병은 맹획의 요청에 의한 것이었다).
　맹획은 뛸듯이 기뻐하며 목록왕의 환심을 사고자 3일 동안 호화로운 주연을 베풀었다.
　출전을 하루 앞둔 맹획의 진영은 맹수들의 포효로 그 분위기가 살벌하였다. 그런데 여기서 특기할 것은 목록왕의 군사가 모두 흑인이었나는 사실이다.
　다음날의 싸움에서 촉군들은 뜻밖에도 맹수들이 몰려오는 통에 일대 혼잡을 이루었고 희생자도 적지 않았다. 그날 싸움은 여지없이 촉군의 패전이었다. 본진에서 패전 소식을 들은 공명은 그러나 조금도 당황하는 빛이 없이 태연했다.
　「염려할 것 없다. 내일 내가 그들을 사로잡으리라.」
　공명은 일찌기 병서에서 남만국에 호표(虎豹)를 부리는 전법이 있음을 읽은 바 있었다. 그래서 촉을 떠날 때 만일을 염려하여 준비를 해 왔던 것이었다.
　공명은 특별히 보관시켰던 차량을 끌어오게 했다. 그는 이십여 대의 덮개를 씌운 차량 안에서 나무로 만든 괴수의 조각들을 꺼내 하나하나 조립하기 시작했다. 그 밑에는 바퀴가 달려 있었는데 조립이 끝난 괴수는 집채 만큼이나 큰 무시무시한 사자 모양을 하고 있었다.
　다음날 촉군은 동구 앞길에 5단계의 진을 설치하였다.
　한편 맹획은 전날의 승전에 한껏 오만해져서 목록왕과 함께 진두에 나와
　「저 사륜차에 앉은 자가 바로 공명이오. 오늘도 어제와 같은 대승전을

보여 주시오.」
하고 손으로 공명을 가리켰다. 목록왕은 알았다는 듯이 고개를 끄덕이며 종을 울렸다. 그러자 맹수들이 일제히 산야가 떠나가게 울부짖으며 앞을 다투어 내달았다.
　이 때 촉군 중에 숨겨 두었던 가짜 맹수가 입과 코에서 연기와 불을 뿜으며 몰려 나왔다. 가짜 맹수들의 뱃속에서 열 사람씩의 군졸들이 피우는 조화였다.
　이 거대한 가짜 맹수들을 보고 만군측에서 달려나오던 맹수들은 놀라 꼬리를 감추고 뒤돌아 도망치기 바빴다. 그 도망치는 맹수들에게 오히려 뒤따라 오던 만군만이 무수히 밟혀 죽었다. 뜻밖의 역습을 당한 만군측에선 대혼란이 일어났다. 이 때를 놓치지 않고 공명은 군대를 몰아 총돌격을 명했다. 어느새 뛰어든 관삭의 칼에 목록왕의 머리는 땅에 뒹굴었다. 이를 본 맹획은 혼비 백산하여 궁내에 있던 왕족들을 이끌고 궁전을 버려둔 채 산을 넘어 도망쳤다. 이윽고 은갱산 전부가 공명군에게 점령을 당한 것이다.
　은갱산 맹획의 궁전에 들어앉아 공명이 도망한 맹획 일족을 생포할 계책을 생각하고 있을 때 맹획의 처남 대래 동주(帶來洞主)가 맹획을 비롯해 백여 명의 가족 전체를 사로잡아 공명에게 헌납하려 한다는 보고가 들어왔다.
　보고를 받은 공명은 곧 장의와 마충을 불러들여 계책을 일러 주자, 두 장수는 군사 5백을 낭하에 매복시켰다.
　그런 연후에 공명은 수문장을 시켜 백여 명 되는 맹획 일족을 불러들였다. 대래 동주는 그들을 계하에 꿇어앉혔다.
　그 때 공명이 소리쳤다.
「저놈들을 잡아 포박하라!」
　이 소리와 함께 낭하로부터 복병이 쏟아져나오며 눈깜짝할 사이에 그들을 모두 포박하였다.
「저들의 몸을 수색하라!」
　공명의 지시에 따라 그들의 몸을 수색하니 사람마다 날카로운 비수 하나씩을 가슴에 품고 있었다.
「자, 넌 이제 네 집에서 잡혔다. 마음으로 항복한다더니 이제 어쩔 것이냐?」
공명이 물었다.
「이번엔 우리가 우리 발로 걸어온 것이지 승상의 재주로 우리를 잡은 것이 아니오. 나는 결코 항복하지 않을 것이오. 그러나 일곱번째로 내가 다시 사로잡힌다면 그 때는 진실로 항복하겠오.」
후안 무치하고 우직한 자의 이 만용에 찬 투지에 공명은 실로 실소하지 않을 수 없었다. 설사 이제 석방된다 하더라도 나라도 왕궁도 모두 깨어져 버린 터, 지금으로서는 갈 곳조차 없지 않은가. 공명은 더 이상 아무말 하지 않고 그들 모두를 돌려보냈다.
여섯번째로 풀려는 났어도 그러나 이제 맹획은 갈 곳이 없었다. 처남인 대래 동주의 의견에 따라 그들 일행은 칠백리나 떨어진 오과국(烏戈國)을 향해 떠났다.
오과국에 당도한 맹획이 올돌골(兀突骨) 왕을 만나 그동안 촉군과 벌인 싸음의 건말을 애기하고 원병을 청하자 올돌골왕은 쾌히 승낙하고 군사 3만을 내주었다. 그들은 동북방을 향해 행군하다가 도화수(桃花水)란 강가에 진을 치고 공명의 부대가 오기를 기다렸다. 도화수는 강의 양편 언덕에 복숭아 나무가 많아 여러 해 동안 그 잎사귀가 물 속에 떨어져 썩어 우러난 물로 외래인이 그 물을 마시면 죽고 오과국인이 마시면 오히려 심신이 강해진다 하여 그들은 그곳에 진을 친 것이다.
한편 은갱산을 점령한 공명은 맹획이 오과국왕으로부터 3만의 원병을 얻어 도화수 강가에 진을 쳤다는 소식을 듣고 위연을 불러 명했다.
「소수의 병력을 영솔하고 도화수까지 가서 적의 군세만 시험해 보라.」
위연은 곧 군사 8천을 영솔하고 도화수로 떠났다.
도화수 강변에서 만군과 처음 접전한 위연은 한 가지 놀라운 사실을 발견했다. 촉군의 화살이 등갑군에 맞아도 화살은 꽂히지 않고 땅에 떨어졌고, 칼로 찔러도 칼날은 갑옷 속까지 들어가지 않는 것이었다. 그것을 아는 등갑군은 더욱 용맹을 발휘하여 무섭게 싸울 수 있었고, 위연군은 그들에 대한 대항을 포기하고 퇴군하였다. 위연의 군대가 패퇴하자 올돌골왕도 뿔피리를 불어 군대를 회진시켰다.
올돌골왕의 등갑군이 입은 갑옷은 강물에 빠져도 몸이 뜨고 비를 맞아도 몸이 젖지 않으며 칼과 화살로도 뚫지 못하는 특수한 것이었다. 때문에 아직까지 등갑군과 싸워 이긴 군대가 없었다.
 바로 그 갑옷이 등갑(藤甲)이라 해서 그들을 등갑군이라 했는데 그 나라에서 산출되는 등나무를 반년 동안 기름에 담갔다가 다시 햇볕에 말리기를 열 번이나 되풀이한 재료로 만든 것으로 요즈음의 방탄복과 같은 것이었다.
 등갑군의 군세를 시험하러 떠났던 위연으로부터 이같은 보고를 받은 공명은 다음날 직접 사륜차를 타고 도화강 일대를 순시, 그 부근의 지세를 답사하였다.
 공명은 그곳 도화강에서 삼강성으로 빠져나가는 길 양쪽에 깎아지른 듯한 절벽으로 둘러싸인 반사곡(盤蛇谷)이란 골짜기가 있음을 발견하고 본진으로 돌아왔다.
 등갑군의 특수한 갑옷 때문에 정면 공격으로는 승산이 없다고 판단한 공명은 위연으로 하여금 등갑군을 반사곡으로 유인하도록 했다. 다만 한꺼번에 퇴각을 하면 이쪽의 계략을 눈치채고 적이 추격하지 않을 것이므로 15일 동안 자연스럽게 조금씩 조금씩 퇴각하여 반사곡까지 이르게 하는 계책이었다.
 위연은 공명의 지시대로 15일 동안 조금씩 후퇴하다가 16일째 되는 날 다시 소수의 병력을 지휘해 등갑군에 대적하였다. 15일 동안 매일 위연군에게 시달림을 받아 짜증이 난 올돌골왕이 오늘은 기필코 섬멸해 버리겠다고 뛰어들자 위연은 다시 말머리를 돌려 반사곡 협착한 골짜기로 달아났다. 올돌골왕이 초목 하나도 없이 암석만 보이는 골짜기까지 추격해 오니 반사곡 길목에 검은 궤짝을 실은 수십량의 마차가 줄지어 서 있었다.
「여기는 촉병의 군량 수송 도로인데 대왕의 군대가 돌격하자 군량차를 버리고 도망한 것 같습니다.」
 만군의 부장이 하는 말을 듣고 더욱 기세가 오른 올돌골왕은 군대를 몰아 급히 추격하여 그 산골짜기를 빠져나가려 했다. 그 때 촉병은 보이지 않는데 양쪽 절벽 위에서 별안간 돌멩이와 나무토막이 쏟아져 내려 골짝 어귀를 차단했다. 올돌골왕은 다소 의아해 하면서도 군사를 시켜 진로를 차단한 장애물을 제거하며 진군을 계속하려 했다. 그 때 앞에 보이는 십여 대의 차량에는 건초가 적재되어 있었는데 어찌된 일인지 거기에서 불길이 일어났다. 불길을 보고서야 비로소 적의 계략에 걸렸다고 생각한 올돌골왕은 급히 퇴군령을 내렸다. 그러나 그 순간 후군쪽에서 함성이 일어났고, 저편 골짝 어귀에서도 이미 불길이 치솟고 있었다. 그리고 그들이 촉군의 군량차라고 생각했던 수십량의 궤짝 안에는 화약과 염초가 실려 있어 무서운 기세로 불이 붙기 시작했다. 산골짜기가 온통 불기로 휩싸였다.

올돌골왕은 벼랑쪽에는 초목이 없었으므로 안심하고 그리로 탈출하려 했다. 그러나 그 때 양쪽 벼랑에서 촉군의 횃불이 쏟아져 내렸다. 그러자 땅속에 묻어 놓았던 화약에 불이 붙으며 터져 골짜기는 순식간에 불구덩이가 되었다.

다음날 불길이 걷혔을 때 반사곡 골짜기에는 올돌골왕 이하 등갑군의 3만여 시체가 마치 불에 구워진 갑피 동물의 껍데기처럼 참혹한 모습으로 즐비하게 널려 있었다. 아직도 그 시체에서는 연기가 피어올랐다.

산상에서 이 처참한 광경을 내려다 본 공명은 눈물을 흘리며 인생의 무상함과 자신의 잔혹함을 한탄하였다.

한편 등갑군이 위연군을 반사곡까지 추격하고 있을 때 맹획은 멀리 후진에 떨어져 있었던지라 오과국 상승군이 설마하니 전멸을 당하리라는 생각은 꿈에도 하지 못했다. 등갑군의 연일 승전에 맹획은 한창 신바람이 나 있었던 것이다.

그 때 천여 명의 만군이 맹획의 앞에 와서 울며 말했다.

「지금 오과국병은 공명의 군대를 반사곡에 몰아 넣고 싸우는 중입니다. 그래서 대왕께 청하여 오과군을 원군케 하려고 왔읍니다. 우리는 원래 본동 사람들로 부득이 촉군에게 항복했으나 대왕이 여기 오신 줄 알고 도와드리러 왔읍니다.」

이에 맹획은 기뻐하며

「공명도 이젠 운이 다 됐구나.」

하고 부하 장졸 모두를 이끌고 급히 반사곡으로 향했다.

그들이 너무 급히 달려 길을 잘못들어선 것이 아닌가 싶어 정신을 차렸을 때는 앞서 가던 천여 명의 만병은 어디로 사라졌는지 간 곳이 없었다.

「이건 좀 이상하다!」

섬뜩한 느낌이 들어 맹획이 마악 후퇴하려 했을 때는 이미 늦어 있었다. 한쪽 산모퉁이에서 장우와 왕평군이 북을 울리며 내달았고 저쪽 숲속에선 또 위연, 마충군이 함성을 지르며 쏟아져 나왔다. 후퇴하려던 맹획이 반대쪽 산 밑으로 나아가려 할 때 산 위에서 또 한떼의 함성이 울리며 관삭, 마대 등의 군사가 달려 내려왔다. 다급해진 맹획은 타고 있던 코끼리를 버리고 숲속으로 달아나기 시작했다.
 그 때 정면에서 공명의 사륜차가 굴러왔다.
「맹획! 아직도 눈을 덜 떴는가?」
 공명은 백운선을 흔들며 웃었다.
 이와 때를 같이 하여 왕평과 장익이 일단의 군사를 이끌고 맹획의 본진을 습격하여 축융 부인과 그의 일족을 사로잡아 촉군 본진으로 돌아왔다.
 맹획은 마침내 일곱번째로 공명의 앞에 무릎을 꿇고 앉았다. 공명은 그러나 이번에는 장하에 꿇어앉은 맹획을 묵묵히 내려다 보다가 아무말 없이 자리를 떴다. 자리를 뜨면서 공명은 위연에게 맹획의 포박을 풀어 주고 주연을 베풀라고 일렀다.
 장막에서 맹획을 비롯해 축융 부인과 맹우 등 그의 일족이 공명이 베푼 음식을 대접받고 있을 때, 한 장수가 들어와서 말했다.
「승상께선 면구스러워서 당신과 차마 상견을 못하겠다 하시며 나더러 당신을 다시 놓아 보내 군마를 정리하여 승부를 결단하게 하라고 하시니 어서 가시오.」
 그러자 맹획은 눈물을 흘리며
「칠금칠종(七擒七縱)은 자고로 없었던 일이오. 나는 비록 왕화를 모르는 자이나 다소의 예의는 알고 있오. 그렇게까지 수치를 모르지는 않오.」
하고는 형제와 처자들을 대동하고 공명의 장하로 기어가서
「승상의 하늘 같은 위엄은 남국인으로 하여금 다시는 두 마음을 갖지 못하게 하였읍니다.」
하였다. 공명은 이렇게 사죄하는 맹획을 바라보며 물었다.
「공은 지금 진정 마음으로 항복하는가?」
「저의 자자 손손이 승상의 은혜에 감복하지 않을 수 없읍니다.」
 맹획은 소리내어 울었다.
「그렇게 마음으로 잘못을 뉘우치니 나 또한 더할 수 없이 고맙소.」
하며 공명은 맹획을 상좌에 오르게 하고 성대한 축하연을 베풀었다.
「그대의 죄는 모두 공명이 지고 공명의 공은 그대에게 양도한다. 그대

는 영원히 이전과 같이 남만 왕으로 이곳 토민을 사랑하고, 공명을 대신하여 왕화를 백성에게 미치도록 노력하라.」
 공명이 맹획에게 전작(前爵)을 그대로 임명하기를 천자께 주천(奏薦)하겠노라고 하자 맹획과 가족 일동은 감격하여 눈물을 흘리지 않는 자가 없었다고 한다.

■ 욕금고종 [2]

 제2차 세계 대전이 끝나갈 무렵인 1945년 3월, 2차 대전의 주역들인 루즈벨트, 처칠, 스탈린은 남러시아 크림 반도에 있는 얄타에 모여 전쟁 후의 처리 문제를 논의한 후 이른바 「얄타 선언」을 발표하였다. 선언문 중에는 다음과 같은 귀절이 들어 있다.
 「…모든 나라의 모든 인간에 대해 그들의 생애를 통하여 공포와 궁핍에서 해방된 생활을 할 수 있는 가능성을 보장하는 확실하고 영속적인 평화를 실현시킬 수 있을 것이다…」
 이 얄타 선언의 정신에 입각하여 2차 대전이 종식되자 연합국측은 세계 도처에 흩어져 있는 유대인을 그들 조상의 땅인 팔레스티나로 보내 그들로 하여금 나라를 건립할 수 있도록 할 것을 약속했다.
 세계인이 이미 주지하는 바와 같이 2차 대전 중 히틀러의 광적인 유대인 멸종 정책에 의해 수많은 유대인들이 가스실에서 혹은 흙구덩이 속에서 집단으로 죽어 갔다. 전쟁 중 멸절된 유대인의 수를 파악하기는 정확한 기록이 없기 때문에 불가능하지만 어림 짐작으로 최저 419만에서 최고 572만으로 추산되고 있다.
 나라가 없다는 것이 얼마나 큰 설움이고 침략자의 광태가 얼마나 무서운 것인가를 인류에게 알려 주는 끔찍한 사건이었다.
 전후 처리 문제 중의 하나인 유대인 문제를 해결하기 위한 일환으로 요행히 화를 면하고 유럽 전역에 흩어져 생존해 있는 유대인을 미국이 몇 군데 항구로 집결시키면 영국은 해군 수송선을 동원, 해상으로 저들을 팔레스티나로 호송하기로 되어 있었다.

1946년 2월, 유대인 3천여 명을 실은 영국 해군의 수송선은 프랑스의 툴롱항을 떠나 유대인이 오매불망 그리던 팔레스티나로 향했다. 이윽고 배가 출항을 알리는 고동을 울리자 배 안에 타고 있던 유대인들은 마치 약속이나 한듯 서로 얼싸안고 감격의 뜨거운 눈물을 흘렸다. 그들은 부모를 잃은 네 살짜리 어린이로부터 처자식을 모두 잃은 70세 노인에 이르기까지 모두 가슴에 아픈 상처를 입고 있는 사람들이었다. 그들은 바로 눈앞에서 자식이 가스실로 끌려가며 울부짖는 소리를 들어야 했으며 흙구덩이 속에 생매장당해 아직 손발을 꿈틀거리며 죽어가는 마지막 모습을 지켜봐야 했었다. 그리고 그들 스스로도 내일을 점칠 수 없는 죽음의 공포 앞에서 전율하며 피가 마르는 나날을 보내야 했던 것이다. 그랬기에 지금 이렇게 죽지 않고 살아서 정작 배를 타기까지의 모든 일들이 현실이 아닌 꿈만 같을 수밖에 없었다.

　그러나 출항을 알리는 힘찬 고동 소리는 마침내 그들에게 그것이 꿈도 환상도 아닌 엄연한 현실임을 알려 주었다. 그들은 이제 조상의 뼈가 묻힌 그들의 땅으로 살아 돌아가는 것이다. 그들은 가슴에 솟구치는 감격을 주체할 수 없어 손에 손을 잡고 갑판으로 뛰어올라 목이 터져라「이스라엘 만세!」를 불렀다.

　그러나 그들의 그 터질 듯하던 기쁨과 감격은 단 며칠이 안 되어 배신의 분노로 변하고 말았다.

　며칠 동안 항해를 계속한 영국의 수송선은 동부 지중해에 이르러 팔레스티나의 항로를 버리고 선수를 북쪽으로 돌려 바다 한복판에 있는 키프로스 섬으로 들어가는 것이 아닌가.

　배가 부두에 닿자 총을 든 군인들의 경계가 삼엄하였다. 그들은 사이렌 소리도 요란하게 헌병차가 에스코트하는 군용 트럭에 짐짝처럼 실려져 어디론가 달렸다. 얼마를 달린 트럭은 보기만 해도 몸서리쳐지는 철조망으로 둘러쳐진 천막 수용소에 닿았다.

　이튿날 날이 밝자, 섬 구석구석에 철조망을 두른 천막 수용소가 수없이 널려 있었다.

　그들은 경악할 수밖에 없었다. 분명 전쟁은 끝났고 자기들을 수송한 사람들은 나찌 독일군이 아닌 연합국의 영국군이 아니었던가! 그렇다면 이게 어찌된 일이란 말인가. 또 다시「수용소」라니….

그들은 자신들이 지금 꿈을 꾸고 있는게 아닌가 했다.
 그러면 영국은 어째서 연합국간의 약속을 어기고 그들 유대인의 상처난 가슴을 짓밟으며 비정하게도 다시 그 몸서리쳐지는 수용소로 그들을 몰아넣은 것일까?
 실은 당초 연합군 사이에서 이 계획이 논의되고 그 수송 임무를 영국이 맡게 되었을 때부터 영국은 딜레마에 빠져 고민하고 있었다.
 그러면 당시 영국의 고민이란 과연 무엇이었을까? 그것을 알아 보기 위해서는 조금 역사를 소급해 살펴 볼 필요가 있다.
 1914년 제1차 세계 대전이 발발했을 때 영국 정부는 아랍인들의 협력을 얻기 위해 1915년 10월 이른바「맥마혼 서한」을 중동 아랍국에 보내 아랍 제국이 영국의 전쟁에 적극 협력한다면 전쟁이 끝난 후 팔레스티나를 아랍인에게 넘겨 주겠다고 약속을 했던 것이다. 그리고 2년 후인 1917년 11월 전쟁이 더욱 확대되자 곤경에 처한 영국 정부는 이번에는 유대인의 협력을 얻기 위해 소위「밸푸어 선언」이라는 것을 통해 종전 후 팔레스티나에의 유대인국 건설을 약속하면서 유대인의 적극 협력을 구했다.
 이처럼 영국은 필요에 따라 매춘(賣春) 외교 정책을 썼던 것이다. 아랍 제국과 유대인은 각각 영국의 이같은 약속을 믿고 영국에 적극 협력했음은 물론이다.
 그러나 전쟁이 끝나자 영국 정부는 인도에서 그랬던 것처럼 파렴치하게도 이 두 약속을 모두 헌신짝처럼 내던져 버렸다. 그래도 그 때는 팔레스티나에 대한 영국의 위임 통치라는 아리송한 방법으로 양쪽의 반발을 어느 정도 얼버무려 나갈 수가 있었다.
 그후 제2차 세계 대전이 발발하자 영국은 그 때의「선언」과「약속」이 유효하다며 똑같은 방법으로 양쪽을 모두 전쟁에 끌어들여 협력케 했다.
 1945년 전쟁은 끝났다. 영국은 다시 1차 대전 때처럼 위임 통치라는 이름으로 적당히 넘어가려 했다. 그러나 2차 대전이 끝났을 때는 상황이 달랐다. 유대인도 아랍인도 영국에 대해 약속을 지키라고 강력히 요구하고 나섰다.
 이들의 요구에 영국이 또 다시 동문 서답으로 딴전을 피우자 기만과 배신에 분개한 유대인들은 공공연히 영국인에 대해 테러를 자행했다. 그것도 아주 잔인하고 대담하게.

이에 당황한 영국 정부는 미국에 협조를 요청하였다. 세계 여론의 일반적인 추세도 그랬지만 당시 친유대적이었던 미국의 트루만 정부는 이 요구를 일축하고 당초 약속대로 매년 10만 명의 유대인 피난민을 팔레스티나로 이주시킬 것을 강력히 요구했다.

영국의 고민은 바로 여기에 있었다. 유대인과의 약속(밸푸어 선언)을 이행하기 위해 그들을 팔레스티나로 이송할 경우 아랍인과의 약속을 어기는 것이 된다. 따라서 아랍인의 무서운 반발에 부딪치게 될 것은 불을 보듯 뻔한 일이다. 아랍인의 반발을 산다면 중동에서 영국이 차지하고 있는 이권은 완전히 상실하게 된다. 자승 자박의 결과이긴 했지만 이같은 딜레마에 빠진 영국 정부로서는 양자 택일을 하는 수밖에 없었다.

영국은 일단 아랍을 택하기로 했다. 그래서 유대인을 수송선에 싣고 유럽을 출항할 때는 약속의 땅 팔레스티나로 가는 것으로 되어 있었지만 그들은 앞에서 보았듯이 극비리에 키프로스 수용소로 보내졌던 것이다. 그러나 이같은 구시대적인 방법이 통할 리도 없거니와 더우기 비밀은 존재할 수 없는 것이다.

《영광의 탈출》이라는 영화로 우리에게 잘 알려진 이 사건의 정보를 제일 먼저 탐지해 낸 것은 이스라엘 구국 단체 산하의 첩보대였다.

1947년 4월, 이스라엘 구국 단체에서는 3개월 여에 걸쳐 만반의 준비 공작을 완료하고 16명의 공작원을 키프로스에 밀파했다. 이들에게 부여된 공작 임무는 키프로스 수용소에 억류되어 있는 16세 이하의 유대인 어린이들을 팔레스티나로 탈출시키는 것이었다. 그들이 탐지해 낸 정보에 따르면 키프로스 수용소에 억류되어 있는 16세 이하의 어린이는 약 7백~9백 명에 달했다.

영국군의 장교 및 사병으로 가장한 이들 16명의 공작 대원은 공작선으로 키프로스에 잠입하는데 성공하였다. 이들은 2차 대전 당시 모두 영국군에 현역으로 복무한 경험이 있는 사람들로 영국군의 사정에는 정통해 있었다.

4월 18일 새벽, 니코시아항에「엑소더스(EXODUS)」라는 희랍 선적

(船籍)의 8백톤급 상선이 입항했다. 그러나 그 배에 신경을 쓰는 사람은 하나도 없었다.

그날 이스라엘 공작대는 사전에 위조해 가지고 간 가짜 서류로 영국군 수송부에서 트럭 15대를 반출, 주로 어린이들이 많이 수용되어 있는 제15 수용소로 달렸다.

「전염병으로부터 어린이들을 보호하기 위해 16세 이하의 어린이들을 제 24수용소(그 때 영국군은 계속 수송되어 오는 유대인을 수용하기 위해 24 수용소를 신설해 놓고 있었다)로 이동해 격리 수용하라는 긴급 명령서입니다.」

영국군 헌병 소령으로 가장한 모리스가 수용 소장에게 송출 명령서를 내보이며 말했다.

명령서를 받아 본 수용 소장 윌리 소령은 군말없이 즉석에서 명령서에 확인 서명을 했다. 수용 소장의 확인 서명을 받은 공작 대원들은 수용 소장과 경비 헌병의 입회 하에 해당 연령의 어린이들을 하나하나 체크하며 트럭에 실었다. 어디로 가는지 행방조차 알 수 없는 어떤 어머니는 네 살난 아들을 빼앗기지 않으려고 울며 매달렸고, 공작원은 영국군 이상으로 가혹하게 질책하며 강제로 빼앗아 트럭에 싣기도 했다. 6백 2십여 명의 어린이들을 만재한 15대의 트럭은 헌병(역시 공작원)의 에스코트를 받으며 니코시아항 쪽으로 달렸다.

그 시간 키프로스 주둔 영국군 사령관 퍼머 장군은 때마침 방문한 마크라는 미국인 기자와 담소를 나누고 있었다. 이 역시 공작원들의 협조 요청에 의한 계획적인 방문이었다. 후일 많은 사람들이 말하고 있듯이 이스라엘 공작대가 제아무리 정확한 정보와 치밀한 계획으로 탈출 공작을 시도했다 해도 이 미국인 기자가 협조하지 않았더라면 결코 성공하기는 어려웠을 것이다.

이 마크라는《워싱턴 포스트》의 기자는 휴가차 키프로스에 왔다가 우연히 공작 대원과 접촉하게 돼 그들을 깊이 동정(기자 특유의 정의감도 작용해서), 적극 협조하기로 약속했던 것이다.

퍼머 사령관이 마크 기자와 환담하고 있을 때 갑자기 비상 전화 벨소리가 요란하게 울렸다.

「각하! 각하가 15수용소에 있는 어린이들을 격리 수용하라는 명령을

「내리셨읍니까?」
 헌병 대장의 목소리가 수화기에서 다급하게 울려 나왔다.
「그게 무슨 소리야, 어린이들을 격리 수용하다니?」
「큰일 났읍니다. 각하의 명령이라면서 수용소에서 빼낸 유대인 어린 이들을 실은 트럭이 지금 니코시아항으로 이동하고 있읍니다.」
「이런 멍텅구리들이 있나, 비상이다. 비상 명령을 내리고 탈출을 저지하라!」
 앞에 미국인 기자가 앉아 있는 것도 잊은 채 퍼머 사령관은 흥분해서 큰 소리로 떠들었다.
「아니 무슨 일이 일어났읍니까?」
 마크는 능을 쳤다.
「유대인의 탈출이오!」
「유대인의 탈출이라니, 아니 그러면 여기에 유대인이 억류돼 있었다는 겁니까?」
「나는 지금 그걸 설명할 시간이 없오. 제기랄! 미안하오, 급히 나가 봐야 겠오.」
 퍼머 사령관은 급히 옷을 갈아 입고 횡하니 밖으로 나갔다. 물론 사령관의 뒤를 쫓아 마크도 항구로 달렸다.
 그러나 사령관이 항구에 도착했을 때는 이미 트럭에서 어린이를 옮겨 실은 엑소더스 호는 부두에서 십여 미터나 멀어지고 있었다.
「출항을 정지시켜라, 출항을!」
 사령관은 차에서 내리기가 무섭게 먼저 와 있는 헌병 대장에게 소리를 질렀다.
 헌병 대장 릴 중령은 급히 가설한 마이크에 대고 정선을 거듭 명령하면서 만일 명령을 어기고 출항하면 발포하겠다고 엄포를 놓았다.
 그러나 배는 출항 정지를 명령할 필요도 없이 부두에서 2백여 미터 떨어지자 스스로 닻을 내리고 정선하였다. 그리고 잠시 후, 선상의 스피커에서 모리스의 카랑카랑한 음성이 울려 나왔다.
「우리는 어디까지나 영국군의 명령에 따를 것이다. 그러나 만약 영국군이 우리를 체포하기 위해 배를 강제로 부두에 예인하거나 승선할 경우 우리는 자복할 것이다. 영국군은 국제법을 어기고 부당하게 억류한 유대인 전원을 하루 속히 석방하라. 그리고 이 배의 출항을 허가하라!」
이번에는 사령관 퍼머 소장이 직접 마이크를 잡고 엄숙한 어조로 말했다.
「현재로선 절대 출항을 허가할 수 없다. 일단 회항해서 본국의 적법한 절차에 따라 허가를 받고 출항하도록 하라!」
「우리는 절대로 다시 회항하지 않을 것이다. 분명히 말해 둔다. 여기 6백여 명의 어린이를 비롯해 우리 모두는 이 시간부터 출항 허가가 날 때까지 무기한 단식할 것이다. 그리고 이제부터의 우리의 동향이나 영국군의 처사는 모두 세계에 알려질 것이다!」
그렇다. 영국 정부의 입장으로는 이 사실이 외부에 알려져서는 절대로 안 되는 것이다. 더구나 미국인 기자가 바로 옆에 있지 않은가. 퍼머 사령관은 즉시 헌병 대장에게 명해 전신 전화국 및 우체국에 외부로 나가는 사건 기사나 내용을 철저히 통제·단속하라고 지시했다.
그러나 다음날 런던의 영국 정부는 발칵 뒤집혔다. 어제의 키프로스 사건 기사가 《워싱톤 포스트》에 대문짝만하게 실렸던 것이다. 그리고 다음날에는 또 6백여 명의 어린이가 영국 정부로부터 출항 허가가 날 때까지 무기한 단식에 들어갔으며 이미 24시간이 경과됐다는 사실도 보도됐다.
단식 104시간 후 마침내 선상에서 첫 희생자가 나왔다고 선내 방송을 통해 모리스가 비장한 어조로 말했다. 그리고 계속해서 아사자는 올해 다섯살난 래드먼군이며 이제 곧 선상에서 수장식이 거행될 것이라고 했다. 물론 방송은 갑판 위에 가설해 놓은 스피커를 통해 영국군 사령관을 비롯해 부두에 운집한 만여 명의 시민들도 듣고 있었다.
잠시 후 흰 보자기에 싸인 어린 시체가 시온기에 덮여 갑판 위로 올려졌다. 유대인의 의식에 따라 간단한 장례식이 있은 후, 만여 명이 지켜보는 가운데 어린 시체는 바다 위로 던져졌다. 시체가 물 위에 떨어지는 순간 이를 지켜보던 시민들 사이에서 비명이 터졌다. 물론 이것도 다음날 《워싱턴 포스트》에 상세히 보도됐다.
그렇다면 이상하지 않은가? 외부와의 통신이 엄격하게 통제와 검열을 받는 상태에서 어떻게 저와 같은 기사가 나갈 수 있었느냐고 독자들은 의아하게 생각할 것이다. 12년의 신문 기자 경력을 가지고 있는 노련한 마크는 사건이 발생하면 영국군측에서 일체의 통신 수단을 통제할 것임을 예견하고 미리 조치를 취했던 것이다. 즉 마크는 이스라엘 공작대로부터 공작 계획을 상세히 듣고 기자로서의 추리력과 상상력을 발휘해, 일이 예정대로 되었을 때와 그렇지 않은 때 두 개의 경우를 상정해 기사를 써서 사건 발생 전에 이미 본사에 송고해 놓았던 것이다. 그래서 사건 발행 후 영국군이 일체의 통신 수단을 통제했지만 사건을 알리는 기사가 아닌 일반 통신은 가능했으므로 사전에 본사에 정해 놓은 암호만 전달하면 되는 것이다. 가령 성·패의 두 가지 기사를 A,B의 암호로 정해 놓고 예정대로 사건이 진행되었으면 A양에게, 실패했을 경우라면 B양에게 안부를 전해 달라는 간단한 전문으로 충분했고 아사자의 숫자는 적당한 사유의 날짜로 표기하면 되는 것이다.

　단식 165시간 후에는 3명의 아사자가 나왔다. 물론 6·7세의 어린이들이었다. 이들의 시체도 역시 만인이 지켜보는 가운데 바다에 던져졌다. 이것이 신문에 나가자 세계의 여론은 들끓기 시작했다. 런던을 비롯해 영국의 주요 도시에서 부녀자들이 거리로 뛰쳐나와 정부의 비인도적 처사에 항의하는 집회와 데모를 벌였다. 미국의 트루만정부는 영국과의 전통적인 우호 관계에도 불구하고 강력하게 영국 정부의 비인도적 처사를 비난하고 나섰다.

　사태가 이쯤에 이르자 영국 정부는 사면 초가에 몰리게 됐다. 참으로 낭패스런 일이 아닐 수 없었다. 만일 1차로 출항을 허가하는 전례를 만들어 놓는다면 결국 키프로스 섬에 억류한 유대인 모두를 송환해야 되는 결과가 되는 것이고, 그렇게 되면 아랍의 거센 반발로 인해 중동에서의 영국의 이권은 치명적인 타격을 받게 될 것이기 때문이다. 그렇다고 엑소더스호의 출항을 더 이상 지체시킬 수도 없는 노릇이었다. 영국 정부는 연일 관계 장관 회의를 열어 해결책을 모색했지만 별다른 묘안이 서지 않았다.

　한편 현지 키프로스에서는 매 3시간 마다 본국 정부에 시시 각각으로 변해가는 현지 상황을 보고했다. 현지에 있으면서 직접 사태를 목격하고 있는 퍼머 사령관으로서는 참으로 곤혹스러운 일이 아닐 수 없었다. 단식 170시간이 훨씬 넘었어도 본국 정부로부터는 이렇다할 훈령이 없었다. 사태가 더 이상 악화되면 어떤 불상사가 일어날지도 모를 일이었다.
 7명의 어린이가 한꺼번에 바다에 수장될 때는 이를 지켜보던 시민들이 이윽고 동요하기 시작했다. 여기저기서 돌멩이가 날아왔고 분노에 찬 욕설이 터져 나왔다.
 사령관 퍼머 장군은 군인 생활 3십여 년 동안 처음으로 군인이 된 것을 후회했다.
 「우리는 더 이상 시간을 지체해서는 안 되며 또 할 수도 없읍니다.」
 외상과 함께 수상 관저로 불려간 식민지상은 지친 음성으로 이렇게 말했다. 외상도 이에 동의하며 사뭇 비감한 음성으로 말했다.
 「이 시간까지 11명의 어린이가 바다에 던져졌읍니다. 굶어서 죽었기 때문입니다. 저렇게 죽어가는 어린이가 내 자식, 내 손자라고 생각한다면 얼마나 끔찍한 비극이겠읍니까. 솔직히 우리에게는 저들을 억류할 하등의 권리가 없읍니다. 단지 영국의 이권을 위해 어린 목숨을 바다에 내던지게 한다는 것은 신으로부터도 용서받지 못할 죄가 됩니다. 어떤 희생의 대가를 치루더라도 한시바삐 저들을 출항시켜야 합니다. 그렇지 않으면 영국은 파멸할지도 모릅니다. 적어도 도덕적으로 말입니다. 도덕적으로 파멸한 나라는 세계에서 고립될 것이고 따라서 고립된 나라는 정치적으로 파멸하게 되는 것이 아니겠읍니까.」
 「일단 출항시키고 사후 수습책을 강구함이 순서인 것 같읍니다. 저들을 출항시키면 우선은 중동 지역에서의 상황은 영국에게 불리하게 전개되겠지만 그러나 그 대신 장차 이스라엘을 통해 그만한 간접 보상은 받을 수 있을 것입니다.」
 식민지상의 이같은 의견은 바로 36계의 욕금고종을 뜻하고 있는 것이 아닐까. 우선 작은 것을 놓아주고 큰 이득을 잡아 보자는 발상 말이다.
 단식 185시간 째가 되는 4월 25일 오후 2시, 마침내 본국 정부로부터 출항 허가가 내려졌다. 전문을 받아든 퍼머 사령관은 떨리는 손으로 마이크를 잡고 눈물을 글썽이며 말했다.
 「엑소더스호는 들으라. 오늘 오후 2시 본국 정부로부터 출항 허가가 내렸다. 기뻐하라!」
 그러자 선상에서는 물론 부둣가에서 며칠씩 밤을 새며 지켜보고 있던 시민들도 일제히 두 손을 들어 만세를 불렀다. 사령관의 말은 계속된다.

「인도와 박애 정신에 입각해 본 사령관은 다음과 같이 제의한다. 현재 엑소더스호에 승선하고 있는 어린이들의 건강과 생명이 위태하므로 즉시 회항해서 어린이들을 병원으로 호송, 건강이 회복된 다음 출항하기 바란다. 본관 책임 하에 어린이들을 치료시켜 원하는 날짜에 틀림없이 배를 출항하게 할 것이다.」

모리스는 퍼머 사령관의 제의를 수락하고 배를 부두에 댔다. 어른·아이 할 것 없이 8일 동안이나 아무것도 먹지 못해 하나같이 지쳐 있었다. 대부분의 어린이들은 영양 실조로 보행조차 어려웠다.

군의 엠블런스를 총동원해 병원으로 옮겨진 어린이들은 링겔과 캄푸르 주사를 맞으며 치료를 받기 시작했다.

시민들이 자원 봉사대를 조직해 음식을 가지고 병원으로 몰려와 어린이들을 친자식처럼 보살펴 회복은 의외로 빨랐다. 일주일 동안 치료를 받아 건강을 회복한 어린이들은 사령관을 위시한 영국군과 시민들의 따뜻한 환송을 받으며 다시 배에 올랐다. 퍼머 사령관의 특별 배려로 항해 기간에 필요한 충분한 식료품과 약품이 실려졌다.

1947년 5월 1일, 이스라엘의 푸른 꿈을 가득 실은 엑소더스호는 이윽고 키프로스 섬을 뒤로 하고,「젖과 꿀이 흐르는 땅」팔레스티나를 향해 떠났던 것이다.

사족이지만, 이후 영국은 이스라엘 건국을 위해 적극 협력했고 이스라엘 또한 중동에서의 영국 정책에 협조하고 있다.

한가지 예로 1956년 10월 영국이 수에즈 운하 문제로 곤경에 처했을 때 (제13계 참조) 영국이 이집트 침공을 부탁하자 세계의 비난을 무릅쓰고 이스라엘이 이를 선뜻 수락한 것도 이상과 같은 맥락에서 찾아볼 수 있다 하겠다.

제17계

포전인옥
抛 磚 引 玉
새우로 도미를 낚아라

아주 비슷한 것으로 적을 유인하고 까닭을 알 수 없게 만든다.

적을 유인하는 방법은 많다. 가장 좋은 방법은 비슷하면서도 비슷하지 않은 방법을 사용하는 게 아니라 유사한 방법으로 점점 적을 유인하는 것이다. 기치를 올리고 징이나 북을 쳐서 적을 유인하는 것은 비슷하면서도 비슷하지 않은 방법이다. 노인이나 병자나 패잔병 및 군량이나 땔감 등을 이용하여 적을 유인하는 것은 유사한 방법이다.

註

포전인옥(抛磚引玉): 벽돌을 던져서 옥을 끌어온다는 뜻. 당대(唐代)의 시인 상건(常建)은 친구 조하(趙蝦)에게 시를 짓게 하려고 어느 사당 앞 벽에 우선 시를 두 귀(句) 적어 놓았다. 조하가 그것을 보고 과연 나머지 두 귀를 이어 절구(絶句) 한 수를 완성했는데 나머지 부분이 앞의 두 귀보다 훌륭했다. 후세 사람들은 상건의 이러한 방법을 「벽돌을 던져 옥을 끌어오는 것」이라고 말하게 되었다.

대체로 적과의 싸움에 있어 그 장수가 어리석어 변화(變化)를 모르면 이(利)를 주어서 꾀어 내고 그가 이를 탐내어 해를 모르면 복병을 두어 이를 쳐야 한다. 그러면 그 군대는 패한다. 병법에 말했다.「이를 보여 이를 꾀어 내라」고. (百戰奇略, 利戰)

■ 포전인옥 1

　일개 농부의 아들로 태어난 유방이 군사를 일으켜 최대의 강적인 초의 항우를 오강 싸움에서 무찌르고 황제의 위에 오른 것이 서기전 202년이었다.
　왕호를 고조라 하고 정식 출범한 한왕조(漢王朝)는 전반 2백여 년의 전한(前漢)과 후반 근 2백 년의 후한(後漢)을 합하여 4백여 년 계속된다.
　범수(氾水: 정도 서북쪽)에서 황제로 즉위한 유방은 공신들에게 각각 봉작을 내리고 큰 축연을 베풀었다. 그는 술잔을 들고 군신들을 향해 물었다.
　「내가 천하를 차지하게 된 것은 무엇 때문이며, 항우가 천하를 잃게 된 것은 무엇 때문이라고 생각하는지 그대들은 기탄없이 말해 보라.」
　신하들은 서로 얼굴만 마주보며 말이 없었다. 그러자 왕릉(王陵)이 조심스럽게 입을 열었다.
　「폐하께서는 인자하며 자비를 베풀었기 때문입니다. 폐하께서는 성을 공략하여 승전한 뒤에는 그 공적이 있는 자에게 나누어 주어 천하와 더불어 그 이로움을 같이 하셨읍니다. 항우는 그러나 그렇지 않았읍니다. 어진 자와 능력 있는 사람을 질투하고 의심하며 공이 있는 사람에게 땅을 나누어 주지 않고 그 공을 자기의 것으로 하였읍니다. 이것이 천하를 잃은 까닭이라 생각하옵니다.」
　그 말을 들은 유방은 손에 들었던 잔을 단숨에 비우고 이렇게 말하였다.
　「그대는 아직 하나만 알고 둘은 모르고 하는 말이다. 군진의 장막 속에서 계책을 세워 천리 밖의 승패를 판가름짓는 일은 내가 장량만 못하고, 국가를 다스리고 백성을 위무하며 보급을 원활히 하는 일은 내가 소하만 못하고, 백만 대군을 거느리고 싸우면 반드시 이기고, 공략하면 반드시 빼앗는 일은 내가 한신만 못하다. 이 세 사람은 모두가 인걸이다. 나는 이들 인걸을 잘 썼기 때문에 천하를 차지할 수 있었던 것이고, 항우에게는 범증 한 사람 뿐이었는데 이 한 사람마저도 제대로 쓰지 못했기 때문에 천하를 잃게 된 것이다.」

이 말을 들은 군신들은 새삼 그의 겸허한 인품에 감복하였다. 한고조가 된 유방에게는 이같이 현군다운 면모도 있었지만 훗날 한왕조를 창업하는데 절대적인 공을 세운 한신을 모살하는 우를 범하기도 하였다.

어제까지 신명을 바쳐 충성하던 유방에게 역모를 했다는 혐의로 끌려가면서 한신이 수레 속에서 탄식한 말은 유명하다.

「역시 세상에서 하는 말이 옳구나. 날쌘 토끼가 잡히면 그것을 쫓던 개는 삶아 먹히고, 새가 없어지면 좋은 활은 치워 버린다…. 이처럼 적국이 망하면 지모 있는 신하도 죽는다 하더니 천하가 평정된 이제 내가 잡혀 죽는 것은 당연한 일이로다!」

또 하나 유명한 얘기가 있다.

한신이 죽으면서 괴철의 계책을 채용하지 않았음을 한탄하였다는 말을 듣고 유방은 즉시 괴철을 잡아들이도록 했다.

괴철이 잡혀 오자 유방이 물었다.

「네가 한신에게 배반의 계책을 가르쳐 주었다는게 사실이냐?」

「그렇습니다. 신이 가르쳐 주었읍니다. 그러나 그가 신의 계책을 채용하지 않더니 끝내 그 지경에 이르렀읍니다. 만일 그가 신의 계책을 채용했더라면 폐하께서 어찌 그를 무찌를 수 있었겠읍니까?」

고조는 대노하여 소리쳤다.

「저 놈을 당장 끌어다 삶아 죽여라!」

괴철은 그러나 조금도 두려워 하는 빛이 없이 태연히 말했다.

「진나라가 그 사슴을 잃자 천하가 모두 그 사슴을 쫓았읍니다. 결국은 재주가 있고 발이 빠른 자가 먼저 얻게 되었읍니다. 도척의 개가 요임금을 보고 짖은 것은 요임금이 어질지 않았기 때문이 아니라 그의 주인이 아니었기 때문입니다. 그 때 신은 다만 한신을 알았을 뿐 폐하는 알지 못하였읍니다. 뿐만 아니라 천하에는 날카로운 칼을 갈면서 폐하처럼 그 자신이 천하를 차지해 보려고 하는 사람이 많았으나 그들의 힘이 미치지 못했을 뿐입니다. 폐하께서는 그들을 모두 신처럼 삶아 죽여야 하겠읍니까?」

이 말을 듣고 진노했던 유방도 가슴에 찔리는 바가 있어 괴철을 용서하였다 한다.

이 유명한 고사는 그후 폭군들을 빗대어 하는 말로 많이 쓰여졌다. 비록 고사라고는 해도 오늘날의 위정자들도 음미해 볼만한 명언이 아닌가 싶다.

아뭏든 유방이 황제로 즉위하면서 공신들에게 봉작을 내릴 때 한왕 (韓王)으로는 원래의 한왕이었던 신(한신과 동명 이인으로 이후부터는「한왕 신」이라 부르기로 한다)을 봉했다.

이 한왕 신은 주력군이 출전하자 유수 부대를 거느리고 형양성을 지키고 있다가 항우군이 공격해 들어오자 일단 항우에게 항복했다가 다시 한 나라로 도망해 온 사람이다. 그의 이같은 불미스런 전력 때문에 한왕으로의 봉작을 반대하는 신하도 많았지만 평소 그의 재능과 무용을 인정하고 있던 한고조는 반대를 물지치고 그를 한왕으로 세웠던 것이다.

「한(韓) 나라는 변방 땅이어서 북방 흉노의 침입이 잦으니 그대의 무용으로 이를 방어토록 하라.」

한왕으로 봉함을 받은 신은 관새(關塞)에 가까운 마읍(馬邑)을 도읍으로 정하고 흉노의 방어 기지로 삼았다.

당시 흉노는 묵특(冒頓)이라는 영걸스런 수장이 나타나 바야흐로 그 세력을 확장하고 있었다.

묵특은 두만 선우(頭曼單于)의 아들이다. 선우라 함은 흉노족의 말로 왕을 뜻하는 말이다. 그러니까 묵특은 왕자였던 셈이다. 두만 선우 시절에는 국력이 약해서 진 나라 몽염 장군의 위세에 눌려 모르도스 지방을 내주었을 뿐만 아니라 이웃 동호(東胡)와 월지(月氏)의 강성해 지는 세력에 불안을 느낀 나머지 호신책으로 태자 묵특을 인질로 삼아 월지에 보내기까지 했다.

묵특을 인질로 월지에 보낸 두만은 젊은 애첩에게서 또 아들을 낳았다. 아들은 낳은 두만의 애첩은 밤마다 사랑의 공세로 성화를 대 자신의 소생을 후계자로 세우는 일에 성공하였다.

애첩의 꾐에 빠져 일단 일을 저질러 놓은 두만은 태자 묵특의 인물됨을 잘 알고 있는지라 뒷일이 불안하지 않을 수 없었다. 그는 후환을 없애기 위해 곰곰 생각한 끝에 군사를 일으켜 묵특이 인질로 가 있는 월지를 공격하였다. 까닭없이 공격을 받은 월지에서는 분개하여 인질로 와 있는 묵특을 죽이려 하였다. 두만이 노린 것이 바로 그것이었다.
 묵특은 그러나 영걸이었다. 처음 본국인 흉노에서 월지를 공격했을 때부터 그는 아버지 두만의 의도를 간파했었다. 월지에서 자기를 죽이려 하는 낌새를 알아챈 묵특은 밤중에 월지국의 명마를 훔쳐 타고 무사히 본국으로 도망치는데 성공하였다. 본국에 돌아온 묵특은 그의 아버지 두만과 애첩, 그리고 그들을 따르던 자들을 모조리 죽이고 스스로 흉노의 선우가 되었던 것이다.
 이 때 중국 본토의 형편은 진나라 말기에 있었던 격심한 민란과 함께 걷잡을 수 없는 조정의 혼란으로 진이 결국 멸망하고 그후 5년에 걸친 유방과 항우의 싸움이 계속되는 등 복잡한 국내 사정 때문에 흉노에 대해서는 눈돌릴 여유조차 없었던 것이다.
 흉노에게 있어서는 가장 위협적인 존재였던 진이 멸망하자 그 틈을 이용해 흉노는 아무 저항도 받지 않고 세력을 확장할 수 있었다. 묵특이 선우가 된 뒤 흉노는 그 세력이 크게 신장되어 인구 백 오십만에 3십만에 달하는 강병을 거느리는 막강한 강국으로 성장했다. 이런 사실을 모르는 이웃나라 동호에서는 아들이 아버지를 죽인 정변이 일어난 곳인 만큼 흉노의 내부가 큰 혼란에 빠져 있을 것이라 얕보고 흉노에서 제일 가는 명마를 내놓으라고 요구했다. 이유도, 조건도 없는 이같은 일방적인 요구야말로 협박이 아니고 무엇이겠는가. 이에 응한다는 것은 그대로 굴욕이었다.
「신이 어찌 그같은 청을 거절하겠읍니까.」
 묵특은 그러나 순순히 명마를 끌어다 동호의 사신에게 넘겨 주었다.
「묵특은 우리 동호를 두려워하고 있구나.」
 이렇게 생각한 동호에서는 이번에는 흉노에서 제일 가는 미녀를 보내라고 요구하였다.
「흉노의 딸로써 동호의 대왕을 기쁘게 해드릴 수 있다면 신은 더없는 영광으로 생각하겠읍니다.」
 묵특은 이번에도 겸허하게 순순히 요구에 응했다. 동호에서는 더없이 만족했다. 사실 동호에서 흉노를 얕잡아 보고 그러한 요구를 하기는 했지만 나라의 권위가 손상되는 이같은 요구에 치욕을 느껴 공격해 올 가능성도 없지 않았으므로 한편으로는 경계 태세를 철저히 하고 있

었던 것이다. 그런데 당연히 치욕을 느끼고 분개해야 할 두번째 요구
에도 아무 저항이나 반발없이 순순히 응해 오는 흉노를 동호에서는 이
제 아예 그들의 마음대로 할 수 있는 만만한 존재로 생각하게 되었다.
그래서 경계심을 풀고 완전히 방심하고 있었다. 묵특은 바로 이 점을
노렸던 것이다. 그의 굴욕적인 무저항과 순종이, 실은 동호로 하여금
흉노에 대해 방심케 하려는 계략임을 동호에서는 까맣게 모르고 있었
다. 따라서 그들의 흉노에 대한 요구는 더욱 큰 것으로 바뀌어 갔다.
「흉노의 동쪽 넓은 불모의 땅을 우리 동호에게 떼어 주시오.」
 그 불모의 땅은 실로 흉노로선 아무 이용 가치가 없는 곳이었기 때
문에 동호에 떼어 준다 해도 별로 아까울 것이 없었다. 앞의 제시했던
두가지 조건에 비하면 아무것도 아니었다. 때문에 요구 조건이 허술했
던 만큼 동호에서는 마음을 놓고 있었다.
 동호에서 이렇게 흉노에 대한 경계를 풀고 방심하고 있음을 알게 된
묵특은 불시에 군사를 일으켜 동호를 급습하였다. 무방비 상태에 있던
동호는 정예화된 묵특의 군사에게 너무나 쉽게 멸망하고 말았다.
 묵특은 그 승세를 몰아 서쪽의 월지를 쳐서 대파하고, 이어 남쪽으
로 누번(樓煩), 백양(白羊)을 병합시켜 전에 몽염에게 빼앗겼던 땅을
모두 회복하였다.
 한왕 신이 한고조로부터 흉노 침입의 방어 임무를 맡고 마읍에 방어
진을 친 것은 묵특이 이처럼 한창 기세를 올리고 있던 바로 그 무렵이
었다.
 한왕 신이 마읍에 부임한지 얼마 안되어 흉노는 그 강력한 군사력으
로 마읍을 포위하였다. 약소국 한(韓)으로서는 도저히 이 대병력의 흉
노와 맞서 싸울 수가 없었다. 그래서 한왕 신은 흉노에게 사신을 보내
강화를 요청하였다. 그러나 얼마 후에 돌아온 사신은 어깨가 축 늘어
져 있었다.
「어떻게 되었오?」
 한왕 신이 초조하게 물었다.
「강화를 성사시키지 못한 채 돌아오게 되어 민망하기 그지 없읍니다.
 저들의 요구가 하도 엄청나서….」
 사신은 말끝을 맺지 못했다.

한왕 신은 두번째 사신을 파견했다. 그러나 두번째 사신도 역시 실패하고 돌아왔다. 이렇게 강화 교섭이 실패하자 한왕 신은 할 수 없이 한고조에게 원병을 청하였다. 유방은 즉시 원병 10만을 마읍에 급파했다. 흉노의 군세가 아무리 강하다 해도 정예화된 한군(漢軍)을 당할 수는 없었다. 한의 십만 원병은 마읍을 포위하고 있는 흉노군을 배후에서 습격하여 격퇴시켜 버리고 말았다.
　한고조가 보낸 원병의 도움으로 겨우 외환에서 벗어난 한왕 신은 그러나 또 다른 일로 커다란 곤경에 부딪치게 되었다. 한고조에게 원병을 청하기 전에 여러 차례 흉노에게 사신을 파견했던 사실이 유방에게 알려졌던 것이다.
　이같은 사실을 알게 된 유방은 분노했으나 그것도 잠깐이었다. 분노보다는 짙은 의혹이 고조의 뇌리를 스쳤던 것이다. 제후국에서 종주국에 알리지도 않고 외국에 화친을 요청한다는 것은 종주국에 대한 모반의 서막일 수도 있다. 사신을 몇 차례나 보내며 흉노와 내통한 한왕 신이 언제 흉노와 연합하여 한에 대적할지도 모르는 일이었다. 생각이 여기에 미치자 유방은 즉시 마읍에 사자를 파견하였다.
　「종주국에 구원 요청도 하기 전에 먼저 흉노에게 화친을 요청한 의도가 무엇이오?」
　한고조의 사자는 무섭게 한왕 신을 꾸짖었다.
　「왕과 흉노와의 내통을 의심하지 않을 수 없는 일입니다. 왕은 흉노의 방어 기지를 삼는다는 이유로 도읍을 진양에서 마읍으로 옮기기까지 하지 않았읍니까? 일찌기 한고조께선 한때 항우에게 항복하여 초나라의 백성이 되었다가 돌아온 왕을 다른 군신들의 반대에도 불구하고 다시 환대하여 한의 왕으로 삼으셨읍니다. 그런데 왕께선 어찌하여 고조의 그러한 은덕을 망각하고 그런 불충을 저질렀단 말입니까?」
　한왕 신의 이마에선 식은 땀이 흘렀다. 그는 떨리는 목소리로 변명했다.
　「신이 무슨 말씀을 아뢰어야 고조께 진심을 전해 드릴 수 있겠읍니까. 마읍성에 갇힌 백성들은 불안과 굶주림에 날마다 울부짖고 흉노들은 성읍을 포위하고 압축해 오고 있었읍니다. 응급 수단이긴 하지만 우선 백성을 살리는 길이 저들과 화친을 맺는 일이라 사료되었기에 그랬을 뿐입니다. 결코 불순한 마음으로 저들과 내통한 사실은 없읍니다. 믿어 주십시오.」
 그러나 지금에 와서는 한왕 신이 무슨 말을 한다 해도 사신으로서는 납득도 신뢰도 할 수 없는 일이었다. 분노를 삭이지 못한 채 고조의 사신은 함양으로 돌아갔다. 이로써 한왕 신은 일단은 발등에 떨어진 불은 끈 셈이다.
 그러나 그가 안도의 숨을 내쉴 사이도 없이 그의 머리에 불길한 예감이 스쳤다.
「한고조는 내가 흉노와 내통했을 것으로 의심하고 있다. 내게 모반의 뜻이 있다고 의심을 품은 이상 나를 그냥 살려 두지는 않을 것이다.」
 생각이 여기에 미치자 한왕 신은 더럭 두려운 마음이 들었다. 그날부터 그는 자기 목숨이 경각에 달려 있는 듯싶어 불안과 공포의 나날을 보내야 했다.
「어떻게 하면 한고조의 노여움과 오해를 풀어 내 생명을 부지하고 한왕의 자리를 지켜갈 수 있을까.」
 한왕 신은 여러 가지로 궁리를 해 보았지만 신통한 묘안은 떠오르지 않고 나날이 불안만 더해 갔다. 그러다가 마침내 그는 한가지 결심을 하였다.
「차라리 일이 이렇게 벌어진 바에야 흉노의 막강한 힘에 의지하자. 그리하여 한고조가 나를 죽이려 하기 전에 흉노와 동맹하여 내가 먼저 고조를 치는 것이다.」
 한의 유방에게서 초의 항우에게로, 그리고 항우에게서 다시 유방에게로 편의에 따라 변신해 온 그다운 결심이었다.
 그리하여 마침내 흉노에게 항복한 신은 흉노와의 약속을 굳게 하고 한나라의 태원을 공격하였다.
 한왕 신이 흉노와 연합해 태원을 공격했다는 소식을 들은 한고조는 격노하여 친히 군사를 이끌고 토벌전에 나섰다.
 한왕 신은 장수 왕희(王喜)로 하여금 동제(銅鞮)에서 한군을 맞아 싸우게 하였으나 상대가 되지 않았다. 초전에 대패해 많은 군사를 잃고 그도 목이 달아났다.
 전황은 한왕 신에게 완전히 불리하게 전개되고 있었다. 왕희가 죽임을 당했다는 소식을 들은 신은 부랴부랴 흉노에게로 달아났다.

그 때 백토(白土)라는 곳에 있던 한왕 신의 부장 만구신(曼丘臣)과 왕황(王黃) 등은 동제 싸움에서 왕희가 패했다는 소식을 듣고 한왕 신 휘하의 패잔병을 모아 묵특과 모의하여 다시 한군을 공격하기로 했다.

묵특은 흉노의 좌현왕(左賢王), 우현왕(右賢王)으로 하여금 만여 기를 거느리고 왕황 등과 합동 작전을 펴게 했다.

이렇게 하여 한나라와 흉노의 본격적인 격돌은 시작되었다. 한나라의 군대는 여기서 왕황과 흉노의 군대를 격파하고 진양을 함락시켰다.

이 때 흉노의 선우 묵특은 상곡에 있었다. 진양에 있던 유방은 묵특이 주력군과 함께 상곡에 있다는 정보를 입수하고 사람을 보내 묵특의 상황을 탐지케 하였다.

고조의 명에 따라 묵특의 군중에 잠입한 십배(十輩)는 묵특의 한심한 군세에 기가 막혔다. 묵특이 거느린 군사들이란 하나같이 노약자들 뿐이었다. 선두에서 싸우던 젊고 건장한 군사들은 모두 전사한 모양이었다. 그리고 또 말이란 말은 모두 비루먹은 것들 뿐이었다. 묵특은 늙고 병든 군사들과 비루먹은 말로서 막강한 한군을 방어하고 있는 것이었다. 용기 백배해서 돌아온 십배는 그동안 그가 보고 온 모든 상황을 유방에게 상세히 보고하고 이렇게 말을 맺었다.

「묵특은 이 빠진 사자입니다. 지금 곧 치는 것이 좋겠읍니다.」

십배는 묵특이 그토록 쇠락하여 있을 때 치자고 유방을 재촉하였다. 그러나 유방은 다시 유경(劉敬)을 보내 다시 한번 묵특의 모든 정황을 확인케 하였다.

유경이 살핀 바로도 묵특의 정황은 십배의 말과 같았다. 유경의 생각은 그러나 십배와는 달랐다. 유경은 그처럼 단순한 사람이 아니었다. 그의 예리한 통찰력은 허술한 이면에 감춰진 묵특의 계략을 간파했던 것이다.

과연 그랬다. 묵특은 자신이 상곡에 있는 사이 한군의 정탐꾼이 올 것을 예기하고 있었다. 그래서 그는 그의 엄청난 군세를 뒤로 감추고 정탐꾼의 눈에 노약자와 비루먹은 말만 보이게 했던 것이다. 바로「포전인옥」의 계략이었다.

유경은 한고조에게 돌아와 이같이 보고했다.

「두 나라가 서로 싸울 때는 상대방으로 하여금 압도당하도록 하기 위해 자신의 강한 면만을 보이려고 하는 것이 당연한 일입니다. 그런데 신이 묵특의 군세를 보니 십배가 보고 온 바와 같았읍니다. 묵특은 노약자와 초라한 말만을 거느리고 있었읍니다. 이런 모습이야말로 적에게는 가장 보이기 싫은 부분이 아니겠읍니까? 이것은 분명 묵특이 우리 한나라에 보이기 위해 꾸며 놓은 것이 틀림없읍니다. 그 허술해 보이는 이면에 묵특은 분명 강한 군세를 숨겨 놓고 있을 것입니다. 그러므로 신의 생각으로는 지금 섣불리 흉노를 친다는 것은 위험한 일인줄 아옵니다.」
유경의 보고를 들은 고조는 크게 노하여 그를 꾸짖었다.
「너같은 제나라 오랑캐가 말로써 한몫 보아 벼슬을 얻더니 이제 망녕된 소리를 지껄여서 내 군사의 사기를 꺾으려 하는구나!」
출신이 천했던 한고조는 그 출신의 때를 황제가 된 지금에도 벗지 못하고 있었다. 그의 욕설과 거친 말투는 때로 제후국을 방문할 때도 거침없이 튀어나와 그곳의 식견있는 중신들의 눈살을 찌푸리게 했다.
한고조는 심한 욕설로 유경을 꾸짖고 그를 포박하여 옥에 가두게 했다. 그리고 평성(平城)을 향해 군대를 출동시켰다. 그러나 한나라의 군대가 아직 평성에 이르기도 전에 백등(白登: 평성의 동북쪽)에서 묵특의 정예 기병 40만에 겹겹이 포위되고 말았다. 묵특의 백등 포위 작전은 철저하고도 집요했다. 유방의 군사들은 그 포위망을 뚫으려 갖은 애를 다 썼지만 불가능했다. 때는 추위가 맹위를 떨치는 한겨울이었다. 추위에 익숙치 못한 한군들은 제대로 적응을 못해 십명 중 두세 사람은 벌써 동상에 걸려 손발을 끊어 내는 등 혹심한 고통을 겪고 있었다. 그러나 원래 추운 지방에서 살아 추위에 단련된 흉노의 군사들은 아무런 피해도 없었다. 이제 무력으로 저들의 포위망을 돌파한다는 것은 도저히 상상도 할 수 없는 일이었다. 이대로 얼마의 시일을 더 저들의 포위 속에 갇혀 있다 보면 싸워보지도 못하고 추위와 기아로 전멸을 면치 못할 지경이었다. 한군으로서는 최악의 상태였다.
이 때 진평이 하나의 계책을 마련했다. 무력이 아닌 다른 방법으로 위기를 모면하기 위해서였다. 진평은 화공으로 하여금 미인도를 그리게 했다. 이틀 만에 완성된 미인도는 보는 사람으로 하여금 황홀과 신비의 경지에 빠져들게 할 정도로 아름다웠다.
진평은 귀한 선물과 함께 그 미인도를 묵특의 정실 황후 연씨(閼氏)에게 보냈다. 진평의 사자로부터 미인도를 받아 본 연황후는 경이와 찬탄을 아끼지 않았다.
「이 세상 사람 중에도 이런 미인이 있었던가. 이는 분명 선녀가 하강한 것이지 이 세상 사람은 아닐 것이오.」
사자는 때를 놓지지 않고 연황후에게 말했다.
「그 미인은 분명 살아 있는 한나라 여인입니다. 한나라에는 미인이 많읍니다. 우리 한나라 고조께서는 지금 선우께서 거느린 군사들에게 포위되어 곤경에 처해있읍니다. 그래서 선우께 이 미인을 바쳐 곤경을 면하고자 하십니다.」
순간 연황후의 안색이 창백해졌다. 사신은 말을 이었다.
「그 미인은 용모만 아름다운 것이 아니라 가무에도 뛰어나고 지혜와 총명이 누구와도 비견할 수 없는 여인입니다. 선우의 총애를 독차지하기에 충분할 것입니다. 고조께서도 아끼던 이 여인을 선우께 바쳐서….」
「잠깐!」
연황후는 사자의 말을 막았다.
「선우께서 황후인 나 이외의 여인을 아직 탐하신 일이 없오. 그러니 여인을 선우께 바칠 생각일랑 아예 하지 마시오.」
「그러하오나 선우께서 실제로 이 여인을 한 번 보시기만 하면….」
「아니됩니다. 그렇게는 절대 못합니다.」
연황후의 입술은 파랗게 질려 경련하고 있었다.
「모든 걸 내게 맡겨 주시오. 그렇게 하지 않더라도 내가 선우의 마음을 돌려 한군에 대한 포위를 풀도록 해 드리리다.」
여인의 질투는 집요하고도 무서운 것이었다. 어떤 일이 있어도 그 여인이 선우에게 주어져서는 안 되는 것이다. 막아야 했다. 연황후는 그날부터 선우 묵특의 마음을 돌이키는데 심혈을 기울였다.
「지금 한나라 땅을 우리가 조금 차지한다 한들 그것이 우리에게 무슨 소용이 되겠읍니까. 우리 흉노족은 어차피 그 땅에서는 살 수 없는 것이 아니겠읍니까. 한나라와의 싸움은 결국 두 임금 모두를 괴롭게 하는 일일 뿐입니다. 그러니 한군에 대한 포위를 풀고 저들로 편안히 돌아가게 해 서로 화친을 도모하심이 장차 더 큰 득이 될 것이옵니다.」
연황후의 집요하고도 간곡한 설득은 드디어 묵특의 마음을 움직여 흉노는 성을 포위한 지 7일 만에 한군에 대한 포위를 풀고 물러갔다.

여인의 질투심을 이용한 진평의 계책이 적중한 것이었다.
 흉노와의 싸움은 이것으로 끝났다. 진평의 계책에 의해 겨우 전멸을 면하고 빠져나오긴 했지만 묵특이 쳐 놓은「포전인옥」의 계략에 걸려 유방이 대패한 싸움이었다.
 광무로 돌아온 한고조는 유경을 석방하고 그를 관내후(關內侯)로 승격시켜 건신후(建信侯)라 불렀다. 그리고 상황의 이면을 살피지 못하고 겉모양만 보고 와서 보고했던 십배는 참형에 처했다.
 그후 한에서는 흉노에 대하여 황족의 딸을 선우에게 보내거나 매년 다량의 술과 식료품 등을 보내는 등 화친 정책으로 전환, 문제(文帝) 때까지 오로지 흉노 회유에 진력한 일은 역사상으로도 유명하다.

■ 포전인옥 ②

「포전인옥」의 병법을 이번에는 기업 운영의 측면에서 생각해 보기로 하자.
 기업의 운영에 있어서는 때로 무모한 모험이라고 생각되는 것이 의외로 적중해 대성공을 거두는 경우가 종종 있다. 물론 기업 운영이「모험」의 성격을 띠어서는 안 된다. 따라서 앞에서 표현한「무모한 모험」이란「상식을 벗어난 획기성」으로 해석되어야 옳을 것 같다.
 때로 선전을 해 보아야 그 효과가 전무(全無)일 것이라고 생각되는 상품도, 선전을 해서 뜻밖의 효과를 얻는 경우가 있다. 즉 상식을 벗어난 작전으로 대성공을 이룩한 업체가 일본의「미쯔미 전기」이다.
 미쯔미 전기는 이미 1970년 1월기(月期)의 매상이 89억 5천만 엥, 이익은 5억 6천만 엥, 당시의 자본금 12억 엥에 대해 94%라는 높은 이익률을 올린 내실있는 중소 기업이었다.
 사장 모리베(森部)가 큐슈에서 올라와 친구와 단 둘이 2평 반의 다다미방에서 라디오 부속품을 만들기 시작한 것이 이 회사의 효시였다.
 이 라디오 부속품은 라디오를 조립하는 단계에서 쓰여지는 것으로서 완성된 라디오를 구입한 구매자로서는 어느 회사의 부속품을 사용하는

지 전혀 모르며, 또 그것을 알려고 하지도 않는다.
 따라서 라디오나 텔레비젼의 부속품은 메이커의 이름이 들어 있어도 그만이고 안 들어 있어도 그만이다. 그러므로 부속품의 선전에 돈을 쓰려는 경영자는 한 사람도 없었다. 그런 것은 생각할 필요조차 없는 일이었다.
 「부속품을 사 주는 사람은 일반 대중이 아니고 라디오나 텔레비젼을 조립하는 회사다. 게다가 라디오나 텔레비젼 회사의 수는 거의 알려져 있다. 선전같은 것을 할 여가가 있으면 그 시간에 회사를 찾아다니며 담당자와 가깝게 지내는 편이 훨씬 중요하다. 그럴 돈이 있으면 담당자와의 교제비로 쓰는 편이 훨씬 실제적일 것이다.」
 대부분의 부속품 메이커의 경영자는 이렇게 생각하고 있었다.
 그러나 모리베 사장의 생각은 달랐다.
 「부속품과 같이 사람의 눈에 띄지 않는 상품일수록 기업 이미지를 높여, 그것으로 장사를 해야 한다.」
 이렇게 생각한 모리베 사장은 즉시 신문, 잡지에 광고를 내기 시작했다. 이 광고를 보고 업자들은 모두들 놀라와 했다.
 「미쯔미 전기가 아무리 선전을 해도 많은 구매자들은 미쯔미 전기의 부속품이 어디 들어 있는지도 모른다. 따라서 상품의 모양도 마크도 볼 수 없는데 선전은 해서 뭣해?」
 개중에는 그것이 치졸한 사장의 매명(賣名) 행위라고 비웃는 자도 있었다.
 그러나 이것이 즉각적인 효과를 발휘하기 시작했던 것이다.
 「당신네 라디오는 미쯔미 전기의 부속품을 쓰고 있읍니까?」
 구매자는 「미쯔미 전기」라는 회사의 공장이 「영업부 직통」의 전화가 두 대밖에 없는 뒷골목의 2평 반 다다미방인 줄은 전혀 모르고 있다. 다만 광고를 낼 정도의 회사인만큼 「상당히 신용 있는 회사겠지」정도로 생각해 버린 것이다. 그래서 구매자가 이 부속품 회사의 이름을 입에 올리게 될 정도가 되면, 그 때는 이미 성공한 것이나 다름없는 것이다.
 「미쯔미 전기의 부속품을 쓰고 있는 라디오는 일급품이다.」
 이쯤 되면 좋으나 싫으나 조립 메이커로서도 「미쯔미」의 부속품을 쓰지 않을 수 없다.
　여기서 우리가 유의하지 않으면 안 될 것은 「미쯔미」가 비록 뒷골목 2평 반의 다다미방에서 부속품을 만든다 해서 제품까지 그런 조악품은 아니라는 사실이다. 제품은 일류 부속품 메이커에 못지 않은 신용품이었던 것이다.
　대개의 경우 부속품 메이커의 경영자는 당장 눈앞의 일밖에 보려 하지 않는다. 같은 광고를 내는 경우에도 납품 상대가 라디오 조립 회사에 한정되어 있다면 라디오 업계 신문에 내는 것이 효과적이라고 생각한다. 즉 라디오 업계 신문이라면, 100% 그 관계자가 볼 것이므로 효율이 높다는 생각이다.
　그런데 이 업계 신문에는 같은 부속품 메이커의 광고가 빽빽히 차 있어서 작은 영세 기업인 미쯔미 전기의 광고 같은 것은 독자의 눈에 들어오지도 않는다. 또 설사 눈에 뜨인다 해도 미쯔미 전기가 뛰어난 기업이라는 이미지를 갖게 할 수는 없다. 왜냐하면 어떤 업계에 속한 사람이든 자신의 분야에 관해서는 거의 모든 사정을 파악하고 있기 때문이다.
　그것이 만일 일반 신문이나 잡지라면 어떨까? 일반 독자 중 라디오에 관계된 일을 하는 사람의 수는 1%도 안 될지도 모른다. 전술한 바와 같이 대중에게 미쯔미의 부속품을 알리는 일은 어느 정도 가능할지 모르나, 목표인 미쯔미의 부속품을 사 줄 라디오 조립 관계자는 전체 독자 중 지극히 미미한 극소수에 지나지 않는 것이다. 따라서 이 사람들만을 상대한 것이라고 생각한다면 상당히 비싼 돈(광고비)을 치르는 셈이지만, 사실 그 적은 일부 독자인 라디오 관계자는 거의 전부가 그 광고에 관심을 가지게 마련이다.
　자기의 전문 기계나 재료의 광고가 뜻밖의 장소에 나와 있으면
「음?」
하고 눈을 번쩍이게 되는 것이다. 전기 부속품 광고가 가득 실려 있는 업계 신문(잡지) 속에서 미쯔미의 광고에 주목한다는 것은 어렵지만 영화, 서적, 자동차, 약품 등의 광고 속에서 애드발룬을 띄우고 있는 전기 부속품을 관계자로서는 놓칠 수 없는 것이다.
「한 번 미쯔미의 제품을 써 보자!」

이렇게 되면 일은 성사된 것이다. 그리하여 그 회사 영업 사원의 방문을 받았을 경우 이야기를 들어 보자는 생각을 갖게 된다.

2차 대전 전부터 이름을 떨쳤던 쟁쟁한 업계들을 밀어 제치고 미쯔미 전기가 크게 올라서게 된 요인이 바로 여기에 있었던 것이다.

옛날부터 이 업계는 소기업 치고는 의외로 경쟁이 극심하여 업자들끼리 수단 방법을 가리지 않고 서로 피투성이가 되어 싸우고 있었는데, 이같은 업계 판도 속에서 미쯔미는 상식을 벗어난 당당한 대기업의 수법을 구사하여 단숨에 다른 경쟁 업체를 밟고 올라섰던 것이다.

이것이 게딱지만한 신문 광고라는 미끼를 던져 대어를 낚은 포전인옥의 전략이라고 하면 견강부회일까?

제18계

금적금왕
擒賊擒王

장수를 쏘려거든 먼저 말을 쏘아라

적의 주력을 때려부수고 수령을 잡으면 적의 전체 힘을 와해시킬 수 있다.

이는 용이 대해를 떠나 육지에서 싸우다 곤경에 빠지는 것과 같다.

적에게 이겼을 때 승세를 타고 더욱 전과를 올려야 한다. 만약 작은 승리에 만족하고 큰 승리를 차지할 시기를 방기한다면 병(兵)의 손실을 얼마쯤 줄일 수는 있지만 적의 주력은 격파되지 않았으므로 오히려 염려와 재난 만을 부르게 되며, 그 때까지의 성공을 단숨에 무(無)로 돌려 버릴 위험도 적지 않다. 완승을 거둔 기분에 도취하여 적의 주력을 때려부수지 않고 적의 수령을 잡지 않는다면 그것은 곧 호랑이를 풀어 산으로 돌려보내는 것과 같으니 후환으로 남는다.
　　적의 수령을 잡으려면 기치(旗幟)를 분별할 뿐만 아니라 누가 주 지휘관인가를 정확히 알아야만 한다.
　　당(唐)의 숙종 때 장순(張巡)은 반군의 장수 윤자기(尹子奇)와 싸우다 장수의 기(旗)가 있는 데까지 돌진했다. 당시 적진은 혼란에 빠져 장순은 적장 5십여 명, 병사 5천여 명을 베어 죽였다. 그러나 윤자기 만은 발견되지 않았다. 그래서 그는 병사에게 화살 대신 볏집을 뾰족하게 만든 것을 쏘게 했다. 그 볏짚 화살에 맞은 적병은 장순의 화살이 다한 것이라 생각, 좋아서 윤자기에게 달려갔다.
　　그리하여 장순은 윤자기를 분간할 수 있었고 곧장 장수 남제운에게 명령, 화살을 쏘게 했다. 그 화살은 윤자기의 왼쪽 눈에 적중했고, 좀더 기다렸더라면 생포할 수 있었던 것이다.
　　윤자기는 패배를 당하고 군사를 퇴각시키는 수밖에 없었다.

註

　금적금왕(擒賊擒王): 도둑을 잡으려거든 두목을 잡아라.
　두보(杜甫)의 시「전출새(前出塞)」에 이런 귀절이 있다.
　「사람을 쏘려거든 먼저 말을 쏘아라.」
　「도둑을 잡으려거든 먼저 두목(王)을 잡아라.」
　이 일절은 물론 시인의 음영(吟咏)이지만 그러나 동시에 승리를 위한 비결이기도 하다. 적을 제어하려는 사람은 이 비결을 마음 속에 새겨 두어야 한다. (古今圖書集成·戎政典)

■ 금적금왕 [1]

　여포와의 싸움에서 조조는 연전 연패했다. 포위망을 뚫고 도망가는 조조를 추격하던 여포의 군사는 중도에서 뜻하지 않게 조조를 구원하기 위해 출동한 하후돈 부대를 만나 치열한 접전을 벌였다. 한참 퇴각을 하다가 앞쪽에서 일단의 군사가 몰려오는 것을 발견한 조조는 처음 그것이 적군인가 싶어 절망스런 최후를 각오하기도 했다. 그러나 하후돈의 이 뜻밖의 출동이야말로 사지에 빠져 허덕이던 조조에게는 실로 구원의 빛이 아닐 수 없었다.

　그들이 여포군과 싸우고 있는 틈을 타서 조조는 무사히 본진으로 돌아왔고, 그들의 싸움은 날이 어둡도록 계속되었다. 저녁 나절에 때마침 큰 비가 쏟아져 양군은 비로소 싸움을 멈추고 각각 본진으로 돌아갔다.

　「독안에 든 쥐를 놓치고 말다니, 조조란 놈은 제 발로 걸어서 내 손아귀에까지 들어오지 않았던가!」

　본진으로 돌아온 여포는 조조를 놓쳐 버린 일이 억울하여 밤이 늦도록 잠을 이룰수가 없었다. 여포는 그 포악한 성격을 스스로 감당하지 못하고 자신의 머리를 벽에 부딪혀 가며 밤새 총에 맞은 맹수처럼 이를 갈며 으르렁거렸다.

　이튿날 여포는 진궁(陳宮)을 불러들였다.

　「네가 여러 번 진궁의 계책을 귀담아 듣지 않고 저버린 탓에 번번히 조조를 놓치고 마는구료. 한 번만 더 나에게 계책을 알려 주시오.」

　자신의 전술만을 믿고 진궁의 말을 무시해 온 여포는 비로소 몸이 달았다. 여포의 말을 듣고도 진궁은 한참을 침묵했다. 여포 앞에서 무슨 말을 꺼낼 때면 으레껏 망설여지는 것이 이제 진궁에겐 버릇처럼 되어 버렸던 것이다. 아무리 옳은 말이라도 자신의 비위에 거스르는 말 같으면 그는 언제고 불같이 노하곤 했기 때문이다.

　「그렇게 입을 다물고만 있으면 어찌하오. 이번 기회가 아니면 조조는 영영 놓치게 되는 것이오. 조조를 제거하지 못하는 한 까짓 군졸들이야 백번을 쓸어 버린다 한들 이내 조조를 중심으로 다시 모여들 것이니 소용이 없소. 조조를 없애야만 비로소 그들에 대한 우리의 토벌 작전은 끝나는 것이오. 조조가 연전 연패하여 사기를 잃고 지쳐 있는 지금이 우리로선 가장 좋은 기회가 아니겠오. 이번에 조조를 놓쳐 버리고 말면 그때는 우리가 조조의 밥이 되는 것이오. 어서 말해 보시오.」
 여포의 불같은 성화에 진궁은 비로소 입을 열었다. 그러나 그의 얼굴엔 난색이 깃들어 있었다.
 「조조는 원래 꾀가 많아서 간웅이라 일컬어지고 있읍니다. 그를 대적하기란 그리 쉬운 일이 아닙니다.」
 「꾀가 많은 자가 원래 제 꾀에 빠지게 마련인 거요. 조조로 하여금 제 꾀에 스스로 빠지게 할 수도 있는 일이 아니겠오?」
 「계책은 있읍니다만.」
 「말해 주시오. 어떤 계책이든 내 받아서 실행하리다.」
 「그러나 그 계책을 행하자면 주공께 욕이 돌아가겠기에….」
 「내게 욕이 돌아온다고?」
 「그러하옵니다.」
 여포는 역시 눈살을 찌푸렸다.
 「어째서 계책을 쓰는데 내게 욕이 돌아와야만 한단 말이오?」
 「조조를 속이기 위해서입니다.」
 「좋소. 이기기 위해서는 고육계도 쓰이거늘 욕먹는 것쯤을 두려워한다면 내 어찌 큰 일을 도모할 수 있겠오.」
 여포의 이같은 결단에 진궁은 비로소 그가 전부터 생각해 오던 계책을 말했다.
 「우리 복양성 중에 전씨(田氏)라는 큰 부호가 있는데 그의 가복이 수십 명이나 됩니다. 그리고 성 중에서 제일 큰 저택을 지니고 있읍니다.」
 「그 사람에 대해서는 나도 얘기를 들은 일이 있지만 아직 만나본 일은 없소. 그런데 그 사람은 왜?」
 「그 사람으로 하여금 조조를 성 중으로 유인하도록 하는 것입니다. 그래서 조조가 입성한 뒤에 복병으로 하여금 조조를 잡게 하면, 조조가 제아무리 날고 뛰는 재주를 가졌다 해도 빠져나갈 길이 없을 것입니다.」
 「어떤 방법으로 그가 조조를 유인할 수 있단 말이오?」

진궁은 목소리를 낮춰 여포에게 뭔가 한참을 이야기 했다.
 복양 성주 여포는 즉시 성중의 이름난 부호 전씨를 찾아갔다. 이렇게 하여 진궁의 계책에 따라 그들은 조조를 복양성 안으로 유인할 모든 준비를 완료하였다.
 한편 조조의 진영에서는 지난밤 여포의 진영을 점령했다가 점령지에서 여포의 군사에게 포위되어 버렸던 일을 교훈 삼아 새로운 작전을 마련하기 위해 부심하고 있었다. 조조로서는 지난 밤의 그 패전은 실로 악몽이었고, 지금 자신이 이렇게 살아서 본진에 돌아와 있다는 것조차 믿기지 않았다.
 조조가 장수들과 함께 작전 회의를 하고 있을 때 문득 밖에서 소란스런 소리가 들려왔다. 누군가 보초와 심하게 옥신각신하고 있음이 분명했다. 조조를 비롯한 장수들은 잠시 회의를 중단하고 밖에서 들려오는 소리에 귀를 기울였다.
「무고한 백성을 왜 붙들어 문초하려 하는 것이오? 나는 조조 대장의 은덕을 입어 온 백성으로 대장께서 이곳에 진을 치고 계심을 알고 이 찜닭 한 마리를 헌상하려고 가지고 온 것이오.」
 사나이의 울음 섞인 목소리였다.
「어서 나를 조조 대장께 안내해 주시오.」
「정 그렇다면 그 닭을 이리 내놓아라. 내가 대신 전해 드리겠다.」
「그건 안될 말입니다. 제가 직접 조조 대장을 뵙고 전해 드려야 합니다. 예까지 와서 조조 대장의 얼굴도 뵙지 못하고 돌아간데서야 말이나 됩니까?」
 닭 한 마리를 놓고 보초는 빼앗으려 하고 사나이는 빼앗기지 않으려고 서로 밀고 당기는 실랑이가 일어나는가 싶더니 잠시 후에 낯선 사나이 하나가 보초에게 끌려 조조의 장막으로 들어왔다.
 사나이는 죽장 끝에 삶은 닭 한 마리를 꿰어 어깨에 둘러메고 조조의 진문 근처를 배회하다가 보초에게 붙들린 것이다. 조조의 앞에 끌려와서도 사나이는 죽장과 닭 만큼은 절대로 빼앗기지 않으려는 듯 소중히 붙들고 있었다.
「이 자는 염탐꾼이 분명합니다. 이 자의 몸을 수색하고 문초하여 이곳까지 들어온 목적을 실토케 하시기 바랍니다.」

사나이는 그러나 보초의 이같은 말에는 개의치 않고 그 스스로 조조의 앞에 꿇어 엎드려 예를 올렸다. 그리고 나서는 갑자기 태도가 표변하며
「사람들을 물리쳐 주십시오. 소인은 밀사올시다. 대장께 비밀히 고할 말씀이 있읍니다. 그러나 대장을 해롭게 할 밀사가 아니오니 믿어 주십시오.」
하는 것이었다.
조조는 몇몇 근신들만 남기고 모두 밖으로 내보냈다. 사나이는 죽장 끝에 매달았던 닭을 떼어 내고 죽장을 두쪽으로 쪼갰다. 죽장 속에서는 뜻밖에도 한 장의 편지가 나왔다. 복양 성중의 오랜 부호로 이름난 전씨의 친필 서한이었다. 서한의 내용은 이러했다.
「여포는 잔혹하고 포악하여 성중 백성들의 원성을 사고 있읍니다. 이런 인물이 복양성의 성주로 있는 이상 이곳 백성들은 하나도 이 성에 남아 살려 하지 않을 것입니다. 지금 복양성에는 고순을 비롯한 수비대만이 남아서 성을 지키고 있고, 여포는 군대를 옮기려고 여양에 가 있는 중입니다. 밤을 도와 즉시 군대를 출동시켜 성으로 들어오시면 소인이 이에 내응하여 가신으로 하여금 의(義) 자를 크게 쓴 흰 깃발을 성위에 세우도록 할 것이오니 그것을 군호로 일거에 복양성을 함락하여 저희 성중 백성들을 여포의 학정에서 해방시켜 주십시오. 기회를 놓치지 마시기 바랍니다.」
편지는 구구절절 여포에 대한 불만과 원망으로 넘치고 있었다. 편지를 읽은 조조는 한 순간에 연전 연패의 치욕이 씻기는 듯한 느낌이었다.
「하늘이 나를 도우심이로다. 이로써 나는 지난날의 패배를 설욕할 것이다. 이제 복양성은 내 손에 들어온 것이나 다름 없다.」
조조는 즉시 승낙의 답장을 써서 사나이를 통해 전씨에게 전하게 했다.
조조는 이렇게 기뻐하며 파안 대소했지만 그러나 유엽(劉曄)은 부정적이었다.
「아무래도 이 편지 속에 궤계가 숨어 있는 듯합니다.」
유엽은 계속해서 조조에게 진언하였다.

「만약의 경우를 생각해서 군대 전부를 성 안으로 들여보낼 것이 아니라 우선 3대로 나누어 1대만 먼저 보내도록 하심이 좋을 듯합니다. 여포가 비록 병법의 병자도 모르는 미련한 자라 하더라도 여포의 수하에는 모사 진궁이 있읍니다. 그를 무시하고 소홀히 행하는 일은 삼가야 할 줄 압니다.」
유엽이 뛰어난 책사였던지라 조조는 그의 진언에 따라 군대를 3대로 나누었다. 조조군은 밤을 타고 서서히 복양성 아래까지 육박하였다.
「바로 저것이다!」
선두에서 직접 군사를 영솔하던 조조가 성 위를 손으로 가리키며 환호하듯 말했다.
「과연 깃발이 보이지 않느냐!」
복양성 성벽 위에는 과연 크고 작은 깃발이 바람에 나부끼고 있었는데 그 중에 서문 위의 커다란 백기가 뚜렷이 눈에 들어왔다. 그 백기에는 의(義) 자가 커다랗게 쓰여 있었다.
그러나 성문은 이튿날 한낮이 되어서야 서서히 열리기 시작했다. 열린 성문으로 물밀듯이 여포의 군사들이 일제히 쏟아져 나왔다. 전군은 후성이, 후군은 고순이 지휘하고 있었다. 조조는 전위로 하여금 전군의 장수 후성을 맞아 싸우게 했다. 전위의 하늘을 찌를 듯한 기세에 후성은 불과 몇 합을 겨루지 못하고 말머리를 돌려 성중으로 달아났다. 달아나는 후성의 군사들을 전위의 군사들이 함성을 지르며 추격하였다. 그들이 그렇게 전군을 추격하고 있을 때 다시 후군인 고순의 군사들이 몰려나와 그들과 대적하였다. 고순의 군사들도 별 수 없었다. 그도 불과 몇 합을 겨루다가 성중으로 달아나 버렸다. 전위의 군사들은 다시 달아나는 적군을 추격하였다.
그 때 조조의 군중에 끼어 있던 몇 사람의 군졸이 나와서 자신들은 전씨의 가신임을 밝히며 한 장의 밀서를 조조에게 전했다. 조조는 급히 밀서를 펴서 읽어 나갔다.
「오늘밤 초경에 성 위에서 바라를 울리겠으니 바라 소리를 군호로 삼아 군대를 성 가까이까지 접근시켜 대기하도록 하소서. 그러면 소인의 부하들이 이에 내응하여 곧 성문을 열어 드릴 것입니다.」
전씨의 이같은 밀서에 따라 조조는 하후돈을 왼편에, 조홍을 오른편에 각각 배치하고, 자신은 하후연, 악진, 전위, 이전 등 네 장수를 이끌고 입성하기로 작전 계획을 세웠다. 그러나 조조의 이같은 작전 계획에 이전은 염려를 나타냈다. 그는 조조에게 이렇게 진언하였다.

「주공께선 입성하지 마시고 성 밖에서 관전만 하십시오. 소장들끼리 먼저 입성하는 것이 좋을 듯 합니다. 복양성 전씨라고 하는 자의 의중이 어떠한 것인지 신은 아직 믿어지지 않습니다.」

조조는 그러나

「내가 앞장 서서 들어가기를 꺼려 한다면 누가 앞서서 기꺼이 들어가려 하겠는가?」

하며 이전의 의견을 묵살하고 말았다.

그날 밤 조조는 군사를 이끌고 선두에 서서 성 앞까지 육박하였다. 아직 달도 뜨지 않은 초경이라 사방은 검은 장막을 드리운듯 캄캄했다.

조조의 군사가 성 밑에 이르자 과연 성문 위에서 바라 소리가 요란하게 울렸다. 이어서 횃불이 오름과 동시에 성문이 활짝 열렸다. 군졸 몇은 벌써 조교를 내려 놓고 있었다. 모든 상황은 전씨의 밀서대로 진행되고 있었다.

조조는 장졸들의 선두에 서서 말을 몰아 성문을 단숨에 통과하였다. 그러나 얼마를 달려가던 조조의 머리에 문득 불길한 예감이 번개처럼 스쳤다.

그 넓은 성중에 사람이라고는 그림자조차 보이지 않았으니 아무래도 수상한 일이었다.

「이럴 수가 없는데?」

조조는 그 때서야 비로소 적의 계략에 빠졌음을 깨닫게 되었다. 유엽과 이전이 깊은 우려를 표했던 일이 이렇게 적중할 줄이야 누가 알았겠는가. 조조는 급히 퇴군을 명했다. 그러나 때는 이미 늦어 있었다.

그들이 퇴군을 위해 말머리를 돌리는 순간 포성이 터지면서 사방의 성문에서 불길이 솟아 올랐다. 불길은 삽시간에 사방으로 번져 칠흑같던 어둠이 대낮처럼 환하게 밝아졌다.

이와 함께 북소리, 꽹과리 소리가 한꺼번에 성을 뒤집을 듯이 울리고, 이 소리와 함께 사방에서 우렁찬 함성이 터져 나왔다. 살아 있는 모든 사람들의 넋을 한꺼번에 빼앗아 버릴 것 같은 소란이었다.

불길과 굉음에 갇혀 조조의 군사들이 일대 혼잡을 이루고 있을 때, 장요가 군사를 이끌고 동쪽에서 달려 나왔다.
 조조의 호령에 의해 간신히 질서를 수습한 조조군은 거세게 달려드는 장요군을 맞아 싸우기 시작하였다. 질서를 되찾은 조조의 군사들은 조금씩 기세를 올리기 시작했다. 조조군의 기세가 차츰 강해지자 이번에는 장쾌가 일단의 군사를 영솔하고 내달아 그들과 대적하였다. 조조의 군사는 졸지에 양편에서 그들의 협공을 당하게 된 것이다.
 사태가 이쯤되면 이제 조조군으로서는 무모하기 짝이 없는 싸움이었다. 전황이 결정적으로 불리해지자 조조군은 저돌적으로 달려드는 적군을 피해 북문쪽으로 말머리를 돌렸다. 그러나 그들이 달아나는 길목엔 학맹과 조성이 지키고 있었다. 그들과 수합을 겨루다가 도저히 당할 수 없음을 깨달은 조조군은 반대쪽으로 방향을 바꿔 남문으로 향했다. 그러나 남문쪽에서는 또 고순과 후성이 이들의 앞을 가로막았다. 완전한 포위망이었다.
 전위는 무섭게 칼을 휘두르며 이를 악물고 이들을 뚫고 나갔다. 목숨을 건 탈주였다. 전위는 성문 밖 조교가 있는 데까지 뒤도 안 돌아 보고 정신 없이 달렸다. 그렇게 한참을 달리다가 자신의 목숨이 아직 살아 있음을 새삼 의식하며 뒤를 돌아보았을 때 전위는 자신의 곁에 아무도 없음을 비로소 깨닫게 되었다. 그와 함께 출전했던 동료 장수들도, 조조도 보이지 않았다.
 「아, 주공께선 아직 성중에 그대로 갇혀 계시는구나!」
 그가 자신의 생존을 확인하며 안도의 한숨을 쉰 것도 잠시, 그는 다시 말머리를 돌려 성내로 뛰어들었다. 이미 적군은 보이지 않고 이전만이 눈에 띄었다.
 「주공은 어디 계신가?」
 그는 다급한 목소리로 물었다.
 「나도 지금 주공을 찾고 있는 중이오」
 「나는 성안에서 주공을 찾을 테니 그대는 성밖으로 나가 구원병을 영솔하도록 하시오」
 전위의 말에 따라 이전은 성문 밖으로 달려나갔다. 전위는 조조를 찾아 미친듯이 성안을 헤매었다. 그러나 조조는 어디에도 없었다. 혹시 그동안

성 밖으로 나간 것이 아닐까 싶어 그는 다시 그곳으로 향했다. 성 밖으로 나가다가 악진과 마주쳤다. 전위가 조조의 행방을 묻기도 전에
「주공이 어디 계신지를 아는가?」
하고 악진이 오히려 물어왔다.
「내가 성 안팎을 두 번이나 드나들며 주공을 찾았지만 행방을 알길이 없네.」
두 장수는 함께 성문 아래에까지 이르렀다. 피로와 절망으로 그들의 몸은 천근처럼 무거웠다. 그들을 태운 말도 지친듯 허리를 늘어뜨리고 터덜거리며 걷고 있었다.
그 때 일단의 적군들이 또다시 벌떼처럼 그들을 습격해 왔다. 전위는 사력을 다해 사납게 달려드는 적을 무찌르며 다시 성 안으로 뛰어들었다. 악진의 말은 그러나 적군들에게 포위된 채 더 이상 들어오지 못하고 있었다. 성 안으로 들어온 전위는 다시 조조를 찾아 사방을 헤맸다.
한편 조조가 전위를 비롯한 장수들과 떨어지게 된 형편은 이러했다. 북문을 향해 나가던 길목에서 학맹과 조성의 추격을 당하게 된 조조는 그들을 피해 남문쪽으로 향하다가 바로 앞서 전위가 나가는 것을 목격하였다. 조조는 기를 쓰고 전위의 뒤를 따랐으나 옆에서 달려나온 고순과 후성 등 적군에게 다시 길이 막혀 더 이상 전위를 따를 수가 없었던 것이다.
그 때부터 조조는 장수들과 떨어져 고립 무원의 상태에 빠지게 되었고, 장수들과 서로 행방을 찾아 숨박꼭질을 시작한 것이다. 전위의 뒤를 놓친 조조는 다시 북문을 향해 말을 몰았다. 위험은 처처에서 그를 에워쌌다.
그 때였다. 저쪽 불빛 속에서 여포가 이쪽으로 말을 달려 오는 것이 보였다. 조조는 손으로 얼굴을 가리고 대담하게 여포쪽으로 말을 마주 달려 번개처럼 여포의 곁을 스쳐갔다. 그러나 일단 스쳐갔던 여포는 무슨 생각이 들었던지 다시 말머리를 돌려 조조쪽으로 맹렬히 추격해 왔다. 여포는 그러나 자신이 추격하는 그가 조조인 줄을 까맣게 모르고 있었다. 다만 아군이 아닌 적장쯤으로 생각했던 것이다. 여포는 그를 한칼에 쳐서 죽일까 하다가 순간 생각을 바꿨다.
「까짓 적장 하나쯤 죽여 무엇하랴. 그에게 물어서 대어를 낚자.」
이렇게 생각한 여포는 조조에게 다가와 창 끝으로 그의 투구를 탁탁 쳤

다. 조조는 정신이 아찔했다.
「이봐! 그대가 조조의 졸개인 줄은 알고 있지만 죽이지는 않겠다. 대신 조조가 어디에 있는지를 말하라.」
여포가 아직 자신을 몰라보고 있다는데 자신을 얻은 조조는 여포를 향해 얼굴을 반쯤 돌리며 말했다.
「저 앞의 누런 말을 탄 자가 바로 조조올시다.」
여포는 빙긋이 웃었다.
「조조에게도 그대와 같은 부하가 있었던가. 불쌍한 주공이로다.」
여포는 조조의 가리킴에 따라 어둠 속으로 말을 달렸다.
「범에게 물려가도 정신만 차리면 산다!」
무사히 여포를 따돌린 조조는 황급히 동문을 향해 말을 달렸다. 거기서 그는 뜻밖에도 전위를 만났다. 서로가 생사를 확인하고 기뻐할 사이도 없이 전위는 급히 조조를 호위하고 성문 옆에까지 이르렀다. 그러나 그곳은 이미 화염으로 자욱하였고, 성 위에서는 불붙은 나무더미가 분사태라도 난듯 아래로 떨어져 내려 불바다를 이루었다. 돌아서면 처처에 적군이요, 앞은 불바다인 것이다. 그야말로 진퇴 유곡이었다.
난감한 표정으로 잠시 불꽃을 바라보던 전위는 드디어 결심한듯 창 끝으로 불더미를 이리저리 헤쳐 나가기 시작했다. 그렇게 그는 불길 속을 뚫고 앞으로 나가며 길을 열었다. 전위의 뒤를 좇아 조조도 불길을 헤치고 성문을 향해 나갔다. 불꽃은 마치 그들을 삼켜 버리기라도 할 듯 이리저리 일렁거렸고 그 불빛에 비쳐 그들의 얼굴은 타는듯 붉었다.
그들이 불길을 헤치고 나와 겨우 성문을 나서려는 찰나였다. 갑자기 타고 있던 성문이 벼락치는 소리를 내며 와르르 무너져내려 커다란 불덩이가 조조의 뒤로 떨어졌다. 불덩이는 아슬아슬하게 빗나가 말의 뒷다리를 치며 떨어졌다. 불덩이에 맞은 말은 괴성을 내지르며 땅바닥에 쓰러져 딩굴었다. 이통에 조조도 말과 함께 불덩이 위로 쓰러졌다. 그러나 그는 이내 손으로 성문 벽을 의지하며 간신히 일어설 수 있었다. 그러나 수염에 불이 붙어 조조는 얼굴에 심한 화상을 입었다. 얼굴 뿐이 아니었다. 이마 한 부분을 빼고는 전신에 온전한 곳이 없었다.
조조가 이렇게 불길에 싸여 헤메고 있을 때 전위와 하후연이 달려왔다. 하후연은 급히 조조를 그의 말에 태우고 전위의 호위를 받으며 성문을 빠져 나와 큰 길로 나섰다. 적군은 그러나 성문 밖에도 사방에 널려 있기는 마찬가지였다.
　조조군은 여포의 군사들과 밤이 새도록 치열하게 싸웠다. 싸우다가 후퇴하고 또 싸우다가는 후퇴하곤 하여 간신히 적의 공격권을 벗어나 본진 가까이까지 이를 수 있었다.
　전신에 화상을 입은 조조는 정말 구사 일생으로 다시 살아난 것이다.
「전위야, 전위야!」
　마치 자신이 아직 살아 있는가를 확인이라도 하려는 듯이 조조는 옆에서 그를 호위하고 있는 전위를 거듭 불렀다.
「예, 이제 마음을 놓으십시오. 여기는 안전 지대입니다. 주공께선 지금 적지에서 멀리 떠나 있읍니다.」
「정말 구사 일생으로 목숨을 건졌구나.」
　조조는 화상으로 엉망이 된 얼굴을 일그러뜨리며 쓰디쓴 웃음을 웃었다.
「주공께선 지금 하늘에 총총한 별을 보실 수 있는지요?」
「볼 수 있고 말고.」
「그럼 안심입니다. 주공께선 수염과 눈썹을 태우셨고 약간의 화상을 입으셨을 뿐입니다. 이제 곧 쾌차하실 것입니다.」
　비로소 조조는 화상을 입은 전신이 참을 수 없도록 쓰려려 왔다.
「상처가 쓰려 오기 시작하는구나. 아픔을 느낄 수 있다는게 살아 있음을 의미하는게 아니겠느냐?」
　희뿌연 여명의 허공에 시선을 던지며 조조는 또 한번 쓴 웃음을 지었다.
　날이 환히 밝아서야 조조의 일행은 본진으로 돌아왔다. 조조의 처참한 몰골을 본 장수들이 다투어 조조의 곁으로 모여들었다. 그들은 지난밤 조조가 겪은 말할 수 없는 고초를 알고 있었던지라 머리둘 곳을 찾지 못했다.
　조조는 그러나 하늘을 바라보며 큰 소리로 웃었다.
「누구를 탓하랴. 어리석은 자의 잔꾀에 나 스스로 빠진 탓이로다!」
　조조는 자신의 실책을 부하들 앞에 솔직히 자인하며 그들의 마음을 오히려 위로하였다.
「무슨 대책을 새로 마련하셨읍니까?」

곽가는 조조의 이 참담한 패배에 누구보다도 분개하고 있었다.
「이번에는 내 꾀로 놈들을 잡아야지.」
「그렇다면 한시라도 빨리 서두르는 것이 좋겠읍니다.」
「그래 서두르자!」
 조조는 비로소 호탕하게 웃었다. 조조가 이렇게 재도전에의 강한 의지를 보이며 호탕하게 웃고 있어도 부하들은 의기소침했다. 그들은 조조의 화상에 대해 크게 불안해 하고 있었다.
「중화상이나 아니실까. 저토록 심한 화상을 입으시고 어떻게 다시 여포에게 도전하시겠다는 건가?」
「혹시 우리의 사기가 떨어질까봐 마음에도 없는 호언 장담을 하시는게 아닐까?」
 군사들은 이곳 저곳에서 이렇게 숙덕거리고 있었다. 조조의 화상을 치료하고 나오는 전위의 얼굴에는 수심이 가득하였다.
「용태가 어떠하십니까?」
「언제쯤이면 쾌차하실 것 같읍니까?」
 그러나 전위는 묵묵부답이었다.
 그들 모두가 침통한 수심에 잠겨 있을 때 마침 조조의 장막 속에서 조조의 호탕한 웃음 소리가 들려 왔다. 지금까지 익히 들어 온 어떤 웃음 소리보다도 쾌활하고 호탕한 웃음 소리였다. 그들의 얼굴에서 한 순간 구름이 걷히는 듯했다.
 그들은 조조의 용태를 살피기 위해 다시 조조의 장막으로 몰려들었다. 조조는 왼쪽 눈만을 빠끔히 내어 놓고 전신을 온통 흰 천으로 휘감고 있었다. 조조는 그 하나의 왼눈으로 막료들을 둘러보고 쾌활하게 웃으며 말했다.
「이제 염려할 것 없다. 이까짓 화상쯤으로 큰 일이 나는 것은 아니다…. 생각하면 결코 적이 강했던 것은 아니다. 내가 화상을 입은 것 뿐이지. 불에야 누군들 당해 낼 장사가 있겠는가.」
 조조는 헝겊으로 칭칭 감긴 몸을 억지로 들썩이며 하후돈을 불렀다.
「나는 여포의 꾀에 빠졌지만 이번엔 저들에게 속는 척 하면서 저들을 되속이겠다…. 하후돈, 너는 즉시 내 장례를 꾸미도록 해라. 너를 내 장례의 지휘관으로 임명한다.」

조조의 이 느닷없는 분부에 일동은 모골이 송연해지도록 놀랐다.
「장례라니, 주공은 죽을 날을 미리 받아놓고 있다는 건가. 결국 주공은 화상으로 죽고 마는 것인가?」
일동의 심중을 헤아린 조조는 다시 한 번 큰소리로 웃으며 말했다.
「정말 내가 죽어서 장사를 지내는 것이 아니라 어디까지나 계략이다.」
장수들은 비로소 조조의 의중을 알아차리고 안도의 한숨을 내쉬었다.
하후돈이 말했다.
「아무리 계략이라곤 하지만 불길한 느낌이 들어 차마 받들어 행할 수가 없읍니다.」
「아니다. 사람의 죽고 사는 일은 모두 하늘에 달려 있는 것, 거짓 장례를 치른다고 해서 달리 탈이 생기는 건 아니다. 너희들은 조조가 화상을 입고 중태에 빠져 있다가 오늘 아침에 드디어 세상을 떴다고 소문을 낸 뒤 장례 의식을 치르도록 해라. 내가 죽었다는 소식이 여포에게 알려지면 여포는 필경 단숨에 쳐들어올 것이 분명하다. 너희들은 싸움이 끝날 때까지 우선 나의 시신을 가매장한다고 하면서 가짜 영구를 마련하여 마릉산에서 장례 의식을 갖도록 해라.」
장내는 찬물을 끼얹은듯 조용했다. 조조는 다시 한 눈으로 일동을 둘러봤다.
「마릉산 동서쪽에는 복병을 배치하도록 하여라. 그리하여 여포의 군사가 쳐들어오거든 그들을 산 가운데로 몰아넣고 섬멸하라. 계략은 이것이다. 어서 준비를 서두르도록 하라.」
조조의 이같은 지시에 따라 막료들은 그 자리에서 옷깃에 상장을 달았다. 그리고는 장군기의 간두에는 조장을 매달았다.
조조가 화상으로 죽었다는 소문은 금방 복양성 구석구석까지 퍼졌다.
「드디어 내 강적은 죽었다! 내 계략에 빠져 불에 타 죽은 것이다!」
여포는 조조의 죽음이 어디까지나 자신의 계략에 의한 것이라 여겨 무릎을 치며 기뻐하였다.
「이제 조조의 군대를 섬멸시키는 것은 시간 문제다!」
이렇게 생각한 여포는 출동을 서둘렀다. 그러나 여포의 이러한 생각에 진궁은 우려를 표했다.
「조조가 죽었다는 소문을 너무 쉽게 믿어서는 안 될 줄 압니다. 조조는 그리 쉽게 죽을 인물이 아닙니다. 분명 어떤 계략이 숨어 있는 듯하니 먼저 정탐을 저들 진영에 파견해 보심이 좋을 듯합니다.」
 진궁의 진언에 여포는 잠시 출동을 보류하고 조조의 진영에 정탐꾼을 파견하였다. 조조 진영의 장군기에는 과연 조장(吊章)이 달렸고 진중은 깊은 물속에 가라앉은 듯 적막하였다. 조조 진영의 그런 음산한 분위기는 보는 사람으로 하여금 유고(有故)를 느끼게 하기에 충분했다.
 정탐꾼은 그가 보고 온 조조 진영의 모든 정황과 함께 어느 날에 마릉산에서 조조의 장례식을 거행할 것이라는 정보까지 여포에게 낱낱이 보고하였다.
 여포는 득의의 미소를 지었다.
「그래, 장례식 당일에 장지 마릉산을 습격하여 우두머리를 잃고 풀이 죽어 있는 저들을 섬멸하는 거다!」
 드디어 장례식 날이 다가왔다.
 여포는 직접 1만군을 거느리고 장지인 마릉산을 향했다. 마릉산 근방에 이르러 여포가 눈을 들어 보니 과연 마릉산 중턱에 조조의 군사들이 모여 있었다.
 조조군이 슬픔에 빠져 다른 일은 생각할 경황조차 없으리라 생각한 여포는 단숨에 군사를 몰아 산기슭으로 올라갔다.
 여포군이 마악 마릉산 기슭에 이르렀을 때였다. 갑자기 우뢰와 같은 함성과 함께 마릉산 사방에 숨어 있던 복병이 일제히 일어나며 여포의 군사를 포위하였다. 여포로서는 꿈에도 생각지 못한 뜻밖의 사태가 아닐 수 없었다.
 조조를 잃은 적군이라 하여 별 어려움 없이 섬멸시킬 수 있을 것이라 여긴 여포와 그의 군사들은 정신 상태부터 다소 해이해져 있었던 것이다.
 조조의 군사들은 전후 좌우에서 뛰어나오며 설욕이라도 하듯 적군을 사정없이 무찔렀다. 여포의 군사들이 불의의 기습에 대항해 볼 엄두도 못내고 갈팡질팡하고 있을 때 어디선가 산이 찌르릉 울리는 우렁찬 고함 소리가 났다. 조조가 산 위에 우뚝 서서 외치는 것이었다.
「하하하, 여포가 조문을 왔구나. 그러나 죽었던 조조는 다시 살아났다. 오늘 다시 한번 네 손에 죽어 볼까 해서 이렇게 네 앞에 나타났다.」
 말을 마치기가 무섭게 조조는 나르는 듯이 말을 달려 여포군을 향해 돌진하였다. 이미 통솔 계통을 잃고 혼란에 빠져 있는 여포군은 상대가 되지 않았다. 여포가 이끌고 온 만여 명의 군사들은 그날 조조의 군사에게 대부분 목이 잘렸다.

여포는 살아 남기 위해 비참하게 몸부림치며 이리저리 쫓기는 패잔병들을 버려둔 채 혼자 적토마를 달려 간신히 포위망을 뚫고 달아나 본진에 이르렀다.

「꾀에는 꾀로써 덤빈다」는 조조 자신의 지론을 실천한 것이다.

여포는 모처럼 잡은 호랑이를 다시 산으로 올려 보냈다가 그 호랑이에게 물린 격이었다.

죽은 줄만 알았던 조조의 계략에 빠져 심한 타격을 입고 많은 군사를 잃은 여포는 두 번 다시 조조군과의 충돌을 꾀하려 하지 않았다. 일개 낭인으로 유리 표박하던 여포가 복양성 성주가 되어 하늘 높은 줄 모르고 함부로 치솟으려다가 입은 최대의 충격이었다.

여포는 그후 복양성 만을 굳게 지키고 성 밖으로는 한 발짝도 나오려 하지 않았다.

36계에서는 이 싸움을 「금적금왕」의 계략이 실패한 사례로 들고 있다.

■ 금적금왕 ②

이번에도 앞의 계에서와 마찬가지로 「금적금왕」의 병법을 기업 운영의 측면에서 살펴 보기로 하자. 이와 같은 사례는 우리 나라 기업계에서도 얼마든지 있는 일이지만 여기서는 일본에서 있었던 사례를 들고자 한다.

주식 시장을 살펴 보면 자본금이 보잘것 없는, 즉 주가(株價)가 싼 기업이 얼마든지 있다. 따라서 제2 시장에 방치되어 있는 저위주(低位株) 정도는 웬만한 자본금이면 얼마든지 매점(買占)이 가능하다.

1972년 4월 초순, 지금까지 별로 인기가 없던 「이누이 기선(乾汽船)」의 주가 별안간 활발하게 움직이기 시작했다.

「사는 쪽은 신닛뽕 관광의 사사끼(佐佐木兵太郎) 씨다!」

이누이 기선은 얼굴색이 달라졌다. 무리가 아니다. 신닛뽕 관광의 사사끼라면 1년 전 사자가와(笹川良平)가 나까야마 제강(中山製綱) 주(株)의 매점에 나섰을 때 수백억엥의 자금을 투입하여 응원한 실력 있는 사나이였기 때문이다. 당시 5백 엥 전후이던 나까야마 주가 별안간 2천 엥 대를 돌파하여 사람들을 놀라게 했던 것이다.

그 무서운 신닛뽕 관광으로부터 뭔가 당하고 있다고 생각하는 이누이 기선이니 안색이 달라질 것은 너무나 당연했다.

그런데 얼마 안가서 사람들은 의문을 품기 시작했다. 지난 날의 나까야마 제강 주 매점은 모두가 알고 있는 것이다. 그러나 이번의 경우는 달랐다.

「2·3류밖에 안되는 이누이 기선의 주를 신닛뽕 관광이 매점해서 대체 어떻게 할 심산일까? 높은 값으로 주를 사 모으고 있지만 그 주엔 그처럼 기대할 만한 것이 없지 않은가?」

이렇게 말하는 사람도 적지 않았다. 자본금은 12억 5천만 엥이고, 연간 영업 수입은 40억 엥이지만 이익은 불과 9천만 엥이다. 그리고 소유 선박은 16척. 적어도 경제 사정에 정통한 사람이라면 이런 해운 회사의 주를 매점해 봤자 쓸모가 없다는 것은 쉽게 알 수 있다. 물론 신닛뽕 관광도 그런 보잘 것 없는 해운 회사를 뺏을 생각은 아닐 것이었다.

그렇다면 왜 구태여 이누이 기선의 주를 매점하려는 것일까?

그것은 이누이 기선의 이누이 사장이 기선 회사 외에 무엇을 하고 있는가에 대해 뒷조사를 해 보면 쉽게 밝혀질 수 있는 것이다.

매점 뒤에 숨은 연극의 내막은 이렇다

이누이는 경제계에서보다는 일본 골프계에서 더 유명한 사나이다. 일본 제일의 명문 고오노 골프 클럽의 이사장으로서 골프 업계에서는 대단한 실력을 가지고 있는 보스다. 게다가 명문 골프장의 경영자답게 보수적이면서 기품이 높다.

한편 신닛뽕 관광은 전후의 골프장 붐에 편승하여 전국 어디에나 골프장을 건설하고 있는 신흥이다. 그리고 이 신흥 골프장들을 집결시켜 새로운 골프 연맹을 창설, 명문과 대결하려는 야심을 가지고 있었다.

그런데 골프장은 자본력이나 입장 인원 만으로 우열을 가릴 수 있는 성질의 사업이 아니다. 신닛뽕 관광이 아무리 막대한 자본을 투입해 계속 골프장을 건설해도 명문 코스에서 보자면 어느 것이건「대중 골프장」에 지나지 않는다. 또 신닛뽕 관광이 제아무리 힘을 들여 코스에 돈을 걸어도 많은 사람들은 곧 이 골프장과 명문 코스를 비교한다.

그러니 골프장을 기업화해서 전국에 골프장을 건설하고 있는 신닛뽕 관광으로서는 명문 코스만큼 거추장스러운 존재도 없었다. 때문에 전국 명문 코스의 리더 격으로 군림하고 있는 고오노 골프 클럽의 이누이 이사장은 대중 골프 코스에서 볼 때는 눈에 가시인 것이다.

신닛뽕 관광이 이 눈에 가시인 이누이에게 큰 타격을 입혀 그를 골프장에서 쫓아 내는 방법을 생각한다는 것은 조금도 이상한 일이 아니다.

아무리 이누이가 명문 골프계의 보스라 해도 그의 등뼈 격인 이누이 기선이 송두리째 흔들린다면 편하게 골프를 즐길 수는 없을 것이다. 특히 고오노 골프 클럽이 명문인만큼 그 클럽 이사장의 배경이 되는 기업이 안정되어야 함은 물론이다.

여기서 신닛뽕 관광은 금적금왕의 계략을 생각해 낸 것이다.

이누이를 없애는 가장 손쉬운 방법이 바로 그의 등뼈인 이누이 기선의 주를 매점해 버리는 것이었고.

사실 그 매점 뉴스가 흘러나오자 고오노 골프 클럽의 관계자들은 침통한 표정으로 계속 주가의 움직임에 신경을 곤두세우고 있었다. 이누이씨가 이사장을 그만둘지도 모른다는 말도 나돌기 시작했다.

경제계의「게릴라 작전」으로는 이와 같이 주식을 공격하는 것이 가장 효과적이다.

일본에서는 이처럼 주식을 매점하여 라이벌 기업을 전복시키는 일이 지금도 자주 있다.

지금까지 우리 나라 기업은 생산량을 높이고 코스트를 낮추기만 하면 비교적 경영이 안정되고 따라서 성장할 수가 있었다.

그러나 앞으로 기업간의 경쟁이 치열해질 경우, 현재 중소 기업으로 매상도 적고 업계에서의 실력도 보잘것 없는 업체가, 어느 땐가 홀연히 주식을 매점하여 그에 힘입어 엄청난 대연극을 연출할 가능성도 전혀 배제할 수는 없는 것이다. 앞으로의 기업 경쟁에 있어서 하나의 전술로「주식」은 결코 소홀히 다룰 수 없는 것이다.

■ 금적금왕 3

「목적은 파리, 목표는 프랑스군. 먼저 프랑스 야전군을 격파하고 나서 파리를 점령하라. 프랑스군을 격파한 후의 파리 점령은 강화를 성립시키면 되지만 프랑스군이 건재하는 한 파리를 점령해도 전쟁은 종결되지 않는다.」

이는 프로이센의 군사 이론가인 클라우제비츠가 그의 《작전 계획론》에서 목적과 목표에 대하여 설파한 명언이다.

그는 계속해서 이렇게 말하고 있다.

즉 적을 공격해서 이기려면 한곳에 되도록 많은 전력을 집중하지 않으면 안 되지만 그 전력 집중 지향점은 반드시 적의 요점이나 약점에 두어야 한다. 요점이란 그곳을 빼앗으면 적에게 치명적 타격을 줄 수 있는 곳, 약점이란 공격하기 쉬운 곳이다.

일격으로 승리를 결정하려면 요점을 공격한다. 그러나 요점은 보통 견고하게 지켜지므로 이를 공격하려면 격전을 각오하지 않으면 안 된다. 그러나 약점의 공격은 쉽게 성공한다.

그러나 약점을 빼앗아도 적에게 치명적인 타격을 줄 수는 없다. 때문에 다시금 방향을 돌려서 요점을 향해 공격을 하지 않으면 안 된다. 그러나 약점이라 할지라도 일단 빼앗기면 적의 전선은 동요되므로 최초부터 요점을 공격하기보다는 용이한 것이 보통이다.

그러나 직접 적의 중심(中心)을 쳐야 할 경우가 있다. 전국을 타도하려면 전력(全力)을 적의 중심으로 돌려 돌진하고 그로 인해 적이 균형을 잃으면 회복할 여유를 주지 않도록 돌격을 계속하지 않으면 안된다.

중심 간파를 위해서는 첫째 소(小)는 대(大)에, 둘째 중요치 않은 것은 중요한 것에, 셋째 우연적인 것은 필연적인 것에 각각 의존한다는 사실을 유념해야 한다.

첫째 알렉산더 프리드리히 대왕의 중심은 군대였기 때문에 군대가 분쇄되면 그들의 역할은 끝난다.

둘째 모든 당파가 내분을 계속하고 있는 국가의 중심은 대부분의 경우 그 수도에 있다.

　세째 강국에 보호되고 있는 소국의 중심은 이 강국의 군대에 있다.

　네째 수개국이 동맹을 체결하고 있는 경우의 중심은 이해의 집중점에 있다.

　다섯째 봉기한 민중의 중심은 지도자의 인력과 세론에 있다.

　우리는 오로지 금왕(擒王)을 해야겠지만 이 기도를 방해하는 것이 있을 때는 우선 이를 처리해야 할 것이다. 그렇지 않으면 방비도 없이 벌집을 쑤셔 놓은 것처럼 비참한 꼴을 당한다.

　또「장수를 쏘려거든 말을 쏘라」는 말이 있듯이 직접 목적을 겨누기보다는 목표를 먼저 처리하는 쪽이 유리하다면 먼저 목표를 겨누어야 한다.

　쉬운 예로 미장이가 일을 하는 목적은 물론 그 주인의 돈지갑에 있다. 그러나 목표인 그 집의 주부에게 미움을 산 미장이는 일을 할 수가 없다.

　또 전기 기구상의 목표는 이를 사용해 주는 고객이 된다. 그러나 취급에 시간이 걸리는 전기 기구는 전기 공사를 하는 사람에게 경원시되므로 목적에까지 이르지 못한다.

제4부
혼전의 계
混戰之計

혼란한 국면에 있어서의 전쟁.
　이러한 싸움에서는 마음을 공격하여 기세를 꺾어라.
　유연한 방법으로 강세(強勢)를 이기는 전법을 택하라.

제19계

부저추신
釜底抽新

적의 기세를 꺾어라

힘으로는 대항할 수 없더라도 적의 기세를 약화시킬 수는 있다.
즉 유연하게 강세에 이기는 방법으로 적을 굴복시키는 것이다.

물의 비등(沸騰)은 일종의 힘, 즉 화력에 의한 것이다. 불기운이 강성하면 할수록 물은 격렬하게 끓어오르며 이 세력을 저지하기란 정말 어렵다. 장작은 화력을 산출하는 원료, 불기운을 저축시킨 존재로서 거기에는 크나 큰 에너지가 함축되어 있다. 그러나 장작 자체는 결코 흉포한 것이 아니며 그것에 접근했다고 하여 해를 입는 일은 없다. 그런만큼 강대한 힘은 저지할 수 없다 하더라도 그 기세를 약화시킬 수는 있는 것이다.
  위료자(尉繚子)는 이렇게 말하고 있다.
  「사기가 왕성하거든 전쟁에 돌입하라. 하지만 사기가 부족하거든 적을 피하라.」(戰威)
  적의 사기를 약화시키고 못시키고는 정치 공세의 운용에 달려 있다.
  후한(後漢) 초년, 오한(呉漢)이 대사마(大司馬)였을 때 어두운 밤에 적이 군영을 습격한 일이 있었다. 그 때 모든 군사가 당황하여 쩔쩔매는데도 오한 만은 태연히 침상에 누운 채 끄떡도 하지 않았다. 병사들은 오한의 이같은 침착한 태도를 전해 듣고는 평정을 회복하였다. 이어서 곧 오한은 정예 부대를 선발, 야음을 타고 반격하여 적을 쳐부수었다. 이것이 즉 직접 적을 저지하지 않고 계략에 의해 적의 기세를 꺾는 방법이다.
  또 북송(北宋)의 설장유(薛長儒)가 한주(漢州 : 四川, 廣漢縣)의 통판(通判 : 州監督官)일 때 수위(守衛) 병사가 반란을 일으켜 영문을 열고 불을 지른 다음 일제히 쏟아져 들어와 주지사며 병마 군감을 죽이려 하였다. 그 보고를 받자 주지사와 군감은 벌벌 떨며 문에서 한 발짝도 나가려 하지 않았다.
  장유는 혼자 대담하게 영문 밖으로 나가 반란 병사에게 이렇게 권고했다.
  「너희들에게는 부모 처자가 있을 것이다. 어째서 이런 짓을 했느냐? 주모자 이외에는 모두 당장 떠나거라!」
  그 결과 부화 뇌동했던 사람들은 모두 잠잠해졌다. 주모자 8명만이 영문을 달려나가 도주, 야외의 부락에 잠복했으나 이윽고 전원 체포되고 말았다. 당시 사람들은 「장유가 없었더라면 어처구니

없는 사태가 일어났을 것이다」라고 수군거렸다 한다. 이것이 즉 적의 투지, 사기를 때려부술 때 나타나는 효용(驍勇)이다.

적과 적이 대립하고 있는 틈을 타 이쪽이 불시에 한쪽 강적의 약점을 찔러 버리면 승리의 기회를 잡을 수 있다. 이런 방법도「솥 밑에서 장작을 빼내는」계략의 운용이다.

註

부저추신(釜底抽新): 솥 밑에서 장작을 빼낸다는 뜻. 북제(北齊) 위수(魏收: 伯起)의 「장작을 빼내어 끓음을 멎게 하고 풀을 잘라 뿌리를 제어한다」에서 온 말.

부저추신 1

이각과 곽사 사이에서 인질처럼 끌려다니던 후한의 마지막 황제 헌제(제12계 참조)는 몇년 만에 도망치다시피 그들의 손아귀에서 벗어나 드디어 꿈에도 그리던 낙양으로 돌아왔다.

그러나 전화가 휩쓸고 지나간 폐허의 궁터에는 잡초만 무성했고, 사람은커녕 개 한 마리, 닭 한 마리도 얼씬거리지 않았다. 헌제는 할 수 없이 전에 환관이 살던 초라한 집에 잠시 몸을 위탁했다. 그리고 헌제를 수행한 조정 대신들은 거처는 고사하고 먹을 것이 없어 초근 목피로 연명을 해야 했고 그나마도 먹지 못해 굶어 죽는 자가 속출하였다.

황제가 이러한 처지에 놓여 있었음에도 불구하고 각지의 호걸과 군벌들은 자신의 세력 기반 구축을 위한 전쟁 준비에만 혈안이 되어 황제 따위는 거들떠보려고도 하지 않았다. 몰락한 왕조의 비극이었다.

헌제가 이렇게 비참한 상태에 있을 때 하남(河南) 중부 일대에서 천하의 대세를 관망하고 있던 조조가 군사를 일으켜 곽사로부터 위협을 받고 있던 헌제를 모시고 허창(許昌)으로 돌아갔다.

조조는 이에 앞서 여포를 비롯한 대소 군벌들을 차례로 물리치고 황하 중류와 하류에 걸치는 광대한 지역을 평정하고 있었다.

천자가 아무리 허수아비에 불과했고 군웅이 활개를 치는 난세라 해도 민심의 구심점은 역시 옥새를 지닌 천자에게 있는 것, 천자를 보호한다는 명분을 얻게 된 조조로서는 군웅 가운데서도 정치적, 군사적으로 가장 우세한 위치를 확보하게 된 셈이었다.

한편 관동군의 맹주로 추대된 바 있던 원소는 황하의 중하류 이북에서 대소 군벌과 호족들을 굴복시켜 당시 최강의 힘을 자랑하는 군벌로 군림하고 있었다. 조조의 세력이 천자를 끼고 급격히 확장되자 원소는 유주(幽州: 현재의 북경 일대)에서 군사를 일으켜 원소를 위협하던 공손찬(公孫瓚)을 완전히 멸망시키고 그 여세를 몰아 남하하여 조조와 겨룰 계획을 세웠다.

조조와 원소는 각기 명문 출신으로 낙양에서 청년 시절을 함께 보낸 막역한 친구 사이였다. 결혼식을 끝내고 나오는 남의 신부를 훔쳐 둘이 함께 달아날 정도로 그들은 절친했지만 그러나 지금은 서로의 세력

확장을 위해 겨루는 원수가 되어 버린 것이다.
 조조와 원소의 대결은 공손찬이 멸망한 다음 해인 건안 5년(서기 200년)에 황하 근처의 관도(官渡: 하남성 중모현)에서 있었다.
 기주, 청주, 유주, 병주 등의 군사를 합친 원소의 50만 대군은 마침내 관도로 출동하였다. 이것이 역사상 유명한 「관도의 대전」이다.
 이에 앞서 원소의 중신 전풍(全豊)은 이 싸움의 불리함을 들어 원소에게 출동의 보류를 극력 진언하였다.
 원소의 군사력이 겉으로 보기에는 막강한 것 같으나 내부적으로는 여러 가지 반목과 분열의 조짐으로 힘의 약하다는 사실을 전풍은 너무나도 정확하게 진단하고 있었던 것이다. 그러나 평소 전풍과는 견원지간이었던 봉기(逢紀)가
 「출전에 앞서 불길하게 입을 놀리는 것으로 보아 전풍은 주군의 패배를 마음으로부터 바라고 있음이 분명합니다.」
라고 참소를 하자 원소는 즉석에서 전풍의 목을 베려 하였다. 그러나 여러 장수들이 이를 극력 만류하였다.
 「대군의 출진을 앞둔 자리에서 살상은 금물입니다. 그리고 전풍은 주군을 아끼는 충정에서 진언했을 뿐입니다.」
 위인이 본래 우둔하고 교만하기 짝이 없는 원소는
 「여러 장수들이 너를 참하는 일을 극력 만류함으로 오늘은 살려 두겠거니와, 내가 개선하는 날엔 네 죄를 징치하겠다.」
하고 그의 목에 칼을 씌워 하옥시킨 뒤 출전을 강행하였다.
 그러나 초전에 이미 원소군은 대장 안량(顏良)을 잃고 2차 전투에서는 명장 문추를 잃었다. 두 장수 모두 관운장의 칼에 목이 달아났다(관운장은 본래 유비의 장군인데, 조조와의 싸움에서 포로가 되었다가 이 싸움에서 원소군의 두 장수를 죽인 공로로 다시 유비에게로 송환되었다).
 안량과 문추를 잃은 원소군의 사기는 이미 형편없이 떨어지고 있었다. 군사의 사기가 그처럼 떨어져 가고 있는데 반하여 총수 원소의 자만만은 여전히 하늘을 찔렀다. 그는 자신의 병력과 군량이 조조보다 우세하다는 사실 만을 믿고 여전히 조조의 주력군과의 결전을 고집하고 있었다. 그것도 속전 속결로 판가름을 내리고 서둘렀다.

원소의 군대가 무양(武陽: 하북성 광평 부근)까지 전진했을 때였다. 원소군의 감군(監軍) 저수(沮受)가 원소에게 계책을 진언하였다.
「속전 속결이야말로 바로 조조가 바라고 있는 것입니다. 그들은 병력과 군량이 열세에 있기 때문입니다. 얼마 안 있어 조조의 군량은 바닥이 날 것이 분명합니다. 그러니 장군께서는 지구전으로 맞서 조조가 군량의 결핍으로 피폐해지기를 기다려 진격하심이 좋을 듯합니다.」
저수의 이같은 진언에도 원소는 불같이 노하며
「너는 우리의 병력과 군량을 우습게 보아 그같은 입을 놀리는 거냐? 승전을 바로 눈앞에 두고 있는 이 때, 우리의 진로를 조금이라도 지체케 함으로써 조조를 유리하게 해 주려는 네놈의 속셈이야말로 전풍과 다를 것이 없다. 개선하는 날 전풍과 함께 처형하겠다.」
하며 그마저도 하옥시키고 말았다.
원소군과 조조군 사이에서는 대치한 지 거의 반년이 지나도록 승부가 나지 않았다. 게다가 1, 2차 전투에서 적의 두 장수를 제거하는 전과를 올렸다고는 하나 조조군은 저수가 판단한대로 군량의 부족으로 더 이상 버틸 수 없는 형편에 놓여 있었다. 조조는 할 수 없이 관도를 버리고 군사를 허도로 철수시킬 계획을 세워야 했다. 결단에 앞서 최종적으로 군사(軍師)인 순욱(荀彧)에게 자문을 구하고자 사자를 허도로 보냈다. 이에 순욱은
「양군이 대치한 지 이미 오래된 때이니만큼 먼저 군사를 철수시키는 쪽이 반드시 패하게 되어 있읍니다. 좀더 굳게 지키고 있으면 원소군 내부에 분명 무슨 변화가 일어날 것입니다. 원소는 교만하고 아집이 심하여 부하들로부터 원망과 불평 불만을 듣고 있는 중이니, 부하들의 마음이 그에게서 이반될 때를 기다리면 머지 않아 승기를 잡을 기회가 올 것입니다.」
하는 회답을 서면으로 보내 왔다.
순욱으로부터 이같은 회신이 있던 날 조조의 진영에는 원소군의 포로 1명이 붙들려 왔다. 군량을 전선으로 운반하는 도로의 인도자로서 그날 군량차를 인도하다가 발을 다쳐 낙오되어 포로가 되었다는 것이다.

서황으로부터 포로에 대한 이같은 보고를 들은 조조는 손뼉을 쳤다.
「군량이 떨어져 가고 있는 이 때 하늘이 우리에게 내린 복이다. 누가 가서 그 군량을 탈취해 오겠는가?」
이에 서황이 지원하고 나섰다. 서황은 즉시 군사 2천을 이끌고 원소군의 군량차를 앞질러 추격하기 시작했다.
포로가 말한대로 원소군의 군량 수송관 한맹(韓猛)은 과연 수천 량의 양곡차를 우마에 끌려 산간 도로를 가고 있는 중이었다. 달도 없는 어두운 밤이었다.
한맹의 군량 수송대가 막 협곡으로 들어섰을 때 갑자기 사방에서 함성이 울리며 서황의 매복군이 어둠 속에서 뛰어나와 군량 수송대를 포위하고 유황과 염초를 던져 군량차에 불을 질렀다. 삽시간에 불길에 휩싸인 우마는 처절하게 울부짖으며 길길이 날뛰었고 불길은 검은 하늘로 치솟았다.
한편 원소는 이 때 진문 밖에서 마치 지는 해처럼 붉게 물들고 있는 서북 하늘가에 불안한 시선을 던지고 있었다.
「저 불빛의 정체가 도대체 무엇이란 말인가….」
원소가 이렇게 혼잣소리로 중얼거리고 있을 때 군졸 하나가 숨을 몰아쉬며 달려왔다.
「군량이 중도에서 습격을 당해 모두 타버렸읍니다.」
「아니 그럼 저건 바로 군량이 타는 불빛이었단 말이냐?」
원소는 울부짖듯 소리쳤다. 기대하고 있던 막대한 군량이 다 타다니, 원소로서는 큰 충격이 아닐 수 없었다.
한편, 원소군의 군량 수송대를 섬멸하고 관도 하류를 건너 본진으로 돌아온 서황은 그 커다란 전공에도 불구하고 조조와 군사들에 대해 죄책감을 금할 수 없었다. 자신이 탈취해 올 군량에 대해 그들이 얼마나 큰 기대를 걸고 있었던가를 서황은 너무나도 잘 알고 있었기 때문이다.
「저들의 군량을 끌어다 우리 군사에게 먹이려고 했으나 그만 모두 불타 버리는 바람에 실패하고 말았읍니다.」
조조는 그러나 큰 소리로 웃었다.
「서황은 욕심이 너무 지나치구나. 식량 문제 해결에 도움을 주지 못했다고 해서 그토록 민망해 하는가. 우리 군사들의 사기를 앙양시킨 사실 만으로도 큰 공이 아닐 수 없다. 나는 먹지 않아도 배가 부르다.」
 그러나 한편 원소군으로서는 군량을 수비하는 일이 새삼스레 중대한 문제로 제기되었다. 그날로 한맹은 장수들의 진언에 따라 겨우 참수만을 면하고 병졸로 강등되었다.
 오소(烏巢)와 업도(鄴渡) 땅은 하북군(원소군)의 생명이 걸린 곡창이었다. 따라서 적군의 군량이 결핍될수록 위험이 가중될 수밖에 없는 지역이었다. 원소는 심배(審配)를 급파하여 군량을 점검토록 하는 한편 순우경(淳于瓊)을 대장으로 2만여 기를 주어 그곳 수비군으로 주둔토록 하였다.
 대장 순우경은 그러나 술이 과하기로 이름이 난 자였다. 그래서 그의 부하들은 행여나 순우경이 술로 인해 실태(失態)를 부릴까 걱정이 태산같았다.
 임지에 도착한 순우경은 과연 부하들이 염려했던대로 매일 부장들을 무아놓고 술타령으로 날이 새는 줄을 몰랐다.
 원소군 중에는 허유(許攸)라고 하는 장수가 있었다. 직책은 지금의 중대장격이나 이렇다 할 전공(戰功)이 없어 별로 인정을 못받고 있는 편인데다가 조조와 동향이라는 이유 때문에 그를 등용하면 위험하다는 의견까지도 있어 이래저래 불우한 입장이었다. 장수들 사이에서도 언제나 개밥의 도토리처럼 겉돌곤 했다.
 그런 허유가 정찰대를 인솔하고 정찰을 돌다가 우연히 수상한 자를 발견하고 체포해 조사한 결과 그의 속옷에서 뜻밖의 중요한 편지 한 장이 나왔다.
 조조가 허도에 있는 순욱에게 빨리 군량을 보내라고 부탁했음에도 회답이 없자 다시 보내는 두번째 편지로 전군이 아사할 지경이니 급히 군량을 수송하라는 독촉의 내용이었다.
 조조군의 이같이 절박한 사정을 알게 된 허유는 즉시 원소에게로 달려가 압수한 편지를 내보이며 군대 5천을 내어 줄 것을 요청했다.
「이것이야말로 큰 공을 세워 총수로부터 인정을 받고, 조조와 동향이라는 이유 때문에 다른 장수들로부터 당해 오던 불신을 말끔히 씻어 버릴 수 있는 절호의 기회다.」
 이렇게 생각한 허유는 기대와 흥분으로 가슴이 한껏 부풀었다.

그러나 원소의 반응은 지극히 냉담했다.
「5천군은 무엇에 쓰려는가?」
「샛길로 빠져나가 적의 허도를 쳐부수려 합니다. 순욱이 조조에게 군량을 아직 수송하지 못한 까닭은 대부대를 호송하려니까 늦어지는 것입니다. 급히 군량을 수송하지 않으면 전선의 모든 장졸이 굶어 죽게 될 것이므로 수송 부대는 이미 허도를 떠났을 것이고 따라서 허도는 수비가 취약할 것이 분명합니다. 그 틈을 타서 허도를 치고자 하는 것입니다.」
원소는 그러나 허유의 그같은 요청을 코웃음으로 일축했다.
「그같은 지혜는 너 혼자만이 지니고 있는 게 아니다. 세살난 어린아이라 한들 그쯤의 일을 짐작하지 못하겠느냐. 하나만 알고 둘은 모르는 소리다. 전쟁에는 언제나 함정이 있게 마련이다. 만일 이 편지가 가짜라면 어찌하겠느냐?」
「가짜가 아닙니다. 조조의 필적은 신이 어릴 때부터 눈에 익혀 온 것으로 조조의 친필이 분명합니다. 이번 일은….」
허유의 말이 아직 끝나기도 전에 원소는 아예 무시하는 태도로 그 자리를 떴다. 심배에게서 사자가 온 때문이었다. 목구멍에서 뜨거운 피가 끓어오르는 듯한 분노와 모욕감을 삼키면서 허유는 원소가 자리를 뜬 뒤에도 한참이나 그 자리를 떠나지 못했다.
「참자. 이쯤의 수모를 참지 못한대서야 어찌 장차 큰 일을 도모할 수 있겠는가….」
원소가 밖으로 나갈 때 시신(侍臣) 하나가 원소의 귀에 대고 낮은 소리로 말했다.
「허유의 말을 들으시면 안 됩니다. 하장(下將)의 신분으로 감히 진언을 하는 것부터가 주제넘고 외람된 월권 행위일 뿐 아니라 기주에 있을 때부터 백성을 위협하여 뇌물을 탐하고 주색에 탐닉하는 버릇이 있어 평판이 좋지 않았읍니다.」
「그래, 그 자의 그런 점은 나도 이미 알고 있었다. 그러기에 그 자의 말에 나도 코웃음을 친 것이 아니겠느냐?」
그들 사이게 이같은 귓속말이 오고간 사실을 까맣게 모르는 허유는, 원소가 다시 돌아올 때까지 자리를 뜨지 않고 그대로 기다리고 있었다.

자리로 돌아온 원소는 마치 더러운 물건이라도 보듯 눈살을 찌푸리며
「왜 아직 그러고 있는가? 어서 물러가라. 네가 그러고 있다고 해서 내 마음이 달라지겠는가? 그리고 앞으로는 네 주제를 알라. 알겠느냐?」
하고 심한 말로 꾸짖고 내쫓듯이 그를 내보냈다. 무안으로 붉게 상기되었던 허유의 낯빛은 이내 다시 참을 수 없는 분노로 창백해졌다.
밖으로 쫓겨나다시피 한 허유는 분노와 비탄의 눈물을 뿌리며 몸을 떨었다. 참으려 입술을 깨물수록 견딜 수 없는 분노와 외로움이 가슴으로 속속들이 파고 들었다. 이렇게 혼자서 울 수밖에 없다는 사실이 그를 더욱 비참하게 만들고 있었다.
「이건 사나이의 꼴이 아니다. 이런 수모를 겪으며 뜻도 펴지 못하고 살아야 할 이유가 뭔가…」
허유는 자신을 심하게 질타하며 칼을 뽑아 자신의 목을 겨누었다. 그 순간 칼을 잡은 그의 손을 세게 나꿔채는 손길이 있었다.
「무슨 짓이오. 이게!」
어둠 속에서 누군가가 심하게 허유를 힐난하였다. 원소군 소속의 한 장수였다.
「공은 어찌하여 생명을 그토록 가볍게 여기시오. 원소가 공의 진언을 용납하지 않았으나 뒤에 가서는 반드시 조조에게 망하고 말 것이오. 공은 조조와 친분이 있는 몸이 아니오? 왜 어둠을 버리고 밝음을 찾으려 하지 않는 거요?」
뜻밖의 얘기였다. 그러나 어쨌든 허유는 자신이 취할 행동이 무엇인가를 비로소 깨달았다. 그날 밤 진중에서 빠져나와 참호 속에 몸을 숨기고 있던 허유는 경계가 허술한 틈을 이용하여 관도의 얕은 곳으로 가서 물을 건넜다. 그리고는 창 끝에 흰 수건을 달아 높이 치켜들고 조조의 진영을 향해 달렸다.
「왜 어둠을 버리고 밝음을 찾지 않오?」
신랄하게 꾸짖던 장수의 목소리가 어둠 속을 달리는 허유의 귀에 쟁쟁했다.
「그래, 어둠을 떠나면 밝음이 있음을 내가 왜 모르고 있었던가!」
숨이 턱에 닿도록 달려 조조의 진영에 도착한 허유는 항복의 백기를 들

고 있었음에도 불구하고 전초대에 의해 진문 앞에서 포박을 당하고 말았다.
「나는 조승상의 옛 친구요. 남양의 허유라 하면 아실 것이오. 중대한 일이 있어 방문한 것이니 곧 승상께 전해 주시오.」
밤은 이미 삼경이 넘어 있었다. 옷을 벗고 마악 잠자리에 들려던 조조는 부장으로부터 허유라는 사람이 찾아왔다는 말을 듣고는 잠옷 바람에 맨발로 달려 나왔다.
「아니 이게 누구시오? 이렇게 다시 만나게 되다니!」
조조는 사뭇 감격해 하며 허유의 두 손을 잡았다.
「나는 주인을 택할 줄 몰라 아까운 반생을 허송하였오. 원소와 같은 위인 앞에서 몸을 굽혀 충성해 왔으나 나의 충언은 언제나 그의 귀를 거슬릴 뿐이었고, 계책은 코웃음거리밖엔 되지 않았오. 그 자의 교만 앞에 차마 말로 표현할 수 없는 수모를 당하고 나서야 비로소 눈을 뜬 느낌이요. 이제야 내가 서야 할 곳이 어디인가를 깨닫게 된 것이오. 지난 날의 어리석음을 용서하고 이 몸을 받아 주시오.」
눈물을 글썽이며 허유는 자신의 모든 심경을 숨김없이 털어 놓았다.
「무슨 말을 그리 하시오. 하늘이 나를 도와 자원(子遠: 허유의 자)을 내게 보내 주신 것이오. 우리는 그동안 너무 오래 격조했었소. 오늘 이렇게 우리가 만난 것만으로도 기쁘기 한량없는데 게다가 내가 그대의 힘을 빌 수까지 있다니 장래 모든 대사는 반드시 성취될 것이오.」
실로 오랫만에 두 사람의 옛 친구는 주안상을 앞에 놓고 밤가는 줄 모르며 쌓였던 회포를 풀었다.
「실은 이 일은 승상께 비밀로 해두려 했지만 지난 일이니 털어놓으리다. 사실은 내가 오늘 원소에게 권했던 일이 바로 이런 것이었단 말이오. 이 말을 듣고도 승상은 나를 용서하실지 모르겠오.」
얼마간 취기가 돌자 허유는 오늘 자신이 경기병 5천을 청해 허도를 기습하고 뒤이어 앞뒤에서 관도를 협공하려고 했던 계획을 숨김없이 조조에게 털어 놓았다.
「결국 나의 이러한 계책은 원소에겐 코웃음거리밖엔 되지 않았고 하장의 신분으로 진언한다 하여 개처럼 밖으로 쫓아낸 것이라오. 그러나 그 일이 전화 위복이 되어 나는 지금 이렇게 승상과 자리를 같이 하게 되었지만 그 때의 심정으로는 스스로 목을 쳐 자결하고 싶었오.」
 허유로부터 이같은 고백을 들은 조조는 한순간에 취기가 싹 가시는 느낌이었다. 원소가 만약 허유의 계책을 채용하여 행하였더라면 지금쯤 자신의 진영은 어찌되었을 것인가? 하마터면 쑥밭이 되어 버릴 뻔하지 않았던가. 조조는 몸서리를 쳤다. 그러나 그는 곧 자세를 가다듬고 허유에게 물었다.
「원소가 그대의 계책을 채용하지 않고, 그대가 내 진영으로 오게 된 모든 일들이 진실로 하늘의 도우심이라 아니할 수 없는 일이오. 이제 반대로 원소군을 파멸시키자면 어떤 계책을 세워야 하겠오?」
「계책을 세우기 전에 먼저 알아야 할 일이 있읍니다. 승상의 진영에는 지금 군량이 얼마나 준비되어 있는지오?」
「앞으로 1년 정도는 버틸 수 있을 것이오.」
 조조의 이같은 호언에 허유는 미간을 찌푸리며 들었던 술잔을 놓았다.
「그렇지 않을 것입니다. 모처럼 옛정을 생각하여 진실로 승상을 위해 조언을 아끼지 않으려는데 승상은 어찌하여 나에게 진실을 털어 놓지 않으려 하시오?」
 조조는 그러나 민망해 하는 기색은 조금도 없이 너털웃음을 터뜨렸다.
「허허…농담을 해본 것 뿐이오. 사실은 반년 치 정도밖엔 준비되어 있지 않소.」
 허유는 그러나 다시 못마땅한 표정으로 머리를 가로저었다.
「나를 아직도 불신하시오? 나를 속이려는 사람 앞에서 난들 어찌 진실을 말할 수 있겠오?」
「어찌 내 형편을 그리도 잘 아시오? 더 이상 숨길 수 없는 일 같으니 솔직히 말하리다. 한 3개월 쯤이야 버틸 수 있겠지요.」
 허유는 고소를 금할 수 없었다.
「세상 사람들이 이르기를 조조는 간웅이라고 하더니 과연 공은 남을 절대로 믿지 못하는 분이오. 지금까지도 나를 속이려 하는 것을 보니 공은 아마도 원소군을 물리칠 생각이 없는 듯합니다.」
 허유는 조조의 눈을 똑바로 응시했다. 그의 강렬한 시선을 슬그머니 피하며 조조는
「실은 군사 기밀이라… 진중에서도 군사 기밀은 엄수됨이 마땅한데 그

대에게는 더 이상 숨길 수가 없구료. 실은 이달 한 달 먹고 나면 군량은 바닥이 나오.」
　조조의 이같은 말에 허유는 자리를 박차고 분연히 일어섰다.
「나는 다시 원소에게로 돌아가야 할까 보오. 내 진실이 이렇게까지 통하지 않는 곳에서 내가 어찌 한시인들 더 머물기를 바라겠오. 승상은 혹시 말먹이는 풀을 군량이라고 둘러대는 것이 아닌지요? 승상의 진영에는 군량이라곤 한 톨도 없을 것이오.」
　완전히 허유에게 정곡을 찔리고 만 것이다. 자신의 군사들에게까지도 절량(絕糧) 사실을 비밀로 한채 당장 내일 먹일 양식에 대해 혼자 애를 태우던 조조였다.
　조조는 정색을 하며 허유에게 물었다.
「어떻게 그대가 거기까지 알고 있오?」
　허유는 품속에서 봉투가 찢겨져 나간 편지 한 장을 꺼내 조조에게 주었다.
「이 글씨를 승상은 설마 모른다고 하지 않겠지요. 바로 승상의 글씨가 아니오? 허도에 있는 순욱에게 군량의 궁박한 형편을 전하며, 빨리 군량을 보내라고 독촉한 친필이 이렇게 내 손에 들어와 있오.」
　조조는 기가 막혔다. 귀신이 곡할 노릇이 아닌가.
「도대체 어찌된 일이오. 이 편지가 어떻게 해서 그대의 손에 전해졌오?」
　허유는 자신의 손으로 밀사를 체포한 전말을 자세히 이야기하고
「지금 원소군은 막강합니다. 승상의 군대는 약한 군세로써 그같은 적군에 대항하며 아무런 전과도 없이 오늘날까지 군량만 탕진해 왔으니, 이거야말로 적군측에서 바라는 지구전이 아니겠읍니까? 어째서 그같은 자멸의 길을 쫓고 있는 것입니까?」
하며 힐문을 퍼부었다.
　조조는 할 말이 없었다. 조조에겐 사실 속전 속결의 뾰족한 묘안도, 지구전으로 이끌어 갈 군량도 없었던 것이다. 비로소 조조는 그의 답답한 속사정을 허유에게 낱낱이 털어 놓았다.
　그들은 머리를 맞대고 어떻게 하면 이 최악의 난관을 타개해 나갈 수 있을 것인지 밤새도록 궁리를 하였다. 그러다가 마침내 허유가 하나의 계책을 마련했다.

「비록 힘으로는 대항할 수 없더라도 적의 기세는 약화시킬 수 있읍니다. 기세가 약해지면 아무리 막강한 군세를 가지고 있다 해도 결국 패하게 됩니다. 물의 비등을 멎게 하려면 물에 어떤 힘을 가할 것이 아니라 물을 끓게 하는 힘의 원천, 즉 솥 밑의 장작을 빼내야 합니다. 지금 원소가 승상과 대적하고자 하는 것은 군량의 우세함에 자신이 있기 때문입니다. 군량이야말로 군대의 힘이 되는 원천이 아니겠읍니까. 여기서 사십 리쯤 떨어진 곳에 오소(烏巢)라고 하는 요충지가 있읍니다. 그곳은 원소군의 군량미를 쌓아둔 곡창의 소재지입니다. 그곳을 지금 순우경이라고 하는 자가 책임을 맡아 지키고 있는데 워낙 술고래에다 자기 처신 하나도 바로 하지 못하는 위인입니다. 따라서 부하들을 제대로 통솔하지 못해 수비가 허술하기 짝이 없읍니다. 불의의 습격을 한다면 절대로 감당하지 못할 것입니다.」

「그러나 오소 땅까지 가려면 어차피 적의 진지를 통과해야만 하지 않겠오? 어떤 방법으로 그곳을 통과할 수 있겠오?」

「보통 수단으로는 안 됩니다. 먼저 정예군을 선발하여 원소군으로 가장시킨 뒤 이들로 하여금 적군의 경비진을 지날 때마다 "우리는 원소군의 직속인 장기(蔣奇) 장군의 부하로 군량 수비대에 증원 부대로 파견되어 오소로 가는 길이오" 하면 비록 밤길이라 하더라도 아무 의심을 받지 않고 통과할 수 있을 것입니다.」

허유로부터 이같은 계책을 들은 조조는 캄캄한 망망 대해에서 한 줄기 빛을 본 듯한 느낌이었다.

원소는 실로 눈을 뜨고도 보지 못하는 소경이었다. 손에 들어온 보물을 돌로 알고 팽개쳐 버리는 우를 수없이 범하면서도 그것을 깨닫지 못하고 언제까지나 자만에만 눈이 어두워 있는 위인이었다.

조조는 허유의 두 손을 잡으며 기쁨을 이기지 못해 어린애처럼 흥분했다.

「그렇구나! 오소를 쳐서 원소군의 군량을 태워 버리면 3일이 못가서 원소는 패배하고 말 것이다.」

조조는 즉각 기습 준비에 착수하여 먼저 원소군의 군기를 대량으로 만들었다. 그리고 장수의 군장과 말의 장식, 기치 등을 모두 하북군(원소군)의 복식과 풍속에 맞춰 만들게 했다.

이렇게 하여 조조군의 정예 5천은 하북군으로 가장하였다. 그러나 조조의 이같은 작전에 몇몇 장수들은 우려를 표했다. 장수들 중에서도 특히 장요는
「승상, 허유가 아무리 소년 시절의 친구였다고는 하나 지금 적진 중에서 바로 온 그가 무슨 모략을 가지고 왔는지 알 수 없는 일입니다. 만일 허유가 원소의 이중 첩자라면 위장 하북군 5천은 하나도 살아서 돌아오지 못할 것입니다」
하며 허유의 존재에 대해 매우 꺼림직한 기분을 감추지 못했다.
 조조는 그러나 단호하게 말했다.
「염려할 것 없다. 허유가 우리편으로 온 것은 나에게 대사를 성취케 하려는 하늘의 뜻이다. 내가 만약 우유 부단하여 이 절호의 기회를 놓친다면 그야말로 하늘은 조조의 어리석음을 탓하며 영원히 버릴 것이다. 그보다도 내가 염려하는 것은 우리가 떠난 뒤에 본진이 적군의 습격을 받을 경우 어찌 대처하고 방어할 것인가 하는 점이다.」
 조조의 이같이 자신있는, 단호한 태도 앞에서도 장요는 굽히지 애고 다시 간했다.
「그러나 세상 일은 예측하기 어렵읍니다. 승상께서 어찌 그 험난한 곳에 친히 가시려 하십니까? 허유를 전폭적으로 믿는다는 것은 아무리 생각해도 불안한 일이 아닐 수 없읍니다.」
「만약 허유에게 어떤 모략이 있다면 우리 진중에 더 이상 머물지 않고 달아날 것이 아니겠는가? 그리고 오소에 대한 기습은 나로서도 오래 전부터 생각해 온 터였다. 오늘 허유로부터는 다만 기습의 구체적인 방법을 얻어 냈을 뿐이다.」
 이렇게 말하며 조조는 결연히 일어섰다.
 조조는 5천의 위장 하북군을 직접 지휘하기로 하고 장요와 허저를 그 선봉장으로 내세웠다. 그리고 허유는 그동안 본진에 남아 있게 하고 조홍을 수비 대장으로 하여 하후연, 하후돈, 조인, 이건 등으로 하여금 본진을 지키게 하였다.
 사람들은 매를 물고 말은 입을 싸매어 소리를 내지 못하게 하여 소리도 없이 관도를 떠난 조조의 위장 하북군은 적지 깊숙이로 들어갔다.
 한편 여기는 원소의 진영.

「아, 저것은 큰 재앙이 있을 징조가 아닌가!」
　주군 원소에게 지구전을 간언했다가 노여움을 사서 감옥에 갇혀 있던 저수는, 광이 하늘에 가득한 것을 보고 옥중에 혼자 앉아 천문을 훑어 보며 큰 재앙이 원소의 문전에 이르렀음을 크게 한탄하고 있었다.
「무엇으로 재앙이 올 것을 점치시는 겁니까?」
　옆에서 감방을 수직하던 전옥이 물었다.
「태백성이 거꾸로 가는 것을 보니 우두(牛斗)를 침범하는 것이다. 큰 환란의 조짐이다.」
　징조의 위급함을 알고 저수는 원소에게 특별 면회를 청했다.
「천상의 태백성이 거꾸로 가고 그 흐르는 빛이 우두 사이를 쏘고 있으니 적병이 겁략하는 재난이 있을까 두렵읍니다. 지금 곧 오소 군량소를 방비하여야 겠으니 정병과 맹장을 속히 파견하여 그들로 하여금 산길과 샛길에 대한 보초와 순시를 철저히 하도록 하심이 좋을 듯합니다.」
　긴장과 초조로 서수의 이마에선 식은 땀이 흘렀다.
　그러나 원소는 술에 만취되어 있는 상태였다. 저수의 이같은 간곡한 진언에 원소는 또 다시 불같이 성을 내며
「너는 죄수인 주제에 어찌 망령된 말로써 인심을 미혹시키려 하는 것이냐? 좋은 일이 있으려 할 때마다 번번히 방자한 입을 놀려 나의 사기를 꺾으려 하는 네놈이야말로 우리 하북군의 화근이 될 놈이다!」
　하고 꾸짖었다. 그리고 원소는 저수를 데려온 간수에게
「너는 죄수를 구금하는 직책을 맡은 자로써 어찌 내 허락도 없이 감히 죄수를 내어 놓느냐?」
　하고는 즉석에서 참수하였다.
　다른 간수의 손에 끌려 원소의 앞을 물러난 저수는
「우리 군대는 이제 명이 조석에 달렸다. 나는 이제 내 시신을 묻을 곳조차 없는 신세가 되었구나.」
　하고 불길한 하늘을 바라보며 장탄식을 했다.
　원소의 본진에서 이러한 일들이 벌어지고 있는 동안 조조의 위장 하북군은 적군의 경비 초소를 통과할 때마다 허유가 일러 준대로
「우리는 장기 장군의 부하로서 주군 원소의 명령을 받아 군량 수비대에 증원 부대로 파견되어 오소로 가는 길이다.」

하며 별 어려움 없이 통과하곤 했다.
　한편 오소의 곡창 수비 대장 순우경은 엄청난 재난이 시시 각각으로 다가오고 있는 줄도 모르고 그날밤에도 촌락의 여자들을 납치해다 부하들과 진탕하게 술을 마시며 밤이 깊도록 환락에 빠져 있었다. 그러던 중 갑자기 여러 진지에서 심상치 않은 소리가 들려왔다. 순우경은 황급히 밖으로 뛰어 나왔다.
　몽롱한 주기를 헤치며 밖으로 나온 순우경은 다음 순간 눈앞에 벌어지고 있는 엄청난 사태에 그만 장승처럼 굳어져 버렸다. 사방은 이미 불바다였고 하늘을 뒤덮은 듯한 화염 속에서 나팔 소리, 북 소리와 함께 군사들의 함성이 천지를 진동했다.
「조조군의 야습이다!」
　수비대는 급히 방어전을 펴고 적을 격퇴하려 했으나 어림없는 일이었다. 무방비 상태에 있던 수비대는 잠깐 사이에 이미 절반이나 조조군에 항복을 했고 칼에 맞아, 쓸어진 시체는 화염 속에서 처참하게 불타고 있었다. 조조군의 갈퀴질에 술에 취한 순우경은 흡사 썩은 나무토막처럼 산채로 끌려 나왔다.
　때마침 하북군의 군량을 운반하고 돌아오던 조예가 그 광경을 보고 급히 달려왔으나 조조군의 공격에 대항조차 못해 보고 전사하고 말았다.
　순우경은 귀, 코, 손가락을 모두 잘린 채 말 위에 묶이어 원소의 본진으로 돌려보내졌다.
　밤은 아직 밝지 않았다. 저수를 다시 하옥시키고 나서 막사에서 곤히 자고 있던 원소는
「큰 불이 보입니다!」
하고 서둘러 깨우는 번병의 말에 자리에서 벌떡 일어나 번병이 가리키는 하늘을 바라보았다. 타는 듯한 붉은 하늘은 분명 오소였다. 그것만은 원소의 눈에도 확연히 들어왔다.
　급보가 들어온 것은 바로 그 순간이었다.
「적의 야습으로 오소는 온통 불바다가 되었읍니다!」
　비보가 날아든 원소의 진영은 그대로 초상집이었다.
「장합과 고람 두 장수는 5천 기병을 이끌고 관도 적진을 기습하여 조조군이 돌아갈 곳이 없도록 하라. 그리고 오소 방면에는 일만 병을 데리

고 장기가 가면 될 것이다!」
 원소는 황황히 소리쳤다. 그러나 이미 어떤 자만이나 확신 따위에서 나온 소리는 아니었다. 원소는 완전히 소신을 잃은 상태에서 경황없이 서두르고 있는 것이다. 장기는 원소의 그같은 명령에 따라 즉시 만군을 이끌고 오소로 향했다.
 오소의 하늘은 붉은 화염으로 물들어 있었으나 그들이 가는 길은 칠흑처럼 깜깜했다.
 오소는 점점 가까와지고 있었다. 그들이 오소에 거의 이르렀을 무렵, 맞은 편에서 100기, 50기의 군병이 띄엄띄엄 무리를 지어 이쪽을 향해 달려오고 있는 것이 보였다. 가까이 다가온 그들은 자연스럽게 장기의 군대 속에 흡수되었다.
 처음 그들과 마주쳤을 때 앞에 있던 자가 누구냐고 물었다. 그들은 태연하게 대답했다.
「순우경 장군의 부하 이대장은 포로가 되고 진지는 저 모양으로 불바다로 변해 버려 하는 수 없이 도망해 오는 중이오.」
 뒤따라 오는 병졸들의 대답도 한결같았다. 더우기 하북군의 복장을 하고 있어 장기는 아무 의심없이 자기의 응원군에 그들을 합류시켰다.
 장기의 응원군에 섞여든 위장 하북군 중에는 장요, 허저 등의 맹장도 끼어 있었다. 그들은 대장 장기의 전후에 바싹 접근하여 암암리에 장기를 포위하고 있었다.
 이렇게 하여 진짜 하북군과 가짜 하북군은 혼성 부대를 이루어 오소를 향해 행군하였다. 지척을 분간하기 어려운 캄캄한 산길에 이르렀을 때 행군하던 무리 속에서 어수선한 소요가 일기 시작했다.
「우리 군사 중에 반역자가 생긴 모양이다!」
「아니, 적군의 첩자가 끼어 있었다!」
 마치 태풍에 밀려오는 조수처럼 소요가 갑자기 커지고 있다고 느낀 순간 대장 장기가 누군가의 창에 찔려 소리도 없이 말 위에서 떨어졌다. 뒤따라 행군하던 군사들은 우두머리를 잃고 삽시간에 아비 규환의 현장으로 돌변하고 말았다. 장기가 거느리던 구원병의 대부분이 어두운 산길에서 위장한 하북군에 의해 섬멸되었던 것이다.
 조조는 다시 원소 본진에 위장 하북군 하나를 보내어 거짓 보고를 하게 했다.
「장기 대장이 거느린 구원군은 지금 오소에 도착하여 적에게 반격을 가하고 있읍니다. 위급한 사태는 모면했으니 이제 안심하셔도 됩니다.」
「그러면 그렇지. 굶주림에 지친 조조의 군사들이 별수 있겠나!」
방금 전의 그 비참했던 심기도 망각한듯 원소의 우월감은 여전했다.
원소는 한숨을 돌리며 피곤한 몸을 자리에 눕히고 잠을 청했다.
그러나 다음날 아침, 흡사 꿈에서 깨어나듯 원소는 다시 참담한 현실과 직면해야만 했다.
관도의 조조 본진이 허술하리라 생각하고 장합, 고람 두 대장을 보내어 기습하게 했던 작전이 크게 빗나가 버린 것이다. 그들은 원소군의 습격에 대비하고 있던 조인과 하후돈 부대에 걸려 크게 패배하고, 패주하던 중도에서 또 다시 하북군으로 가장한 조조의 귀환군과 마주친 것이다. 이미 패전으로 사기를 잃고 도주하던 장합과 고람 두 장수의 5천군은 거의 섬멸되었고 천명 가량이 겨우 목숨이 붙어 본진으로 돌아왔다.
원소가 정신이 아뜩하여 망연 자실하고 있을 때 말등에 묶여 돌아오는 순우경의 처참한 모습이 눈에 들어왔다. 피비린내에 섞여 역한 술냄새가 원소의 코를 찔렀다.
조조군의 오소 기습 경위를 목격한 군병으로부터 순우경의 실태를 보고받은 원소는 그 자리에서 피로 범벅이 된 순우경의 목을 쳤다. 이를 바라보고 있던 원소의 막료들은 두려움으로 전율했다.
다음에는 내 차례다, 그들 모두 경각에 이른 자신들의 운명에 절망하고 있었다. 곽도는 더욱 그러했다. 어젯밤 관도의 조조 본진을 습격하자고 주장했던 것이 바로 곽도 자신이었기에. 그러므로 관도로 출동했던 장·고 두 장수가 이제 본진으로 돌아온다면 패전의 죄는 곽도에게 씌워질 것이 분명했다.
생각이 여기에 미친 곽도는 황급히 원소에게 두 사람을 참소했다.
「장합·고람 두 장수가 관도에서 참패한 이유는 그들이 원래부터 조조에게 항복하고자 하는 마음을 품고 있었기 때문입니다. 그러니 이번의 패전은 일부러 우리편에 손해를 끼치려는 계획적인 패전임이 분명합니다.」
곽도로부터 이 말을 들은 원소는 분노로 안색이 창백해졌다.

「그래 이놈들이 돌아오면 목을 베고 그 머리를 효수하리라!」
 원소가 이렇게 그들에게 격노하고 있는 것을 본 곽도는 몰래 장·고 두 장수가 오는 길로 사람을 보내 그들을 맞게 했다. 중도에서 두 장수를 만난 곽도의 사자는 곽도가 이른대로 넌지시 충고를 했다.
「본진으로 돌아가지 마시오. 원장군께서 지금 대노하시어 칼을 뽑아들고 귀공들을 기다리고 계시오. 패전의 책임을 물어 귀공들의 머리를 베고자 하심이오.」
 그렇지 않아도 패전에 대한 분노와 불안이 마음에 가득차 있던 터였다. 이러한 정보를 들은 두 장수는 참을 수 없는 울분으로 몸을 떨었다.
 원소에게서 정식 전령사가 달려와「빨리 귀환하라」는 원소의 명을 전달한 것은 바로 그 때였다. 고람은 돌연 칼을 빼어 마상에 있는 전령사의 목을 쳐서 떨어뜨렸다. 순식간에 일어난 일이었다. 뜻밖의 사건에 아연 실색해 있는 장합에게 고람은 큰소리로 외쳤다.
「우리가 어찌 죄없이 죽어야 하는가? 충성을 다해 싸운 댓가가 죽음이란 말인가? 내 말을 들으시오 장군, 시대의 조류는 이제 하북에서 멀어졌소. 기를 돌려 조조에게 항복하러 가지 않으려오?」
 이리하여 장합은 고람과 함께 발길을 돌려 백기를 높이 들고 관도의 조조의 본진으로 향했다.
 그의 천재적인 도량으로 이들을 용납하고 받아들인 조조는 그날로 장합을 편장군 도정후(偏將軍 都亭侯)에, 고람을 편장군 동래후(偏將軍 東萊侯)에 각각 봉했다.
 조조는 간웅일지는 모르나 사람을 포용하는 데만은 일인자였다. 만약 원소가 허유의 진언을 듣고 허도를 기습하였더라면 전세는 완전히 뒤바뀌었을 것이다. 원소는 훌륭한 인재를 많이 두고도 부릴 줄을 몰라 쫓아내었고 조조는 그 혜택을 입은 것이다.
 아뭏든 허유의 제언으로 오소의 군량을 태워 버린 조조는 2만의 약세로 10만의 원소군을 궤멸시켰던 것이다.

■ 부저추신 ②

베낭을 향해 인도양을 항해하고 있는 일본의「이호 제8잠수함(伊互第8潛水艦)」에 잠수전대 사령관 이시자끼(石崎昇) 소장으로부터 짧은 전문이 날아왔다.
「말라카 해협에 적 잠수함 출현. 이호 제8 잠수함은 베낭 기항을 취소하고 싱가포르로 직항하라.」
돌연한 지령을 받은 함장 우찌노(內野信二) 대좌는 당혹했다. 함에 탑재된 연료는, 독일을 떠나 멀리 아프리카의 희망봉을 우회하는 대항해의 뒤인지라 잔량이 얼마 없었던 것이다. 함은 가장 가까운 베낭 기지에 기항해서 연료 및 기타의 보급을 받고 말라카 해협을 거쳐 싱가포르에 도착할 예정이었다. 그런데 전문은 그 예정을 변경해서 베낭보다 훨씬 멀리 떨어져 있는 싱가포르로 직항하라라는 것이었다. 연료의 잔량이 얼마 남지 않은 이호 제8잠수함에게는 큰 타격이 아닐 수 없었다.
우찌노 함장은 그 지령에 따라 항로를 변경, 연료 절약에 부심하며 쟈바·수마트라 섬 사이에 있는 순다 해협을 통과해 간신히 싱가포르에 도착할 수 있었다.
싱가포르에 도착한 우찌노 대좌에게는 그러나 또 다른 비보가 기다리고 있었다. 「제8함」에 이어 두번째로 파견되었던「이호 제34잠수함」이 싱가포르를 출항, 독일로 항해하다가 베낭 항외에서 영국 잠수함에 격침됐다는 소식이었다.
1941년 제2차 세계 대전 발발 후 1945년 종전이 될 때가지 소위 추축국간에 실제적인 연락이 이루어진 것은 해군측으로는 앞에서 말한 일본의「이호 제8잠수함」단 1척 뿐이었고 공군으로는 1942년 2월 이탈리아의 장거리기 사보이어 마르케티 SM 82형기가 소련 우랄 산맥을 넘어 중국 대륙의 포두(包頭)를 중개지로 하여 일본으로 날아온 것이 처음이자 마지막이었다. 이처럼 연합군측의 추축국 사이의 연락망 차단 방어는 치밀하고도 철저했다. 복잡하게 전략·전법을 거론할 것도 없이 적의 동맹국간의 연락망을 차단하는 것은 전법의 기초가 아니겠는가.

그러나 동맹국인 독일과 일본은 연합군측의 철저한 차단 봉쇄에도 불구하고 사력을 다해 두 나라 사이의 이 봉쇄망을 뚫으려 갖가지 시도를 해보았으나 일본의 무전 암호는 미국의 암호 해독기(暗互解讀器) 출현으로 더 이상 비밀을 유지할 수 없게 되었다. 따라서 직접적인 연락의 필요성은 당연히 가중될 수밖에 없었다. 그러나 두 나라 간의 직접 연락에는 그 이상의 절박하고도 중요한 이유가 있었다.

당시의 상황으로 독일측은 전쟁을 수행하는데 필수적으로 필요한 텅스텐, 광석, 생고무, 주석, 아연 등을 극동에서 가져 와야 했고, 일본측으로서는 독일이 새로 개발한 고성능 전파 탐지기를 비롯, 신무기의 설계도 및 자료들을 하루 빨리 독일로부터 가져 와야 했다.

U보트 자체가 가진 우수한 성능 때문이기도 했지만 연합군측 해군의 작전을 혼란시키고 그「발」을 묶어 놓았던 것이 바로 독일이 새로 개발한 이 고성능 전파 탐지기였다.

연합군측에 제공권을 빼앗겨 항공 연락을 차단당한 일본이 적의 공격 감시망을 피해 비교적 안전하게 작전(특히 독일과의 연결)을 수행하기 위해 서둘러 만든 것이 바로「이호잠수함(伊互潛水艦)」이었다.

「이호」잠수함은 기준 배수량만 해도 2천톤이 넘고 잠수함으로는 세계 최초로 비행기 격납고까지 갖춘 초대형이었다.

잠수함에 경비행기를 탑재하고 가다가 공중 정찰이 필요할 때면 해상에 비행기를 띄울 수 있도록 만든 것이다. 또한 이호 잠수함은 배수량만 큰 것이 아니라 잠항 속도와 잠항 거리로도 세계 제일이었다.

일본에서 처음 이 이호 잠수함을 건조해 실전에 배치했을 때 연합군측에서는 경악을 금치 못했다 한다. 그도 그럴 것이 당시 연합군측의 잠수함은 대형이라 해도 대개 1천톤을 넘지 못했기 때문이다.

「이호 제34잠수함」이 베낭 항외에서 격침된 후 독일로 가기 위해 인도양 봉쇄선을 돌파하려던 이호 제19, 제30, 제62 잠수함도 잇달아 연합군에 의해 격침되었다.

이렇듯 잠수 항해는 위험이 따르기는 했지만 일본과 독일간의 연락은 잠수함으로밖에는 다른 방법이 없었으므로 아무리 성공의 확률이 제로에 가깝다 해도 일본으로서는 계속 이호 잠수함을 파견할 수밖에 없었다.

독일의 히틀러는 일본에 대해 불같이 독촉을 했다. 빨리 생고무와 텅스텐을 보내 달라는 것이었다. 그리고 이번에는 다량의 전파 탐지기는 물론 두 척의 U보트를 일본측에 양도할 테니까 인수 요원을 보내 가져 가라는 것이었다.

히틀러가 이처럼 불같이 독촉을 했던 이유는 무기를 생산하기 위한 텅스텐이나 생고무의 절실한 필요성 때문이기도 했지만 신무기를 원조해 일본의 전력을 강화시킴으로써 유럽 전선의 연합군을 태평양쪽으로 돌리려는 계산도 없지 않았다. 히틀러의 속셈이야 어떻든 일본으로서는 「다량의 전파 탐지기와 두 척의 고성능 U보트」를 어떻게 해서든 하루 빨리 일본으로 가져오는 것이 급선무였다(히틀러는 최초로 독일 파견에 성공한 이호 제8잠수함에 대해 최신식 전파 탐지기를 단 2개밖에 주지 않았다).

1943년 12월 16일 독일로 파견된 「이호 제29잠수함」은 제8함이 독일에서 가져온 전파 탐지기를 장치하고 싱가포르에서 독일을 향해 출항했다. 함장은 솔로몬 제도 부근에서 미 항공모함 와스프호를 격침시킨 전력이 쟁쟁한 기나시(木梨) 대좌였다.

심야에 싱가포르를 출항한 제29잠함은 남하를 계속해서 순다 해협을 전속력으로 돌파해 인도양을 향해 항해하였다. 그러나 문제는 이제부터였다. 함이 인도양으로 점점 접근해 갈수록 연합군의 기동 함대가 그물을 치고 있는 인도양의 「벽」은 두꺼워졌다. 어떻게 그 벽을 돌파할지 함장 기나시는 큰 고민이 아닐 수 없었다.

그러나 막상 인도양에 접근했을 때였다. 공중 정찰에서 돌아온 비행사의 보고는 뜻밖이었다. 적의 함정은 그림자도 비치지 않는다는 것이다. 그 야말로 천우의 신조라고 기나시는 생각했다.

급히 함을 부상시켜 전속력으로 항해할 것을 명령한 기나시는 비로소 안도의 한숨을 내쉬었다.

무난히 적벽(赤壁)을 뚫은 제29잠함은 그래도 안전을 도모하기 위해 아프리카 대륙 근해로 항해하지 않고 말라카시 섬을 외곽으로 돌아 희망봉을 우회해 북상하였다. 함은 스페인 근해에 이르러 독일이 파견한 U보트와 합류, 앞뒤로 호위를 받으며 독일의 빌헬름 스하펜 항에 무사히 도착하였다.

이 때 히틀러가 직접 군항까지 나와 이들을 맞아 주었다 하니 그 작전의 중요성이 어느 정도였는가를 짐작할 수 있겠다.
 히틀러는 약속대로 이들 편에 최신식 전파 탐지기를 비롯한 각종 정보 자료와 신병기 설계도는 물론 세계 무적을 자랑하는 소형과 대형 U보트 두 척을 일본 천황 앞으로 보냈다.
 약 1개월 후 앞뒤로 U보트의 호위를 받으며 극비 문서와 설계도, 그리고 백여 대의 전파 탐지기를 실은 제29잠함은 또 다시 마의 인도양에 접근하고 있었다.
 한편 독일과 일본이 사활을 걸고 연결을 하려 애를 쓰면 애를 쓸수록 상대적으로 연합군측에서는 사활을 걸고 이를 철저히 봉쇄, 차단하려 했다.
 앞에서도 말했듯이 이미 암호 해독기를 발명, 실전에 사용하고 있던 미군 정보부에서는 어느 날 암호 해독기로도 풀 수 없는 독일에서 일본으로 가는 유선 건회의 괴상한 말소리를 듣고 딩횡한다.
 결국 그것은 통신 연락망이 두절된 일본이 궁여지책으로 한 번 시도한 것으로서 별것 아닌 북해도 지방의 사투리였다.
 그러나 일본어에 내노라 하는 전문 요원들도 이 사투리를 해독해 내지 못하는 것이었다. 해독이 어려우면 어려울수록 중요한 것으로 생각되어 긴장이 가중되기 마련이다. 분초를 다투는 것이 전쟁이다. 미군 정보부는 발칵 뒤집혔다.
 그런데 요행히도 이 난해한 전화 통신문을 국방성에 근무하던 일본인 문관 이시하라(石原信夫)가 풀어 냈다. 북해도 출신인 그는 그 지방 사투리를 쉽게 알아들을 수 있었던 것이다.
 목사의 아들이고 기독교 신자였던 이시하라는 그 전문을 대하고는 잠시 번민했다. 그의 그같은 행위가 조국 일본을 배신하는 결과가 되느냐 안 되느냐를 두고.
 「내 동족이 무모한 전쟁으로 더 이상 희생되기 전에 전쟁은 끝나야 한다. 그러기 위해서는 이 전문을 풀어 연합군측에 주어야 한다. 이는 결단코 조국 일본에 대한 배신이 아니다!」
 잠시 착잡한 심경으로 번민하던 이시하라는 스스로 이렇게 결론을 내리고 전문을 풀었다.

「이(伊) 29호 2월 11일 독일 출항!」
　연합군 기동 함대가 인도양에 널다랗게 그물을 치고 있는 줄도 모르고 세 척의 일본 잠수함은 서서히 인도양으로 접근해 오고 있었다.
　이미 알고 기다리고 있는데 빠져나갈 길이 있겠는가?
　세 척의 잠수함은 모두 연합군 함대에 의해 격침되고 말았던 것이다.
　서두에서 썼듯이 약 4년 전쟁이 계속되는 동안 독일과 일본 사이에 단 1번밖에 실질적인 연락을 허용하지 않았으니 연합군의 봉쇄 작전이 얼마나 철저했던가를 우리는 어렵지 않게 짐작할 수 있다.
　만약 연합군측이 독일과의 연결을 차단하지 못해 독일의 신형 병기가 일본에서 대량 생산되었더라면 전쟁의 양상은 많이 달라졌을 것이고 전쟁의 종식도 그만큼 지연되었을지 모른다.
　독일의 신형 병기가 일본으로 가지 전에 끊어 버려 일본의 전력을 약화시켰던 이 봉쇄 작전이야말로 36계에서 말하는 전형적인「부저추신」의 작전이라 할 수 있지 않을까.
　그림자 밟기 놀이라는, 상대를 뒤쫓아가서 땅에 떨어진 그 그림자를 밟으려고 서로 다투는 아이들의 놀이가 있다. 간신히 따라붙어 힘껏 밟으면 상대는 얼른 몸을 굽혀 그림자를 다른 데로 돌려 버리므로 헛땅만 밟고 만다. 사람을 쫓지 않고 그림자를 쫓기 때문이다.
　적의 모략을 분쇄하는데 표면에 나타난 현상 만을 쫓는 것은 그림자 밟기 놀이에서 그림자에게 희롱을 당하는 것과 같다. 적국의 모략의 맞잡이가 되어 가두에서 날뛰는 폭도 만을 보고 있으면 절대로 모략을 근절할 수 없는 것이다.
　우리는 그림자가 되어서는 안 된다. 소중한 인생의 에너지를 남의 그림자가 되어 소진하는 것만큼 인간의 존엄성을 무시하는 일은 없다. 자기 자신을 무엇보다 소중히 해야 한다.
　적의 전력원(戰力源) 단절을 중시하는 것과 마찬가지로 자기편의 전력원도 소중히 지켜야 한다. 우호국 B와 협력하여 강대 적국 A국에 대항하고 있는 약소한 우리 나라를 향해 A국이 이러쿵 저러쿵 달콤한 추파를 던지는 이유는 우리 나라가 B국과 손을 잡아 힘이 있기 때문이다. 따라서 우리가 자기편을 사랑하기를 잊어버리는 순간 무참히도 적국의 먹이가 되고 말 것이다.

「자기편이 될 가망이 없는 제3국에는 먼저 중립을 권장하여 적국에서 격리시키고 그 후 협박해서 자기편으로 만들라.」(마키아벨리)

제20계

혼수막어
混 水 摸 魚
혼전에 편승하라

적의 내부에 혼란이 일어나면 힘이 약하고 주체성이 없는 것을 이용, 이편에 복종케 하라.

이는 마치 땅거미가 지기 시작하면 사람은 집에 들어가서 휴식을 취할 필요가 있는 것과 마찬가지이다.

쉴새없이 내분으로 격동하고 있는 국면에서는 충돌하는 힘이 여럿 존재한다. 그 중 약소한 부분은 누구에게 따르고 누구에게 반대할 것인지 태도를 명확히 하지 못하고 더군다나 적은 눈이 어두워져 이를 깨닫지 못하는 것이니 이편은 틈을 주지 말고 그 부분을 빼앗아야 한다.「육도(六韜)」병징(兵徵)은 이렇게 말하고 있다.

「적군이 몇 번에 걸친 호된 꼴을 당하고 군대의 마음은 뒤죽박죽이 되어 있다. 더군다나 적을 과대 평가하여 공포에 떨며 투지가 저하되어 있다. 서로 귀를 맞대고 눈으로 수긍하며 뜬소문이 난무하고 거짓말을 믿어 버린다. 군령(軍令)을 두려워하지 않게 되고 장수를 존중하지 않는다. 이런 현상은 모두 겁약(怯弱)의 징후이다」

이러한「고기」는 혼전 때 기회를 타서 포착해야 한다. 유비(劉備)가 형주(荊州)를 손에 넣고 서천(西川)을 손에 넣은 것은 모두 이 계책을 썼기 때문이다.

註

혼수막어(混水摸漁): 물을 혼탁하게 만들어 고기를 더듬어 잡는다는 뜻. 적지에 쳐들어가 혼전하는 시기를 이용, 유약(懦弱)한 적을 소멸시키는 모략.

■ 혼수막어 1

　오두미교(五斗米教)의 3대 교주 장로(張魯)는 나날이 그 교세가 확장되어 그의 교리를 따르는 백성이 많아지자 종교의 발상지이자 근거지인 한중(漢中: 능서성 한중)을 중심으로 백성을 모아 스스로 나라를 세울 야심을 품었다.
　도대체 오두미교라고 하는 것이 어떤 종교이기에 일개 교주의 위치에서 제위(帝位)를 넘보게 될 수 있을 만큼 그 세력이 막강해졌을까. 나라가 어지럽고 백성이 우매하면 으레 미신이 판을 치게 마련이다.
　초대 교주인 패국풍 사람 장릉(張陵)이 서천에 있는 혹명산에 들어가 도교를 연구하다가 홀연히 구원의 계시를 받아 세웠다는 종교로 이 교를 믿고 회개하면 세상의 재액을 면하고 만사가 형통된다며 우매한 백성을 혹하게 만든 것이 이 종교의 시초였다. 교인으로 입교하려면 우선 쌀 다섯 말을 바쳐야 한다는 데서「오두미교」라는 이름이 붙여진 것이고.
　그리하여 이 교는 오랜 세월 전쟁에 시달려 온 백성들 사이에 전염병처럼 무서운 속도로 번져 2대 교주인 그의 아들 장형(張衡)을 거쳐 3대에 이르러서는 한중 지방이 오두미교국으로 화하다시피 된 것이다.
　때마침 조조가 마초(馬超)를 크게 파하였다는 소식이 한중에 전해지자 장로는 여러 제주들을 모아놓고
「조조가 마초를 파하였으니 다음은 한중을 공격할 것이 분명하다. 이에 나는 한령왕(漢寧王)이 되어 조조를 방비하고차 하는데 그대들의 생각은 어떠한가?」
하고 물었다. 부하 중 염포(閻圃)가 이렇게 진언하였다.
「사군께서 통촉하시겠아오나 먼저 서천(西川)의 41주를 공략하여 익주(益州)의 유장(劉璋)을 항복시켜 근본 기지를 튼튼히 한 뒤에 왕위에 오르심이 좋을 듯합니다.」
　장로의 아우 장위(張衛)는 염포의 이같은 진언에 덧붙여
「지금 서천의 41주를 통합한다면 제왕의 기업은 튼튼할 것입니다. 제게 병마를 주신다면 사군의 대이상을 실현토록 하겠읍니다.」
하고 헌책하였다. 두 사람의 이 같은 진언은 그렇지 않아도 부풀어 있

는 장로의 욕망에 더욱 부채질을 했다. 장로는 동생 장위의 진언을 쾌히 승낙하고 서천 41주에 대한 공격을 서두르라고 명했다.
 한편 장로가 공격해 오리라는 소식이 파촉에 전해지자 왕 유장은 어찌할 바를 몰라 당황하였다.
 파촉은 사천(四川: 민강·금타강·부강·가릉강)의 네 줄기 강안에 형성된 지역으로 땅이 비옥하여 온갖 산물이 풍부하고 기후도 온화한 곳이었다. 한나라 건국 초기부터 한민족이 이주하여 소위 파촉 문화(巴蜀文化)를 이루었던 곳으로, 한나라에서는 이곳을 촉(蜀) 또는 익주(益州)라 불렀다.
 촉의 백성들은 천혜의 온화함과 풍요로움 속에서 평화를 누리며 살고 있었다. 촉에서 섬서성(陝西省)으로 나오는 길에는 검각(劍閣)이라는 험악하기로 이름높은 도로가 있고, 남으로는 파산맥(巴山脈)이 가로 놓여 있다. 여기에 관중으로 나가는 길이 넷이고 촉으로 들어오는 길은 셋인데 이 모두 산비탈을 돌아 간신히 인미기 통과할 수 있는 힘로였던 탓으로 촉의 잔도(棧道)라 불렸던 것이다. 오랜 세월 천하가 어지러운 가운데서도 촉의 백성들이 백년 동안이나 전쟁을 모르고 평화를 누릴 수 있었던 것은 촉이 이렇게 사방이 험로에 갇혀 있는 천혜의 요새였기 때문이다.
 촉왕 유장은 그의 부친 유마(劉馬)의 유업을 이어받았으나 그렇듯 천혜의 땅에서 성장하다 보니 자연히 나태하고 유약하며 세상 일에 어두웠다. 장로의 침공은 유장으로선 난생 처음 당하는 외침이었던 것이다.
 왕과 장수들이 모인 군사 회의에는 무거운 침묵만 흐르고 있었다. 전쟁의 경험이 없기로는 장수들도 마찬가지였다. 한참만에 우렁찬 목소리로 이 무거운 침묵을 깨는 자가 있었다. 신장은 5척이나 될까 하는 단구에, 툭 불거진 광대뼈가 특히 인상적이었다. 게다가 코는 납작하고 이가 몹시 뻐드러져 화를 낸다 해도 실없이 히죽거리며 웃는 듯한 얼굴, 한 마디로 그의 인상은 괴이하기 짝이 없었다. 장송(張松)이라고 하는 자였다.
 「제가 이 짧은 세치 혀로 장로로 하여금 감히 우리 촉나라를 넘보지 못하도록 하겠읍니다.」
 그의 호언은 계속된다.

「먼저 허도로 가서 조조를 만나겠읍니다. 그로 하여금 장로를 토벌하게 하여 장로가 파촉 일대를 넘볼 수 없도록 하겠읍니다.」
 그의 인물은 비록 전기한 바와 같이 보잘 것 없었으나 그의 해박한 지식과 이치에 어긋나지 않는 능란한 화술, 설득력은 파촉 일대에 소문이 자자할 정도였다. 유장도 그의 그러한 인물됨을 잘 알고 있었으므로 그의 진언을 허락하였다.
 며칠 후 장송은 일곱 필의 말에 예물을 싣고 허도를 향해 떠났다. 그는 출발에 앞서 은밀히 화공을 불러 파촉 41주의 조감도를 그리게 했다. 무슨 생각에서였는지 장송은 허도로 떠나는 날 그 조감도를 비장해 가지고 갔던 것이다.
 장송의 허도행은 그러나 실망과 환멸로 끝나고 말았다. 장송을 보자마자 조조는 먼저 파촉에서 여러 해 동안 조공을 바치지 않은 일에 대해서만 심한 질책을 퍼부었다. 그리고 이 괴이하고도 초라한 사신에 대해 조조의 태도는 거만하기 짝이 없었다. 그러나 조조를 대하는 장송의 태도는 시종 굽힘이 없이 의연하고 당당했다.
 싸우면 반드시 이기고, 공격하면 반드시 취한다는 조조에게 그는 당당히 맞대놓고 적벽 대전 때의 패배 사례를 들어 공박하였고 정예 대군을 몰아 파촉을 치겠노라는 협박에 대해서는 파촉으로 오는 날엔 천연의 험로에 갇혀 다시 허도로 돌아오지 못할 것이라고 응수하였다.
 장송의 이같은 태도는 당시 천하를 호령하던 조조에 대한 노골적인 능멸이고 조롱이 아닐 수 없었다. 그 당시 어느 누가 감히 조조에게 그러한 야유섞인 직언을 할 수 있으랴. 분노한 조조는 볼기 1백대를 때려 그를 쫓아 내고 말았다.
 그날밤 겨우 목숨이 붙어 사관으로 돌아온 장송은 허도성을 떠나 형주로 갈 것을 결심하였다.
「홍, 굴러들어온 복도 차버리는 위인아, 너의 그 교만이 아니었더라면 파촉 41주는 네 것이 되었으련만…. 나는 네가 그같이 교만하고 무례한 위인인 줄은 모르고 서천 주현을 네게 진상하려고 찾아 왔었다….」
 파촉을 떠날 때부터 이미 장송의 결심은 확고히 서 있었다. 현재 사정으로 보아 암약한 유장으로서는 장로의 침략에 도저히 지탱하지 못할 것이 분명하였다. 그럴 바에는 차라리 위나라와 합병하거나 속국이 되는 편이 촉의 안전과 보존을 위한 길이라고 생각하여 촉을 떠나기 전 비밀리에 촉의 조감도를 그리게 하여 조조에게 헌상하려 했던 것이다.

여기는 형주성.

공명은 이곳에서 항시 동오(東吳)의 남서나 허도에 첩보망을 깔아 두고 있었다. 파촉에서 장송이 조조에게 사절로 갔다는 소식도 공명은 이 첩보망을 통해서 알게 되었던 것이다.

장송 일행이 형주로 향하는 도중 영주(郢州) 경계에 이르렀을 때 뜻밖에도 1대의 군마가 마중을 나왔다.

「촉의 장송 대인이 아니십니까? 주군의 명령으로 이곳에 나와 장송 대인을 기다린지 오래 되었읍니다. 저는 조운 자룡입니다.」

말에서 뛰어내린 대장 자룡은 장송 앞에 공손히 절을 했다. 장송은 놀라지 않을 수 없었다

「내가 이곳에 오리라는 것을 어찌 알고 현덕은 사람을 시켜 출영까지 나오게 한 것일까….」

장송이 어떤 인물인지를 익히 알고 있던 공명은 그가 결코 조조에게 아첨하지 않으리라는 것도, 따라서 교섭이 이루어지지 않으면 도중에 진로를 바꿔 형주의 현덕을 보러 오리라는 것까지도 예측하고 있었던 것이다. 그래서 자룡으로 하여금 영주 경계까지 나가 그를 마중하게 했고.

형주 경내에 들어서기도 전에 극진한 환대를 받은 장송은, 현덕을 직접 대하고 나자 그의 후덕하고 겸손한 인품에 다시 한 번 마음이 이끌렸다.

「지금 유황숙께서 가지신 영토가 몇 주나 되십니까?」

장송의 이같은 물음에 공명이 대신 대답했다.

「모두가 손권의 땅인데 주군께서 빌어서 계십니다. 이 형주 땅을 빼앗아 소유하는 일이 결코 불의가 아님을 늘 주군께 말씀 드리고 있는데도 주군께서는 손권의 누이를 부인으로 맞아 계신 관계로 의를 굳게 지키려 하십니다. 그래서 지금까지도 그분의 나라라고 할만한 땅을 갖지 못하고 계십니다.」

장송은 깊이 감복한듯 턱을 주억거렸다.
　형주에 나흘 동안 머물면서 현덕의 겸허한 인품에 감복한 장송은 서촉에 신천지를 창건하기 위해서도 반드시 현덕을 맞아들이리라 결심하였다. 장송은 마음 속에 품어온 자신의 생각을 현덕 앞에 털어 놓았다.
　「형주땅은 결코 황숙께서 영주하실 영토가 못됩니다. 남에는 손권이, 북에는 조조가 있어 늘 이 땅을 위협하니, 저들은 호시 탐탐 침략의 기회를 노리고 있읍니다」
　「나도 그런 줄은 알고 있으나 어찌하겠소? 달리 몸둘 곳이 없으니…」
　「황숙께선 왜 좀더 시야를 넓히려 하지 않으십니까. 눈을 들어 파촉 땅을 바라보십시오. 사방이 험로에 갇혀 있는 곳이라도 그 험로를 일단 지나면 천리가 비옥한 들판이고 백성도 나라도 풍요롭읍니다. 지금 형주의 군대를 출동시켜 파촉을 점령하면 한나라 종실은 다시 일어설 것입니다.」
　장송의 이같은 회유에도 현덕은 초연한 태도로 말했다.
　「촉의 유장도 역시 한실 후손이니 나의 혈족이 아니오? 어떻게 내가 내 혈족을 침범할 수 있겠오?」
　장송은 촉의 지도를 펼쳐 현덕에게 보였다. 별천지와 같이 전개된 촉의 전경은 과연 현덕이 꿈꾸던 이상향의 전경 바로 그것이었다. 현덕의 빛나는 눈빛에서 그의 마음을 읽은 장송은 지도를 현덕에게 헌상하며 말했다.
　「저의 친구 중에 법정(法正)과 맹달(孟達)이라 하는 자가 있읍니다. 틀림없는 사람들이오니 후일 이들이 유황숙을 뵙게 되거든 이들과 모든 일을 상의하십시오. 그리고 이 지도는 후일 촉에 오실 때 길잡이로 쓰십시오.」
　둘 사이에 묵계가 이루어진 것일가, 두 사람은 서로의 눈만 응시할 뿐 더 이상 아무 말도 하지 않았다.
　오랫만에 촉의 성도(成都)로 돌아온 장송은 조정에 입궐해 그 동안의 경위를 유장에게 복명하였다.
　「조조는 생각했던 것과 달리 오만하고 간교한 인물일 뿐만 아니라 지금 우리 파촉까지를 침범할 모계를 가지고 있읍니다. 주공께서는 지금 곧 유비에게 사자를 보내 우호 세력을 만들어 놓으시면 조조와 장로의 침략을 막을 수 있을 것입니다.」
　장송의 이같은 진언에 따라 심약한 유장은 즉시 친필로 서한을 써서 법정으로 하여금 현덕에게 전하게 했다. 즉시 군대를 영솔하고 촉을 도와 달라는 원병 요청의 글이었다.
　유장의 이같은 결정에 주부(主簿)로 있는 황권(黃權)이
「현덕을 지금 불러들이는 것은 우리 나라 41주를 그대로 그에게 바치는 결과밖에 되지 않습니다. 부디 화를 자초할 일은 중지하여 주십시오. 장송이 허도에 사신으로 갔다가 길을 바꿔 형주에 들른 것부터가 의심스럽습니다. 장송은 현덕과 더불어 우리 촉에 대해 불리한 일을 모의했음이 분명합니다.」
하며 현덕을 청하는 일에 극력 반대하고 나섰다.
「그렇다면 장로의 침략을 무슨 힘으로 막자는 것이오?」
　유장이 물었다. 그러자 이번에는 종사관 왕루(王累)가 황권의 의견에 동의하며 나섰다.
「장로가 국경을 침범한다 해도 우리로서는 피부병을 앓는 일에 불과하나, 현덕이 우리 나라에 들어오는 것은 눈에 보이지 않는 뱃속의 오장 육부에 탈이 생기는 것과 같습니다. 분명한 것은 현덕을 파촉으로 불러들이는 일은 황공의 말마따나 파촉을 그대로 넘겨 주는 결과가 되리라는 사실입니다.」
　그러나 두 사람의 이같은 충언은 끝내 묵살되었고 법정은 유장의 친서를 가지고 형주로 향했다.
　법정으로부터 유장의 친서를 받은 현덕은 즉시 공명과 방통을 불러들였다. 편지를 읽은 공명은 크게 기뻐하며
「장송과 법정의 내응이 있으니 하늘이 주신 기회로 아시고 익주를 취하십시오. 오늘 주공이 취하지 않으면 어차피 내일은 타인이 취하게 됩니다. 유장은 익주를 유지할 인물이 못됩니다.」
하며 서둘러 익주를 차지하도록 현덕에게 권했다.
　공명의 이같은 말에 현덕은 비로소 마음의 깨달음을 얻고 청병에 응하는 형식으로 방통, 위연, 황충 등을 부장으로 하여 5만 대군을 이끌고 파촉으로 향했고, 공명과 관우, 조문에게는 형주를 지키게 하였다.
　건안 16년(서기전 21년) 겨울이었다.

형주군이 파촉 땅에 이르자 맹달의 5천 군사가 그들을 맞았다.
 한편 현덕이 이미 파촉에 도착했다는 소식을 들은 유장은 부성(涪城: 사천성 중경 동방)으로 가서 그를 맞을 채비를 서둘렀다. 황권은 다시 나서서 유장의 길을 막았다.
「주공께서 가시면 유비의 모해를 받으실 위험이 있읍니다. 절대로 가시면 아니되옵니다.」
 왕의 행차를 만류하는 황권의 음성은 떨리고 있었다. 이 때 장송이 나서서 노한 목소리로 황권을 꾸짖었다.
「황권은 어찌 황족 사이를 이간시키는 말을 함부로 하는가. 황족간의 이간은 결국 이적 행위밖에 될 수 없는 일이 아닌가? 한중의 장로와 조조가 침입을 도모하고 있는 이 때 그같은 진언이 무슨 유익이 될 수 있단 말인가?」
 장송이 이같이 큰 소리로 황건을 꾸짖자 이번에는 이회(李恢), 왕루(王累) 등이 섬돌 아래 꿇어 엎드려 한목소리로 왕의 행차를 막았다. 그들은 울면서 왕의 옷자락을 잡고 늘어졌다. 그러나 유장은 그들의 간절한 만류를 한마디로 냉정하게 뿌리치고 급기야 부성으로 향했다. 이에 왕루는 왕의 등 뒤에서 목이 터져라 절규하다가 성문 위에서 몸을 날려 스스로 목숨을 끊고 말았다.
 부성은 성도에서 3백 6십리 길이다.
 한편 현덕 일행도 부성으로 향했는데 가는 도중 법정이 방통의 옆으로 바싹 다가왔다. 법정은 좌우를 살핀 뒤 귓속말로 방통에게 일렀다.
「장송의 밀서가 도착했오. 현덕과 유장이 만날 때 지체없이 유장을 없애라고 하였으니 기회를 놓치지 마시오.」
 이같은 그들의 음모를 유장은 물론이거니와 현덕인들 눈치나 채고 있었을 것인가.
 건안 17년 정월, 현덕의 부강 연안 진영에서는 성대한 향연이 열리고 있었다. 유장 이하 그의 문무 중관이 그 자리에 함께 하였다.
 주흥이 채 무르익기 전에 방통은 법정에게 눈짓을 하여 밖으로 불러내었다.
「번거로운 절차는 필요 없읍니다. 이 자리에서 단번에 요절을 냅시다.」
 법정이 말했다.

「내가 이미 위연 장군에게 부탁해 두었으니 잘 해낼 것이오.」
 어두운 한 구석에서 이런 무서운 음모가 진행되고 있는데도 향연석에서는 허물없이 담소와 환락으로 주흥은 절정에 이르고 있었다.
 그 때 형주 대장석에서 위연이 일어나더니 취하여 비틀거리는 걸음으로 연회석 중앙으로 나왔다.
「모처럼 태수를 모신 자리이니 형주 무인의 칼춤으로 주흥을 돋구고자 합니다.」
 위연은 이렇게 말하고 장검을 빼들고 춤을 추기 시작했다. 칼날은 자주 자주 유장의 머리 위에서 섬광을 발하며 예리한 선을 그었다. 순간 오싹한 살기를 느낀 촉의 종사관 장임(張任)이 일어서서 칼을 빼들고 위연과 마주섰다. 그는
「자고로 검무에는 상대가 있는 법이오. 내 그대의 상대가 되리다.」
 하고 유장의 앞을 가로막으며 춤을 추기 시작하였다. 사람들의 머리 위에서 두 사람의 칼은 공기를 가르며 번쩍였다. 위연의 발이 유장에게로 다가가면 장임은 현덕에게로 다가갔다. 위연과 장임의 눈길이 마주칠 때마다 그들의 눈에선 불꽃이 튀었다. 그것은 이미 춤이 아니었다. 살기가 번득이는 무언의 칼싸움이었다.
 그 때 유봉이 일어서서 칼을 들고 두 사람 사이를 막아섰다. 그 순간 유장의 장수들이 일제히 칼을 빼들고 일어서며 외쳤다.
「우리도 함께 춤을 추자!」
「그래 정말 춤을 추려는가?」
 향연석은 일시에 전쟁터를 방불케 하는 살풍경을 연출하였다.
 현덕이 놀라 꾸짖었다.
「위연, 유봉! 이게 무슨 무례냐. 여기가 홍문의 연회인줄 아는가? 우리 종친 회합에 무엇을 못해 살벌을 연출하느냐? 어서들 물러가라!」
 유장도 가신들의 무례를 꾸짖고
「현덕과 나는 종친간인데 어찌 너희들이 형제의 의를 떼어 놓으려 하느냐!」
 하며 호령하였다.
 등줄기에 식은 땀을 흐르게 하는 이 살인 미수극은 두 총수의 제압으로 일단 막을 내렸다.

그날밤 유장이 숙소로 돌아오자 유궤(劉璝) 가 간했다.
「주공께서는 오늘 향연석상에서의 일을 헤아려 살피지 못하십니까? 빨리 성도로 돌아가셔서 후환을 면하십시오.」
유장은 그러나 가신들의 이같은 간언에 개의치 않고 매일 현덕을 만나 환담하였다.
며칠 후, 한중의 장로가 출정 준비를 마치고 드디어 가맹관(葭萌關)으로 향하고 있다는 정보가 유장에게 날아들었다. 유장으로부터 이러한 사정을 통고받은 현덕은 즉시 병마를 이끌고 가맹관으로 향했다. 가맹관에 도착한 현덕은 군사를 단속하여 민폐를 끼치지 않게 하고 은혜를 베풀어 민심을 수습했다.
가맹관은 사천과 섬서의 경계에 있는 험준한 군사 요충지였다. 장로의 군대와 현덕의 군대는 워낙 험악한 지형 때문에 서로 공격을 못하고 대치만 하고 있을 뿐이었다.
유장의 가신들은 모두 성도로 돌아갔고 촉군을 대신하여 형주의 유비군이 이렇게 가맹관에 진을 치고 있을 때「조조의 4십만 대군이 남하하여 동오를 토벌한다」는 보고가 현덕에게 들어왔다. 유수[濡須: 안휘성 소호(巢湖) 와 장강(長江) 중간]를 끼고 오·위 양국간에 큰 전투가 벌어졌다는 소식이었다.
「멀리 남방에서 싸우는 전쟁이야 이곳 촉나라와 무슨 상관이 있겠읍니까?」
현덕의 군사(軍師) 방통이 말했다.
「아니 큰 관련이 있오. 만약 조조가 승전하면 형주도 삼키려 할 것이고 손권이 승전해도 역시 마찬가지로 형주를 칠 것이 분명하오. 그러니 우리 형주는 지금 큰 환란의 위기에 처해 있는 것이오.」
유방의 이같은 말에 방통은
「그 일이라면 공명이 있지 않읍니까. 주공께서 이곳 먼 촉에까지 오셔서 형주를 걱정하신다면 공명은 오히려 불신당하고 있나 싶어 한탄할 것입니다…. 주공께선 이 때를 기화로 유장을 시험해 보도록 하십시오. 유장에게 편지를 보내 "지금 조조군이 남하하여 오후(吳侯) 손권이 형주에 구원병을 청했다. 손권의 누이가 내 부인인 관계도 있어 곧 구원하지 않으면 안 된다. 그러니 손권을 돕기 위한 정병 3~4만과 군량 십만석을 보내 달라"고 요청해 보십시오. 유장의 속셈을 알아 보는 좋은 기회이기도 합니다. 다행히 우리의 요청에 유장이 두말없이 응해 준다면 제게 또 다른 계책이 있읍니다. 그러나 유장은 십중 팔구 들어 주지 않을 것입니다.」

현덕으로부터 뜻밖의 군사와 군량의 요청을 받은 유장은 눈앞이 캄캄했다. 순간 현덕에 대한 불길한 의혹이 머리를 쳤다. 유장이 이렇게 아연해 있을 때 유파(劉巴)가 나와 진언하였다.

「현덕의 요구에 결코 응해서는 안 됩니다. 그것은 그의 야망의 불길에 건초더미를 던져 주는 것과 같습니다. 현덕을 촉땅에 오래 머물게 하는 것은 호랑이를 집안으로 끌어들이는 것과 같은 일이며, 지금 그에게 군마와 군량을 보내는 것은 호랑이에게 날개를 달아 주는 것과 다를 바가 없읍니다.」

며칠을 망설이던 유장은 노약한 군사 4천과 군량미 1만석을 회답과 함께 현덕에게 보냈다.

유상의 사자로부터 이같은 회답을 받아 읽은 현덕은 화를 내며 그 자리에서 편지를 찢어 버리며 말했다.

「오늘날 우리 형주 군대는 멀리 험로를 달려 인명과 노력을 아끼지 않고 촉을 위해 장로의 침공을 방비하고 있는데 너희는 그 많은 재산을 쌓아 두고도 이렇게 인색해야 하는가. 너희의 이같은 처사에 어떻게 우리 군사들이 힘을 내 싸우려 하겠느냐?」

평소의 유비답지 않은 과격한 노여움에 유장의 사자는 혼비 백산하여 성도로 도망하고 말았다.

방통의 다음 계책에 따라 현덕은 곧 유장에게 작별 서신을 띄웠다. 현덕 자신이 급히 회정하여 구원할 수밖에 없는 사태이고 시간 역시 급박하여 만나서 작별을 고할 여가가 없어 서면으로 대신한다는 요지의 내용이었다.

「이제 이 난국을 누구를 의지하여 타개할 수 있을 것인가!」

현덕의 서신을 받은 유장은 가슴을 치며 후회하고 슬퍼하였다. 현덕의 회군 소식에 충격을 받은 것은 유장 뿐이 아니었다. 촉의 모든 상황을 여기까지 끌고 온 장송으로서는 이만저만 낭패스러운 일이 아니었다. 그 또한 현덕의 회군이 계책의 일환인 줄은 전혀 모르고 있었다. 장송이 급히 현덕에 보낼 편지를 써서 마악 봉하려 할 때 공교롭게도 그의 친형인 광한 태수 장숙(廣漢太守 張肅)이 방문을 했다. 이에 당황한 장송은 붙이려던 편지를 황급히 소매 속에 감추었다. 장송은 억지로 태연을 가장했지만 형 장숙의 눈에 비친 그의 모습은 평소와 달리 침착을 잃고 있었다.

오랫만에 만난 형제는 주안상을 앞에 놓고 마주 앉았다. 그들 사이에 술잔이 몇 번 오갔을 때 장송의 소매 속에서 감추어졌던 편지가 방바닥으로 떨어졌다. 장송은 그러나 이것도 모르고 주흥에 취해 있었다.

「장송이 황숙께 드린 진언은 진정이온데 황숙께서는 어찌 거사를 더디 하시옵니까. 대사가 무르익었는데 어찌 이것을 버리고 형주로 회정하십니까. 이 글을 읽고 곧 성도로 진군하시면 장송이 내응하겠읍니다.」

편지를 읽어 가는 장숙의 손은 몹시 떨렸고 일순 안색이 창백해졌다.

이 엄청난 역모를 장송이 꾸미고 있다니! 내 아우가 멸문 지화를 부르고 있구나, 몸을 가누지 못할 정도로 후들후들 떨며 장숙은 곧바로 유장에게로 가서 아우의 편지를 전했다.

편지를 읽은 유장은 기가 막혔다. 장송이야말로 그가 한 팔처럼 믿고 아끼던 인물이 아니었던가. 믿는 도끼에 발등을 찍힐 뻔했던 유장은 비통한 심정을 금할 수 없었다. 장송 일가는 그날로 역적의 이름으로 멸족을 당하고 말았다.

한편 가맹관으로부터 철수한 현덕의 군단은 부수관에 이르러 이들의 진군을 저지하려는 촉장 고패와 양회를 참수하고 그들의 군사 2백을 항복시켜 부수관을 무혈 점령하였다.

현덕이 부수관을 점령하고 거기에 웅거하고 있다는 소식은 유장에 큰 충격으로 전해졌다. 예측할 수 없는 앞으로의 사태에 대해 유장은 망연자실하였다.

「이제 나의 모든 기업을 현덕에게 빼앗기고 마는구나…」

유장은 넋빠진 사람처럼 혼자 중얼거렸다.

「낙현(雒縣)에 군대를 급파하여 길목을 막으면 아무리 정병과 맹장을 거느린 유비라 할지라도 통과하지 못할 것입니다.」

황권의 이같은 간언에 비로소 정신을 수습한 유장은 그것이 상책이라 하여 곧 아들 유순과 장인 오의를 낙현으로 보내 유비를 방어하도록 했다.

낙현의 낙성(雒城)은 과연 촉나라 제일의 요충지였다. 성도로 진격하자면 반드시 낙성의 그 험로를 돌파해야만 했고, 유비군은 몇 번 낙성 돌파를 시도했으나 모두 실패하고 군사 방통만 잃은 채 부수관으로 퇴각하지 않으면 안 되었다.

군사 방통을 잃은 유비의 마음은 몹시도 아팠다. 낙성 전투에 나가는 방통에게 자신의 백마를 내주었고 그 말이 표적이 되어 집중 공격을 당했던 것이다. 방통은 결국 유비를 대신해서 죽은 것이나 다름이 없었다. 아픈 마음을 달래느라 며칠을 진중에 칩거하고 있던 유비는 생각다 못해 관평을 통해 공명에게 서신을 보내 원병을 청했다.

여기는 형주성.

그날은 바로 칠월 칠석이었다. 형주성에서는 오랜 전통과 풍습에 따라 청등 홍등으로 거리를 화려하게 장식했고, 공명도 현덕 대신 문무 중관들의 향수를 달래기 위해 성대한 주연을 베풀었다. 그들이 모여 한껏 주연을 즐기고 있을 때 서쪽 하늘에서 큰 별 하나가 떨어지며 빛이 사방으로 흐트러졌다. 이 천변을 목격한 순간 공명의 손에 들려 있던 술잔이 땅으로 떨어져 날카로운 소리를 내며 깨어졌다.

「아… 슬프다!」

공명은 두 손으로 얼굴을 감싸며 흐느껴 울었다.

「방통 군사의 명이 다하였으니 우리 주공께선 한 팔을 잃으셨구나!」

그러나 좌중에 있던 중관들은 누구도 공명의 그같은 넋두리를 믿으려 하지 않았다. 공명은

「빠른 시일 내에 촉에서 무슨 소식이 있을 것이오.」

하고 향연을 일찍 파했다.

며칠 후 과연 관우의 양자 관평이 파촉으로부터 돌아왔다.

「군사 방통은 전사하고 주군 이하 형주 군대는 부수성에 포위된 채 진퇴 유곡에 빠져 있읍니다.」

관평은 현덕의 서신을 공명에게 전했다. 한시가 급하다고 판단한 공명은 즉시 출병을 서둘렀다.

공명은 작별 연회석상에서 운장에게 인수를 끌러 주며

「형주의 운명은 장군에게 달렸오.」

하고는 만약의 일이 생길 때는 북으로 조조를 막고 동으로는 손권과 화친하여 형주를 지킬 것을 당부하였다. 한편 그 자신은 장비·조자룡 등과 함

께 군대를 영솔하고 파촉으로 떠나기로 했다.

　공명은 먼저 장비에게 군대 1만을 주어 큰 길로 파주(巴州), 즉 낙성 서편으로 가게 하고, 조자룡에게는 양자강을 거슬러 올라가게 한 뒤 자신도 간옹과 장완을 데리고 파촉을 향해 떠났다.

　공명이 형주를 떠나 출정한 날짜가 7월 20일이었다. 날짜를 계산하여 언제쯤 공명과 장비의 군대가 낙성에서 회합하게 되리라는 것을 짐작한 현덕은 장수들을 모아 놓고 말했다.

「머지 않아 우리 형주의 군대가 낙성에 모이게 될 것인데 지금 우리도 낙성으로 가야 할 것이 아닌가?」

유비의 말을 받아 황충이 진언하였다.

「지금까지 장임의 군사가 매일 도전을 해 왔어도 우리는 일체 출성을 하지 않았으므로 저들은 그동안 많이 해이해졌을 것입니다. 이럴 때 그 진영을 불시에 야습하면 큰 전과가 있을 것입니다.」

　황충의 이같은 진언에 과연 그렇겠다고 생각한 현덕은 그날밤 실로 오래간만에 장임의 진영에 야습을 감행했다. 준비없이 때아닌 기습을 당한 촉군은 미처 군복을 입을 사이도 없이 무기와 군수품을 버리고 낙성으로 도망하였다. 형주군은 도망하는 촉군을 추격하여 낙성을 포위, 며칠을 계속해서 공격을 시도했으나 촉군은 성문을 굳게 닫고 일체 대적을 하지 않았다. 연 4일 동안이나 공격을 감행했으나 아무런 전과도 없이 군사들만 점점 피로에 지쳐 갔다. 형주군의 이같은 상태야말로 장임이 바라던 바였다.

　형주군이 몹시 피로해져 있음을 안 장임은 마침내 출전을 명했다.

　낙성 남쪽으로는 산길이 둘 있고 북으로는 부수라는 큰 강물이 흘렀다. 장임의 군사는 남산의 샛길을 빠져 산을 넘어 멀리 돌아 평원으로 나갔다. 그리고 또 북문 밖으로 빠져 나간 다른 촉군은 배를 타고 몰래 건너편 강변으로 나가 현덕군의 퇴로를 막고자 소리없이 기다리고 있었다.

　장임이 봉화를 터뜨리자 그것을 신호로 요란한 꽹과리, 북 소리와 함께 갑자기 성문이 열렸다. 저녁 식사를 준비하고 있던 형주군은 불시의 기습에 대적할 틈도 없이 사방으로 흩어져 도망치고 말았다. 현덕은 방임했던 자신의 실책을 수없이 후회하며 산상과 산곡에서 들끓는 촉병의 함성을 꿈속에서처럼 아득하게 들으며 도망쳤다. 뒤를 돌아보니 그를 따르는 자

는 아무도 없었다. 외로운 패주였다. 현덕이 그렇게 한참을 정신없이 도망치고 있을 때
「달아나는 적장을 잡아라!」
하는 소리와 함께 일단의 군대가 그의 눈 앞으로 질주해 왔다.
「아… 드디어 최후가 왔구나!」
현덕은 눈물을 흘리며 마상에서 부르짖었다. 그 순간
「적장에게 손대지 마라!」
하는 매우 귀에 익은 음성이 들렸다. 현덕은 정신을 차려 앞을 바라보았다.
「아… 장비!」
앞에서 달려오는 장수는 다름 아닌 장비였다. 현덕은 한순간 꿈이 아닌가 싶었다. 그러나 촉병들의 맹렬한 추격에 그들은 회포를 풀 사이도 없이 전군에 명을 내려 돌이켜 추격해 오는 적군을 맞받아 쳐들어갔다.
형주군 토벌을 바로 눈앞에 두고 뜻지 않게 나타난 장비를 감낭할 수 없어 촉군은 급히 낙성으로 회군하지 않으면 안 되었다.
어제의 억울한 패퇴에 분을 참지 못하고 뜬눈으로 밤을 새운 장임은 이튿날 군대를 거느리고 나와 다시 형주군과 접전하였다. 형주군은 이 때 낙성 가까이에 진을 치고 있었다. 이른 아침 낙성문이 열리며 갑자기 수많은 촉군이 벌떼처럼 쏟아져 나왔다. 장임은 장비를 맞아 십여 합을 교전하다가 승산이 없었던지 갑자기 말머리를 돌려 낙성 북쪽으로 내달았다. 성 북쪽으로는 겹겹이 험산이었고 또 부수강이 흘렀다. 그 복잡한 지형에 추격하던 장비는 어느 산골에 이르러 장임을 놓치고 말았다. 그 순간 장비는 자신이 소수의 군대만을 거느린 채 적지에 너무 깊이 들어와 있음을 깨달았다. 바로 그 때였다. 갑자기 사방의 산상에서 군기가 날리며 북이 요란하게 울림과 동시에 장임의 외침이 들렸다.
「저 범의 나룻을 한 장수를 사로잡아라!」
장임의 호령에 매복하고 있던 촉병은 벌떼같이 일어나 장비군을 겹겹이 둘러싸고 공격해 왔다. 간신히 적의 포위망을 뚫고 혼자 부수강변으로 도망치는 장비를 촉장 오의는 정예를 몰아 집요하게 추격해 왔다. 얼마를 달리니 앞에 강물이 가로막았다. 장비에게 있어서는 실로 위기의 순간이 아닐 수 없었다. 바로 그 때 강에 떠 있던 한 척의 군선으로부터 강둑으로

한 장수가 사뿐히 뛰어내리며 오의의 앞을 가로막았다. 불과 수합을 겨룬 끝에 그는 오의를 사로잡았다.
「장 장군 안심하라. 조자룡이다!」
자룡은 오의가 잡힌 줄도 모르고 정신없이 도망가는 장비를 향해 외쳤다. 형주를 떠나 양자강을 거슬러 올라오던 조자룡이 바로 그 때 낙성에 도착했던 것이다. 천우의 신조가 아닐 수 없었다. 말머리를 돌려 함께 추격해 오던 촉군을 섬멸한 그들은 포로 오의를 끌고 현덕의 본진으로 돌아왔다. 본진에는 이미 공명의 군사도 도착해 있었다.
현덕의 본진에서 그들 현덕, 공명, 장비, 자룡 등은 비로소 함께 모이게 된 것이다. 현덕은 잡혀 온 오의의 결박을 친히 풀어 주며
「나와 함께 손을 잡고 대사를 이룰 생각은 없는가?」
하고 물었다. 현덕의 인품에 감복한 오의는 두 말없이 마음으로 항복하고 말았다.
오의에게 낙성의 여러 가지 형편과 부근의 지형을 물은 공명은 이튿날 직접 낙성 부근을 시찰한 뒤 위연과 황충을 불러들였다. 공명은 그들에게
「성동에 금안교라는 다리가 있고 그 부근 5~6리 지점에 갈대밭이 있으니 거기에 군대를 매복시켜라. 촉군이 위·황의 매복군에게 패하면 장임은 분명 동편 소로로 도망할 것이다. 이 때 장비는 1천군을 그 곳에 매복시켰다가 장임을 사로잡아라.」
하고는 다시 조자룡에게
「자룡은 금안교 북쪽에 숨어 있다가 내가 장임을 유인하여 다리를 건너거든 곧 금안교를 꺾어 버리고 북쪽으로 들이쳐라.」
하고 작전을 지시했다.
다음날 장임은 장익에게 낙성을 지키게 하고 탁응을 후군으로 하여 성문을 열고 나와 출전하였다. 공명은 사륜차를 타고 대오도 정제하지 못한 형주군 1대를 거느리고 금안교를 건너가 장임과 대적하였다. 공명의 그같은 엉성한 군세를 보고 장임은 마상에서 호기롭게
「제갈양의 용병이 귀신 같다더니 소문만 떠들썩했던 게로군.」
하고 비웃었다.
「저 공명의 군사를 섬멸하라!」
장임이 외치자 촉군은 일제히 앞으로 내달았다. 공명은 사륜차를 버리

고 급히 말을 타고 도망하였다. 장임은 때를 놓치지 않고 공명을 추격하
였다. 그러나 공명이 금안교를 건너자 마자 다리는 끊어졌고 형주군은 뒤
쫓던 촉의 후군에 맹공격을 퍼부었다. 이제 장임이 빠져 나갈 곳은 부수
지류에 연한 동쪽 산간밖에 없었다. 장임은 강심이 얕은 물을 건너 대안
으로 갔다. 그런데 거기에는 거기대로 1단의 군대가 공명의 사륜차를 호
위하고 있지 않은가. 조금 전 금안교 근방에서 사륜차를 버리고 도망간
공명이 말이다. 공명을 호위하고 있는 군대는 그러나 하나같이 노약자와
살이 비둔하게 찐 동작이 느린 군사들 뿐이었다. 공명의 그 허술한 군세
에 장임은 저절로 웃음이 나왔다. 장임이 칼을 빼들고 공명을 향해 내닫
는 순간 좌우에 매복하고 있던 군사들이 일제히 일어나 사륜차를 둘러쌌
다. 사태가 불리함을 깨달은 장임은 급히 말머리를 돌려 산골짜기로 달아
났다. 그러나 그곳에서는 장비가 우뢰와 같은 호통을 치며 길을 가로막고
있었다. 이제 더는 갈 곳이 없었다. 장임은 그 곳에서 장비에게 사로잡히
는 몸이 되고 말았다.
　현덕의 본진으로 끌려온 장임은 현덕의 회유에 대해
「촉의 충신이 되어 어찌 두 임금을 섬길 수 있겠오. 어서 목을 치시오.」
하며 완강히 항복을 거절했다. 인물됨이 아까와 다시 권고했으나 그의 군
은 절개는 어떤 말로도 꺾을 수 없었다. 공명이
　「너무 강박함은 충신에 대한 예우가 아니니 빨리 참수하여 그로 하여금
　그의 충절을 지키게 하라!」
하여 장임을 참수하였다. 현덕은 그의 시신을 금안교 옆에 묻고 충효비를
세워 주었다.
　이제 낙성은 명장 장임을 잃고 외로운 성지로 남아 형주군에게 완전히
포위되고 말았다. 항복한 촉의 장군 오의와 엄안 등이 진영 앞에 가서 성
안의 장졸들을 회유하려 했으나 유궤는 성벽 위로 올라와 오히려 그들을
꾸짖었다.
　「촉의 은혜를 배반한 자들아, 듣기 싫다. 물러가라!」
　그 때 함께 성 위에 있던 촉장 장익이 유궤의 등을 발길로 차서 성 밑
으로 떨어뜨려 죽이고 사방 성문을 활짝 열었다. 이리하여 성안의 군사들
은 대부분 형주군에게 항복하였고 이 급변에 놀란 유장의 아들 유순(劉循)
은 재빨리 북문으로 빠져나가 성도로 도망하였다.

현덕은 장송이 헌상한 촉의 지도를 근거로 장수들로 하여금 우선 점령지의 각지를 순회하며 지방관을 선정(選定)하고 민심을 수습토록 하였다. 그리고 공명은 최후로 성도 공략을 위한 작전을 계획하였다. 이 때 법정이 부수관으로부터 낙성으로 돌아왔다. 촉나라 사정에 정통한 그는
「성도 백성이 어차피 유황숙의 통치하에 생활할 것이므로 그곳 백성을 놀라게 하거나 전화를 입히면 여러 가지로 어렵게 됩니다. 사방에 어진 정사를 베푸시어 은덕으로 민심을 얻는 일이 중요합니다. 저는 한편 유장에게 편지를 보내 회유해 보겠읍니다. 사세가 이쯤 기울었으니 분명 항복할 줄로 믿습니다.」
하고 현덕에게 진언하였다.
한편 여기는 성도.
유순이 낙성을 빼앗기고 돌아오자, 형주군이 성도로 진격해 올 것이라는 소문이 떠돌았고 성 안의 민심은 크게 동요되고 있었다. 그럴 때 낙성으로부터 법정의 편지가 날아들었던 것이다. 종친의 의리로써 화친을 맺으라고 유장에게 간곡히 권하는 내용이었다. 유장은 격노하여 사자의 앞에서 편지를 찢고 곧 대장 이엄과 처남인 비관(費觀)으로 하여금 면죽관(綿竹關)을 지키게 했다. 면죽관은 성도로 들어오는 관문과 같은 요충지였다. 그들 두 장수가 3만군을 이끌고 면죽관으로 떠나자 익주(益州) 태수 동화(董和)는 한중의 장로(張魯)에게 원병을 청해 형주군을 물리치자는 상서를 유장에게 올렸다. 유장은 동화를 불러
「그대의 상서한 뜻은 알겠으나 장로는 우리와 대대로 원수가 아니었더냐. 그런데 지금 우리가 위급하다고 해서 원병을 청하면 들어주겠는가?」
하며 난색을 표했다.
「한중의 장로가 대대로 우리와 원수 지간임은 신도 잘 알고 있읍니다. 그러나 입술이 망하면 이가 시리듯이 파촉이 망하면 한중의 보존도 불가능할 것인데, 이러한 이해 관계를 자세히 설명하여 설득하면 장로는 반드시 원군을 보내줄 것입니다.」
이들은 이처럼 나라의 먼 장래를 생각함이 없이 그때 그때 대증 요법에만 급급하여 좌충 우돌하고 있었다. 성도와 낙성 사이의 면죽관 하나만 무너지면 이제는 달리 길이 없는 것이다. 사태가 급박하여 두서를 잡지 못하는 유장은 당초 한중의 장로의 침입을 막고자 원병을 청했던 형주군

을 이제 다시 장로의 힘을 빌어 물리치려는 모순에 빠져 있는 것이다. 36계 본문 사례에서는 이 때의 상황을 집중적으로 조명하고 있다. 지도자가 이처럼 우유 부단해서 나라에 혼란이 일어나면 외세에 먹혀 버리기 쉽다는 것이다.

한중의 장로가 형주군을 촉에서 격퇴한다 가정하더라도 지금까지 호시탐탐 촉에 대해 침략의 야욕을 품고 있던 장로가 유장에게 그 땅을 고스란히 내어 주고 그대로 한중으로 돌아갈 것인가….

전체적인 전황은 자꾸만 촉에 불리한 쪽으로 기울어 이제 면죽관만 돌파하면 성도는 쉽게 현덕의 손으로 들어가는 것이었다. 고명은 황충, 위연과 함께 면죽관을 공격하였다. 그곳을 수비하고 있던 이엄과 비관은 가까운 친구 사이로 함께 목숨을 걸고 형주군에 항거하다가 둘의 뜻이 또다시 의합하여 함께 군대를 이끌고 나와 형주군에 항복하고 말았다.

한편 한중 땅에서는 이무렵 마초(馬超)라는 장수가 장로의 식객으로 머물고 있었다. 마초는 마등(馬騰) 상군의 아들로 조조도 한 때는 이 마초에게 대패하여 수염을 잘리우고 전포도 벗어버린 채 도망하여 겨우 생명을 부지했을 정도로 그의 용맹은 뛰어났다. 그러나 지략이 모자라 결국에는 패하여 남은 부하 7~8명만을 데리고 유리 걸식 떠돌다가 한중 땅까지 들어와 장로의 신세를 지고 있는 중이었다.

장로는 마초를 맞아 그 인물됨을 알고 크게 기뻐하며 딸을 주어 사위를 삼으려 하였다. 그러나 대장 양백(楊柏)은
「마초는 무장으로 용맹하기는 하나 그 인물됨이 모자라 그의 처자에게 참화를 당하게 한 자이온대 주공께서 어찌 그런 자에게 딸을 주려 하십니까?」
하고 간하였다.

양백의 이같은 간언에 장로는 혼담을 단념했는데 공교롭게도 이 말이 마초의 귀에까지 들어가게 되었다. 그 일로 양백은 마초의 존재를 두려워하게 되어 맏형 양송(楊松)과 상의하여 마초를 없앨 계책을 궁리하고 있었다.

촉에서 유장의 사자가 유장의 친서를 가지고 구원을 요청하러 온 것이 바로 이 때였다. 형주군을 격퇴시켜 주면 서천 20주를 떼어 주겠노라는 제의였다. 좋은 기회라 생각한 양송은 마초를 보내 촉을 구원하게 할 것

을 장로에게 진언하였다.
 이에 마초도 언제까지나 무위 도식하며 장로의 신세를 지느니 유비를 사로잡은 뒤에 서천의 20주를 장로에게 바친다면 얼굴이 설 일이었다. 그는 기뻐하며 파촉 원정을 자원하였다.
 마초의 무예는 형주군의 모든 장수들로서도 함부로 볼 수 없을 만큼 뛰어난 솜씨였다.
 장로는 곧 2만 정예를 선발하여 양백으로 감군(監軍)을 삼고 마초와 마대(馬岱)를 대장으로 출동케 하였다.
 파촉 땅에 도착한 마초군은 우선 가맹관을 공격, 장비와 대적하여 혼신의 힘으로 겨루었다. 성 위에서 마초의 용맹과 무예를 목격한 현덕은 내심 안타까움을 금할 수 없었다.
 저들을 끝까지 싸우도록 내버려 두면 장비와 마초 중 어느 하나는 죽어야 한다. 그러나 누구도 죽게 버려 두어서는 안 된다. 아까운 인물들이라고 생각한 현덕은 장비를 불러들인 후 공명에게 마초를 항복시켜 자기의 사람으로 만들 계책을 물었다.
「한중의 장로에게 그가 소원하는대로 한령왕을 보증할 테니 마초군을 소환하라는 서신을 보내십시오.」
 공명의 계책에 따라 손건이 한중에 사절로 가서 장로에게 현덕의 친서를 전하였다. 친서를 받아 본 장로는
「현덕이 일개 좌장군으로 어떻게 한령왕을 보증한단 말인가?」
하며 회의를 표했다. 이 때 공명의 지시에 의해 사전에 손건으로부터 뇌물을 듬뿍받은 양송이 나서서 간하였다.
「그렇지 않읍니다. 유비 현덕은 한황제의 황속으로 그가 황제께 상주하면 충분히 가능한 일입니다.」
 양송의 말에 장로는 크게 기뻐하며 곧 사자를 보내 마초를 회군시켰다. 손건은 양송의 집에 유숙하면서 마초의 회답을 기다렸다.
 그러나 마초는 사자를 통해
「승전하기 전에는 돌아갈 수 없읍니다.」
라는 회보를 보내 왔다.
 장로가 두 번 세 번 사자를 보내 회군을 재촉했으나 마초의 회답은 한결같았다. 장로가 그의 명에 번번히 불복하는 마초에 대해 노여워 하고

있음을 눈치챈 양송은 이 때다 싶어
「마초는 원래 신용이 없는 위인입니다. 주군의 회군 명령에 불복한다는 것은 곧 그의 심중에 배반할 의사가 있다는 증거가 아니겠읍니까?」
하고 장로의 노여움에 부채질을 하는 한편 사람을 시켜 다음과 같은 소문을 퍼뜨리게 했다.
「마초는 촉을 토벌하고 자기가 촉의 왕이 되어 아버지의 원수를 갚으려 한다.」
이 낭설은 하루 아침에 한중 일원에 퍼졌고 마침내 장로의 귀에까지 들어가게 되었다. 장로는 급히 양송을 불러 이에 대한 대책을 물었다.
「사자를 마초에게 보내 1개월 안에 세 가지 일을 실행하면 상을 내릴 것이거니와 그렇지 못하면 참수할 것이라는 조건을 제시하십시오.」
하면서 양송은 다음과 같은 사항들을 조건으로 내세우게 하였다.
첫째 서천 전역을 점령할 것, 둘째 유장의 머리를 바칠 것, 세째 형주군을 촉에서 축출할 것. 이 세가지 일을 성취하지 못할 때는 마초이 머리를 헌납하라는 것이었다. 사형을 선고해 놓고 집행을 기다리라고 하는 것과 하나도 다를 것이 없었다.
장로의 최후의 사자는 이 세 가지 조건이 제시된 장로의 명을 가지고 마초 진영에 도착하였다. 마초는 놀라기에 앞서 기가 막혔다. 장로에 대한 불타는 듯한 충성심에 목숨을 내걸고 싸우던 마초로서는 실로 기막힌 일이 아닐 수 없었다. 장로로부터의 이 까닭없는 트집에 마초는 변명의 여지조차 생각할 수 없는 일이었다.
마초가 진퇴 유곡의 궁지에 빠져 번민하고 있을 때, 현덕의 진영에서는 이 기회에 마초를 회유하여 항복시킬 계책을 논의하고 있었다. 그 때 자룡이 파촉의 현인 이회를 진영으로 데려와 현덕에게 소개했다. 이회는 현덕이 파촉 땅에 처음 들어서던 날 마중을 나가려는 유장의 옷자락을 부여잡고 길을 막으며 만류하던 사람이었다. 마초를 달래기 위해 왔노라는 이회에게 현덕은
「그러나 선생은 나 현덕을 맞으러 나오는 유장을 만류하던 분이 아니시오? 그런데 선생은 지금 유장에게 충성을 하고자 하심이오, 아니면 나 현덕으로부터 벼슬을 얻으려 하심이오? 우선 그것부터 말씀해 주시오.」
하고 태도를 분명히 할 것을 요구했다.

「좋은 새는 나무를 가려 깃들인다 했는데 이제 그런 말씀을 물으실 필요가 있겠읍니까? 황숙께서는 촉을 짓밟으러 오신 것이 아니라 인정을 베푸시러 오셨음을 비로소 깨달았습니다.」
 이회는 이렇게 그의 진심을 고백하며 소신을 밝혔다.
 그리하여 현덕으로부터 사명을 부여받은 이회는 현덕의 친서를 들고 가맹관을 출발하여 마초의 진영에 도착하였다.
 이회를 본 마초는 첫마디에
「현덕의 부탁으로 나를 달래러 온 것이 아니오?」
하고 물었다. 이회는 조금도 당황하는 기색이 없이 대답했다.
「그렇오. 그러나 현덕의 부탁은 아니오」
「그럼 누구?」
 마초의 이같은 다그침에 이회는 침착하게 입을 열어 말하기 시작했다.
「전도가 만리같은 청년 마초 장군을 아끼는 나머지 내 스스로 찾아왔오. 마초 장군! 들어 보시오. 장군의 부친 서량 태수 마등을 누가 죽였오? 장군이 서량 군마를 총 출동시켜 토벌하기로 신께 맹세한 원수는 바로 조조가 아니었오? 그리고 부친을 죽인 조조에게 패하고 또 농서(마초가 조조에게 패하여 내어 쫓긴 지방)의 한이 있는데 지금 앞으로 나아간다 해도 형주군을 격퇴하고 유장을 구원하지 못할 것이고 뒤고 물러서도 양송을 제거하지 못하고는 장로를 대할 면목이 없을 것이니 이제 장군은 넓은 사해에 의탁할 곳이 없는 몸이오. 더구나 지금 장군이 현덕과 싸워 현덕을 패망시킨다면 가장 기뻐할 자가 누구겠오? 바로 장군의 아버지를 죽인 원수 조조가 아니겠오? 장군의 부친 마등은 유황숙과 굳게 약속을 하고 조조를 토벌하자고 피로써 조약을 맺고 싸우다가 실패한 줄을 왜 모르시오?」
 이회에게 정곡을 찔린 마초는 비로소 암흑 중에 혼자 방황하다가 갑자기 밝은 등불을 만난 듯하였다.
「아버지와 피로써 조약을 맺은 유비를 대적하면서 나는 지금 누구를 위해 이토록 어리석은 충성을 바치고 있었던가…」
 그는 일어나 이회에게 재배하고 양백을 장막 안으로 불러들여 한 칼에 목을 베어 들고 아우 마대와 함께 이회를 따라 가맹관으로 향했다.
 현덕의 기업은 맹장 마초를 얻음으로써 그 힘을 더하게 되었다. 현덕의 군사가 면죽관에 도착하던 날 황충과 자룡은 성중에 주연을 배설하고 현덕의 개선을 축하했다.

마초는 현덕에게

「이제 아우 마대와 함께 성도로 가서 유장을 만나 장로의 야심을 알아 듣도록 설명한 뒤 한중의 내정을 고하여 유황숙과의 전쟁이 어리석은 짓임을 타이르겠읍니다.」

하고는 다음날 성도를 향해 떠났다.

촉의 패잔군으로부터 면죽관이 함락되었다는 보고를 받고 성문을 굳게 닫고 있는 유장에게 마초는 공명이 일러 준대로 그간의 경위와 주변 상황를 자세히 이야기했다.

「나는 장로의 군대를 거느리고 익주를 구하러 왔으나 장로는 양송의 참소를 듣고 도리어 나를 해하려 하므로 깨달은바 있어 나는 유황숙에게 항복하였오. 아무리 한중의 원군을 기다려도, 아니 이 자리에서 백 년을 농성한다 해도 장로의 구원군은 결코 오지 않을 것이오.」

마초는 잠시 말을 끊고 유장의 반응을 살피다가 다시 말을 이었다.

「설사 한중군이 온다 해도 그것은 촉을 구원하러 오는 것이 아니라 공의 촉을 빼앗으러 오는 것이오. 한중의 내정과 장로 일족의 야망은 공의 생각과는 딴판임을 왜 모르시오? 공은 이제 현명하게 항복하여 만민을 고난으로부터 면하게 하시오. 만일 더 이상 고집을 부리면 이 마초가 먼저 성을 공격할 것이오.」

천혜의 지리적 조건으로 온 천하가 전쟁의 참화 속에서 신음할 때 그곳만은 태평을 누렸었다. 그러나 전쟁의 조류는 결국 이 천하의 험지 성도에까지 밀려들고 만 것이다. 공포와 절망으로 번민하던 유장은 악몽에 시달리다 깨어난 사람처럼 한참 동안 입을 벌린 채 말을 못하고 있다가 어눌하게

「내가 어두웠던 탓이니 뉘우치면 무엇하겠느냐. 이제 성문을 열고 항복하여 백성이나 구하도록 할 것이다.」

하며 비참한 표정으로 울먹였다.

유장은 마초가 돌아간 뒤 태수의 인수, 문적을 가지고 성문 밖으로 나와 현덕에게 항복의 뜻을 전했다. 현덕은 친히 일어나 유장의 손을 붙잡고 눈물을 흘리며

「내가 인의를 행하지 않음이 아니라 어쩔 수 없이 성도를 공격하게 되었오. 이제 공의 항복을 고마움으로 받아들이겠오.」
하고 함께 진중으로 들어가 정식으로 인수와 문서를 접수하였다. 현덕 이하 모든 장수들은 이윽고 성도에 입성하였다.
세사에 어두워 일을 당해 뚜렷한 주견없이 좌충 우돌하다가 유장은 그의 기업을 상실하게 되었고, 현덕은 이 틈을 타서 41주에 달하는 천혜의 옥토를 차지하니 비로 자신의 나라를 갖게 되었던 것이다.

■ 혼수막어 ②

병법의 요체는 집단을 통솔하여 승리를 획득하는 데 있다. 손자병법에도 있듯이 「싸우지 않고 이기는 것을 최상으로 한다」. 싸워 이기기 위한 열쇠는 내 위세를 가지고 적의 열세를 치는데 있지만, 이 우세는 단순한 유형적 요소 뿐만 아니라 무형적 요소에 의하는 수도 있다. 이를테면 아무리 위세가 있어도 허점을 공격받은 군대는 언제나 열세이다.

36계는 어느 것이나 기책 묘계(奇策妙計)이지만 조금만 냉정히 생각하면 모두가 어린애 장난같은 것이라 하지 않을 수 없는 것들이다. 때문에 냉정하고 지략이 있는 상대에게 이같은 계략을 사용한다면 곧 간파되어 반대로 이쪽이 크게 당할 수도 있는 것들이다. 따라서 계책에 효과를 부여하려면 우선 상대의 심리 상태를 교란하여 그 판단력을 약화시켜 둘 필요가 있는 것이다. 사실 어떤 경우 느닷없이 예기치 못한 상태에 직면한 인간은 형편없이 심리적 평형을 잃고, 나중에 생각해 보면 스스로도 도저히 이해할 수 없는 그런 불가해한 행동을 하기 마련이다.

우리들 일상 생활에서 예기치 않은 상황에 당면했을 때 이를 처리할 수 있는 능력이 바로 침착이다. 예기치 않은 일에 당면하면 누구나 마음의 평형을 잃고 당황하게 마련이다. 이것은 인간인 이상 누구에게나 있는 현상이므로 조금도 이상할 것이 없다. 그저 무리하지 말고 자연스럽게 당황하면 된다.
 그러나 신속히 원상태로 회복하지 않으면 안 된다. 이 침착하게 일을 처리하느냐, 아니면 수습을 하지 못하고 낭패를 부르느냐의 차이는 회복 시간의 차이일 뿐이다. 그렇다고 그 시간이 특별히 짧아야 할 필요는 없으며 그저 보통이면 된다. 「보통이면 된다」는 것은 보통 사람들의 회복 시간이 예상 외로 길다는 것을 나타낸다. 즉 끝내 회복하지 못하는 사람도 있음을 시사한다.
 유언 비어라는 것이 있다. 이른바 낭설이다. 역사상 많은 통치자들이 뿌리도 형체도 없이 눈덩이처럼 불어나는 유언 비어로 이탈하는 민심을 수습하지 못해 곤경에 빠지거나 심하게는 한 나라까지 쓰러져 버린 예도 적지 않다. 우리 나라의 위정자들도 끝없이 번져 가는 이 유언 비어 때문에 심히 곤혹을 치루는 때가 결코 없지는 않다.
 이 유언 비어는 때로 통치자들에 의하여 집권 연장의 수단이나 불의를 정당화하기 위한 방편으로 날조되는 수도 있고 또는 반대파들이 조작하거나 작위적으로 침소 봉대해서 유포시키는 경우도 있다.
 1932년에 일어났던 이른바 관동대진재(關東大震災) 때 일본의 관헌들이 의도적으로 조작해 낸 유언 비어는 지금까지도 유명하다. 저들의 작위적인 유언 비어로 수만 명의 우리 재일 동포가 참혹하게 학살을 당했던 그 수난을 우리는 익히 알고 있다.
 당시 일본의 통치자들은 관동 지방에 대지진이 일어나 민심이 흉흉해지자 동요하는 민심을 다른 데로 돌리기 위해 계획적으로 허무 맹랑한 낭설을 퍼뜨렸다.
 「조선놈이 쳐들어 온다!」
 「조선놈이 일본인을 몰살하기 위해 우물에 독약을 치며 돌아다닌다!」
 「조선놈이 일본 아이들의 배를 갈라 막대기에 끼워 들고 다닌다!」
 이를 마치 입증이라도 하듯 일본 관헌은 거리 거리에서 한국인을 체포하는가 하면 길바닥에 엎어놓고 구둣발로 짓이기기도 했다. 이에 흥분한 일본인들은 관헌들이 보는 앞에서, 공공연히 아니 닥치는대로 한국인을 붙잡아 칼로 찌르고 몽둥이로 때려 죽이는 잔악한 횡포를 부렸다.
 당시 일본에 있으면서 이 참사를 목격한 김소운(수필가)씨는 당시를 회고하며 이렇게 쓰고 있다.

「거리낌없이 유언 비어를 조작해 내서 무지한 군중을 선동한 일본 관헌의 행태가 말할 수 없이 저주스러웠다. 심리적 평형을 잃고 흥분해 날뛰는 군중은 인간이라기보다 차라리 악마에 가까왔다…」

그런데 문제는, 혈안이 되어 칼과 몽둥이를 들고 한국인을 찾아 거리를 헤맸던 사람들 모두가 무지 몽매한 사람들만은 아니었다는 사실이다. 개중에는 대학 교수나 의사, 공무원 등 많은 지식인들이 있었던 것이다.

훗날 그들은 자기들의 어리석었던 행위를 자괴했지만, 어쨌든 이것은 심리의 평형을 잃은 인간이 얼마나 어리석은 행위를 할 수 있는가를, 바꿔 말하면 그와 같이 어린애 장난같이 유치한 계략에 어떻게 걸려드는가를 보여 주는 좋은 예증이기도 하다.

「화난 상태에서 인사(人事)를 결정하지 말라」또는 「인사는 하룻밤 자고 나서 생각하라」는 얘기가 있는 것도 이같은 사실을 다른 측면에서 경계한 것이라 할 수 있다.

아무리 신중한 인간일지라도 놀란다든지 화가 나거나 하면 반드시 이성의 자제력을 잃고 그 본심을 드러내게 마련이다. 중국의 귀곡자(鬼谷子)가 「돌 한 개를 던져 보라」, 즉 교섭에 나서서는 우선 상대의 마음에 충격을 주어 밸런스를 깨뜨려 상대의 본심을 알고 난 다음 대책을 생각하고 그리고 그 약점을 포착하여 그것을 찌르라고 한 것도 혼수막어의 계략이다.

1967년 5월, 이집트의 낫세르 대통령은 군인들을 독려하기 위해 가자지구의 일선 시찰을 했다. 병력은 말할 것도 없거니와 객관적으로 보았을 때 장비면에서도 이스라엘 측과 비교해 별 차이가 없었는데도 불구하고 싸울 때마다 번번히 패퇴하자 대통령이 직접 그 패인을 찾아 보고자 나섰던 것이다.

일선을 돌아본 낫세르 대통령이 그 원인을 찾는 데는 그리 많은 시간이 필요하지 않았다. 싸움을 떠나 이집트군은 그 정신 상태에서부터 지고 있었던 것이다.

낫세르 대통령이 시찰에 나섰을 때는 용케도 이집트군이 약 6km쯤 진격했을 때였다. 최일선 지역으로 들어서자 사막 여기 저기에 부서진 탱크나 트럭이 널려 있었다. 이집트군의 포격으로 파괴된 것이었다. 그런데 얼른 이해할 수 없는 물체가 보였다. 사막 여기 저기에 현대전에서는 아무짝에도 쓸모가 없는 나무 기둥이 삐쭉삐쭉 세워져 있는 것이었다. 이상하게 생각한 대통령은 기둥 근처에서 차를 멈추게 하고 그 나무 기둥을 살펴 보았다.

틀림없는 나무 기둥이었다.

「이건 도대체 뭔가, 이스라엘군이 만들어 놓은 건가?」

수행한 전투 사령관에게 대통령이 물었다.

「그렇습니다 각하!」

「이런 게 전투에 필요한가?」

사령관은 잠시 머뭇거리다가 입을 열었는데 그가 설명한 내용은 대충 이렇다. 이스라엘군은 이집트군의 면전에서 자주 이상하게 생긴 나무 기둥이나 상자를 모래 바닥에 높이 세우곤 했다. 이에 대해 이집트군은 그 형태나 실체야 어떻든 대번에 그것을 신형 핵무기로 지레짐작, 겁을 먹고 도망치기에 바빴다. 그것은 그대로 약과였다. 한 번은 이스라엘군이 낡은 장갑차 6대를 동원해 반경 약 1km를 빙빙 돌이키며 공연히 모래 먼지를 뽀얗게 일으킨 일이 있었는데 이 때도 이스라엘군이 신형 핵무기를 사용하는 것이라 생각, 혼비 백산해서 몇 십리를 후퇴했다는 것이다.

군의 정신 상태가 이 정도라면 무기나 병력이 제아무리 우수해도 백전 백패할 것은 너무나 당연한 일이었다.

그 때 이스라엘측은 첩자를 통해 조만간 이스라엘군이 「가공할 신형 무기」를 사용하게 될 것이라는 유언 비어를 꾸준히 이집트군 내부에 유포시 켰고, 이같은 이스라엘측의 심리전이 100% 주효했던 것이다.

이집트군의 사령관 이하 장교들이 그것이 유언 비어임을 실증을 들어가며 열심히 설득해도 사병들은 좀처럼 수긍하려 들지 않았다. 이처럼 일단 심리적 평형을 잃고 동요하기 시작한 인간은 그것을 회복하기가 어려운 것이다.

■ 혼수막어 ③

동서와 고금을 막론하고 약소국을 침략한 나라는 그 속령을 통치하는 방법으로 분열 통치를 일삼았다. 지역을 분할하거나 아니면 지역 감정이나 종교 감정을 인위적으로 분리 대립시켜 통치국에 저항하지 못하도록 그 힘을 약화시켰던 것이다.

일본이 우리 나라를 통치하면서 막대한 자금으로 일진회 같은 친일 세력을 만들어 민족 주체 의식을 약화시키고 대일 감정을 분열시킨 것도 그 좋은 예라 하겠다.

마키아벨리는 그의 《군주론》에서 다음과 같이 말하고 있다.

「우리들의 조상, 특히 현인이라고 숭앙받던 사람들은 입버릇처럼 이야기하였다. 즉 "피사를 다스림에는 성곽이 있어야 하고 피스토이아를 다스리려면 파벌 싸움을 조장하는 것이 필요하다"고.」

피사는 피렌체의 출입구에 해당하는 조그마한 항구 도시로서 자주성이 강해 피렌체의 끊임없는 식민화 계획에 완강히 거부했다. 그러나 피렌체로서는 피사가 바다에서 들어오는 길목이었으므로 외국과의 번창하는 교역을 위해 이를 강점해야만 했다.

피렌체는 4천여 명이나 되는 막강한 군사력(당시 피렌체의 인구는 약 3만, 피사는 약 8천)으로 피사를 공격하였지만 전 시민이 일치하여 완강히 항전해 좀처럼 정복할 수가 없었다.

반면 피스토이아는 피렌체의 서북부에 있는 브로니아, 베네치아, 밀라노에 이르는 교통상의 요지를 차지하고 있던 속국으로 피사와 달리 국내의 파벌 싸움이 격심해 그 정복이 쉬웠다.

이같은 이유로 옛사람들은 점령 지역을 원활히(?) 다스리기 위한 수단으로 그 지역에 분열의 씨를 심어 놓았다. 그러니까 속령을 통치하려면 적어도 당파로 갈라져서 서로 싸움에 열중하게 하여 본국에 등을 돌릴 생각을 할 틈이 없도록 해야 한다는 것이다. 즉 속령의 국민이 자의식을 가지고 일치 단결하면 그 힘으로 본국을 이반할 우려가 있다는 체험적 발상에서였다.

그러나 분열 지배도 대로렌쏘 시대와 같이 각국이 세력의 균형을 유지하고 있어 서로 군대를 움직일 수 없는 시대에는 성공의 가능성이 있었으나 현재와 같이 복잡한 국제 정세하에서는 통용되지 않는 것이 일반 원칙이다. 왜냐하면 분열 국가의 약한 쪽은 억압을 참다 못해 다른 강대국과 비밀리에 결탁, 그 세력을 끌어들여 강한 쪽을 격파하려

한다. 그렇게 되면 결국 양쪽이 다 같이 약화되어 그 지배하에 들어가게 되고, 마침내는 그 나라조차 멸망해 버릴 것이 너무나 명백하기 때문이다. 그러므로 내부 분열책은 아무래도 실력이 있는 나라가 취할 수 있는 책략인 것이다.

이탈리아 북쪽에 있던 베네치아 공화국은 전통적 지배 방식으로 그 지배하에 있는 모든 도시에 계획적으로 법왕파와 황제파의 두 파벌을 육성하였다. 그리고는 양 파벌간의 유혈 참극만 막았을 뿐 안으로는 은밀히 두 파 사이의 격렬한 의견 대립을 조장하고 선동하였던 것이다. 이것은 시민들로 하여금 서로 항쟁에 열중하게 함으로써 베네치아에 대해서는 결속된 힘으로 대항을 할 수 없도록 하기 위해서였다.

그러나 이것은 결과적으로 베네치아에게 득이 되지 못했다. 왜냐하면 1509년 베네치아가 바일라에서 캄불레 동맹군(프랑스, 로마, 에스파니아, 독일)에게 패하자 이를 기화로 베로나, 비첸짜, 우디네, 바도마 등의 도시가 마침내 반기를 들고 영토의 주권을 회복해 버렸던 것이다.

그러므로 이런 통치 방법을 사용하는 군주는 스스로의 약점을 드러내 보이는 것일 뿐, 강력한 정부는 결코 이런 식의 정책을 허용하지 않는다. 이런 분열 정책은 평화시에는 어느 정도 효과를 거둘 수 있을지 몰라도 일단 전쟁이 터지면 오히려 참담한 결과를 초래하는 것이다.

그러니까 유동 정세하의 분열 통치는 통치국이 그 지역에서 절대 우세한 국력을 가지고 있지 않으면 성립되지 않는다는 얘기다. 만약 그 부근에 동등 또는 그 이상의 국력을 가진 나라가 있다면 그로 인해 「솔개에게 기름덩이를 던져 주는」 결과가 되기 때문이다. 또 절대 우세한 국력을 가지고 있을지라도 자칫 그 나라 내부의 정략적인 이해 관계에 따라 각각 양파에 대한 후원자가 생기면 오히려 자기쪽이 먼저 분열하여 싸우게 되는 경우도 있다.

그의 《정략론》에도 있듯이 피렌체는 피스토이아에 분열 통치를 꾀하다가 말할 수 없는 곤경에 처했던 것이다.

마키아벨리는 또 그의 《군주론》에서 다음과 같은 재미있는 이야기를 하고 있다. 여기서 「군주」를 「기업주」로 바꿔 생각하면 기업인에게 다소 도움이 되지 않을까 한다.

즉 대군주란 모름지기 자기 앞에 가로 놓인 험준한 장애를 극복하는 자를 말한다. 새로운 군주가 대군주로 성장하려면 반드시 그에 상응한 평판을 얻어야 한다. 따라서 새로운 군주가 거물이 되는데는 운명의 신이 그에게 많은 적을 마련하여 투쟁의 길을 열어 놓는다. 여기서 승리하면 적이 마련한 사다리를 타고 더 높은 곳으로 오를 수 있는 것이다. 그렇기 때문에 현명한 군주는 기회만 있으면 교묘히 적대 관계를 만들어 이의 극복을 통하여 세력을 확장시킨다.

군주는, 특히 새로운 군주는 정권을 잡을 당시 반항하던 사람들일수록 처음부터 헌신을 약속한 사람들보다 더 믿을 만하고 유용하다는 사실을 알아야 한다.

시엔나의 군주 빤돌프 뻬두루치(1450~1512)는 되도록이면 처음에 자기를 불신하고 거부하던 인물들을 기용하여 나라를 다스렸다.

이 문제에서는 모든 것이 개별적인 상황에 따르기 마련이어서 논리를 일반화할 수는 없다. 다만 여기서 말할 수 있는 점은 정권을 장악하였을 때 새로운 군주에게 적의를 가졌던 사람들일지라도 가족과의 생존을 위해서는 보호가 필요하다는 것이다. 따라서 군주는 이들을 손쉽게 얻을 수 있다. 더구나 이들은 자기네가 갖고 있는 악평을 봉사로써 씻어야 한다고 통감하는 만큼 새로운 군주에의 충성심도 크다. 그래서 안일한 기분으로 봉사하면서 자기네의 이해만을 생각하는 무리들보다는 이런 사람들에게서 훨씬 더 큰 이득을 기대할 수가 있다.

이야기가 여기까지 왔으면 내용의 중대성에 비추어 충고하지 않을 수 없는 것이 있다. 그것은 국내의 지지자를 발판으로 새로이 나라를 얻은 군주라면 이 협력자들이 무슨 이유로 내편을 들었을까 하는 점을 신중히 고려해야 한다는 것이다.

만약 이 지지자들이 새로운 군주를 자연스럽게 경애한 것이 아니라 그 전 군주에 대한 불만 때문에 협력하였다면 이들을 끝까지 동지로 삼기는 힘드는 일이다. 왜냐하면 새로운 군주도 인간인 이상 그들의 기대에 어긋나기 쉽기 때문이다. 또 고금의 역사에 비추어 보더라도 결국 전의 군주가 불만스럽다고 해서 새 군주를 옹립하여 자국을 정복하게 하는 사람들을 자기 편에 두기보다는 전 정권에 충실하고 새로운 군주에게 반대한 사람들을 협력자로 두는 편이 훨씬 현명하다.

또 군주는 적과 자기 편을 명시할 때, 다시 말하면 어느 누구에게나

자기의 지지 혹은 적대 감정을 주저없이 밝힐 때야만 신뢰를 받는다. 이러한 태도는 어중간한 입장보다 훨씬 유효하다.

제21계

금선탈각
金蟬脫殼

원형을 보존하고 뽑아 내라

지형의 원형을 보존하고 위세를 과시하여 우군(友軍)에게는 의념(疑念)을 일으키지 않게 하고, 적에게는 진공할 용기를 내지 못하게 한 뒤 이쪽은 비밀리에 주력을 딴 곳으로 이동, 적을 속인다.

우군과 연합하여 적과 싸우는 경우, 적과 우리와 우군의 세 방면의 태세를 자세히 관찰해 두지 않으면 안 된다. 만약 다른 곳에서도 적을 발견했으면 본래의 전투 태세를 보존 유지하면서 군사를 나누어 요격할 필요가 있다. 「금선(金蟬)의 껍데기를 벗어난다」는 계략은 단순히 벗어나기만 하면 된다는 것이 아니라 그것은 곧 분신(分身)의 법술(法術)인 것이다.
  그러므로 우리쪽은 대군을 이동시킨 뒤에도 기치를 높이 올리고 징과 군고를 치며 박진력 있게 본래의 전투 태세를 보존 유지하지 않으면 안 된다. 이같이 해서야 비로소 적의 경거 망동을 막고 우군에게도 의심을 품지 않도록 할 수 있는 것이다. 다른 적을 때려부수고 되돌아왔을 때 비로소 우군이나 적이 그것을 알아차리거나 또는 여전히 알아차리지 못한다는 식이다. 즉 「금선의 껍데기를 벗어난다」는 것은 적과 싸우는 한편 은밀히 정예 부대를 빼내어 다른 적을 습격하는 기책(奇策)인 것이다.

註

  금선탈각(金蟬脫殼) : 금선(매미)의 껍질을 벗어난다는 뜻. 계략을 써서 빼내는 것의 비유. 은밀히 주력을 딴 곳으로 이동시켜 특수한 임무를 달성케 하는 모략이다. 속을 텅 비우는 계략.
  춘추 전국 시대 항우(項羽)에게 성을 포위당한 한(漢)의 고조 유방의 고사에서 온 말로 알려져 있다.

■ 금선탈각 ①

 유방은 한신의 암도진창의 계략으로 눈깜짝할 사이에 넓은 관중의 땅을 차지하였다(제8계 참조).
 이 소식을 전해 들은 항우는 몹시 격노했다. 생각같아서는 당장 대군을 몰고 가서 유방을 때려부수고 싶었다. 그러나 조나라가 제나라와 연합하여 배반할 기미를 보이고 있던 때라 항우는 제나라를 칠 것인지 유방을 칠 것인지 망설일 수밖에 없었다.
 이 때 장량으로부터 항우에게 한 통의 편지가 날아들었다.
「한왕 유방은 약속된 봉작을 받지 못하여 관중의 왕이 되고자 합니다. 약속대로 관중의 왕만 된다면 그 이상 동쪽으로 진출할 생각은 없을 것입니다. 또 근자에 제나라·조나라가 힘을 합하여 초나라를 멸망시키자는 내용의 밀서를 입수, 동봉하오니 헤아려 주시옵소서.」
 과연 장량의 편지 속에는「제나라·조나라가 연합하여 초를 멸망시키자」는 내용의 밀서가 들어 있었다.
 장량의 편지를 받은 항우는 아직 유방의 군세를 우습게 여기고 있었으므로 제나라부터 토벌하기로 작정하였다. 장량은 편지 한 통으로 항우의 마음을 움직여 제나라를 치게 하고 그 사이에 유리한 공격을 펼칠 계획이었다. 장량이 편지 속에 동봉한 밀서는 물론 가짜였다.
 항우는 친히 4십만 대군을 이끌고 북상하여 제나라의 군사를 격파하였다. 뿐만 아니라 계속 북쪽으로 올라가며 성이란 성은 모조리 불사르고 항복한 제나라 군사 십여 만명을 구덩이에 생매장하기에 이른다. 이처럼 인간 항우의 잔혹성은 투항한 적의 군사들을 수에 관계없이 전원 생매장해 죽여 버림으로써 그 극치를 이룬다.
 겨우 생명을 부지해 달아난 전영의 아우 전횡(田橫)은 그 동안에 흩어졌던 제나라 군사들을 모아 성양에서 다시 반란을 일으켰다. 싸움에 지기만 하면 어김없이 몰살을 당할 것이므로 전횡의 반란군은 필사적으로 항전했다. 다음의 제22계에 나오겠지만 아무리 적은 수라 해도 죽음을 각오한 군사는 강한 법이다. 이 때문에 항우는 예정대로 팽성으로 개선하지 못하고 성양에 발이 묶여 싸움을 계속하고 있었다.
 한편 관중땅으로 나선 유방은 함곡관을 넘어 하남을 평정하고 남으로 진격을 계속해 평음진을 건너 낙양의 신성(新城)에 이르렀다. 이때 신성의 삼로(三老) 동공(董公)이 유방에게 진언하였다.
「어떤 싸움에 있어서나 대의 명분이 없이는 결코 승리할 수 없읍니다. 지금 항우는 무도하게 의제(義帝:회왕)를 시해했으니 그야말로 천하의 역적이 아니고 무엇이겠읍니까. 대왕께서는 인의를 위하여 마땅히 3군에 명하여 의제를 위하여 소복으로 상을 거행하게 하시고 널리 제후들에게 이 사실을 알린 다음 항우를 공격하소서.」
한왕 유방도 의제가 항우에 의해 시해됐다는 비보를 그곳 낙양에 와서야 비로소 알게 되었던 것이다.
항우 편에서 볼 때 의제는 진나라 토벌의 상징적 존재에 불과했다. 비록 초나라 유민들에 의해 왕으로 떠받들려지기는 했으나 진나라가 평정된 이상 그의 존재는 사실상 유명 무실해졌던 것이다. 회왕 시절 의제는 진나라 관중을 평정함에 있어 유방을 정서군의 대장으로 임명했고 이에 불만을 품고 있던 항우는 이 기회에 의제를 없애 버리기로 결심을 했던 것이다.
그 때 팽성(彭成)에 있던 의제는 장사림현(長沙郴縣)으로 천도하라는 항우의 거짓 권유를 믿고 장사로 옮겨 가다가 장강 중류에서 항우가 보낸 경포(黥布)에게 시살을 당한다.
동공의 진언에 따라 유방은 의제의 상을 널리 공포하고 제후들에게 다음과 같은 격문을 보냈다.
「천하가 모두 의제를 내세워 우리가 의제를 섬겼는데 항우는 무도하게도 의제를 추방하고 그것도 모자라 시해까지 하였으니 천하의 역적이라 아니할 수 없다. 과인은 통분한 나머지 스스로 의제의 상을 공포하여 군사들은 모두 소복으로 거상하게 하고 관중의 병사와 삼하(三河: 하남·하내·하동)의 군사를 소집하여 의제를 시해한 초의 역적을 격살하려 하노라.」
한왕 유방의 이같은 격문을 받고 의제를 시해한 항우의 처사에 분개한 여러 제후들은 군사를 동원하여 한왕의 휘하로 들어왔다. 이로써 유방의 병력은 다섯 제후의 군사를 모아 일약 56만에 이르렀다.
유방은 낙양으로부터 항우의 수도인 팽성까지 황하와 회하가 뒤얽혀 흐르는 수로를 이용하여 진격하였다.

항우는 그 때까지도 끈질기게 항전하는 제나라 반군을 섬멸하기 위해 성양에 머물러 있었다. 물론 유방이 팽성을 향해 진격하고 있다는 정보는 이미 듣고 있었지만 우선 제나라를 완전히 평정한 다음에 유방을 공격하리라 작정했던 것이다. 항우가 제나라 평정에 이토록 사력을 다하고 있었던 것은 장량이 보낸 가짜 밀서를 그대로 믿은 때문이었다. 장량의 계책에 보기좋게 넘어간 것이다.

이 때 항우의 주력 부대는 전부 제나라와의 싸움에 투입되어 있었으므로 주인 없는 집 팽성을 유방의 군대는 하룻밤 사이에 쉽게 함락시켰다. 팽성을 함락시킨 유방군은 마치 모든 싸움에 완승을 거두기라도 한 것처럼 여러 날 동안 성대한 자축연을 베풀었다. 성안의 모든 금은 보화와 미녀들에 도취돼 군기는 하루가 다르게 문란해지고 사기 또한 엉망이었다. 그들은 이미 군인으로서의 본분이나 사명감을 망각한 채 안일과 환락에 빠져들고 있었다.

한편 유방군의 토벌을 뒤로 미루고 제나라를 평정하기 위해 성양에 있던 항우는 팽성이 이미 함락되었다는 소식을 듣고 급히 3만의 정예를 이끌고 팽성으로 향했다.

항우의 군사가 팽성으로 진격해 오고 있다는 소식에 접한 한군은 비로소 어지럽던 군기를 수습하여 방비 태세를 갖추었다. 일단 한군은 항우가 동쪽에서 공격해 올 것이라 생각, 그쪽의 방비에 주력했다. 그러나 항우는 한군의 그같은 허를 찔러 새벽에 서쪽 소현(蕭縣)을 무찌르고 팽성으로 육박해 들어갔다. 전혀 뜻하지 않았던 곳에서 적의 공격을 받은 한군은 싸워볼 엄두조차 못내고 우왕좌왕하다가 불과 반나절 만에 크게 패해 퇴각하고 만다.

추격하는 항우군에게 수수(睢水)까지 쫓겨온 한군은 수수의 낭떨어지에 이르니 그야말로 진퇴 유곡, 갈 곳이 없는 그들은 하늘을 향해 처절하게 울부짖으며 수수의 검푸른 물위로 몸을 던졌다.

그날 수수에 떨어져 죽은 한군의 수는 무려 10여 만에 이르러 흐르던 강물이 시체에 막혀 버릴 지경이었다 한다.

간신히 생명만을 건져 몇몇 부장들과 함께 본진으로 돌아온 유방은 그러나 이내 뒤쫓아온 항우군에게 겹겹이 포위를 당한다. 하늘로 솟아오를 수도 땅을 파고 들어갈 수도 없는 한군에게 있어 이제 남은 것은 죽음 뿐이었다.
「아, 이렇게 끝나고 마는구나. 이제는 모든 게 마지막이다….」
 적의 포위망 속에 갇힌 채 유방은 하늘을 향해 절망적인 탄식을 했다. 관중을 평정했을 때의, 그리고 팽성을 함락했을 때의 그 화려함이 꿈처럼 눈앞을 스쳤다. 인생의 무상함과 허망함이 죽음에 대한 공포보다 더욱 그를 견딜 수 없게 하고 있었다.
 유방이 이렇게 갖가지 상념에 몸부림치고 있을 때 갑자기 서쪽으로부터 거센 폭풍이 불어닥치기 시작했다. 폭풍은 나뭇가지를 꺾고 집을 무너뜨리며 돌과 모래를 사정없이 하늘로 휘말아 올렸다. 순식간에 밝은 대낮이 어두컴컴해졌다. 유방의 본진을 포위하고 있던 초군은 세상의 종말을 고하는 듯한 이 천재 지변에 놀라 사방으로 흩어져 버리고 말았다.
 하늘이 유방을 도왔다고 해야 할 것인가 유방은 이 혼란을 틈타 겨우 수십기를 데리고 도망을 칠 수 있었다.
 팽성의 싸움에서 대패한 유방은 다시 군대를 수습하여 한신과 함께 형양성(滎陽城)에 이르렀다. 뒤를 이어 사방으로 흩어졌던 패잔병들이 속속 형양성으로 집결하였고 관중의 노약자들까지 징발하여 형양에서 유방의 군세는 다시 회복되기 시작하였다.
 그러나 항우의 군사 또한 공격의 고삐를 늦추지 않았다. 항우군은 제일 먼저 오창(敖倉)의 군량 보급로를 끊고 형양성을 포위하여 유방군과 대치하였다.
 군량 보급로를 차단당한 유방의 형세는 다시 불리해지기 시작하였다. 십여 일이 지나자 군량은 이미 바닥이 드러날 정도가 되었다. 굶주리는 것은 군사들 만이 아니었다. 굶주리다 못한 형양성의 백성들은 속히 항우에게 항복하여 무고한 백성들의 살길을 열어 달라고 날마다 아우성이었다.
 형세는 절박했다. 백성들의 들끓는 원성은 하늘을 찌를 듯했다. 유방은 생각다 못해 항우에게 사자를 보내 형양을 경계로 하여 유방은 서쪽을, 항우는 동쪽을 각각 지배하자는 조건으로 강화를 요청하였다. 유방의 이같은 요청은 그러나 항우의 아부(亞父) 범증의 반대로 거부당하고 말았다.

유방이 강화를 요청한 것은 그가 취할 수 있는 마지막 수단이었다 이제 마지막에 이른 것이라고 판단한 범증은 강경하게 주장했다.
　「유방은 지금 최후를 맞고 있는 것이 분명합니다. 군세를 회복할 가망조차 없는 것이 분명합니다. 이 때야말로 유방군을 괴멸시킬 수 있는 절호의 기회입니다.」
　범증의 이같은 진언에 따라 항우는 더욱 맹렬한 기세로 성을 공격하였다.
　한편 한군은 최악의 사태를 맞고 있었다.「강화」라는 마지막 수단마저 무산되어 버리자 유방은 심각한 번민에 빠지지 않을 수 없었다. 이제 남은 길은 항복 아니면 죽음 뿐이었다.
　「항우의 진영에 범증이 있는 한 강화 제의는 받아들여지지 않을 것입니다. 뿐만 아니라 그는 병법에도 빈틈이 없으니 우리 한군에게는 이 형세를 만회할 기회가 오지 않을 것입니다. 그러므로 이 상황하에서는 범증으로 하여금 항우를 떠나게 하는 것이 무엇보다 급선무입니다. 항우와 범증의 사이를 이간시켜 항우로 하여금 범증에 대해 의심을 갖게 하도록 신이 계책을 마련해 보겠읍니다. 대왕께서는 너무 심려치 마십시오.」
　진평은 유명한 유방의 모사로 여섯 차례에 걸쳐 계책을 써서 위기에 빠진 유방을 구출해 낸 인물이다.
　그 며칠 후 항우는 그의 사자를 형양성으로 보내 왔다. 무조건 항복을 권유하기 위해서였다. 그러나 진평은 이미 이를 예측하고 만반의 준비를 갖추고 기다리고 있다.
　항우의 사자가 형양성에 이르렀을 때 진평의 하인들은 그에게 허리를 굽혀 공손히 예를 올리고 초호화판으로 차려진 음식상을 그의 앞에 배설하였다. 이들의 극진한 예우에 항우의 사자는 우쭐한 기분이 되지 않을 수 없었다.
　「우리 항왕은 과연 저들에게 두려운 존재로구나!」
　사신이 이렇게 항우의 후광을 믿고 자기 도취에 빠져 한껏 고자세를 취하고 있을 때 진평이 들어왔다. 진평 또한 사신의 얼굴을 쳐다보기도 전에 허리를 깊이 굽혀 공손히 예를 표했다. 진평은 예를 마치고 고개를 들어 처음으로 사신의 얼굴을 바라보았다.

「아니?」
 진평은 짐짓 놀라는 표정을 지었다.
「아부가 보낸 사자로 알고 있었는데 항왕이 보낸 사자이시군요.」
 진평은 노골적으로 시큰둥한 표정이 되며 좀 전의 그 겸허하던 자세를 풀고 사뭇 도도하게 그를 바라보는 것이었다. 그리고 잠시 머뭇거리며 음식상을 바라보던 진평은
「이거 좀 실례해야 겠읍니다.」
하고는 곁에 서 있는 하인에게
「여봐라, 아부의 사신이 오신 줄 알고 잘못 마련한 음식상이니 다시 내가도록 하라. 그리고 항왕의 사신을 위한 음식상을 새로 마련하도록 해라.」
하고 지시를 했다.
 새음식상이 들어올 때까지도 진평은 곱지 않은 눈길로 사신의 아래위를 훑어볼 뿐 한 마디 말도 건네지 않았다.
 조금 전의 기세와는 달리 사신으로서는 그 침묵의 시간이 민망하고도 멋적은 순간이 아닐 수 없었다. 잠시 후 하인의 손에 들려 들어온 음식상을 보고 사신은 기가 막혔다. 음식상엔 산나물 서너가지와 된장국이 올려져 있을 뿐, 그것이 전부였다. 검소한 게 아니라 초라했다.
「시장하실 테니 어서 드시오. 소인은 바빠서 이만 물러가야 하겠읍니다.」
 초나라 사신만을 남겨놓은 채 진평도 그의 하인들도 모두 자리를 떴다.
 진평의 그러한 처사는 한 나라를 대표하여 파견된 사신에 대한 모욕의 극치가 아닐 수 없었다. 분노로 얼굴이 붉으락 푸르락 하다가 자리를 박차고 일어난 사신은 그 길로 말을 달려 항우의 본진으로 돌아갔다.
「저들은 대왕의 사신인 소인을 한낱 유리 걸식하는 걸인으로 취급했읍니다. 그러나 사신에 대한 멸시는 바로 대왕에 대한 멸시가 아니겠읍니까. 더우기 저들이 기다린 것은 대왕의 사신이 아니라 아부의 사신이었읍니다. 아부의 사신을 위해 극진한 대접을 준비하고 있던 저들 앞에 소인이 나타나자 진평은 이미 배설했던 호화 음식상을 치

우게 하고 초라한 음식을 내왔읍니다. 그뿐이 아닙니다. 저들은 소인과는 이야기조차도 할 필요가 없다는 태도였읍니다.」
「그렇다면 범증이 언제부턴가 저들과 내통을 하고 있었다는 게 아니냐? 그래 틀림없다. 그 늙은이는 그렇지 않아도 내가 하는 일에 사사건건 나서서 막으려 들곤 했었지 /」
「의심할 여지가 없는 일입니다. 범증은 그동안 저들과 내통해 많은 유익을 제공해 왔던 것이 틀림없읍니다. 그래서 이번에도 저들은 범증의 사신을 학수 고대하고 있다가 뜻밖에도 소인이 나타나자 크게 실망하는 눈치였읍니다. 범증을 믿고 그대로 둔다는 것은 미구에 큰 화를 불러들이는 일이 될 것이옵니다.」

그날부터 범증을 대하는 항우의 눈길은 차고 사나왔다. 항우의 이같이 표변한 태도의 내막을 범증으로서는 알길이 없었다. 범증에 대한 항우의 박대는 그것으로 그치지 않았다. 범증이 초나라를 위해 진언할 때마다 항우는
「그것 또한 한나라에서 좋아할 계책이구먼.」
하며 비꼬기가 일쑤였다. 범증의 모든 진언은 심한 모욕과 함께 번번히 무시되고 묵살되었다. 범증은 군사(軍師)로서의 지위를 비롯한 모든 권한을 사실상 박탈당한 것이나 다름이 없었다. 까닭없이 당해야 하는 이같은 불신과 박대에 범증도 불만이 쌓이지 않을 수 없었다.

일찌기 항우의 숙부 항량을 위해 부활 왕조 건설에 절대적인 역할을 하였고, 항량의 사후에는 항우의 군사로서 조언과 협력을 아끼지 않았던 범증이었다. 오늘의 항우가 있게 된 것은 순전히 범증 때문이었다고 해도 지나친 말이 아니다. 그런 범증에 대한 항우의 그같은 불신과 박대는 실로 어이없는 것이었다. 더욱 견딜 수 없는 것은 연장자로서 젊은 사람에게 당해야 하는 수치와 모욕이었다.

비탄과 분노에 빠져 며칠 밤을 뜬눈으로 지새던 범증은 마침내 비장한 각오를 품고 항우를 찾았다.
「천하의 대세는 이미 결정이 났오이다. 이제부터는 대왕께서 만사를 직접 처리하십시오. 신은 이제 나이가 들어 고향으로 돌아가 관직없는 백성으로 여생을 마칠까 합니다.」

범증의 이같은 하직 인사에도 항우는 마치 기다리고나 있었다는 듯

이 냉담하게
「떠날 사람은 떠나도록 내버려 두는 것이 옛부터 지켜온 나의 방침
이오. 편히 가시오.」
하고 더 이상 아무 말도 하지 않았다. 이미 추호의 미련도 없다는 듯한
그의 반응이었다. 항우의 이같이 비정한 태도에 그래도 마음 한 구석
에 품었던 일말의 기대마저도 끊긴 범증은 아픈 가슴을 안고 팽성을
향해 길을 떠났다. 터질 듯한 분노로 범증의 전신은 불처럼 뜨거웠다.
「애당초 소인배와 대사를 도모하려 했던 것이 내 실책이었다. 장차
항왕의 천하를 빼앗는 자가 있다면 그는 다름아닌 유방일 것이다!」
범증은 지난날 홍문 연회 때의 탄식을 되풀이하며 홀로 걸었다. 팽
성으로 가는 길은 멀고 아득하기만 했다. 한때는 초나라를 위해 먼줄
모르고 달리던 길이 아니었던가. 이미 칠십을 넘은 그의 나이가 새삼
허탈하게 뇌리를 스쳤다.
그렇게 얼마를 가던 범증은 견딜 수 없는 오한과 탈진감에 말에서 내려
길섶에 주저앉았다. 어느 때부터인지 재발하기 시작한 등창이 갑자기 심
한 통증을 몰고 왔다.
그날 밤 범증은 팽성으로 가는 길목의 어느 허름한 객관에서 홀로 외로
이 세상을 뜨고 말았다. 유방을 비롯한 한나라의 모든 장수들이 그토록
두려워하고 꺼리던 범증이었다. 그의 계략으로 인하여 목숨을 잃을 뻔한
일이 얼마나 많았던가. 초나라 편에서 볼 때는 그러한 범증이야말로 보배
가 아닐 수 없었다. 비록 진평의 이간책이 주효했다고는 하나 원래 인물
을 볼 줄 모르는 항우의 미련함 때문에 초나라는 결국 인재를 냉대하여
객사하도록 방치한 것이다.
항우의 진영에서 범증은 사라졌지만 항우군은 더욱 포위망을 압축하여
육박해 들어왔고 보급은 끊겨 한군의 식량은 이윽고 바닥이 나고 말았다.
이제 더 이상 버틴다는 것은 절대 불가능한 일이었다. 아무리 충성심이
강한 군대라 하더라도 굶고서는 싸울 수가 없지 않은가.
한군의 그 절박한 형세를 보다 못한 장군 기신(紀信)은 마침내 자신을
희생해서라도 일단 이 위기에서 한왕을 구해야 겠다는 결심을 하기에 이
르렀다.
「지금 사태는 매우 급박합니다. 한시도 더 지체할 수가 없습니다. 신이

진평과 의논하여 대왕을 탈출시킬 계책을 마련했아오니 대왕께서는 어서 형양성을 빠져나갈 준비를 서두르십시오.」
하고 기신이 진언하였다.
「어떤 계책으로 짐을 탈출시킬 것이오?」
「신이 대왕처럼 꾸미고 성밖으로 나아가 저들에게 거짓 항복을 하여 저들을 속이겠읍니다.」
「그러나 그러한 사실을 알고 나면 초군은 공의 목숨을 살려 두지 않을 것이오.」
「신은 이미 모든 것을 각오한 몸입니다. 신의 목숨을 바쳐 한나라와 대왕을 구원할 수 있다면 신으로서는 더 바랄 것이 없아옵니다.」
기신의 그같은 충언에 유방은 펄쩍 뛰었다.
「안 될 말이오. 백성이 위난에 처해 있을 때 왕은 마땅히 나서서 백성을 구해야 할 책임과 사명이 있는 것이오. 그런데 하물며 신하를 희생시켜 혼자 살길을 찾는다고 해서야 어찌 왕이라 할 수 있겠오?」
기신의 충언은 그러나 간곡하였다.
「대왕께서는 목숨을 보존하여 왕업을 이루셔야 할 분입니다. 나라와 백성을 홀로 이끌어 가셔야 할 분입니다. 그리고 신하된 자가 왕을 위해 목숨을 바침은 백 번 당연한 일이온데 어찌 대왕께서는 일개 장수의 목숨에 연연하여 왕업을 망치려 하십니까?」
목이 메어 간언하는 기신의 충정에 유방도 가슴이 뜨거워졌다. 눈물이 가득 고인 채 기신을 바라보다가 유방은 말없이 그의 두 손을 움켜 잡았다.
「어서 떠나실 준비를 하십시오. 더 이상 이곳에 지체하셔선 아니 되옵니다.」
그날 밤 형양성의 동문이 크게 열리며 무장 군사 2천여 명이 성밖으로 나왔다. 이를 본 항우의 군사들은 사방으로부터 벌떼처럼 덤벼들어 이들을 공격하려 하였다. 그러자 성에서 나온 군사들은 큰 소리로 외쳤다.
「성중에 식량이 떨어져 한왕이 항왕에게 항복하러 나온다!」
이 소리에 공격하려던 항우의 군사들은 창을 내리고 공격을 멈추었다.
기신은 이 때 황옥거(黃屋車)를 타고 깃털로 된 깃발을 수레 왼쪽에 휘날리고 있었다. 한왕의 모습으로 위장한 것이다. 황옥거는 노란색 비단으로 지붕을 씌운 수레로 천자만이 탈 수 있는 것이었다. 그리고 깃털로 된 깃발 또한 천자가 탄 수레에만 달게 되어 있는 것이다. 항우군의 이목을 집중시키기 위해 기신이 꾸민 계책이었다. 기신의 이러한 모습을 본 초군 쪽에선 일제히 야유가 터져 나왔다.
「저봐라 유방이 감히 천자의 차림을 하고 있다.」
「야, 유방이 언제부터 천자였냐?」
「하하하, 천자께서 우리 항왕께 항복하러 오신다고?」
「어디 천자가 무릎꿇고 항복하는 꼴이나 좀 구경하자!」
 성을 포위하고 있던 초의 장병들은 한왕의 항복하는 모습을 구경하기 위해 앞을 다투어 동문쪽으로 몰려들었다. 이러한 소란을 틈타 유방은 급히 장졸 수십 기를 거느리고 아무도 없는 서문으로 무사히 빠져나가 남쪽을 향해 달렸다.
 한왕 유방이 항복을 하러 나왔다는 소식을 들은 항우는 급히 동문을 향해 달려왔다. 승리의 기쁨으로 항우는 의기 양양해 있었다.
「역시 화친을 거절하기를 잘했지. 자 이제 드디어 항복을 하는구나!」
 황옥거가 그의 앞으로 가까이 다가올수록 항우의 가슴은 걷잡을 수 없는 흥분으로 마구 뛰었다. 드디어 황옥거는 항우의 앞에 와서 멎었다.
「유방을 끌어 내려라!」
 항우가 큰 소리로 명하였다.
 유방을 수레에서 끌어 내리는 일이 무슨 커다란 공로라도 되는 양 초군은 앞을 다투어 수레로 몰려가 기신을 끌어 내렸다.
「하하하, 한나라 장수 기신 항왕께 문안 드리오.」
 수레 밖으로 나온 기신은 큰소리로 호탕하게 웃어제꼈다.
「아니 이게 누구야?」
「한나라 장수 기신이라 하지 않았오?」
 순간 항우의 눈은 분노로 시뻘겋게 충혈되었다. 분노로 길길이 뛰는 항우의 모습은 흡사 먹이를 빼앗긴 맹수의 광태 그것이었다.
「이 발칙한 놈을 당장 불에 태워 죽이고 성안을 샅샅이 뒤져 유방을 찾아 내도록 하라!」
「한왕께선 이미 성을 빠져 나가셨을거요. 왜 이 몸이 한왕을 대신하면 아니됩니까?」

격노해서 짐승처럼 날뛰는 항우를 조롱이라도 하듯 기신은 시종 의연한 자세로 웃고 있었다.

항우는 초군을 이끌고 황급히 형양성으로 들어갔지만 이미 성안은 텅텅 비어 있었다.

■ 금선탈각 [2]

1941년 6월.

당시 만주 동북부에 주둔하고 있던 일본의 관동군은 이른바 관특연(關特演) 즉 관동군 특별 대연습을 실시하였다. 정예 백만을 자랑하는 강대한 관동군의 이 실전을 방불케 하는 특별 대연습은 그야말로 장관이었다.

시기적으로도 독일군이 소련으로 진격해 이미 우크라이나를 석권하였고, 중부 전선에서는 소련의 수도 모스크바를 한 발 앞까지 육박하고 있던 때라 소련을 비롯한 연합군측은 이 관특연을 계기로 일본군이 소련으로 북진을 개시하는 것이 아닌가 초긴장 상태에 들어갔다.

그도 그럴 것이 당시 소련군은 독일군에게 패퇴를 거듭하여 재기가 어렵다고 생각될 정도로 괴멸 상태에 빠져 있었고, 따라서 극동에 배치되어 있던 소련군은 거의 철수, 독소전에 투입되어 소·만 국경은 텅텅 빈 상태였기 때문이다.

그러나 이 관특연의 목적은 어디까지나 관동군의 실력 과시에 있었다. 또 한편으로는 관동군의 북진을 반대하는 본국 정부에 대한 시위의 성격도 띠고 있었다.

당시 일본 정부의 방침은 이미 대미전을 전제로 한 남진론(南進論) 쪽으로 기울어지고 있었던 때였다. 앞에서도 말했듯이 소련의 극동군이 대부분 독소전에 투입된 상태인만큼 이 기회에 북진을 한다면 대승이 확실한 데도 정부에서 그것을 제지하니까 관동군으로서는 불만이 아닐 수 없었다.

그러나 절대 우세를 차지하고 있던 남진론자들의 생각은 달랐다. 이

미 미국과의 몇 차례 협상에서 실패한 마당에 대미전은 불가피한데 가
만히 놓아 두어도 독일에게 패망할 것이 분명한 소련 전선에 정예 대
군을 보내 소모할 필요가 없다는 것이었다. 그래서 대미전을 극력 피
하고 북진책을 주장했던 외상 마쯔오까도 남진론의 대세에 밀려 일·소
불가침 조약을 체결, 일단 소련의 발목을 묶어 놓았던 것이다.
 그 때 관특연의 구체적 목적은 첫째 일본의 남진책에 대항하여 당시
강화되고 있던 소위「ABCD 포위 정책」에「일본은 북진한다」는 인상
을 주기 위한 양동 작전에 있었고, 둘째는 관동군의 위세를 보여 소련
의 극동군을 극동에 못박아 둠으로써 일·독 동맹의 우의에 보답하기
위한 것이었다. 그리고 만일 소련군이 붕괴 상태에 빠질 경우, 기회를
놓치지 않고 연해주로 진격하겠다는 점을 시위하기 위한 것이었다.
 2개월 후인 8월, 만주 심양에서는 관동군 참모부, 기획원, 만철 조사
부의 요인들이 모여 비밀 회의를 개최하였다. 표면상으로는 전시 경제
조사의 중간 보고였지만 실제로는 일본의「북진인가 남진인가?」에 대
한, 중대한 국가의 진로를 결정하는 실무 회의였다.
 이 회의에는 토쿄로부터 파견된 고노에(近衛) 수상의 측근인 내각
촉탁 오자끼(尾崎秀實) 등이 참석하고 있었다. 이 때 남진론자인 오자
끼는 다음과 같이 역설하였다.
 「시베리아에 북진한다 해도 풍부한 자원이 곧 손에 들어오는 것은
아니다. 오히려 시베리아 작전으로 국력을 소모하고 나면 배후에서
미국이 쳐들어올 가능성이 있다. 이에 비한다면 남방에는 일본이 전
쟁을 수행하는 데 절대로 필요한 자원(고무, 주석, 석유 등)이 풍부
하게 있다. 따라서 우리들은 지금 단호히 미국과 영국을 쳐서 남방
으로 나아가야 한다. 거기에다 독일이 소련을 점령할 것은 명백한
일, 때를 기다리면 구태여 수고하지 않고도 시베리아는 우리들의 손
아귀로 굴러들어 온다. 따라서 지금 조급하게 시베리아로 진공할 필
요가 없다….」
 이리하여 북진을 주장했던 관동군 참모부는 마침내 생각을 돌려 남
진으로 확정짓게 된다. 이어서 9월 6일에 열린 어전 회의(御前會議)에
서 일본의 남진책과 대미 개전의 결정이 최종적으로 이루어진다.
 실은 그 몇 달 전부터 대미전을 전제로 전쟁 준비를 추진하고 있던

일본은 어전 회의에서 남진, 대미전이 결정되자 본격적으로 준 전쟁 상태로 돌입하게 된 것이다.

1941년 11월 26일 미국이 일본에 대해 이른바「헐 노트」로 일컬어지는 제안을 하자 일본 정부는 이를 일본에 대한 최후 통첩으로 받아들였다. 따라서 이미 반 년 전에 극비리에 일본 본토를 떠나 진주만을 향해 항해하고 있던 연합 함대로 하여금 계획했던 대로 12월 7일 진주만을 공격토록 하였다.

이것이 태평양 전쟁 발발의 시초였던 것이다. 진주만의 기습 공격으로 서전은 일본에 유리하게 전개되는 듯했다.

그러나 불과 반 년 후인 1942년 5월 미드웨이 해전에서의 대참패와 이듬해 3월 구아들카넬 섬의 함락을 시작으로 전세는 차츰 역전되기 시작하였다.

같은 무렵 독일군에게 패퇴를 거듭하던 소련군은 스탈린그라드에서부터 반격을 개시하여 이제 반대로 독일군이 소련군의 추격을 받아 철수 작전으로 나오고 있었다. 소위 추축국의 전선이 양쪽에서 한꺼번에 무너지기 시작했던 것이다.

1943년 5월 아츠 섬에서의 일본군의 전멸, 그리고 11월에 있었던 마킨 타라와 방비군의 전멸 등 남방 전선의 전세가 결정적으로 기울어지면서 만주의 관동군도 차츰 흔들리기 시작했다. 대본영은 그렇듯 남방 전선이 급격히 무너지기 시작하자 관동군의 일부를 빼어내 남방 전선에 투입했던 것이다. 즉 남방 전선의 패퇴는 곧바로 관동군의 남방 출전으로 이어졌다.

이미 아야베(綾部) 참모장을 비롯해 소노다(園田) 중장과 가와베(河邊) 중장 등 북진에 대비하고 있던 역전의 맹장들이 속속 남방 전선으로 빠져나갔음은 물론 그 몇 달 후에는 마침내 필리핀이 위협을 받게 되자 필리핀에서 만주로 와 있던 야마시타(山下奉文) 대장마저 남방으로 떠남으로써 관동군은 완전히 그 뼈대를 잃고 흔들리기 시작했다. 이제 정예군의 반 이상을 남방 전선에 빼돌린 관동군은 껍데기만 남아 있었다.

그런데 관동군은 남방으로 빠져나갈 때마다 소련군의 항공 정찰이나 지상 첩보망에 걸리도록 대낮에 소만 국경 쪽으로 이동을 했다가 밤이면 다시 돌아오기를 몇 번씩 되풀이한 뒤에야 비로소 떠나곤 했다. 적에게 관동군의 건재함을 보이기 위한 속임수였다. 더구나 관동군은 남방 전선 뿐 아니라 이미 오끼나와를 점령한 미군의 본토 상륙이 임박해지자 본토 방위를 위해서도 보내져야 했다.

공식 자료는 아니지만 그 때까지 관동군이 남방 전선으로 보낸 총병력은 35개 사단, 비행기 2천 대, 전차 1천대에 달했다.

백만의 막강 정예를 자랑하던 관동군은 이제 겨우 그 명맥만 유지될 정도의 껍데기만 남아 있었던 것이다.

이렇게 정예 부대가 꼬리를 물고 빠져나가자 그 충원 수단으로 재휴 일본인들을 마구 긁어 모아 훈련도 제대로 시키지 않은 상태에서 국경 전선으로 보냈다. 때문에 새로 편성되는 관동군은 양도 질도 빈약하기 짝이 없었다. 이제 북진이란 엄두도 낼 수 없는 일이었다. 전차호나 방비 진지를 둘러치고 도둑의 침입을 방지하는 번견(番犬)의 역할이 고작일 정도였다.

이처럼 패색이 완연해 가는 관동군에게 있어 베를린 함락의 소식은 청천의 벽력이었다. 소련군이 베를린에 돌입한 것은 1945년 4월 22일이었으나 그를 전후해서 이미 소만 국경의 공기가 이상하게 돌아가기 시작했다. 그로부터 빈집이나 다름없던 소만 국경 전 지역으로 소련 군대가 속속 들어오기 시작한 것이다. 소련이 극동으로 보내 오는 군대는 모두가 스탈린그라드 전투 이래 혁혁한 전과를 올린 역전의 정예 부대로서 독·소전에서 맹활약을 한 스탈린 전차 부대도 끼어 있었다.

관동군은 대경 실색, 대본영에「북변의 중대한 이변」에 관하여 자세히 보고했지만 대본영으로서도 속수 무책이었다. 이미 전국(戰局) 전체가 패전으로 기울어지고 있는 지금 새삼스럽게 관동군을 증강할 필요도 힘도 없었던 것이다. 소련군의 공격이 임박해지자 북한에 있던 2개 사단을 옮겨 놓고 소련군의 상륙 작전에 대비하는 것이 고작이었다.

한편 영국 수상 처칠이 1944년 9월 모스크바를 방문했을 때 스탈린과 해리만 미국 대사와의 사이에 다음과 같은 타협이 성립되었다. 즉 스탈린은 극동의 적군(赤軍)을 30개 사단에서 60개 사단까지 증강하여 대일 공세를 개시할 용의가 있으나 그러기 위해서는 독일을 패배시킨

후 3개월의 기간이 필요하다고 주장하고 더우기 시베리아 철도는 60개 사단의 보급을 수송하기엔 불충분하므로 미리 2·3개월 분의 군수품을 비축할 필요가 있다고 미국측에 대해 협력을 요청했다.

이에 대해 미국은 그 때까지도 관동군이 겉껍데기 뿐이라는 사실을 전혀 눈치채지 못하고 있었으므로 앞으로 있게 될 일본 본토 상륙 작전을 위해서도 관동군을 만주에 묶어 둘 필요가 있다고 생각했다. 결국 미국은 소련이 요청한 병력 150만, 탱크 3천 대, 자동차 5천 대분의 병력에 대한 2개월 분의 계산으로 식량, 연료, 수송 기관, 기타 합계 1백 6십만톤이 넘는 물자의 80% 이상을 그해 6월까지 소련에 공급했다.

1945년 8월 아침 6시, 라디오에서는 긴급 뉴스를 알리는 아나운서의 들뜬 음성이 흘러나오고 있었다.

「국민 여러분 중대 뉴스를 알려 드리겠읍니다. 오늘 아침 소련은 비겁하게도 돌연 소·만 국경을 공격해 왔읍니다. 소련은 일·소 불가침 조약을 무시하고 일방적으로 전 국경에 걸쳐 우리 나라에 대한 침입을 개시하였읍니다. 그러나 우리에게는 관동군 정예 백만이 있고, 전군의 사기는 극히 왕성하여 목하 전선에서는 격전을 전개, 소련군을 격퇴 중에 있읍니다. 국민은 우리 관동군을 신뢰하고 모든 것을 군으로, 전선으로….」

관동군의 노래도 섞어가며 라디오에서는 같은 내용의 중대 뉴스를 되풀이하고 있었다.

한편 일본 관동군 정예 백만과 대결하기 위해 60개 사단의 대병력으로 소만 국경을 향해 진격을 개시한 소련군은 큰 저항도 받지 않고 쉽게 국경 방어선을 돌파하였다. 그러나 그럴수록 소련군의 긴장은 더했다. 제2 방어선의 완강한 반격을 예상하며 조심스럽게 진격한 소련군은 역시 제2 방어선도 텅텅 비어 있음을 보고 도리어 이상하게 생각했다.

소련군은 목단강 대안에서 일단 진격을 멈추고 첩보망을 통해 적 후방의 동향을 알아 보았다. 역시 후방도 신경 일원을 제외하고는 텅텅 비어 있었다. 관동군의 그 막강한 병력이 이제 껍데기만 남아 있었으니 그제서야 소련군은 비로소 마음놓고 진격을 계속했던 것이다.

제22계

관문착적
關門捉賊

퇴로를 차단하고 잡아라

약소(弱小)한 적은 포위해서 섬멸한다.

단말마의 몸부림을 치는 적을 놓쳤다가 다시 추격할 경우, 전세는 극히 불리해진다.

도둑을 잡음에 있어서 문을 닫으라는 것은 도둑의 도주를 두려워해서가 아니다. 놓친 도둑이 다른 사람의 손으로 건너가 이용될 것을 두려워해서이다. 물론 도주한 도둑을 찾아 가면서까지 쫓을 필요는 없다. 이는 도둑의 계략을 피하기 위해서이다.

여기서의 도둑이란 돌연히 내습하는 신출 귀몰한 적을 말한다. 그들은 우리들을 지치게 한 뒤에 자신의 의도대로 일을 도모하고자 하는 것이다.

오자(吳子)는 「필사적인 도둑 한 사람이 광대한 들판에 숨었다 하자. 설사 천명이 이를 쫓아갔다고 할지라도 떠는 것은 쫓는 쪽이다. 도둑이 느닷없이 나타나 습격해 올지도 모르기 때문이다. 따라서 만약 죽음을 무서워하지 않는 사람이 한 사람만 있다면 그는 천 명의 병사를 벌벌 떨게 할 수가 있다」라고 말했다.

아직 도망칠 기회가 있음을 아는 도둑은 틀림없이 필사적이 된다. 따라서 퇴로를 차단했다면 틀림없이 도둑을 잡지 않으면 안된다. 즉 약소한 적은 반드시 포위하여 섬멸해야 한다. 만약 그게 불가능하다면 도주를 못본 체하는 것도 불가피한 일이다.

註

관문착적(關門捉賊): 문을 닫고 도둑을 잡다. 작은 적에 대해서는 포위, 섬멸의 계략을 채택한다. 원뜻은 도둑이 침입을 했을 때는 문을 닫은 후에야 비로소 잡을 수 있다는 것.

■ 관문착적 1

앞의 제16계에서 살펴 본 욕금고종이란 가령 적을 놓아 주더라도 해가 없는, 아니 오히려 득이 되는 책략이었다. 그러나 여기서는 절대로 적을 놓아 주어서는 안 되는 정반대의 책략을 말하고 있다. 적을 놓아 주면 오히려 큰 화를 자초하는 결과가 된다는 것이다. 때문에 적은 주저없이 철저히 그 뿌리까지를 잘라 버려야 한다는 발상이다.

병법이란 상황에 따라 얼마든지 달라질 수 있는 것, 일종의 변증법적인 사고와 발상이 필요하다. 상황에 따라 때로는 놓아 주어야 득이 되는 경우도 있고 그렇지 않은 경우도 있겠기 때문이다. 상황이 변화 무쌍하듯이 대응 방법에도 임기 응변이 필요하다. 공식화되고 정형화된 전법이란 있을 수 없는 것이다.

관문착적의 책략이 대담하게 실행에 옮겨진 것이 전국 시대 최대의 결전이라고 알려진「장평(長平)의 싸움」에서였다.

이 이야기는 제11계 이대도강에서 그대로 이어진다.

조(趙) 나라 혜문왕이 가지고 있는 천하의 보물 화씨벽을 뺏고자 계략을 꾸몄던 진왕(秦王)은 오히려 조나라에서 사절로 온 인상여의 기지로 그것을 뺏기는커녕 심한 모욕을 당하고 대국의 왕으로서의 품위마저 떨어지는 수모를 당한다. 그 후에도 어떻게 해서든 화씨벽이라는 천하의 보물을 손에 넣고자 조나라를 쳐 석성(石城)을 빼앗는 등 무력으로 압력을 가했고 민지의 강화 회담장으로 조의 혜문왕을 끌어내 기어코 조나라를 굴복시켜 야망을 달성하려 계획한다.

민지는 지금의 하남성 민지현으로 진·조가 회맹한 고적이 지금까지 남아 있다 한다. 상대부 인상여는 이 때에도 그의 탁월한 지략으로 진왕의 그같은 계략을 깨뜨렸다는 것이 제11계에서 전개된 이야기의 대충의 줄거리였다.

조나라가 비록 부국 강병책의 성공으로 다소 국력이 강성해졌다고는 하나 역시 소국임엔 틀림이 없었는데 그 약소국에게, 그것도 인상여라는 보잘것 없는 한 인간의 지모(知謀)에 말려 대국 진나라 왕이 번번히 수모를 겪고 빈손으로 돌아와야 했으니 도무지 위신이 서지 않는 일이었다.

「소국 조나라에게 이렇게 번번히 당하기만 한데서야 국위의 손상은 물론 대왕의 권위가 실추되지 않을 수 있겠읍니까. 무력도 아닌 인상여의 세치 혓바닥 위에서 대국 진나라가 농락을 당한다는 것은 참을 수 없는 치욕입니다.」
「그렇사옵니다. 무력으로 조나라를 휩쓸어 본때를 보여 주어야 합니다. 손바닥만한 조나라에 이렇게 거듭 당하기만 하다가는 다른 나라들도 우리 진나라를 업신여길 염려가 있아옵니다.」
 실은 그랬다. 싸움은 결코 송양 지인(宋襄之仁)이 아니다. 무력으로 대국 진나라의 위세를 보여야 한다고 생각하고 있던 진왕은 군신들의 이같은 진언에 따라 이윽고 군사를 일으켜 조를 공격케 하였다.
 그러나 만만히 보고 쳐들어갔던 진군은 오히려 조나라 명장 조사(趙奢)의 양동 작전에 말려들어 많은 군사를 잃고 대패, 창피만 당하고 말았다.
「우리가 너무 방심했던 탓에 하찮은 조사 따위의 계략에 말려들고 말았읍니다. 이번에 다시 군사 20만만 내어 주신다면 기필코 조를 결단내겠읍니다.」
 싸움에서 패하고 돌아온 장수는 갖가지 이유를 들어 극구 패전을 변명하려 들었다.
 이 때 한 중신이 나서 패장의 궤변을 질타하며 진언하였다.
「조나라 장수 조사는 병법에도 뛰어날 뿐 아니라 그 용기도 특출한 맹장입니다. 이번의 패전은 병법의 용렬함에 있었고 따라서 상대인 조나라가 허술하게 볼 약소국이 아님을 입증한 셈입니다. 우리는 이같은 패인을 솔직히 인정하고 시일을 두고 강병책으로 군사를 강성하게 한 다음 기회를 보아 다시 조를 토벌함이 상책인줄 아옵니다.」
 진왕은 중신의 말을 옳게 여겨 패장을 병졸로 강등시키고 기회를 보아 다시 조를 치기로 마음을 작정하였다.
 조나라는 비록 그 영토는 작다 하더라도 이제 대국 진나라도 무시 못할 정도로 그 국력이 강대해져 있었던 것이다. 조나라 명장 조사에게 대패한 지 8년, 그동안 부국 강병책에 박차를 가했던 진나라는 숙원인 조를 토벌하기 위해 다시 군사를 일으켰다.
 이번에는 진나라 제일의 맹장으로 알려진 백기(白起)를 대장으로 하여 50만의 대군이 구름떼처럼 조나라로 쳐들어가 장평을 공격하였다.
 50만의 대군이 쳐들어온다는 이 소식에 조나라 조정은 발칵 뒤집혔다.
 이 때 조나라는 부국 강병책으로 나라의 기틀을 굳힌 혜문왕이 죽고 아들 효성왕(孝成王)이 즉위한 지 얼마 되지 않아 조정 안팎이 어수선한데다가 명장 조사마저 세상을 뜨고 충신 인상여는 병중에 있었다. 진에서는 물론 조나라의 이같은 불리한 여건을 십분 계산해 침공의 기회로 삼았던 것이다.
 조의 효성왕은 조염파(趙廉頗)를 대장으로 임명하고 군사 40만을 주어 진군을 물리치도록 하였다. 염파는 8년 전 진군이 쳐들어왔을 때 조사의 부장으로 출전하여 맹위를 떨친 역전의 노장이었다.
 군사 40만을 이끌고 장평으로 출전한 염파는 일단 성의 방비를 굳게 하고 방어 전략으로 나갔다. 진군이 어떠한 공격을 시도해도 성문을 굳게 닫고 나가 싸우려 하지 않았다.
 처음 몇 달 동안은 염파의 이같은 작전이 적의 동향을 보아 적당한 기회에 공격을 가하려는 일시적인 방어 전략인 것으로 생각했던 그의 부장들도 반년이 지나 1년이 넘도록 변함없이 똑같은 방어 태세만을 취하는 염파의 작전에 염증을 느끼고 차츰 불만을 터뜨리기 시작하였다. 승패는 여하간에 적을 눈앞에 두고 싸우지 않는다는 것은 장수들로서는 견딜 수 없는 심리적 고통이 아닐 수 없었다.
 「아니 싸우라고 전장에 내보냈는데 싸움은 않고 병서만 뒤적이고 있으니 병서가 대신 싸워 주기라도 한단 말인가?」
 「누가 아니래, 과거에 용맹을 날리던 염파 장군답지 않게….」
 「싸워 지든가 이기든가 어서 결판을 내고 말아야지 이거 하루 이틀도 아니고 1년 이상씩이나 끌고 있으니 사람이 속이 터져 견딜 수가 있나.」
 장수들의 이같은 불만의 소리가 염파의 귀에 들어가지 않을 리 없다. 그러나 그는 못들은 척했다. 염파의 전략을 모르고 있는 장수들의 일반적인 병법 상식으로는 당연한 불만이기 때문이었다. 염파는 지연 작전을 1년이 아니라 전황에 따라서는 2년, 3년까지라도 끌 계산을 하고 있었다.

공격군은 언제나 완벽한 준비를 갖추고 공격해 오기 마련이다. 병력의 차도 문제가 되겠지만 기세를 몰고 공격해 오는 적군은 일단 피하는 것이 상책이다. 이같은 상황에서 적군의 공격을 맞아 싸울 경우 승산도 없을 뿐만 아니라 막대한 희생만 치르게 된다는 것은 불을 보듯 분명했다.

특히 염파가 장기전으로 나가는 이유는 군의 기세야 어떻든 진군은 멀리서 원정을 온 군사라는 데 있었다. 보급선이 긴데다가 시간을 끌면 적의 군세는 상대적으로 약화된다는 전략의 필연성을 하나의 작전으로 세우고 있었던 것이다. 말하자면 원정군은 대부분의 경우 속전속결을 시도하는 것이 보통이므로 이에 대응하는 방법으로서는 상대적으로 지구전이 유리하다는 계산이었다. 날이 갈수록 진군의 공격 빈도가 잦아지는 것도 실은 시간에 쫓기는 저들의 초조함을 반증하는 것 외에 아무것도 아니었다.

군의 기세나 전황은 때로 도깨비같은 기현상을 나타내 병법의 상식을 뒤엎을 수도 있지만 시간과 거리라는 자연 조건은 속일 수가 없는 것이다.

진군이 아무리 공격을 해도 수비가 철통같은 장평성은 함락되지 않는다. 뿐만 아니라 어떠한 유인 작전에도 조군은 일체 반응을 보이지 않는다. 서로가 대치한 지 자그만치 3년이 되었는데도 염파의 방어 일변도의 전략에는 조금도 변함이 없었다. 속전 속결로 결판을 내려 했던 진군으로서는 당초의 계획에 큰 차질이 생겼다. 뿐만 아니라 3년이나 지속되는 조군의 지연 작전에 이제 차츰 원정군으로서도 한계에 다다르고 있었다. 백전 노장 염파의 작전이 적중하고 있었던 것이다.

초조해진 백기의 머리에는 자주자주 격노한 진왕의 모습이 떠오르곤 했다. 이대로 돌아간다면 설사 싸움을 해서 패한 것은 아니라 하더라도 판정패를 당한 것이나 다름이 없다. 이번 싸움에서조차 승전을 못하고 철군한다면 백기 자신은 물론 강국 진나라의 체면이 어떻게 될 것인가. 생각하면 할수록 백기는 가슴이 조여 왔다.

대장 백기는 부장들을 모아 놓고 끝없이 교착되고 있는 이 숨막히는 전황의 타개책을 물었지만 어느 장수 하나 신통한 묘안을 내는 사람이 없었다. 이 때 비장 왕흘(王齕)이 한 가지 계책을 제시했다.

「장평에 염파가 있어 지구전을 고집한다면 이 전황은 타개할 길이 없습니다. 어떤 계략을 써서라도 일단 염파를 장평에서 물러나게 해야 됩니다.」
「염파가 명장이라는 것은 조나라 백성들이 다 알고 있는 터인데 어떤 계략을 써서 염파를 전선에서 물러가게 할 수 있단 말이오?」
「그건 소장에게 맡겨 주십시오.」
진군의 진중에서 이같은 계략이 토의된지 얼마 후 조나라 백성들 사이에는 갑자기 꼬리도 머리도 없는 이상한 유언 비어가 전염병처럼 퍼져 나갔다.
「염파 장군은 늙고 겁이 많아 진군과 싸우려들지 않는다는군.」
「그러게 말야. 그렇지 않고서야 한 성에서 3년씩이나 뭉기적거리는 싸움이 어디 있어. 지든 이기든 어서 결판을 내야지, 이건 싸우는 것도 아니고 안 싸우는 것도 아니니 사람이 어디 피가 말라 살 수가 있나.」
「사람들이 그러는데 진나라 군사는 조 장군의 아들 조괄을 제일 두려워한다는구먼, 조괄 장군만 나서면 놈들은 혼비 백산해서 도망갈 거래.」
「그럴 테지. 조 장군(조사)에게 혼줄이 났던 놈들이니까.」
물론 왕흘이 첩자를 통해 유포시킨 유언 비어였다.
사실 백성들은 지쳐 있었다. 싸움 같지도 않은 싸움으로 한 곳에서 지리하게 3년을 끄는 동안 백성들도 짜증이 났던 것이다. 그들은 뭔가 변화를 바라고 있었다. 가부간 결판을 보고 싶었던 것이다.
이같은 심정은 조정에 있는 왕을 비롯해 모든 중신들도 마찬가지였다. 평화도 아니고 그렇다고 본격적인 전시 체제도 아닌, 그렇듯 어정쩡한 상태에서 장기적으로 긴장 상태에 있어야 한다는 것은 정신적으로도 피곤한 일이었다. 이런 때 백성들 사이에서만 끈질기게 돌던 유언 비어가 마침내 조정 안에까지 파고들어 중신을 통해 왕의 귀에까지 들어가게 되었다.
그렇지 않아도 효성왕은 벌써 오래 전부터 염파가 3년 동안이나 성문을 걸어 잠그고 싸움을 하지 않자 나이가 많아 겁이 나서 그럴 거라며 어떤 대책을 생각하고 있던 중이었다. 그런 왕에게 이같은 소문은 자기의 생각이 옳았다는 확증으로 작용했다.
「염파가 늙은 탓인지 장평 싸움이 너무 오래 끌리고 있오. 이래서는 조정이나, 백성들이 마음놓고 살 수가 없는 일이오. 경들의 생각은 어떻소?」
효성왕은 조정의 문무 중신들을 모아 놓고 장평 싸움을 걱정하면서 대장 교체의 뜻을 은근히 비쳤다.
「그렇사옵니다. 신이 과문한 탓인지 모르오나 춘추 이래 한 곳에서 3년 동안이나 싸움을 않고 방비만 하고 있었다는 말은 아직 들어보지 못하였읍니다. 이렇게 무한정 끌기만 하는 동안 백성들의 살림은 말이 아니게 피폐해지고 따라서 조정에 대한 원성도 날로 높아지고 있아옵니다.」
「패기있는 젊은 장수로 대장을 바꿔 하루 빨리 결전을 벌여 승패를 가름이 나라와 백성이 살길인 줄 아옵니다.」
문무 중신들은 너나 할것 없이 승부 없는 지루한 싸움에 염증을 느끼고 있었지만 상대가 조염파라는, 워낙의 명장인지라 감히 입을 열지 못하고 있다가 왕의 입에서 먼저 그런 말이 떨어지자 다투어 대장 교체설을 들고 나왔다.
이리하여 마침내 조염파는 소환되고 그 후임으로 조괄(趙括)이 임명되었다. 조염파 대신 조괄이 대장으로 임명되었다는 소식을 전해 들은 인상여는 병중이었지만 수레를 타고 조정으로 들어와 조괄의 임명을 반대하며 극구 간언하였다.
「장평의 싸움은 염파 장군에게 맡겨 두심이 좋을 듯하옵니다. 다소 시일이 끌리는 것같기는 하오나 염파 장군에게는 분명한 이유가 있을 것이옵니다. 염파 장군은 아직 싸움에서 한 번도 패한 적이 없는 백전의 명장이옵니다. 염파 장군의 용맹을 어찌 나이에 연루시키시옵니까. 대왕께서는 명성만 들으시고 조괄을 임명하셨아오나 조괄의 전법은 마치 거문고 기둥에 아교칠을 해서 붙여 놓고 거문고를 타는 것처럼 단조롭고 융통성이 없읍니다. 조괄은 다만 그의 아버지 조사 장군이 남긴 글을 잘 읽었을 뿐 임기 응변에는 능하지 못하옵니다. 어찌 감히 염파 장군에게 비견할 수가 있겠아옵니까. 통촉하여 주시옵소서.」

효성왕은 그러나 인상여의 간언을 들으려 하지 않았다.
조괄은 소년 시절 아버지 조사로부터 병법을 조금 배워 터득했을 뿐임에도 스스로 천하에 자기를 당할 자가 없다며 자부했던, 좀은 경박하고 오만한 성품의 소유자였다. 그의 아버지 조사 역시 아들의 그같은 경솔한 성격에 「만약 이 아이가 장수가 된다면 조나라 군사는 괄 때문에 크게 깨질 것」이라며 걱정을 한 일이 있을 정도였다. 마음을 씀에 있어서도 조괄은 부친 조사와 같지 않았다. 조사에게는 한 수저로 음식을 나누어 먹을 만큼 친한 벗만도 십여 명이나 되었고 사귀는 사람도 수백에 이르렀다.
나라에서 상급을 내리면 그것을 독점하려 하지 않고 군사와 사대부들에게 골고루 나누어 주었고, 나라의 명을 받으면 집안일을 묻는 법이 없이 오직 나라를 위해 헌신하였다. 조괄은 그러나 달랐다. 친구가 없다는 것은 그를 가까이 하고자 하는 사람이 없다는 의미가 아니겠는가? 그렇게 그는 모든 사람들에게 인심을 잃어 외면을 당해 오던 터였다. 그러던 그가 하루아침에 장수가 되자 눈뜨고 볼 수도 없을만큼 거만을 떨며 기고만장해졌다. 왕이 상급으로 내린 금품과 비단을 창고에 쌓아 두고 좋은 전답을 사들이기에만 바빴다.
생전에 사리 사욕을 모르고 오직 나라를 위해 충성을 아끼지 않던 부친 조사의 청빈함과 엄격함이 괄에게 있어서는 오히려 커다란 불만이었다. 좀더 풍요롭고 호화롭게 살 수 있는 지위에 있으면서도 내 집일보다 나라와 백성과 친구들을 먼저 생각하느라 언제나 넉넉하지 못했던 가세에 괄은 불만을 품어 왔던 것이다.
아들의 이같이 부실한 인간됨을 누구보다 잘 알고 있던 괄의 어머니는 그 아들이 대장으로 임명되었다는 소식을 듣고 왕앞에 나아가 눈물을 머금고 상소를 하였다.
그 남편에 그 아내였던지라 아들이 대장이 되어 장차 나라에 끼칠 여러 가지 피해와 그로 인해 남편에게 돌아갈 욕을 생각할 때 조사의 아내는 견딜 수가 없었던 것이다. 괄의 인간됨과 행적을 낱낱이 아뢴 조사의 아내는
「이런 사람이 대장이 되어 수십만 대군을 거느린다면 조군은 필경 패망할 것이 틀림없아오니 대왕께서 해임하여 주시옵소서.」
라고 간절히 애원하였다.

「뜻은 갸륵하나 너무 심려마시오. 그리고 이미 조정에서 결정된 일이니 이제 와서 해임할 수도 없는 일이구요.」
「그러면 괄의 실패를 그의 아버지와 소첩에게 연좌시키지 말도록 하여 주시옵소서.」
「알겠오이다.」
왕은 오히려 여러 말로 괄의 어머니를 위로하여 보냈다.
조괄이 염파를 대신하여 장평에 부임한 뒤 제일 먼저 한 일은 관례나 전통을 무시하고 제멋대로 군율을 뜯어고치는 것이었다. 그런가 하면 군리의 보직까지도 내키는대로 변경하여 발령을 내렸다. 뿐만 아니라 지금까지 염파가 고수하던 수비 위주의 작전을 비웃으며 공격 체제로 진영을 바꾸었다. 그리고 군졸들을 모아놓고 일장 연설을 하는 것도 잊지 않았다.
「염파는 이일대로라는 병법의 초보도 모르는 어리석은 장군이다. 멀리서 온 적은 피로해 있으므로 하루라도 빨리 격파하지 않으면 안 된다. 그것을 모르고 3년이나 끌었으니 이 얼마나 어리석은 전략인가. 그러나 지금도 늦지는 않았다. 공격은 최선의 방어이며 승리의 열쇠이다. 이번에 진군을 요격해 대승을 거둠으로써 조괄의 병법이 과연 어떤가를 만천하에 보여줄 것이다. 군졸들은 즉각 요격 태세를 갖추고 다음 영을 기다려라!」
한편 진나라 진영에서는 장평에 염파 대신 조괄이 왔다는 소식을 듣고 환호를 올렸다. 왕흘의 계책이 십분 주효했던 것이다.
진군은 일차로 기습 공격을 가했다. 이를 기다리고 있던 조괄은 즉시 성문을 열고 반격 명령을 내렸다. 조군이 반격에 나서자 진군은 잠시 싸우는 척하다가 말머리를 돌려 달아나기 시작했다. 성문 앞에서 싸움을 지켜보고 있던 조괄은 진군이 달아나자 큰 소리로 외쳤다.
「달아나는 놈을 쫓아 한 놈도 남김없이 섬멸하라. 조괄의 병법을 당할 자가 없느니라!」
그리고 자기도 칼을 높이 뽑아들고 기세 좋게 앞으로 내달렸다. 그러나 반격을 받고 짐짓 달아나던 진군은 조군의 진영 뒷길을 돌아 군량 보급로를 차단하고 조군을 외곽으로 넓게 포위하고 말았다. 그런 줄도 모르고 조괄은 계속 진군을 추격하여 성을 공격하였으나 진군은 성문을 굳게 닫고 일체 대응을 하려 하지 않았다.

「하하하, 겁장이들 같으니, 조괄이 온줄 알고 겁이 나서 나와 싸우려고도 하지 않는구나!」
 조괄은 호탕하게 웃으며 큰소리를 쳤다.
 진군의 성을 포위(실은 조군이 외곽으로 포위를 당하고 있지만)하고 십여 일 동안 공격을 가했으나 반응이 없자 조괄은 일단 장평으로 회군하기 위해 철수 명령을 내렸다. 철수는 그러나 어림도 없는 일이었다. 퇴로는 이미 진군에 의해 전부 차단되어 있었던 것이다. 진퇴 유곡에 빠진 조군은 철수하던 주력군을 되돌려 다시 성안에 있는 진군을 공격하는 수밖에 없다고 생각하였다. 성에 대한 공격은 그러나 역시 무모한 일이었다. 일체 대응을 하지 않았으니 말이다.
 포위당한 군사들이 시간을 끌다 보면 어느 경우에나 직면하게 되는 일로 포위당한 조군에게도 역시 군량 문제가 무엇보다 시급했다. 포위 46일째에 이르자 조군측의 군량은 완전히 바닥이 나고 말았다. 이제 조군은 적군과 싸우는 군사가 아니라 굶주림과 싸우는 아귀로 변하고 말았다. 사흘을 굶은 군졸들은 눈이 뒤집혀 서로를 잡아먹으려 아귀다툼을 벌이기 시작했다. 아비 규환 바로 그것이었다.
 참상을 보다못한 조괄은 스스로 적진으로 진격해 들어가다가 진군이 쏜 활살을 맞고 말 아래로 굴러떨어져 죽고 말았다. 참으로 보람없고 허망한 죽음이었다.
 대장 조괄이 죽자 조군은 일제히 백기를 들고 진군에게 항복하였다. 이때 진군에게 항복한 조군은 40여 만명이나 되었다.
 싸움이 끝나자 진군에서는 이 엄청난 수의 포로를 어떻게 처치하느냐의 문제로 의견이 분분했다.
「포로를 교육시켜 희망하는 자는 진군에 편입시키고 나머지는 귀향 조치하는게 어떻겠읍니까?」
 비장 왕흘의 의견이었다.
「포로의 진군 편입이나 귀향이란 말도 안 된다. 전에 우리가 상당(上党)을 점령했을 때 그곳의 주민들은 우리 나라 영민(領民)이 되기를 싫어해 모두 조나라로 도망쳤다. 따라서 이 포로들도 언제 변심해서 우리에게 다시 창뿌리를 들이댈지 모른다. 장래 화근이 될 여지가 있는 무리들은 아예 모두 죽여 없애야 한다.」

이렇게 말한 백기는 다른 장수들의 만류에도 불구하고 군졸들에게 명해 항복한 조군 전원을 생매장해 죽이게 하였다. 이 때 40여 만 가운데 용서를 받고 귀국한 사람은 나이어린 병사 240명 뿐이었다고 한다.

역사상 장평의 싸움은 그 싸움의 규모보다 40여 만명의 포로가 생매장으로 몰살당했다는 끔직한 사건으로 더 유명하다.

이 싸움에서 단번에 40여 만명의 장정을 잃은 조나라는 급속히 국력이 쇠퇴되어 영원히 재기의 기회를 잃고 만다.

■ 관문착적 2

어느 학자는 이 관문착적을 고장난 자동차를 수리하는 것에 비유하여 분석하고 있다.

즉 자동차가 운전 중에 고장을 일으켰을 때 바로 연장을 사용해서 고치려 하면 실패한다는 것이다. 운전수는 정신적으로 피로해 생각하는 힘이 둔화되어 있는만큼 원인을 찾을 수가 없어 도리어 고장을 크게 하거나 스스로 고장을 일으키거나 해서 점점 문제만 커지게 된다.

그러므로 첫째 이상 징조 포착, 둘째 원인의 추구, 세째 수정의 순서를 밟아 원인을 파악하고 대국적인 수리를 한 다음 합리적으로 작업을 진행하지 않으면 안 된다.

이상 징조의 포착이란 이상한 조짐, 이를테면「아무래도 이상하다」,「힘이 모자란다」,「어쩐지 뜨거워졌다」등을 빨리 알아차리는 것을 말한다.

그리고 원인의 추구란 이상의 출처를 조사하는 것이다. 자동차의 고장은 복잡해서 이상 징조는 같을지라도 그 원인은 여러 가지다. 같은 원인이 다른 이상 징조를 나타내는 수도 있다. 또 여러 가지 원인에 의해 한 가지 이상 징조가 나타날 수도 있다.

이상 징조를 추구하는 데는 첫째 이상 징조에 의해 즉각 원인을 판단하는 방법과 둘째 계통을 더듬어 차례차례로 원인을 추구해 가는 방법이 있다.

이상 징조에 의해 즉각 원인을 판단하는 이 방법은「어린애가 울면

배가 고프기 때문」이라고 바로 판단하는 것과 같은 것으로 추리라기보다는 짐작에 의지하는 것이므로 빠르기는 하지만 빗나가는 수도 있어 바쁠 때에는 도리어 시간이 걸린다. 따라서 미궁에 빠지기 쉬우므로 첫째 단순하고 대책도 간단한 경우, 이를테면 배기가 흰색일 때는 오일이 타고 있다고 즉각 판단하거나 둘째 지금까지 같은 일이 있어(차의 버릇) 그 처치가 용이한 경우에 한해서만 특례로써 사용한다. 이것은 마치 성문을 닫지 않고 성안의 도둑을 쫓아다니는 것과 같다.

반면 계통을 더듬어 원인을 찾는 방법은 성문을 닫고 도둑을 성안에 가두어 둔 상태에서 몰아세우는 것과 같으며, 얼핏 보기에는 멀리 돌아가는 길처럼 생각되지만 실은 가장 빠른 지름길인 것이다. 그리고 넓게 그물을 씌워 두고 힘차게 몰고 가는 것인만큼 심증 수사나 직관에 의한 경우처럼 고기를 찾아 대해를 창으로 찌르는 식의 우를 범하지 않아도 되며, 노획물(원인)을 놓칠 염려도 없다.

넓게 그물을 씌우는 방법의 하나로「고기뼈」란 것이 있다. 이것은 이상 징조의 원인이 될 만한 것을 전부 나열하고 그것을 계통별로 분류하기 쉽게 하는 수법이다.

이상의 원인이 어떤 계통에 있는가를 판단할 수 있게 되면 다음에는 그 계통을 더듬어 원인을 찾는 방법인데, 이에는 절반법(折半法)과 점근법(漸近法)이 있다.

절반법이란 원인이 그 계통의 한 가운데에서 어느쪽 반부(半部)에 있는가를 추구하고 원인이 있는 구역을 2분의 1, 4분의 1, 8분의 1의 차례로 분석하여 포착하는 방법이다.

절반법은 합리적이요 능동적이므로(예상 원인이 9개가 있는 경우일지라도 3회로 알아낼 수 있다) 우선 최초에 이 방법을 시험해 보면 좋다.

점근법이란 원인이 있는 계통의 흐름의 한쪽 끝에서 시작하여 하나씩 조사하면서 점차적으로 원인에 접근해 가는 방법으로 시간은 걸리지만 확실하다.

점근법은 사고력이 극도로 저하되어 있는 경우나 절반법으로 성공치 못하는 경우(원인이 많이 있으면 절반법은 곤란하다) 어느 정도 절반법으로 찾아 낸 후, 또 시간에 여유가 있는 경우의 예방 정비 등에 사용한다.

　이상의 것은 자동차에 고장이 생겼을 경우의 대처법이지만 자동차의 경우 뿐만 아니라 병의 진단, 경영의 개선, 정치의 반성, 그 밖에도 인생의 여러 가지 문제를 해결하기 위한 수법으로서 의외로 효과적인 것이다. 귀곡자(鬼谷子)가 주장하는「돌 한 개를 던져 보는」경우, 어디를 겨누어 던질 것인가를 결정하는 데도 이는 도움이 될 것이다.

　다소 일상의 비약인 것처럼 생각되지만 일본의 JAL여행사가 1966년에 개발하여 불황에 허덕이던 전 세계 항공계에 새바람을 일으킨 이른 바「팩 투어(packtour)」라는 상법도 어느 의미에서는 이 관문착적의 응용이라 할 수 있다.

　상대는 제 멋대로 모든 일이 처리되기를 원하는 손님이라는 다루기 힘든 적(?)이다. 처음엔 여행 계약까지 완료해서 이제 완전히 끝났다고 생각하고 있는데 호텔이 마음에 들지 않는다든지, 외국어가 서툴다고 해서 느닷없이 중간에서 취소 또는 이탈해 버리는 여행객이 얼마든지 있는 것이다.

　처음 해외 여행을 나가는 사람에게는 생활 문화 공간이 다른데서 오는 언어 소통 문제를 비롯 대인 관계에 있어서의 매너 등이 적잖은 심리적 압박 요인으로 작용한다. 그래서 이것에 착안해 새로 개발한 상품이 바로「팩 투어」인 것이다.

　JAL 여행사는 운임, 호텔비, 식사대, 관광비, 팁 등 일체를 포함해 일시불로 계약을 맺고 여행 과정에서 빚어지는 일체의 일, 가령 호텔이나 식당, 관광 안내 및 통역 그리고 생소해서 짐작하기 어려운 팁까지를 일체 JAL에서 책임진다는 조건이다.

　이렇게 해서 JAL측은 관광객의 개별 행동을 묶어 중간 이탈자가 없도록 해서 팩이라는 투어 즉「성내(城內)」에 집어넣어 버린 것이다.

　이 방법은 안전이나 편리를 요구하는 손님의 심리에도 들어맞는 것이었다. 이를 테면 손님을 포위해서 몰아넣은 뒤 한 세트씩 포장을 해서 차례차례로 해외로 내보내는 것이다.

　이 상법은 크게 적중하였다. 1966년 이 팩 투어가 개발되기 전에는 JAL의 외국 관광객 수가 연간 2천 3백명이었으나 1982년에는 10만 명이 넘고 있으니 말이다.

제23계

원교근공
遠郊近攻

먼곳과 사귀고 가까운 곳을 공격하라

지형상의 제약을 받았을 때는 가까운 곳의 적을 공격하는 것이 유리하며 멀리 떨어져 있는 적을 공격하는 것은 해가 된다. 불은 위로 타오르고 못물은 밑으로 흐른다. 같은 적일지라도 대책을 달리해야 하는 것이다.

혼전의 국면에서는 누구나 수단을 가리지 않고 배반하기도 하고 우리편에 붙기도 한다. 임기 응변으로 자신의 이익을 탐내는 것이다. 그런만큼 먼 나라는 침공해서는 안 된다. 오히려 이익으로 유혹하며 외교 관계를 맺어야 할 것이다. 그러나 가까운 이웃나라와는 외교 관계를 맺는다면 도리어 신변에 변란을 낳을 위험이 있다.
전국 시대의 범수(范雎)의 모략은 지리상의 원근을 기준으로 외교를 맺을 것인지 아니면 공격할 것인지를 판단했는데 이 이치는 명백하다.

註

원교근공(遠郊近攻): 먼 나라와 외교를 맺고 이웃나라를 공격하는 책략. 전국 시대 위(魏) 나라 사람 범수(范雎)가 제창한 대외 전략.

■ 원교근공 ①

　춘추(春秋) 중기에서 전국(戰國)에 걸치는 시기는 중국 역사상 최초의 변혁기로서 정치, 경제, 문화, 사회 등 모든 면에서 비약적인 발전을 이룩했다. 그러나 그러한 가운데서도 유독 후진성을 면치 못하고 답보하는 나라가 있었다. 바로 진(秦) 나라가 그러했다.

　진나라는 전날의 서주(西周) 왕국의 땅 섬서성(陝西省)에 있던 나라로 그 영토는 비록 광대하나 인구가 적고 토지의 6할 정도는 거의 개발이 안돼 농업 생산량도 동방의 다른 나라에 비하면 그 절반에도 미치지 못했다.

　춘추 전국 시대에 동방에서는 제자 백가(諸子百家)가 크게 활약을 했는데 여기에 진나라 사람은 한 명도 없는 것으로 보아 당시 진나라의 문화가 얼마나 뒤떨어져 있었는가를 알 수 있다. 그 때문에 효공(孝公)이 즉위한 서기전 361년 경의 진나라는 제후의 회맹(會盟)에도 초청을 받지 못하고 각국으로부터 제적(弟狄: 야만)의 취급을 받을 수밖에 없는 형편이었다.

　이처럼 진나라는 전국 중기까지도 중국의 서쪽 변방에 있는 지극히 빈약한 부족 국가에 지나지 않았다. 그렇던 진나라가 갑자기 강대국으로 부상하게 된 것은 상앙(商鞅: 公孫鞅)의 신법(新法)을 채용하여 정치·경제의 과감한 개혁을 단행하면서부터였다. 이로써 진나라의 내정은 정비되고 산업이 진흥되어 국력이 신장하면서 효공이 노렸던 부국의 원이 서서히 이루어지기 시작했던 것이다. 이러한 상앙의 신법은 상앙이 죽은 후 117년 만에 진의 시황제(始皇帝)가 중국 천하를 통일한 힘의 원천이 되기도 했다.

　이렇게 강대국으로 부상한 진나라는 천하 통일 정책의 제1보로서 제나라 손빈의 작전으로 마릉 싸움에서 대패해 아직 국력을 회복치 못한 위(魏) 나라를 동으로부터 공격, 황하 서쪽의 땅을 회복하였다. 이 땅은 원래 진나라 영토였으나 위나라가 아직 강성할 때 진나라의 동방 진출을 막고자 무력으로 점령한 땅이었다.

　진나라가 이렇듯 갑자기 그 세력을 증대시켜 서쪽 변경으로부터 동쪽으로 진출하자 중원의 여러 나라에서는 커다란 위협을 느꼈다. 따라서 진나라를 제외한 중원의 6개국은 서로 연합하여 강대국인 진나라에 대항해야 한다는 소진(蘇秦)의 합종설(合從說)과, 이에 대항해서 진나라가 이들 여섯 나라의 동맹을 분쇄하고 그들 나라와 각각 화친해야 한다는 장의(張儀)의 이른바 연형설(連衡說)이 중원의 정치 무대에 등장하게 된다.

　소진의 활약으로 6국의 합종은 드디어 이루어졌고 6국이 종약에 서명한 문서를 진나라에 보냄으로써 이로부터 15년 동안 진나라의 군대는 감히 함곡관 밖을 침범하지 못했다. 진나라가 아무리 강대국으로 급성장하고 있다고는 하나 6개국이 서로 동맹을 맺어 대항한다면 천하통일의 대업은 이룰 수 없는 것이다.

　이에 진나라는 중원 6국의 종약을 하나하나 깨뜨려 나가는 작업에 착수하기에 이른다.

　연합된 동맹국들의 세력을 분열시키는 책략이었다. 진나라는 우선 서수(犀首)로 하여금 제나라와 위나라를 속인 뒤 그들을 연합시켜 조나라를 치게 하였다. 6국의 종약은 이렇게 하여 이루어진 지 15년 만에 그 한 귀퉁이부터 무너져 내리기 시작한 것이다. 이후 각국의 합종을 깨뜨리기 위한 장의의 길고도 먼 연형론의 여행은 시작된다.

　장의가 각국을 돌며 왕들을 설득하여 그들끼리의 종약을 깨고 진과 화친하도록 하는 일에 성공하고 다시 진나라에 돌아왔을 때는 이미 혜왕(惠王)이 죽고 그의 아들 무왕(武王)이 즉위해 있었다. 어느 정권에나 기회주의자들은 있는 법, 무왕이 태자로 있을 때부터 장의를 좋지 않게 생각했다는 사실을 아는 장의의 정적들은 장의가 돌아오자 일제히 그를 참소했다.

　무왕을 비롯하여 모든 조정 중신들에게 장의가 배척을 당하고 있다는 소문은 곧 제후국들 사이에 퍼져 연형을 약속했던 제후들은 이를 배반하고 저들끼리 다시 합종에 들어가기 시작했다. 이에 결정적으로 신변의 위험을 느낀 장의는 위나라로 건너가 그곳에서 정승이 된 지 1년 만에 세상을 떠나고 말았다.

　장의가 위나라에 가서 죽은 뒤에도 진나라는 계속 상앙의 전체주의적 정책을 추진하면서 6국의 종약을 깨뜨려 동쪽으로 진출한다는 기본 정책은 조금도 바꾸지 않고 있었다.
 중원 6개국 가운데서도 그 세력이 가장 강한 나라는 제나라였다. 제나라 민왕(湣王)은 제후국들이 다시 합종 쪽으로 기울어지자 그 합종의 주역이 되고자 우선 초나라 회왕(懷王)에게 친서를 보내 친교를 맺도록 회유하였다. 장의의 농간으로 한때 제나라와 적대 관계에 있던 두 나라는 이를 계기로 다시 친교를 회복하였다.
 그로부터 4년 후인 서기전 305년 진나라에서는 무왕이 죽고 뒤를 이어 왕위에 오른 소왕(昭王)이 마침내 천하 통일을 위한 구체적인 계획에 착수하기 시작하였다.
「지금 제나라는 중원의 여섯 나라 중 가장 세력이 막강하여 다른 제후국들과 하나하나 친교를 맺어 합종의 주역이 되고자 하고 있소. 모든 나라들이 이렇게 제나라와 합종해 버리면 우리 진나라가 아무리 강한 병력으로 저들을 정벌하려 해도 그 뭉친 힘을 감당할 수 없을 것이오. 그래서 제나라가 모든 제후국들과 친교를 맺기 전에 먼저 우리가 제나라를 쳐서 복속시키면 다른 5개국은 힘을 잃고 쉽게 항복할 것이라 생각하는데 경들의 의향은 어떠하시오?」
소왕의 이같은 말에 범수(范雎)는
「제나라가 6국 가운데 가장 강한 것은 사실이옵니다. 따라서 제나라를 정복하고 나면 다른 5개국의 정복이 쉬워지는 것 또한 사실이옵니다. 그러나 제나라는 지리적으로 보아 우리 나라에서 가장 먼 곳에 위치하고 있읍니다. 인접국 한(韓)과 위(魏)를 뛰어넘어 제나라를 공격하는 것은 지극히 위험한 일인줄 아옵니다. 한과 위가 비록 약소국이라고는 하나 제나라 원정을 위해 방비가 소홀해진다면 우리 진나라로서는 이중의 위험을 안게 될 것입니다. 즉 방비가 허술한 우리의 본토를 저들이 직접 공격할 가능성도 없지 않은데다가 원정군의 배후 또한 저들의 공격을 받을 여지가 얼마든지 있는 것이옵니다. 천하 통일의 위업을 이루려면 우선 먼 곳에 있는 나라와 친교를 맺는 한편 가까운 이웃나라부터 공략함이 상책인줄 아옵니다. 그리고 먼 나라에 대한 정복은 제일 뒤에 함이 옳은 줄 아옵니다.」
하며 이른바「원교근공」의 계략을 소왕에게 진언하였다.
 범수는 원래 위나라 사람으로 한때는 이름을 장록(張祿)으로 바꾸어

행세를 하기도 하였으나 진나라로 간 뒤에는 소왕을 설득하여 조정의 전권을 휘두르고 있던 외척을 추방하고 상국(相國)에 임명되었으며 응(應: 하남성)에 책봉되었기 때문에 응후(應侯)의 호를 하사받기도 했다.

범수의 이같은 진언에 따라 소왕은 다시 합종 관계에 들어가기 시작한 6국의 종약을 하나하나 깨뜨려 나가는 일에 착수하였다. 연합된 동맹국들의 세력을 분열시킴으로써 고립되고 약화된 나라들을 가까이 있는 것부터 하나하나 정복해 나가기 위함이었다.

소왕의 이같은 계획에 따라 소왕의 사신은 먼저 값진 뇌물과 십 여 명의 미녀를 데리고 초나라로 향했다.

진나라 혜왕 때 장의의 농간에 속아 나라간의 신의는 말할 것도 없고 왕으로서의 권위까지 손상당하며 치루어야 했던 그 곤욕들을 회왕이 어찌 잊을 수 있을 것인가. 진나라에 대한 사무친 원한으로 마음에 병이 되어 버린 회왕이 아니었던가. 그러나 회왕은 지금 진나라 사신이 가져온 진기한 보물들과 늘씬한 미녀들에 그만 눈이 황홀해져서 한 순간 지난날의 그 치욕과 울분조차도 잊고 있었다. 회왕의 이러한 심중의 변화를 잽싸게 읽어 낸 사신은 때를 놓칠세라 회왕을 회유하기 시작했다.

「장의는 이미 죽고 없읍니다. 그리고 당시의 혜왕도 이제 이 세상 사람이 아닙니다. 대왕께서 지금까지도 그 때의 일을 잊지 못하고 통분해 하신다는 것은 이미 썩은 송장을 대적하는 것처럼 무의미한 일입니다. 세상은 바뀌었읍니다. 제나라의 국력이 아무리 강대하다고 해도 이미 옛날 이야기입니다. 대왕께서는 이 중요한 시기에 현명한 선택을 하셔야 합니다. 진의 소왕께서는 소신을 통해 지난날 선왕(先王)과 장의가 대왕께 지은 죄를 대신 사죄하고 이 예물로써 대왕의 마음을 안위시켜 드리라 하셨읍니다. 소왕께서는 대왕과의 영원한 친교를 원하고 계십니다.」

진나라 사신의 이같은 회유는 그렇지 않아도 보고 들은 것이 없으며 또한 총명하지도 못한 회왕의 눈과 귀를 더욱 어둡게 했다. 그리하여 제나라와의 친교를 회복한 지 불과 얼마 되지 않아 회왕은 다시 친교를 끊고 친진 정책으로 전환하고 말았다.

이듬해(서기전 304년) 회왕은 진나라의 황극(黃棘)에 나가 맹약을 맺었고 진에서는 이를 환영하는 뜻에서 상용의 땅을 초에 떼어 주었다.
이로써 회왕은 진나라와의 달콤한 밀월에 흠뻑 빠져 세월을 잊은 채 진나라에서 보낸 미녀들과 함께 가연(佳緣)의 기쁨을 노래하고 있었으나 진나라로선 이 모든 것이 한갓 합종 세력을 분열시켜 그 힘을 약화시키려는 계책에 불과한 것이었다. 겉으로는 초나라와 진정 마음으로 화친을 맹세한 것같이 하고 있으면서도 기회를 따라 주견없이 이리저리 옮겨 붙는 초나라의 매춘 정책에 진은 이미 깊은 불신감을 품고 있었던 것이다. 당연한 얘기로 이용 가치가 없어지면 언제든지 초나라를 토벌할 심산이었다.
한편 두번째로 초나라에게 배반을 당한 제나라는 이 또한 당연한 일로 한·위와 연합하여 초나라를 응징하기 위해 공격을 개시하였다. 연합군의 공격을 받은 회왕은 형용할 수 없는 충격에 넋을 잃고 말았다. 회왕이 그같은 충격은 그러나 제나라 연합군의 공격이라는 위급한 상황 때문이 아니었다. 제나라의 공격쯤은 오히려 당연한 일로 이미 예상하고 있었던 일이었다. 놀라운 것은 180도로 표변해 버린 진나라의 반응이었던 것이다. 제3국으로부터 침공을 받았을 때 동맹국으로선 당연한 의무인데도 불구하고 진나라는 초왕의 애걸에 가까운 원병 요청을 모르는 척하다가 초나라의 태자를 인질로 하고서야 겨우 원병을 보내왔던 것이다. 이로써 회왕이 진나라에 품었던 밀월의 단꿈은 산산히 깨어지고 만다.
진나라 원군의 출동으로 제·한·위 연합군은 일단 초나라에서 철수하였다.
그러나 제14계 차시환혼에서 소개한 바와 같이 진나라에 인질로 가 있던 태자의 살인 도주 사건으로 인하여 형식적으로나마 유지되던 두 나라 사이의 친교는 다시 끊어지고 만다. 이제 더 이상 도움을 청할 나라조차 없이 고립 무원이 된 초나라는 이듬해 진·제·한·위 4국 연합군의 공격을 받게 되었고, 그 다음 해에는 다시 진나라의 공격을 받아 장군 경결(景缺)을 비롯하여 군사 2만여 명이 전사하는 대참패를 당하고 말았다.
형세가 이렇게 된 이상 초나라로서는 원래의 친제(親齊) 정책으로

전환할 수밖에 없었다. 할 수 없이 초나라는 태자를 제나라에 인질로
보내 친교를 맺는다. 그러나 이미 대외적인 불신과 국력의 손실로 회
복할 수 없는 피폐 상태에 빠지고 말았다.
 제에서 진으로, 진에서 제로, 다시 제에서 진으로, 그리고 마지막에
는 다시 제로, 회왕의 이러한 주견없는 외교 정책은 그야말로 창녀적
인, 멸망을 자초하는 작태였다. 이런 나라가 멸망하지 않는다면 오히려
이상한 일이 아니겠는가.
 일단 초나라를 재기 불능으로 몰아넣은 진나라는 다음에는 조나라로
공격선을 돌렸다. 장수 백기로 하여금 조나라를 공격토록 하여 장평
싸움에서 조나라 40만 대군을 생매장해 죽였다는 이야기는 앞의 제22계
관문착적에서 소개한 바 있다.
 그 이듬해 진나라 군대는 드디어 조나라의 수도 한단(邯鄲)을 포위하
였다.
 장평 싸움에서의 치명적인 타격으로 조정과 백성들이 아직 상심에서
헤어나지 못하고 있을 때, 한단성의 포위는 조나라를 온통 절망의 수
렁으로 몰아넣었다. 국가 존망 지추의 위기라 아니할 수 없었다.
 조나라의 평원군(平原君)은 왕의 명에 따라 위나라 왕과 공자 무기
(無忌)에게 편지를 보내 진군의 포위로부터 한단을 구원해 줄 것을 요
청하였다.
 공자 무기는 위나라 소왕(진나라 소왕과 동명 이인) 의 막내 아들로
소왕이 죽고 그의 형이 안희왕(安釐王)으로 즉위하면서 신릉군(信陵君)
에 봉해진 사람이다. 그리고 소왕의 막딸은 조나라 평원군의 부인으로
그들은 처남 매부간이었다.
 평원군으로부터 구원을 요청하는 편지를 받고 위왕은 아우 신릉군을
불러 이에 대한 대책을 의논하였다.
 「누님이 한단성에 갇혀 위기를 맞고 있는데 어찌 강건너 불구경하듯
할 수 있겠읍니까. 서둘러 원병을 출동시킴이 좋겠읍니다.」
 「허나 진나라에서 가만히 있지 않을 텐데….」
 「진나라는 지금 모든 나라들과 국교가 단절된 상태입니다. 그러나
우리에겐 언제라도 우리를 도울 수 있는 이웃 나라들이 있읍니다.
진나라가 제아무리 병력이 막강하다 해도 연합군에 당할 수는 없을

것입니다.」

신릉군의 이같은 말에 위왕은 장군 진비(晉鄙)에게 10만의 군사를 주어 조나라로 출동을 시켰다. 소식을 들은 진왕은 위왕이 염려했던대로 즉각 사자를 보내

「만약 제후국 중에 감히 조나라를 구원하려 하는 자가 있다면 즉시 군대를 옮겨 그를 먼저 공격할 것이다.」

라고 위협하였다.

국제간의 의리나 도덕보다는 언제나 주먹을 앞세우는 진나라였다. 섬약한 위왕은 진나라의 이같은 위협에 더럭 겁을 먹었다.

「남의 싸움에 끼어들었다가 공연히 내가 다치기라도 한다면….」

생각이 여기에 미친 위왕은 급히 진비에게 명하여 원군의 행군을 중지시키고 군대를 업성(業城)에 주둔시킨 채 겉으로는 조나라를 구원하는 척하면서 사태의 추이를 관망토록 했다.

진군은 시시 각각으로 포위망을 압축해 오고, 위나라 원군은 말로만 출동한 것이지 이핑계 저핑계로 업성에 주둔한 채 몸을 사리고 있고, 조나라로서는 참으로 답답한 일이 아닐 수 없었다. 위왕의 그같은 처사가 견딜 수 없이 불쾌했지만 워낙 상황이 다급한 터라 평원군은 분노를 삼키며 사자를 다시 신릉군에게 파견하였다. 사자는 신릉군에게 눈물로써 간청하였다.

「평원군이 신릉군의 맏누이와 혼인한 것은 신릉군의 높은 의리가 남의 곤경을 급하게 여길 줄 안다고 생각하였기 때문인데 이제 한단이 조석 지간에 진나라에 항복하게 되었는데도 구원을 하려 하지 않으니 공자의 누님이 가엾지도 않읍니까?」

형인 위왕의 처사가 그렇지 않아도 마땅치 않게 여겨지던 신릉군은 마침내 진비의 병부를 훔쳐서 업성으로 들어가 진비를 속이려 하였으나 그가 눈치를 채고 말을 듣지 않자 그 자리에서 진비를 죽이고 그가 거느렸던 8만군을 이끌고 한단의 진군을 배후에서 급습하였다. 불시에 배후에서 급습을 당한 진군은 적지 않은 희생자를 내고 철군하였다.

이로써 조나라의 한단성은 일단 진군의 포위에서 벗어나 구원되었지만 왕을 속이고 병부를 훔쳐낸 뒤 진비를 죽인 죄 때문에 신릉군은 위나라로 돌아가지 못한 채 군사들만 돌려보내고 혼자 조나라에 머물고

있었다.
「남의 나라를 구원하기 위해 왕을 속이고 내나라의 장수를 죽이다니….」
 신릉군의 행위에 불같이 노하여 그가 돌아오는 즉시 참수하리라 벼르고 있던 위왕은 그러나 그로부터 10년 후 진나라가 군사를 일으켜 위나라로 쳐들어오자 급히 사자를 보내 신릉군을 불러들인다. 실로 10년만에 다시 만난 형제는 지난날의 모든 애증을 씻고 반가움에 서로 얼싸안고 울었다.
 신릉군이 다시 돌아와 위나라의 상장군이 된 것을 알게 된 이웃의 제후들은 스스로 그들의 장수로 하여금 군대를 영솔하여 위나라를 구원하게 하였다. 신릉군은 이렇게 자원해 온 다섯 제후국의 군대를 이끌고 하외(河外)에서 진나라 군대를 크게 무찔렀을 뿐만 아니라 그 승세를 몰아 진군을 함곡관까지 추격하여 대파하였다. 진군은 이제 감히 함곡관 밖으로 나올 엄두조차 못내게 되었다.
 자국의 군세만을 믿고 자신만만하여 위나라를 공략하려 했던 진의 소왕은 진군이 패퇴하여 함곡관 안에 갇힌 채 꼼짝을 못하게 되자 당황하지 않을 수 없었다.
「아무리 연합군이라 해도 위나라 군사 따위에게 쫓기다니, 도대체 진의 장수들은 무엇을 하고 있었단 말이오?」
 진왕은 주먹으로 탁자를 내려치며 분개하였다. 그 때 범수가 나서서 진언하였다.
「신릉군이 위나라에 상장군으로 있는 한 진나라로선 승산을 기대하기가 어렵읍니다. 신릉군이 위나라로 돌아와 상장군이 되었다는 소식에 다섯 제후국들이 스스로 원병을 보내 준 사실만 보더라도 그에 대한 국제적인 신뢰와 그의 실력이 어느 정도라는 것쯤 알 수 있는 일이 아니겠읍니까?」
「신릉군이라는 한 인간 때문에 우리 나라가 이런 패배를 당했단 말이오? 그렇다면 우리에겐 그 정도의 인재가 하나도 없다는 말이 아니오?」
「문제는 신릉군을 도와 제후국들이 협력을 자청하는 데에 있읍니다. 그러므로 우리가 우선 취할 수 있는 계책은 신릉군을 제거하는 것뿐이라 사료되옵니다.」

「신릉군을 제거하다니 어떻게…?」
「이제까지 우리 진나라는 이간책으로 큰 성과를 거두어 왔읍니다. 서수의 이간책으로 제나라와 위나라를 속여 그들로 하여금 조나라를 치게 할 때도 그러했고 장평의 싸움 때도 그러했읍니다. 장의가 각국을 돌며 그들의 종약을 깨뜨린 방법들도 모두가 이간책이었읍니다. 이번에도 신릉군을 제거하는 방법은 있을 줄 아옵니다. 신에게 맡겨 주시옵소서.」
 진왕은 범수의 계책에 따라 황금 1만근을 내주어 첩자로 하여금 위나라의 적재 적소에 뿌리게 하였다.
 며칠 후 누구의 입에서 시작된 것인지
「신릉군이 왕위를 노리고 있다!」
고 하는 소문이 위나라 전역으로 날개 돋힌듯 퍼져 나갔다. 이 소문은 곧 왕의 귀에도 들어갔다. 지위에 눈이 어둡다 보면 판단도 흐려지는 모양이다.
 위왕은 격노하여 그 소문에 대한 진위도 알아 보려 하지 않고 공자 신릉군을 폐하고 다른 장수를 상장군으로 세웠다. 오로지 위나라와 왕인 형을 위해 일신을 돌보지 않고 몸바쳐 싸워 왔던 신릉군은 그같은 일을 당하자 우울한 심정을 술로 달래다가 외롭게 세상을 떠나고 만다.
 신릉군이 없어진 위나라는 진나라로서는 받아 놓은 밥상이었다. 신릉군이 제거되자 진군은 즉시 공격을 개시해 위나라를 멸망의 위기에 빠뜨려 버렸던 것이다.
 이처럼 진의 공격과 이간책에 휘말려 세력이 분열되고 국력이 피폐해지면서 진나라를 제외한 중원의 6개국은 경쟁이나 하듯 내리막길을 걷고 있었다. 진왕조에서 대를 이어 시행되었던 원교근공의 책략이 실효를 거두었던 것이다.
 이러한 책략에 따라 가장 먼저 멸망당한 나라가 한(韓)이었다. 지리적으로 보아 진나라 국경에 인접해 있었을 뿐 아니라 국력도 가장 약했던 한은 시황제 17년(BC 230년)에 장수 내사승(內史勝)에 의해 멸망당한다.
 그로부터 2년 후 조나라는 수도 한단이 진의 장수 왕전(王翦)에 의해 함락되고 조왕은 포로가 되었다. 이에 조왕의 공자인 대(代)가 스스로 대왕이라 일컬으며 재흥을 꾀하다가 다시금 진군의 공격을 받고 힘없이 멸망하고 만다.

그로부터 3년 후인 서기전 225년, 이번에는 위나라 수도 대량(大梁)이 진군의 수공(水攻)으로 함락되고 위왕은 포로가 됨으로써 마침내 조나라 역시 멸망하고 말았다. 이간책으로 위나라의 신릉군을 제거한 직후의 일로 이 때 진나라의 장수는 왕전의 아들 왕분(王賁)이었다.

이어 진은 연나라를 공격하여 수도 계성(薊城)을 함락시켰고, 연왕 희(喜)와 태자 단(丹)은 요동으로 도망하였다.

진군은 그 여세를 몰아 다시 초나라를 공격하였으니 이 때 초나라 장수 항연(項燕)이 전사한 진·초의 대전 상황은 앞의 차시환혼의 계에서 이미 언급하였거니와 항연이 죽자 진나라 군대는 그 승세를 몰아 초나라 각지를 공략, 평정하였다.

시황제 24년(BC 223년) 초왕 부추(負芻)는 포로가 되고 그동안 명맥만을 유지해 오던 초나라도 드디어 멸망하고 말았다.

이제 마지막 남은 것은 제나라 뿐이었다. 모든 제후국들이 차례로 멸망한 뒤여서 이제 공격을 당한다 해도 제나라로선 도움을 청할 곳이 없었다.

마침내 진군이 제나라의 수도인 임치에 들이닥치자 제나라 사람들은 대항할 엄두조차 못내고 있었다(이 때의 전황은 제25계에서 자세히 설명된다). 임치를 포위한 군사는 이미 진나라 단독 부대가 아니었다. 패한 제후국들의 군사를 모아 그 규모와 군세는 어마어마한 것이었다.

진시황은 사람을 보내 제왕을 회유하였다.

「당신이 만약 항복을 하면 5백리의 땅을 주어 조상의 제사를 받들게 하고 따라서 당신의 자손들을 길이 보전하게 할 것이다. 그러나 끝내 저항을 하면 일족의 멸망을 면치 못하리라.」

진왕이 내세운 이러한 조건에 따라 제왕은 목숨이나마 보존하고자 항복을 한다. 멸망한 모든 나라에 대하여 그러했듯이 진왕은 약속을 무시하고 제왕을 공(共) 땅으로 추방하였다. 제왕은 그곳 산속에서 굶어 죽는 비참한 최후를 마쳤다 한다.

이렇게 하여 중원의 6국은 진나라에 의해 차례차례로 멸망당하는 비운을 맞게 되었고 마침내 시황제에 이르러 진의 천하 통일이라는 대업은 이루어진 것이다.

진은 혜왕 때부터 무왕, 소왕, 시황제의 4대를 거치는 동안 동방의 6국에 대하여 외교적으로는 6개국이 연합하여 진나라에 대항하고자 했던 이른바 합종책을 철저히 분쇄함과 동시에 6국의 지배자 집단의 내부 부패와 갈등을 이용하여 그 대신이나 장군을 매수하고 군주와 신하 사이를 이간하여 효과를 거둔 것이다. 필요에 따라 국경에서 먼 나라와는 친교를 맺는 한편 자신의 친교국과 다른 나라와의 종친은 철저히 방지하였다. 그리하여 각국의 힘이 분산되고 약화된 틈을 이용하여 가까운 나라부터 정복하기 시작하여 마침내 6국 모두를 정복했던 것이다.

■ 원교근공 2

「원교근공」은 현대의 외교 전략에서도 많이 채용되고 있다. 예컨데 베트남은 같은 공산주의 국가이면서도 인접국 중공을 뛰어넘어 현재 멀리 떨어져 있는 소련과 손을 잡고 물심 양면으로 원조를 받고 있다. 그 목적은 말할 것도 없이 인도지나 반도의 제압과 중공의 압력에 대항하기 위해서이다. 상대적으로 소련이 멀리 떨어진 베트남을 원조하는 것은 베트남이 국경을 접하고 있는 중공에 대한 유력한 견제 세력으로 작용하기 때문이다.

중공도 마찬가지이다. 베트남에 압력을 가하기 위해 남쪽의 캄보디아를 적극 지원하고 있으며, 역시 국경을 접하고 있는 소련을 견제하기 위해서는 이념과 체제를 달리하는 미국에의 접근도 불사하고 있다.

또한 카스트로의 쿠바는 미국의 중압에 대항하기 위해 멀리 소련과 손을 잡고 있으며 소련 또한 미국을 견제하기 위해 쿠바에 대한 원조를 아끼지 않고 있다. 이 모두가 현대판 「원교근공」의 책략이라 할 수 있다.

그렇다고 여기서 원교근공의 책략이 반드시 좋다 나쁘다고 정의를 할 수는 없다. 다른 병법의 계략과 마찬가지로 상황에 따라 유효할 수도 그 반대일 수도 있는 극히 유동적인 것에 불과한 것이다.

원교근공책으로 실효를 거둔 나라도 있지만 반대로 실패하여 크게 곤욕을 치른 나라도 있다. 우선 리비아가 그렇다. 세계에서 가장 가난한 나라를 꼽을 때면 으레 다섯 손가락 안에 들던 이 나라는 1959년에

석유가 발견됨으로써 일약 부국으로 부상하였다. 천연 자원의 혜택으로 힘 안들이고 나라가 갑자기 부강해지자 과거의 태도에서 표변해 자못 강국의 행세를 하며 원교근공의 외교 정책을 취하였다.

남쪽에 인접한 챠드에 원정군을 파견해서「사회주의 혁명의 수출」이라 하여 여러 나라로부터 공박을 받는가 하면 바로 북서쪽에 접해 있는 튀니지아에도 여러 가지 압력을 가해 심한 반발을 샀다. 그리고 동쪽에 인접해 있는 이집트와는 견원 지간이다. 1960년대 초반부터 아랍 민족주의 국가의 주도국으로 부상하기 시작한 이집트 정부는 리비아를 완전히 무시하는 태도를 취하고 있다.

이런 리비아가 멀리 남쪽에 떨어져 있는 대서양 연안의 가나와는 또 돈독한 동맹 관계를 맺고 깊은 교류를 하고 있다.

1982년 8월 리비아의 수도 트리폴리에서는 아프리카 통일 기구(OAV) 수뇌 회의가 열릴 예정이었다. 그러나 저간의 리비아의 원교근공식 외교 정책을 못마땅하게 여기던 많은 나라가 보이코트를 함으로써 정원 부족 때문에 유회되는 전례없는 오점을 남겨 국제적으로 큰 망신을 당했던 것이다.

그러나 원교근공책의 큰 실패로 가장 큰 곤욕을 치룬 나라는 바로 미국이라 할 수 있다. 단적으로 말해 실패의 원인은「원교(遠交)」만 하고「근공(近攻)」을 하지 않은 데 있다. 가까운 나라부터 정리(외교적으로)함이 원교근공의 원칙임에도 불구하고 미국은 바로 발밑의 나라들은 내버려 두고 먼 유럽과 동북아시아에 외교 역량을 집중시켰다가 쿠바를 소련의 미사일 기지로 만들어 버리는 엄청난 실책을 저질렀던 것이다.

이 때문에「손길이 미치지 않는 나라는 잠시 내버려 두고 우선 가까운 적부터 정리해 가라」는 원교근공의 계략이 고래로부터 중용되고 있는지도 모른다.

구태여 멀리 있는 남의 예를 들 것도 없이 일본의 원교근공의 책략으로 바로 우리 나라가 희생을 치른 예만 해도 적지 않다.

1592년에 일어난 임진왜란이나 1910년의 이른바 한일합방은 모두 일본의 전형적인 원교근공 책략의 산물이었다. 특히 우리 나라에 대한 일본의 근공책은 어느 경우보다 무도하고 잔혹했다. 어느 나라가 감히 인접국의 왕비까지를 살해하며 침탈한 예가 있었던가. 지난 여름 우리의 온 국민을 분노케 했던 소위「역사 교과서 왜곡」문제에서도 나타났듯이, 뻔한 역사적 사실임에도 불구하고 일본은 지난날의 그같은 만행을「침략」이 아니었다고 일말의 양심도 없이 간교한 궤변을 늘어놓고 있다.

물론 지난날의 아픈 상처를 자꾸 헤집어서 좋을 것은 하나도 없다. 그러나 엄숙한 역사적 사실 앞에서 시인할 것은 시인을 해야 하지 않겠는가.

브란트 전 서독 수상의 2차 대전 당시 독일 나찌스군에게 학살당한 유대인 추도 연설문에는 다음과 같은 귀절이 있다.

「…전진하는 역사 앞에서 지난날의 죄악을 되풀이해 말할 필요는 없다. 그것은 서로에게 유익한 일이 되지 못하기 때문이다. 서로가 용서하고 잊어야 한다. 그러나 그에 앞서 정리돼야 할 것은 과거에 저지른 죄악이 아무리 수치스럽고 고통스럽다 해도 일단 인정할 깃은 솔직히 인정해야 한다는 점이다. 그렇지 않으면 그것은 엄숙한 역사 앞에 자기를 기만하고 상대를 기만하는 결과가 되어 앞으로 보다 큰 인류의 비극을 초래할 수도 있기 때문이다….」

일본인들에겐 귓등으로도 안 들릴 얘기지만.

어쨌든 일본의「원교근공」의 책략을 비교적 양심있는 일본인의 시각을 빌어 바라보자. 일본의《요미우리 신문》의 기자 야마모도(山本榮一)는 이렇게 말하고 있다.

「한국은 일본에 가장 가까운 외국이지만 국민 감정이나 정치, 경제 관계에 있어서는 "가깝고도 먼 나라"라는 불행한 상태에 있다. 한국 갤럽사의 외국인의 이미지에 관한 세론 조사(1982년)에서는 한국인이 싫어하는 나라의 제1위가 일본으로 되어 있다. 이와 같은 사실을 볼 때 두 나라는 상호 이해와 우호에의 길을 반드시 함께 모색해 열어 나가지 않으면 안 된다. 그런데 이같은 국민 감정의 균열을 초래케 한 원인은 무엇일까.

단적으로 말해 명치 유신 이래 일본 정부의 원교근공의 책략 때문이라고 해도 좋을 것이다. 옛날부터 양국 사이에는 빈번한 문화적 접촉이 있었고, 그로부터 일본은 여러 가지 영향을 받았다. 이런 이유에서도 심정적으로 가장 가까운 나라이어야 함에도 불구하고 일본의 정치 정세, 정책이 침략이라고 하는 불행한 역사를 낳아 쌍방의 국민 감정이나 의식에 미묘하게 투영되었고, 그로 인해 조성된 왜곡된 인식이나 감정은 지금까지도 조금도 개선되지 않고 있다. 늦은 감이 없지 않지만 지금이라도 "근교, 원교"의 적극적인 추진으로 경제 협력이나 문화 교류의 진전이 이루어져야 한다.」

그러나 여기서 주장하는 원교근공책의 폐해도 적지는 않다. 가까운 나라끼리 서로 으르렁거리다가 함께 쓰러지게 되어 먼 나라에 어부 지리(漁父之利)를 주거나 다행히 가까운 나라를 타도할 수 있었다 할지라도 고립되어 약해졌을 때 먼 나라에게 일격을 받고 힘없이 망해 버리는 경우가 적지 않기 때문이다.

중국의 전국 시대에는 「형제는 남의 시작」이라는 속담이 있었다. 원래 이웃나라(형제)와 화친을 해야 함이 상식이나 현실은 그와 반대로 이웃나라와 싸우는 일이 많다. 서로 국경을 접하고 있는 나라들일수록 여러 가지 역사적인 문제가 복잡하게 얽혀 있어 대항 의식이 강하다. 때문에 작은 일이 자극이 되어 마침내 감정이 대립되고 공통의 적인 이웃나라와 짜고 형제 나라를 공격하게 된다.

「형제는 안에서 싸우더라도 밖으로부터의 모욕은 함께 방어한다」고들 말한다. 형제 싸움은 해도 좋지만 적어도 외적에 대해서는 협력해서 싸우라는 얘기가 전해진다는 사실은 역설적으로 이것이 좀처럼 행해지지 않는다는 것을 의미한다. 즉 외적이 가까이에 있는데도 국내의 파쟁은 가라앉지 않고 그런가 하면 약한 쪽은 다른 방법도 있으련만 하필 외적과 결탁하여 상대(형제)를 타도하려 하고, 강한 쪽은 또 외적에게 이익을 주면서 그 간섭을 막으려고 하는 등 서로 나라의 이익을 희생하며 장래를 돌보지 않는 것이다.

경제계에서도 「경쟁 회사에 병합될 형편이라면 차라리 외국 자본의 산하에 들어간다」는 등으로 무분별하게 입을 놀리는 사장이 있으며 또 후계 쟁탈전을 벌이다가 위에서 강제로 밀어붙인 사장에게 어부 지리를 주는 회사도 많다.

정계에 있어서의 선거전에서는 특히 이런 현상이 보다 격심하다. 동일 당내의 파벌이나 감정 싸움으로 반대당의 후보자에게 영관(榮冠)을 빼앗기고 양파가 다같이 참담한 패배를 당하는 것을 우리는 얼마든지 볼 수 있다.

옛사람이 「형제는 남의 시작」이라고 개탄했듯이 특히 전국(戰國) 무장의 인생은 먼저 형제를 치는 데서 시작되고 있다. 그래도 되는 일인가?

제24계

가도벌괵
假途伐虢

소국의 심리를 이용하라

적과 나의 두 대국 사이에 낀 소국을 적이 굴복시키려 할 경우에는 즉각 군사를 출동시켜 위력을 과시하고 구원해야 한다. 곤란에 직면한 나라에 대해서는 실제 행동으로 나서지 않는 한 신뢰를 획득할 수 없다.

길을 빌어 군대를 사용하는 책략에도 행동이 뒤따라야 한다. 번지르르한 말로서 속여 넘길 수 있는 상황이 아니기 때문이다. 이러한 형세하에 있는 소국은 어느쪽이든 한쪽의 위협을 받거나 아니면 쌍방의 틈바구니에 끼게 된다. 따라서 적이 무력으로 밀고 들어왔을 경우에는 우리쪽은 이익을 침범하지 않는다는 미끼로 유혹한다. 존립을 원하는 소국의 심리를 이용, 즉각 세력을 확대하고 전국(全局)을 지배하는 것이다. 그러면 세력이 약한 소국으로서는 진지를 보호 유지할 수 없게 되므로 전투를 치르지 않고서도 이를 소멸시킬 수가 있다.

또 하나의 경우 우방을 쓰러뜨리면 자국이 위험하다는 사실도 명심해야 한다. 전국 시대 진(秦)이 조(趙)에 대해「협동해서 이웃나라 연(燕)을 공격하자. 성공할 때는 연의 영토 절반을 귀국에 맡기겠다」고 제의해 왔다.

이에 기뻐서 대군을 일으키려는 조왕에게 한 신하가 간히였디. 「연을 공격하면 받아 놓은 밥상의 밥을 다 먹기도 전에 진의 화가 우리 나라를 뒤흔들 것입니다.」

이웃나라인 조와 연이 협동, 다같이 건재함으로써만 강대국인 진도 손을 내밀 수 없는 것이다. 입술이 터지면 이가 빠진다는 말이 있는 것처럼 근접한 두 나라 중 한 나라가 힘을 상실하면 나머지 한 나라는 쉽게 강국의 먹이가 되고 만다.

註

가도벌괵(假途伐虢): 길을 빌어 괵을 친다는 뜻. 춘추 시대 우(虞)와 괵(虢) 두 나라는 이웃 사촌으로 양국이 다같이 진국(晋國)과 국경을 접하고 있었다. 진국은 진작부터 이 두 나라를 병탄하려는 야심을 가지고 있었다. 진나라 순식(荀息)의 계략으로 우왕을 매수, 우나라의 길을 빌어 괵을 치고 다음에 우를 멸망시킨 고사에서 유래된 말.

■ 가도벌괵 1

서기전 672년 봄.
진(晋) 나라의 하늘은 한없이 맑고 높았다. 중원의 패자로서 땅 넓은 줄 모르고 뻗어가던 제(齊) 나라가 후계자 문제를 둘러싸고 내분에 휘말려 있을 때 헌공(献公)의 진나라는 한창 전성기를 맞고 있었다.
약소국으로서의 허물을 벗으며 강국으로의 도약을 위해 조금씩 발돋움을 하던 진나라는 헌공 5년에 이르러 북방의 여융(驪戎)을 멸망시킨 이래 꾸준히 군비를 증강하여 주변의 작은 나라들을 차례로 병탄, 영토를 확장시켜 나가고 있었다.
당시 중원 제국의 주변에는 부족 사회 형태의 조그마한 약소국들이 많았다. 이들은 서로 친교를 맺음으로써 강력한 외세의 위협으로부터 스스로를 보호하면서 살아남기 위해 안간힘을 썼다. 그러나 역사에 지극히 작은 흔적만을 남기고는 약육 강식의 법칙에 따라 사라져 버리곤 했다.
진나라 국경에 인접하여 서로 톱니바퀴처럼 맞물려 있는 우(虞)나라와 괵(虢) 나라. 이들 조그마한 두 나라는 곽(霍), 경(耿), 위(衛) 등 주변 약소국들이 차례로 무력으로 진나라에 병탄되는 것을 지켜보면서 한시도 마음을 놓을 수가 없었다. 때문에 두 나라의 결속은 다른 어느 나라의 경우보다도 굳고 단단했다.
헌공은 이 두 나라의 토벌 문제를 놓고 신하들과 의견을 나누었다.
「두 나라가 병력을 합친다고 해 봐야 그 힘이 얼마나 되겠는가!」
헌공의 자신 만만한 태도에 신하들도 따라서 찬의를 표했다.
「두 나라의 국력이 서로 비슷하니 어느 나라부터 공략하는 것이 보다 효과적이겠는가?」
「원교근공의 병법이 있지 아니하옵니까? 우선 멀리 있는 괵과 작전상 친교를 맺고 가까운 우나라부터 공략한 뒤에 다시 전열을 가다듬어 괵을 침이 옳은 순서일듯 하옵니다.」
한 신하가 원교근공의 병법을 들어가며 자신있게 말하자 다른 신하가 이의를 제기하고 나섰다.
「그것은 상대가 강대국일 때 적합한 병법인 줄 아옵니다. 어차피 우리가 두 나라 중 한 나라를 침공하면 저들은 서로 힘을 합하여 대적할 것이 분명하오니 그럴 바에는 처음부터 많은 병력을 투입하여 아예 두 나라를 한꺼번에 치는 것이 상책인 줄 아옵니다.」
작전 회의는 별다른 진전없이 공전만 거듭하고 있었다.
이 때 군사 전략가 순식(荀息)이 이제까지 논의된 것과는 전혀 이질적인 계략을 말하였다.
「우리는 지금 그들이 약소국이라 해서 너무 과소 평가하고 있읍니다. 우와 괵이 비록 작은 나라라고는 하나 그들이 평소 이웃의 강대국들에 대해 철저히 경계를 해왔던만큼 두 나라가 연합하면 결코 무시할 수 없는 강한 힘이 될 것입니다. 그러므로 이들 나라를 공략하려면 우선 두 나라를 분리시켜야 하고 따라서 괵국을 토벌함에 있어서는 무력보다 먼저 회유가 선행되어야 한다고 생각됩니다. 그러나 우리가 회유해야 할 나라는 괵국이 아니라 우국입니다. 즉 밖으로 그물을 쳐놓는 것과 같은 이치입니다. 우나라의 왕이 사욕에 눈이 어둡고 판단이 흐리다는 것은 이미 진(秦)으로 망명한 백리해(百里奚) 때부터 알려진 사실입니다. 그러한 우왕을 유혹하여 연합된 세력을 분열시키는 것입니다.」
순식은 잠시 말을 끊고 회중을 둘러보았다. 헌공이 물었다.
「그러한 계책에 따르자면 많은 시일이 소요될 것이고 따라서 많은 국력의 낭비가 있어야 하지 않겠는가?」
「물론 그런 점은 있읍니다. 그러나 다소 시일이 걸려서라도 일석이조의 효과를 얻을 수 있다면 속전 속결로써 작은 것을 얻는 것보다 낫지 않겠아옵니까?」
「좀더 상세히 말해 보시오.」
헌공은 얼른 납득이 안 가는 모양이었다.
「우선 공략에 앞서 괵을 치기 위해 길을 빈다는 명분으로 우왕을 유혹하는 것입니다. 이에 우왕이 허락하면 우국을 통과하여 괵을 정벌하고 돌아오는 길에 우국을 마저 치는 것입니다. 우리의 본래 계획은 괵을 정벌한 뒤 다시 군사를 일으켜 우나라를 치는 것입니다. 따라서 우리가 회군하여 있는 동안 우나라에서 우리의 의도를 알아차리고 다른 강대국과 친교를 맺으면 정벌은 힘들게 됩니다. 그러므로 우리는 괵을 정벌하고 돌아오는 길에 아예 힘이 약해진 우국마저 토벌하자는 것이옵니다.」
 순식이 이같이 그의 계책을 상세히 설명하자 그 때서야 납득이 가는 듯 노장 하나가 나서서 덧붙였다.
 「어차피 군사를 일으켜 원정을 할 바에는 승전의 여세를 이용할 방법까지를 생각하자는 계책인 듯하옵니다. 과연 훌륭한 계책입니다.」
 「그렇다면 어떻게 무엇으로 우왕을 유혹하는 것이 가장 효과적이겠오?」
 「폐하의 수극(垂棘)의 벽(俗)과 굴(屈)의 명마(名馬)는 다른 나라 왕들조차 탐내고 있는 것입니다. 그것을 주면서 유혹하면 될 것이옵니다.」
 순식의 입에서 수극의 벽과 굴의 명마라는 말이 거침없이 나오자 헌공의 얼굴엔 난감한 표정이 어렸다.
 「수극의 벽은 선대로부터 내려온 보물이고 굴의 명마는 내가 가장 아끼는 준마인데, 우왕이 만일 이것들을 받기만 하고 길을 내어주지 않는다면 허사가 아니겠오?」
 「그 일이라면 염려하실 것이 없읍니다. 보물과 명마는 우왕에게 아주 주는 것이 아니라 잠시 맡겨 두는 것일 뿐입니다. 그리고 소국의 입장으로 길을 빌려 줄 마음이 없어 가지고서야 감히 그같은 선물을 받을 수 있겠읍니까? 이리하여 괵과 우를 토벌한 뒤에 벽옥과 명마는 다시 찾아오면 그만일 것입니다. 그것은 마치 안쪽 창고에 있던 보물을 잠시 바깥 창고에 옮겨 놓는 일에 불과하며 안쪽 마구간에 있던 명마를 잠시 바깥쪽 마구간에 옮겼다가 다시 제자리로 옮겨 놓는 일과 하나도 다를 바가 없읍니다. 벽옥과 명마는 어디에 있든 대왕의 것이옵니다.」
 조용히 듣고만 있던 장수들은 자신도 모르게 순식의 그같은 계략에 탄복해 마지 않았다. 헌공도 마찬가지였다. 순식의 말은 계속된다.
 「거기에다 또 하나의 미끼로서 괵을 토벌한 뒤 평정한 괵의 땅 절반을 우나라에 떼어 주겠다고 미끼를 던지는 것입니다. 그러면 우왕은 분명 결속을 다짐했던 곽보다는 강대국인 우리 진나라를 신뢰하고 의지하고자 할 것입니다. 군사를 일으켜 힘으로 영토를 넓힐 수 없는 소국의 심리를 이용하는 책략입니다.」
「기가 막힌 책략입니다. 정말 일석 이조를 위해 이보다 더 나은 책략은 없을 듯하옵니다.」
 신하들이 만장 일치로 찬의를 표하자 헌공도 흔쾌히 순식의 이같은 책략을 받아들였다.
「좋소. 기왕에 계획한 일이고 구체적인 계략도 세워졌으니 더 이상 시일을 끌지 말고 서둘러 실행에 옮기도록 하시오.」
 이리하여 진나라에서는 우국에 사자를 보내 우왕을 초청하였다.
 높다란 누대 위에 초호화판의 주연을 마련하고 헌공은 우왕을 맞았다. 한순간 우왕은 자신이 별천지에라도 온 것이 아닌지 정신마저 흐미해졌다. 산해 진미로 사러진 주연상의 호화로움도 그렇거니와 헌공의 등뒤를 에워싸듯 늘어선 십여 명의 미희들은 지금까지 이 세상 어디서도 볼 수 없었던 천하의 절색들이었다. 이 황홀의 극치 속에서 우왕은 눈둘 바를 몰라 한참을 당황하고 있었다.
「허허, 뭘 그리 생각하고 계시오? 고국에 두고 온 가인을 못잊어 그러시오?」
 헌공의 이같은 농에 우왕은 비로소 정신을 수습하며 자세를 가다듬었다.
「오늘 이렇게 대왕을 모시게 되니 영광이로소이다. 먼길 오시느라 노고가 많으셨겠읍니다. 이 자리는 대왕을 위해 마련한 자리이니 맘껏 즐기도록 하십시오.」
 헌공은 손수 우왕의 잔에 향기로운 술을 가득 부었다.
「너희들은 노래와 춤으로 우국의 대왕을 즐겁게 해드려라.」
 헌공이 늘어선 미희들에게 명하자 그녀들은 주연석 앞으로 나와 흡사 나비가 나는 듯 유연한 몸짓으로 춤을 추며 노래하기 시작했다. 미희들의 춤과 노래가 어우러지자 우왕의 눈빛은 꿈속을 헤매듯 몽롱해져 갔다. 그러나 우왕을 수행해 온 궁지기(宮之奇)는 그같은 주흥의 분위기 속에서도 조금도 흐트러짐이 없이 석상처럼 차가운 표정이었다. 황홀경에 빠져 침이라도 흘릴 것 같은 우왕의 딱한 모습을 보다 못한 궁지기는 우왕의 귀에 대고 작은 소리로 아뢰었다.
「저들에게 결코 마음을 빼앗겨선 아니되옵니다. 지금 대왕의 앞에서 춤추고 노래하는 저들 미녀들이야말로 경계해야 할 독초들이옵니다.」
궁지기의 절박한 간언이 이미 넋을 빼앗긴 우왕의 귀에 들어갈 리 만무였다. 헌공의 호탕한 웃음 소리는 시간이 갈수록 잦아지고 미희들의 몸짓이 원색적으로 바뀌어 가면서 주흥은 절정에 이르고 있었다.
「우왕께선 우리 진나라에 있는 수극의 벽옥과 굴의 명마에 대해 들은 일이 있으신지요?」
주기로 충혈된 눈으로 우왕을 건너다보며 헌공이 물었다.
「중원 일대에 소문난 바라 벌써부터 한 번 보고 싶던 차이옵니다.」
「우리 진나라 왕실의 자랑거리이니 어찌 아니 보여 드릴 수 있겠옵니까?」
하고 헌공이 밖을 향해 손짓을 하자 궁녀가 옥쟁반 위에 수극의 벽을 받쳐들고 들어왔다. 몽롱하던 우왕의 눈이 번쩍 빛났다. 그리고 입에선 자신도 모르게 탄성이 튀어나왔다. 말을 잊은 채 입을 벌리고 벽옥에 정신이 팔려 있는 우왕을 보고 헌공과 순식은 서로 시선을 마주치며 회심의 미소를 짓고 있었다.
「자 수극벽은 귀국하신 뒤에 곁에 두고 감상하시고 술이나 드십시다!」
「아니 무슨…?」
한순간 귀가 번쩍 뜨였던 우왕은 그러나 이내 자신이 착각한 것이라 여기며 얼굴을 붉혔다.
「참 소문이 날 만한 보옥이옵니다.」
우왕은 민망한 마음을 감추기 위해 이같이 얼버무렸다.
「어차피 진나라를 방문하신 손님 중 가장 귀한 분께 드리기로 작정했던 것이니 귀국길에 가지고 가십시오.」
조금 전 자신의 착각이 결코 착각이 아니었음을 알자 우왕은 차라리 몸둘 바를 몰랐다.
「이제 굴의 명마를 보실 차례입니다.」

헌공의 말이 끝나기가 무섭게 순식은 굴의 명마를 끌고 와 누대 아래에 대령시켰다.
「바로 저것이올시다.」
부서지는 봄의 햇살 속에서 명마의 갈기는 황금빛으로 물결쳤다. 늘씬한 허리와 쭉 뻗은 다리가 과연 명마였다. 헌공은 누대 아래로 내려가 명마에 올랐다. 명마는 앞발을 치켜들고 하늘을 향해 우렁찬 울음을 토해 내더니 천천히 누대 아래 잔디밭을 거닐기 시작했다.
「오늘로서 너와 나는 이별이다. 오늘부터 너는 새주인을 모셔야 하느니라. 내가 그러했듯이 우왕께서도 너를 아껴 주실 것이니 너는 우국에 가서도 명마의 명성을 잃지 않도록 하여라.」
말에서 내린 헌공은 짐짓 아쉽고 애석한 표정을 지으며 명마의 등을 어루만졌다.
우왕은 꿈을 꾸고 있는 것이 아닌가 하여 자꾸 눈을 꿈벅이며 주위를 둘러보았다.
「폐하, 저같은 선물에 결코 현혹되어서는 아니되옵니다. 눈길을 돌리고 외면하셔야 하옵니다.」
불을 보듯 뻔한 저들의 계책에 정신없이 빠져드는 우왕이 답답하고 안타까워 궁지기는 안간힘을 썼다. 그러나 우왕은 궁지기의 그같은 귓속말 따위는 아예 들으려고조차 하지 않았다.
다시 누대 위로 올라온 헌공은 무악을 멈추게 하고 주위를 정돈시킨 뒤 은근한 눈길로 우왕을 건너다 보았다.
「대왕!」
헌공은 그 눈길만큼이나 은근한 말투로 우왕을 불렀다.
「대왕께 한 가지 소청이 있오이다.」
우왕보다는 궁지기가 먼저 긴장된 표정으로 헌공을 바라보았다.
「진나라와 같은 대국의 왕께서 소국에 대해 청할 것이 무엇이 있겠아옵니까. 말씀해 주십시오.」
한껏 겸손한 자세를 보이며 우왕이 말했다.
「수극벽과 명마를 드리고자 하는 선의를 저버리지 말아 주십시오.」
「그 그야…」
무슨 말을 해야 좋을지 몰라 우왕은 말끝을 흐렸다.

「그리고 여기에 있는 이 16명의 여악(女樂)들을 대왕께서 거두어 주시오. 다들 재색을 겸비한 여악들이니 대왕께 다소는 위로가 될 것입니다.」
「그런 일들을 어찌 소청이라 하시옵니까?」
우왕은 벌어지는 입을 다물지 못한다.
「아니올시다. 과인이 말씀드리고자 하는 소청은 따로 있오이다.」
헌공의 얼굴에 궁지기의 날카로운 시선이 비수처럼 날아들었다. 궁지기의 그러한 시선으로부터 얼굴을 돌리며 헌공은 우왕에게 말했다.
「실은 우리 진나라에서 계획한 바가 있읍니다. 그래서 대왕께 협조를 구하고자 하는 것입니다.」
「말씀해 보시지요.」
분위기가 굳어지자 우왕은 다소 긴장하며 흐트러졌던 자세를 가다듬었다.
「다름이 아니라 대왕의 우국에 인접해 있는 괵국을 벌써부터 정벌하고자 계획을 세우고 있던 중입니다. 괵국과 우국이 친교를 맺고 있다는 사실을 모르는 바 아니나 그같은 국제간의 친교라는 것도 따지고 보면 모두가 자국의 이익을 위한 타산에서 나온 것이 아니겠읍니까? 우리 진나라는 우국과 친교를 맺으면 우국에 대해 괵국 이상으로 유익을 제공할 용의가 있읍니다. 그런데 우리가 괵국을 정벌하려면 어차피 우국을 통과할 수밖에 없는 일이 아니겠읍니까. 과인은 그것을 대왕께 부탁하고자 하는 것입니다. 우국에 대해 군사나 군량을 청하는 것이 아니라 다만 길을 좀 빌리자는 것입니다. 자, 어찌하시겠읍니까? 괵과의 친교를 끊고 우리 진나라에게 도로 사용을 허락해 주시겠읍니까? 대신 괵을 정벌하면 그 댓가로 괵의 땅 절반을 떼어 드릴 것이며 우리 진나라는 우국과 영원한 친교를 맺어 유사시에는 서슴치 않고 필요한 군사와 군량을 지원해 드리리다.」
우왕이 무슨 말인가를 하려고 하자 얼른 궁지기가 가로막으며 나섰다.
「소신이 감히 저희 대왕을 대신하여 아뢰고자 하오니 소신의 당돌함을 용납하여 주십시오. 지금 저희 주군께서는 대왕께로부터 너무 융숭한 대접을 받으신지라 주기를 이기지 못하고 계시옵니다. 그러하오니 지금 대왕께서 청하신 일에 대한 답변은 내일 주기가 깨신 후에 들으심이 좋을 듯하옵니다.」
 일순 헌공의 미간으로 불쾌한 표정이 스쳤다. 그러나 헌공의 그러한 표정의 변화는 궁지기의 예리한 시선에 여지없이 잡히고 말았다.
 주연은 밤늦게야 끝났다. 주연석에서 춤을 추던 무희 하나가 우왕을 침소로 안내하였다.
「잠깐, 대왕께 긴히 드릴 말씀이 있으니 너는 잠시 자리를 피하도록 하라.」
 궁지기는 무희를 물리치고 우왕의 곁으로 다가갔다.
「폐하, 어찌하시렵니까, 저들의 요청대로 도로를 내어 주시렵니까?」
 궁지기는 목소리를 낮춰 황급히 우왕에게 물었다.
「그같은 좋은 조건에 길을 빌려 주지 않을 자가 어디 있겠는가?」
「아니되옵니다 폐하. 선물도 물리치시옵고 지금 이대로 우국으로 돌아가 괵과의 결속을 더욱 단단히 하셔야만 하옵니다.」
 궁지기의 그같은 간언에 그러나 우왕은 불같이 노했다.
「공은 우국의 중신으로서 어찌하여 우국의 부강과 발전의 기회를 없애려 하는가? 피 한 방울 흘리지 않고 괵나라 영토의 절반이 우리 것이 될 수 있는 이 기회에 공이 그것을 반대하는 이유가 무엇이란 말인가. 내가 헌공에게 길을 내려 주려고 하는 것이 헌공의 벽옥이나 명마나 계집 따위에 눈이 어두워진 때문이라고 공은 생각하는가? 그렇다면 공은 짐의 생각을 너무나 모르는 것이다. 짐이 원하는 것은 다만 전쟁 없이 우리의 영토를 넓히고자 하는 것 뿐이다.」
「폐하, 저들이 괵의 땅을 나누어 주겠다고 하는 것은 대왕을 유혹하고자 하는 한갓 미끼에 불과합니다. 우와 괵을 한 대의 수레라 할 때 괵이야말로 수레의 받침대와 같사옵니다. 수레는 그 받침대에 의해 존재하는데 괵국과 우국이 분열되면, 마치 받침대 없는 수레가 존재할 수 없듯이 괵이 멸망하는 날 우리도 함께 멸망하게 되옵니다. 부디 소신의 간언을 어리석은 자의 변이라고만 생각지 마시고 통촉하여 주시옵소서.」
 애걸하시다시피 하는 궁지기의 입술은 안타까움과 절망감으로 까맣게 타들어가고 있었다.
 우왕의 고집은 그러나 막무가내였다. 궁지기의 그같은 필사적인 간언에

도 불구하고 다음날 헌공과 우왕 사이에는 마침내 헌공의 요청을 수락한다는 약속이 이루어졌다.
「아아, 우국의 멸망도 얼마 남지 않았구나!」
혼자 회의석상을 빠져나온 궁지기는 뒷산 바위틈에 숨어 하늘을 보며 통탄하였다.
궁지기의 그같은 우국 충정의 념을 아는지 모르는지 진나라의 벽옥과 명마와 16명의 꽃같은 미희들을 거느리고 우왕은 마치 개선 장군처럼 귀국하였다. 귀국한 우왕은 초호화판의 자축연을 베풀고 신하들에게 진나라에서 가져온 선물을 자랑하기에 바빴다.
그런 지 두 달 후 진나라에서는 과연 군대를 일으켜 우국을 통과해 곽을 침공하였다. 이것이 우왕과 헌공 사이에 이미 약속된 일임을 까맣게 모르고 있는 곽왕은 불의의 습격을 받자 급히 우왕에게 원병을 청하였다. 우왕은 그러나 냉소로써 이를 거절했을 뿐만 아니라 오히려 진군 쪽에 협조적인 태도마저 보였다. 곽왕은 통한과 비분의 눈물을 삼키며 진에 항복하고 말았다.
수레의 받침대는 드디어 부서져 나간 것이다. 진의 승전의 소식을 들은 우왕은 그러나 신바람이 나 있었다.
「곽의 영토 절반은 이제부터 우국의 것이다. 나는 우국의 영토를 넓힌 현군이 아닌가!」
우왕은 진의 승리가 마치 자기의 공로 때문이기라도 한듯 승리감에 도취되어 기쁨을 감추지 못하고 있었다.
우왕이 헌공의 승전을 축하하기 위해 성대한 주연을 마련하고 있을 때 신하 하나가 사색이 되어 어전으로 뛰어들었다.
「큰일났아옵니다. 곽을 토벌한 진군이 회군하면서 우리 나라로 쳐들어 오고 있읍니다!」
우왕은 그러나 그같은 보고를 믿으려 하지 않았다.
「무슨 방정맞은 소리를 하고 있느냐! 승전한 병사들이 회군길에 사소한 민폐를 끼치는 일쯤 의례 있는 것인데 그 일을 두고 이토록 소란을 피운단 말이냐?」
우왕이 이렇게 신하를 꾸짖고 있을 때 또 다른 신하가 뛰어들었다.
「사태가 위급합니다. 우리 나라 절반은 이미 진군에 의해 토벌되었읍니다. 지금 저들은 이곳 도성을 향해 쳐들어오고 있는 중이라 하옵니다.」
 우왕이 비로소 사태가 심상치 않음을 눈치채고 망연 자실하고 있을 때 다른 신하 하나가 달려와 급보를 전했다.
「폐하! 도성 여기 저기서 불길이 치솟고 있아옵니다. 어서 피하시옵소서!」
 울면서 간언하던 궁지기의 애절한 목소리가 일순 우왕의 귀를 아프게 때렸다. 그리고 의기 양양하게 돌아오던 엊그제의 일들이 눈앞을 스쳤다. 참으로 허망한 일장의 춘몽이 아닌가.
 우왕은 봄볕이 쏟아져 내리는 궁전 뜰로 내려가 무심하쳐 펼쳐진 높푸른 하늘을 쳐다보았다. 부끄러웠다. 칼을 뽑아 자신의 가슴을 향해 찔렀다.
 한편 괵국에 이어 우국을 손쉽게 정벌한 진나라로서는 순식의 말과 같이 그야말로 일석 이조의 득을 얻었던 것이다. 순식은 우왕의 손에 들어갔던 벽옥과 명마를 다시 찾아 헌공에게 바치며 말하였다.
「보시옵소서, 벽옥은 전과 다름없이 영롱한 빛을 받히고, 명마는 그동안 오히려 살이 쪘나이다.」

■ 가도벌괵 ②

「가도벌괵」은 강자가 약자를 병탄하는 책략이다. 어떻게 해서라도 하려고 마음을 먹는다면 강자로서는 결코 어려운 일도 아니다. 문제는 효율적으로, 특히 대의 명분을 손상시키지 않고 행하여야 한다는 것이다. 가도벌괵의 책략은 바로 여기에 있다 하겠다.
 1968년 소련이 자유를 요구하는 체코슬로바키아에 출병해 잠시나마 프라하의 봄을 구가하던 체코 국민을 무자비하게 유린해 버릴 때도 이 「가도벌괵」의 계략을 이용하였다.
 소련은 우선 출병하기 3개월 전 동독, 폴란드, 헝가리, 체코 등 5개국의 군을 동원하여 체코령 보헤미아 삼림 지대에서 이른바「합동 군사 훈련」을 실시하였다.
 말이 군사 훈련이지 일종의 체코 침공 예행 연습과 같은 것이었으니, 실제로 3개월 후 침공을 단행했을 때의 병력 투입 루트도 같았고 투입

된 군도 연습에 참가했던 부대를 선봉으로 내세웠던 것이다. 그리고 신속하게 프라하를 제압하기 위해 먼저 공항의 점거를 꾀했다.

어느 날 한 대의 소련 수송기가 프라하 공항 상공을 선회하면서 공항 관제탑에 비행기에 고장이 발생했으니 긴급 착륙을 허가해 달라고 요청했다. 공항측은 국제 관례에 따라 긴급 착륙을 허가했다.

그러나 고장으로 착륙한 비행기로부터 돌연 완전 무장한 70여 명의 선발대가 쏟아져 나와 아차 하는 사이에 공항을 완전 점령해 버리고 말았다. 공항을 점거한 그들은 무기로 공항 직원을 위협해 정상 근무를 명함으로써 후속 부대의 착륙을 도왔고, 수도 프라하를 삽시간에 점령해 버렸던 것이다.

어떤 명분으로든 강대국이 일단 영토를 짓밟고 들어오면 약소국으로서는 그 중압에서 벗어나기가 극히 곤란하다. 그런데 이「가도벌괵」이라는 대국의 책략을 슬기롭게 물리친 나라가 있었으니 바로 월맹이다.

1968년 월맹과 베트콩이 물량을 자랑하는 미군에게 공격을 받아 참담한 지경에 빠져 있을 때 중공의 모택동과 호지명은 공동 성명을 통해「중국과 베트남은 동지이며 영원한 형제국이다. 입술과 이의 관계이다」라고 언명했었다.

그리고 1971년 3월 주은래 수상은 중공의 실력자들을 대거 대동하고 월맹을 방문하여「미국이 이 이상의 침략 행동을 계속한다면 중국은 민족적인 최대의 희생을 치루고서라도 월맹을 지원할 것이다」라며 단순한 군수 물자만의 원조가 아니라 중공군의 파병까지를 강력히 시사했었다. 그래서 미국을 비롯한 서방측 여러 나라는 중공군의 월남 파병 문제로 바짝 긴장하지 않을 수 없었다. 중공군이 월남전에 개입한다면 월남전은 인도지나 반도 전체로 확산될 가능성이 있기 때문이었다. 그러나 월맹측은 군수 물자만을 받아들였을 뿐 군대의 파병은 단연 거절했다.

베트남이 중국의 지배를 받기 시작한 것이 서기전 111년이었는데 그것을 겨우 벗어났을 때는 무려 1500년이라는 세월이 흐른 후였다. 중국 지배의 고통과「가도벌괵」의 무서움을 그들은 몸소 체험했기 때문에 그같은 우를 되풀이하는 것을 극력 피했던 것이다.

그 후 10년, 심한 대립으로 서로 적의를 불태우고 있는 요즘의 상을 생각해 보면 그 때 월맹의 지도자들이 얼마나 현명했던가를 알 수 있지 않은가.

이「가도벌괵」의 측면에서 볼 때 신라가 비록 3국을 통일했다고는 하나 동족간의 싸움에 외세(당나라 군사)를 끌어들였다는 것은 커다란 실책이 아닐 수 없었다. 때문에 일부 사가들은 김춘추의 삼국 통일에 그다지 큰 역사적 의미를 부여하지 않으려 한다.

서기 668년 이른바 나당 연합군에 의해 백제와 고구려가 차례로 멸망하고 3국이 통일되었을 때 당군이 취한 태도는 두말할 것도 없이 가도벌괵이었다. 싸움이 끝났는데도 그들은 물려가려 하지 않고 그대로 주저앉아 엉뚱하게도 주인 행세를 하려 했던 것이다.

이에 당황한 김춘추가 당군의 총사령관 소정방(蘇定方)에게 철군을 요청하자 그는 코웃음을 쳤다. 원병에 대한 대가를 내놓지도 않고 철군이 웬말이냐는 것이었다.

그때서야 가도벌괵의 마각을 깨달은 김춘추는 이번에는 당군을 몰아 내기 위해 다시 싸우지 않으면 안 되었다. 이에 당군은 할 수 없이 물러가긴 했지만 당군과의 싸움이 계속되는 2년 동안 국토의 전화(戰禍)는 물론 화랑 출신의 아까운 용장들이 거의 모두 전사할 정도의 막대한 희생을 치러야 했던 것이다.

결과론적인 얘기가 되겠지만 앞의 월맹이 그랬던 것처럼 지난날 당군의 가도벌괵으로 민족의 수난을 겪은 역사적 경험을 거울삼아 우리는 두 번 다시 그같은 전철을 밟지 않았어야 했다. 그런데 어리석게도 우리 조정은 그렇지를 못했다.

1894년 이른바「동학란」이 일어났을 때, 진압에 나섰던 관군이 열세에 몰리자 사대 주의적인 사상이 농후한 조정에서는 원세개를 통하여 이홍장에게 청군의 출병을 요청하였다. 청국은 그 출병을 미끼로 조선을 완전한 청나라 속국으로 만들 속셈이었다. 1894년 5월 아산에 청병 1천 5백명이 상륙하여 천진 조약에 따라 일본에 출병 사실을 통지하였다. 그렇지 않아도 침략의 명분을 찾지 못해 애쓰던 일본은 기회를 놓칠세라 즉시 1만 5천 명의 대군을 서울에 주둔시키고 청·일 양국은 민란군의 진압 문제를 놓고 협상을 벌이기 시작했다. 그러나 이 협상에 실패하자 청·일 양군은 마침내 인천 근해에서 교전 상태에 들어갔다.

이 전쟁은 불과 3시간 만에 일본의 승리로 끝났다. 싸움에서 승리한 일본군은 이제 당당히 청군을 대신하여 민란을 진압한다는 명분 아래 호남 일대를 휩쓸며 무고한 백성을 수없이 학살하고 재물을 약탈하는 등 그 악랄성과 야만성을 여지없이 드러냈다. 이를 계기로 일본의 한반도에 대한 침략 행위가 노골화되었던 것이다.

외세를 끌어들여 그들을 등에 업고 권력의 주도권을 잡으려 했던 민비파와 대원군파의 파벌 싸움이 결국 일본에게 어부 지리를 주고 우리의 망국을 자초했던 것이다.

외세를 끌어들여 내 백성을 죽여가며 권력을 잡아 도대체 어떻게 하겠다는 건가.

서림 쿵후·스포츠 총서

쿵 후 教 範 (上)	조은훈 저	7,000원
쿵 후 教 範 (下)	조은훈 저	7,000원
진 가 태 극 권	조은훈 감수	3,000원
중 국 무 기 술	조은훈 감수	3,000원
비 문 당 랑 권	조은훈 감수	3,000원
도설 중국무술사	조은훈 저	7,000원
쌍절곤·삼절곤비법		2,500원
검 술 교 본	김상덕 역	3,000원
도 술 교 본	김상덕 역	3,000원
곤 술 교 본	김상덕 역	3,000원
창 술 교 본	김상덕 역	3,000원
소림홍권(대홍권·소홍권)	무림편집부편	3,000원
차 력 권 법	역발산 저	4,500원
팔 선 취 권	무림편집부역	3,000원
이소룡의생애와무술과사랑	정화 편저	5,000원
실 전 취 권	조은훈 저	3,000원
당랑권법 (흑호출동권)	박종관 저	3,000원
쿵 후 의 세 계	무림편집부편	1,500원
이소룡의 쌍절곤백과	이소룡 저	4,500원
쿵 후 호 신 술	박종관 저	3,000원
절 권 도 (上)	이소룡 저	4,500원
절 권 도 (下)	이소룡 저	4,500원
이소룡과 영춘권법	이영복 편	3,000원
필 승 격 투 기		3,000원
당랑권법 대가식·소가식	조회근 저	3,000원
소림 용권·나한권	김상덕 역	3,000원
사 학 비 권	조은훈 저	3,000원
당랑권법 난 절 권	무림편집부 역	3,000원
쌍 절 곤 교 범	이봉기·김조웅저	4,000원

소림쿵후 (호학쌍형권)	조은훈 저	2,500원
소 림 백 학 권	박종관 저	3,000원
공력권·손빈권·역벽권	무림편집부역	3,000원
정 통 통 배 권 (북파소림권)	무림편집부역	3,000원
칠 성 당 랑 권	무림편집부역	3,000원
팔 괘 장 (각파원리총정리)	무림편집부역	3,000원
십로담퇴·연보권 (북파소림권)	무림편집부역	3,000원
소 림 학 권 (복건소림권)	무림편집부역	3,000원
내 공 팔 극 권 (북파소림권)	무림편집부역	3,000원
육 단 취 권 (영한 대역)	무림편집부역	3,000원
실용 철사장공	무림편집부역	4,000원
철 선 권	김상덕 저	3,000원
소림북파권법 삼로장권	김상덕 역	3,000원
무술기공 단련법	김상덕 저	3,000원
당랑권법 쌍풍권	소신당 저	4,500원
당랑권법 육합기공	소신당 저	4,000원
당랑권법 금강권	소신당 저	4,500원
당랑권법 매회수	신 당 저	5,000원
당랑권법 매화로	소신당 저	5,000원
당랑권법 매화권	소신당 저	5,000원
당랑적요격투기(Ⅰ)	이봉철 저	5,000원
합기도 활법 교본	한국합기도연맹편	12,000원
내공·양생술전서	석원태 저	9,500원
기공법과 차력술	박종관 저	9,500원
태 기 권	조은훈 감수	4,000원
도인술과 양생법	석원태 저	7,000원
4계절 기공법	소신당 저	4,500원
전통 무술 택견	송덕기 저	6,000원
스포츠용어 사전	강태정 편저	9,500원

정통 유도 백과	이성우 역	7,000원
실전 씨름교본	김정록 편저	4,500원
최신 윈드서핑교본	스포츠편집부 역	3,500원
검 도 입 문	편집부 역	2,500원
최신 탁구기법	서림스포츠편집부역	3,000원
비전 합 기 도	김상덕 저	3,000원
야구규칙 해설집	스포츠편집부편	2,500원
행 글 라 이 딩 교 본	정병우 저	3,000원
홈 런 야 구	편집부	2,500원
필승배드민턴교본	스포츠편집부편	2,500원
필 승 복 싱 교 본	스포츠편집부편	2,500원
최신 유도기법	서림편집부역	3,500원
최신 테니스기법	서림편집부편	3,000원
최신 축구기법	서림편집부역	3,000원
종합 레슬링전서	서림편집부역	8,000원
줄 넘 기 백 과	한국줄넘기협회저	8,000원
최신 당구교실	서림편집부역	3,000원
최신 볼링기법	서림스포츠편집부역	3,000원
종합 태권도전서	김병운·김정록	35,000원

무술전문잡지 탄생!
東洋武藝

4월 1일 창간호 판매개시

■ 氣功·內功의 신비를 완전 공개!
■ 각종 전통 권법을 분석 공개!
■ 실전 격투술 공개!
■ 실전 격파술 공개!

서울·종로구 종로6가 213-1
☎ 763-1445 · 742-7070

화제의 신간

당랑권법의 귀재 이봉철 관장이
가르쳐 주는 실전 격투기

당랑 적요 격 투 기
Ⅰ. 4000원 Ⅱ. 3500원 Ⅲ. 4000원

전 무술의 발차기 기법의
총망라된 격투기의 정수!

격투 발차기
4,000원 조희근 엮음

영한 대역
태권도교범
①②③
김정록 저
값 각권 4,500원

Ⅰ. 태극 품세
Ⅱ. 팔괘 품세
Ⅲ. 유단자 품세

가장 간결하면서도 정확한
● 종합 태권도 전서

편저자 : 김병운·김정록
감수자 : 김순배 外 10명   값 35,000원

우리의 국기 태권도가 '86아시안게임에 정식 종목으로, '88 올림픽게임의 시범 종목으로 채택되었다. 이에 종주국으로서의 면모를 지키며 또한 우리의 기술을 전 세계에 알리는 기회로 삼고자, 태권도인이라면 반드시 알아두어야 할 기본 자세와 품세는 물론, 고급 기술·지도 원리 및 방법·국제 심판 규정 및 각종 규칙 등 태권도의 모든 것을 수만장의 연속 동작 사진과 도표를 이용하여 알기 쉽게 총 수록한 본서는 태권도인의 필독의 지침서이다.

서림문화사

서울시 종로구 종로6가213-1
(영안빌딩101호)
763·1445, 742·7070

무술 도복 판매
무술인의 도복 및 운동구를 독자의 희망에 따라 판매합니다.

무림 회원 모집
무림계의 소식과 의문 사항을 교류하기 위한 무림 회원을 모집하오니 뜻이 있으신 분은 주소, 연령, 운동 경력, 사진 2매를 보내주시면 「무림」지를 보내드립니다.

책은 서점에 있읍니다!

서림능력개발총서

이 한 권의 선택으로 당신은 승자의 자리에 서게 된다!
진실로 좋은 책은 서서히, 그리고 조용히 알려집니다.

1 필승합격술 / 경쟁 시대의 수험 관리 지침
일류 학교에 가고 싶은 학생, 일류 학교에 보내고 싶은 학부모에게! 이 책에 제시된 지침을 실천함으로써 가능해진다. 값 3,500원

2 제3의 뇌파 알파인 인간 / 천재를 만드는 두뇌 개발법
당신 두뇌의 80%가 잠자고 있다. 잠자는 뇌세포를 일깨워 당신을 위해 일하게 하라. 천재에의 열쇠가 여기에 있다. 값 4,000원

3 초능력 기억술 / 줄줄 외워지고 빨리 외워지는 방법
빨리, 많이, 오래 지속되도록 기억하는 방법이 여기에 있다. 값 4,000원

4 우등생의 학습법 / 국·영·수·과학·사회 공략법
공부는 기술이다. 예습, 복습의 방법, 노트의 사용법, 영·수·국 등의 과목별 공략법, 주·월 단위의 시간표 짜는 법 등을 활용하여 승자가 되라. 값 4,000원

5 독서와 속독의 새기술 / 지적 작업을 위한 책
논술 고사나 리포트 작성을 위해서는 사물에 대한 발상법, 자료를 수집, 정리하는 기술, 구성력, 설득력을 쌓아야 한다. 또한 속독의 기술도 필수적이다. 값 4,500원

6 당신도 천재가 된다 / 우등생, 성공자의 길
잠자고 있는 뇌세포를 훈련시켜 활용하는 것이 곧 천재의 길이다. 사고 자극법, 운동 자극법, 오감 자극법, 수면 자극법 등이 그 방법이다. 값 4,000원

7 창조적 발상법 / 아이디어 맨이 되는 길
어떤 자료든 사고의 일정한 틀에 적용시켜 필요한 요소를 추출하고, 그 요소에 몇 가지 발상의 기술을 매치하면 아이디어의 샘은 끝없이 솟는다. 값 3,000원

8 집중력을 키운다 / 모으면 커지는 인간의 능력
집중은 힘을 한 대상에 모으는 것이다. 에너지를 한 곳에 모으는 훈련이 되어야 힘으로 계획한 목적을 성취할 능력이 생긴다. 값 3,000원

9 아이큐와 적성 테스트 / 스스로 진단하고 개조한다.
스스로의 IQ 테스트로 머리의 어느 부분이 좋고 나쁜지를 진단하고 개조하여 명석한 두뇌로 만들고, 적성에 맞는 직업을 찾는 길이 여기에 있다. 값 4,000원

10 화술과 자기 표현 / 나를 어필하는 기술
인간 관계의 기본은 대화이다. 그 대화로 상대의 마음을 열고, 그를 감동시키며 나를 돋보이도록 해보자. 값 4,000원

11 초능력 마인드 콘트롤 / 자기 개발 훈련법
인간의 무한한 잠재력을 믿고 자신을 조절하는 사람은 그 능력을 최대로 발휘하는 사람은 물론 타인도 조절하는 능력을 갖게 된다. 값 4,500원

12 여심 공략법 / 여심의 실체를 아는 기술
「알 수 없는 것이 여자의 마음」이라 하지만 그 마음을 알아내는 비법만 터득하면 의외로 「약한 것이 여자」라는 것을 알게 된다. 값 4,500원

13 14 15 삼십육계 (전3권) / 인간 경영의 처세와 책략
삼십육계는 중국의 병법서로서 인류의 모든 지혜와 사상을 총정리한 인간 경영의 철학이다. 그 마지막 계책이 「도망가는 것이 상책 (走爲上)」이라 알려진 것이다. 값 각권 4,000원

16 화술과 3분 스피치 / 3분에 끝내는 기술
명스피치는 청중의 가슴에 영원히 새겨진다. 각종 회의, 행사, 연회에서 3분에 할 수 있는 스피치 원고 작성의 지침서. 값 4,000원

17 독심술 / 마음을 읽는 기술
언어 행동에서 고뇌, 갈등, 콤플렉스를 간파하고, 혈액형, 체형, 얼굴 모습 등으로 성격과 심리 현상을 파악하여 대인 관계를 성공으로 이끄는 기술. 값 4,000원

18 설득의 화술 / 나를 이해시키는 기술
설득은 자기 방어의 최대 무기이다. 그러므로 설득력은 통치자, 지도자, 기업인, 관리, 교사, 세일즈맨 등 모두가 갖추어야 한다. 값 4,000원

19 인간 관계와 심리 트릭 / 함정에 빠지지 않는 기술
대인 관계에서 빠지기 쉬운 심리의 함정을 감정, 욕구, 태도, 의사, 행동 등의 여러 각도에서 파악하여 사실 인식의 왜곡에서 벗어나는 방법. 값 4,000원

20 하버드 비즈니스 강좌 / 첨단 비즈니스 분석 지침
현존의 첨단 기업을 모델로 문제를 추출하여 기업의 위치 평가를 위한 분석과 경영 방침의 전략을 판단하는 방법을 배운다. 값 3,500원

21 판매는 이렇게 하라 / 기상 천외의 세일즈 기법
세일즈는 말로만 되는 것이 아니다. 철저한 직업 의식과 인내로서 진실된 대인 관계를 지속하며, 고객의 사전, 사후 관리에 만전을 기해야 한다. 그 묘책이 여기에 있다. 값 4,000원

22 실전 주식 투자법 / 종목, 매매 시점 선택의 기술
주식 매매에서는 강세장, 약세장 모두 이익을 볼 수 있으나 과욕은 금물이다. 과욕은 매매 시점의 판단을 흐리게 하기 때문이다. 주식 투자의 기본 테크닉을 알자. 값 3,000원

23 주식과 채권의 성공적 투자법 / 쉬운 도표식 풀이
주가의 변동은 기업 이익의 변화에 있지만 정치, 경제, 금융 사정 등 각종 사회적 변동에도 민감한 반응을 일으킨다. 주식의 유통 과정과 대세 파악의 기술을 알자. 값 3,000원

24 사랑받는 여성의 화술 / 자신있게 사는 여자의 길
직장에서, 사교에서, 연애에서, 아내로서, 며느리로서 말이 통하는, 말을 잘 하는, 말을 잘 듣는 여자가 되어 보자. 값 4,000원

25 남성학 / 여자가 반드시 알아야 하는 남자의 비밀
예쁜 얼굴과 미끈한 다리만이 사랑의 보증 수표는 아니다. 남자의 철학, 남자의 세계, 남자의 마음, 남자의 육체, 남자의 비밀을 남성 심리 분석에 의해서 아는 것이 바로 보증 수표이다. 값 4,500원

26 청소년을 위한 마인드 콘트롤
시험 공포·불안·노이로제를 극복한다.
왜 등교시간이 되면 머리나, 배가 아픈가? 무엇이「성적표」한 장에 목숨을 버리도록 하는가? 심각한 청소년들의 불안과 스트레스에 대한 예방과 치료를 위해 급히 읽어보자. 값 4,000원

27 독학법 / 직장인, 재수생을 위한 책
실업계 출신이거나, 시간이 없어서, 나이가 많아서 등의 이유로 입학, 승진, 자격 시험에 자신을 가지지 못하는 사람들에게 용기와 확신을 주는 책. 값 4,000원

㉘ **세일즈와 화술** / 거절의 종류와 대응법
세일즈는 고객의 갖가지 거절에 대한 응수를 얼마나 능숙하게 잘 하느냐에 달려 있다. 또한 고객이 요구하는 상품의 조건, 종류, 정보 등을 파악하여 만족을 주는 화술을 알아야 한다. 값 4,000원

㉙ **최면 요법** / 임상 효과로 증명한다.
최면 요법은 기본 원리만 습득하면 활동하면 금연, 다이어트, 스트레스, 열등감, 운동 기량, 학습, 창의력, 공포증, 무통 분만 등 각 분야에서 놀라운 효과를 볼 수 있다. 값 4,000원

㉚ **지적 악녀** / 날고 싶은 그대에게
남성관에 의해 만들어진 좋은 여자의 평가에서 벗어나, 여자 자신이 만든 인생관으로 남성을 콘트롤하는 17개 장을 독파하시라. 값 3,000원

㉛ **설득에의 도전** / 나를 믿게 하는 기술
대인 관계에서 설득력을 발휘하려면 상황도 바꾸고, 나 자신도 바꾸어야 한다. 그 조건을 충족시키기 위한 다양한 테크닉의 실예가 여기에 있다. 값 4,000원

㉜ **업무 관리의 능률적 스피치** 업종별, 상황별 실례집
나의 생각을 명쾌하게 전달시키는 짧은 스피치 기술이 각종 직장의 조례(朝禮) 나 비즈니스에서는 필수적이다. 그 분야별 사례를 모은 책. 값 4,500원

㉝ **잠재능력 개발법** / 나를 재발견하는 길
잠재 능력의 개발만이 비즈니스, 아이디어, 집중력, 학습력, 스트레스 등 모든 분야에서 자기 개발에 성공할 수 있는 길이다. 자신있는 삶을 위해 하루 3분만 투자해 보라. 값 4,000원

㉞ **정상에 도전하는 빅맨** 리더쉽의 원리와 통솔의 법칙
큰 뜻을 품은 이여! 직장에서, 단체나 조직 사회에서, 가정에서, 아랫 사람을 지도 통솔하고, 윗사람을 받드는 리더맨이 곧 정상을 정복한다. 값 4,000원

㉟ **초능력의 세계** / 텔레파시, 투시, 염력의 세계
초능력의 존재, 그 힘의 실체. 그것은 선천적인가? 훈련에 의한 것인가? 투시, 염력, 텔레파시, 미래에 대한 예지 등 초능력 전반을 알아본다. 값 4,000원

㊱ **속셈을 간파하는 투시술** 상대를 읽고 나를 보이는 기술
상대의 속셈을 알아낸다는 게 쉬운 일은 아니다. 사소한 행동이나, 언어에서 정보를 포착하고, 나의 약점을 커버하며 나를 돋보이는 테크닉을 배우자. 값 4,000원

㊲ **인생 특강 365일** / 어떻게 살 것인가?
빈 의자! 우리의 생은 그것과 같다. 당신 마음대로 빈 의자에 당신을 앉혀보라. 그 때 보이는 당신은 정상일까, 바닥일까? 값 4,500원

㊳ **머리가 좋아지는 3주 훈련법**
대뇌 생리학에 의한 트레이닝
머리가 둔하다, 기억력이 없다, 노화되었다, 지능이 낮다고 생각될 때, 본서를 읽으라. 3주간의 훈련으로 당신의 머리는 새로운 탄생을 맞는다. 값 3,500원

㊴ **시간은 이렇게 써라** / 능률적 시간 관리법
하루 하루 바쁜 스케줄에 쫓기며 사는 게 충실한 삶일까? 보다 효율적으로, 보다 느긋하게 쌓는 시간 활용법이 여기에 있다. 값 4,000원

㊵ **생활 속의 5분 명상** / 존재의 근원을 찾아서
명상은 인간의 심신을 정화시켜 맑고 건강한 삶을 보장하는 정신 훈련이다. 기본 테크닉만 쌓은 다음 마음에 드는 명상법을 선택하면 곧 명상에 들 수 있다. 값 4,000원

㊶ **지적 여성의 매너와 에티켓** / 지혜로운 여성. 자신있게 사는 여성의 처세학
싱싱하게 빛나고, 아름다운 여성으로 보여지는 여성의 대인관계는 올바른 에티켓 생활에서 이루어 진다. 값 4,000원

㊷ **텔레파시와 염력** / 보통 사람도 초능력자가 될 수 있다!
초능력자에 대한 진실은 흔히 축소, 왜곡되거나 지나치게 과장되어 전해진다. 그러나 그것은 유리 캘러나 도사라는 타이틀을 붙인 사람들의 전유물이 아니다. 초능력은 우리의 타고난 힘, 자연의 힘이다. 다만 그 실체가 알려져 있지 않기에 신비하게 보일 뿐이다. 그 신비의 베일을 벗겨 버리고 당신도 초능력자가 되어 보라. 값 4,000원

㊸ **수학은 이렇게 공부하라** / 10배로 실력을 키우는 법
음악을 활용한 학습능률 향상법. 혈액형에 따라 성적을 향상시키는 법. 수학 기피증에 걸린 학생을 위한 수학 마스터법 3대 원리! 값 4,000원

㊹ **성공적인 삶을 위한 여** / 지혜롭게 사는 성공학 특강
당신이 원하는 것은「당신의 생각」에서 시작된다. 본서는 당신을 스스로 성공자로 확신시키고, 유지시키는 방법을 가르쳐준다. 값 4,000원

㊺ **21세기 남성의 노하우(Ⅰ)** 10·20대를 사는 삶의 좌표
㊻ **21세기 남성의 노하우(Ⅱ)** 30·40대를 사는 삶의 좌표
현대를 사는 남성들은 자기 나이에 맞는 인생의 프로그램을 갖고 노하우를 축적하지 않는다. 본서는 이러한 인생의 본질적 문제에 해답을 준다. 값 1권 4,500원·2권 4,000원

㊼ **21세기 여성의 노하우(Ⅰ)** / 20대를 사는 삶의 좌표
㊽ **21세기 여성의 노하우(Ⅱ)** 30·40대를 사는 삶의 좌표
여성은 유토피아적 이상향의 가정을 꾸미기 위한 노력으로 젊음과 정열을 소비한다. 그러나 21세기는 남성못지않게 성공적 삶의 노하우가 요구되고 있다. 값 1권 4,500원·2권 4,000원

㊾ **초능력 자기최면술** / 최면의 놀라운 효과를 체험하시라.
최면은 마음을 안정시키고, 정신을 맑게 하며, 집중력을 향상시켜 학습효과를 높이며 각종 질병의 치료에 도움을 준다. 값 4,000원

㊿ **여성 에티켓 강좌** / 센스있는 여성, 개성있는 여성을 만든다.
첫대면에서 자신의 능력을 입증할 기회를 얻는 것은 외모, 말씨, 예의범절의 하모니로 상대를 끄는 첫인상의 이미지가 있어야 한다. 값 4,500원

51 **명언·명구 활용사전** / 즉석활용스피치보전
약혼, 결혼, 회갑, 수연, 초대, 환영, 취임, 송별, 연수, 연구, 조례, 입학, 졸업, 동창, 주도등 상황에 따른 즉석 활용 분야 사전. 값 9,500원

52 **기획은 승자의 제일조건** / 21세기를 향한 기획전략
차세대의 생존을 위해서는 기획서를 만드는 7가지 능력을 갖추어야 한다. 즉 조직력, 정보력, 선견력, 구상력, 창조력, 표현력, 설득력이다. 값 4,500원

53 **16비트 컴퓨터 입문** / 초·중·고생, 일반인을 위한
21세기를 사는 초·중·고생은 물론 일반 모두에게 필요한 여러 기종의 컴퓨터 기능과 활용을 그림과 도표, 예문으로 친절히 설명했다. 값 6,000원

54 **여보, 그것도 몰라요?** / 부부를 위한 완벽한 성(性)
남에게 우연히 흘러들은 오인된 성의학 지식이나 속설을 맹신하는 오류를 시정하고자 과학적 근거로 사실을 규명코자 노력했다. 값 4,000원

55 **최초의 30초를 잡아라** / 30초 화술의 테크닉
30초 화술의 노하우로 상대의 마음을 열고 나의 메세지를 심어야 현대의 비즈니스는 성사된다. 마일로 프랭크 저·백기완 역 값 3,500원

56 **남녀교제술** / 심리분석에 의한 남녀투시술
「일간스포츠」에 절찬리 연재된「남녀 교제술」을 재정리한 본서는 남자의 여성 접근술, 여자의 남성 파악술을 심리분석을 통하여 흥미있게 설명했다. 최지혜 저·값 4,000원

소설 삼십육계 2　　값 9,000원

1판2쇄 2019년 1월 30일 인쇄
1판2쇄 2019년 2월 05일 발행

역 은 이/ 서림능력개발자료실
편 집 자/ 정　　화

발 행 처/ 서림문화사
발 행 자/ 신 종 호
주　　소/ 경기도 파주시 광탄면 장지산로
　　　　　278번길 68
홈페이지/ http://www.kung-fu.co.kr
전　　화/ (02)763-1445, 742-7070
팩시밀리/ (02)745-4802

등　　록/ 제 406-3000000251001975000017호(1975.12.1)
특허청 상호등록/ 022307호

ⓒ1987. Seolim Publishing Co., Printed in Korea
ISBN 978-89-7186-418-0 03300